KB063479

김정호
대동여지도

김정호
대동여지도

2016년 9월 5일 초판 1쇄 인쇄
2016년 9월 21일 초판 5쇄 발행

지은이 | 이재운
펴낸이 | 이춘원
펴낸곳 | 책이있는마을
편　집 | 이경미
디자인 | 고　니
마케팅 | 강영길
관　리 | 정영석

주 소 | 경기도 고양시 일산동구 장항2동 753 청원레이크빌 311호
전 화 | (031) 911-8017
팩 스 | (031) 911-8018
등록일 | 1997년 12월 26일
등록번호 | 제10-1532호
이메일 | bookvillagekr@hanmail.net

ISBN 978-89-5639-262-2　03810

고산자 김정호, 세상의 길을 열다!

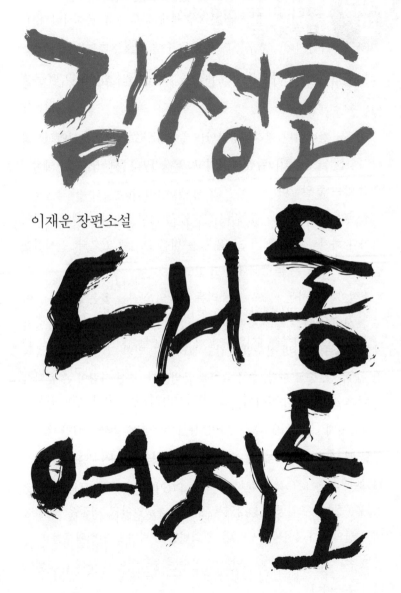

김정호
대동여지도

이재운 장편소설

책이있는마을

작가의 말

중국 땅 중국 산하만 알던 조선 사회에 던진 우리 땅 우리 산하 이야기 대동여지도

〈대동여지도〉가 나오기 전 우리나라에는 백성이라면 누구나 볼 수 있는 지도가 없었다.

그래서 강이라면 황하·장강만 있는 줄 알고, 산이라면 태산·화산·숭산 등 중국의 5악만 읊조리고, 땅이라면 기주·연주 등 중국 9주만 있는 줄 알았다.

조선의 문학·시조·판소리·산수화 등 거의 모든 문화예술을 하던 작가와 화가와 시인과 가수들은 몸은 비록 조선에 있으되 그 사실을 숨기고, 그 머리는 늘 중국에 두고 있었다.

소설이든 가사든 시조든 판소리든 중국의 산하를 읊은 문인은 많아도 조선의 산하를 읊은 사람은 거의 없었다. 화가들은 가보지도 않은 계림과 소주의 남방 산수만 눈감고 그려댔다. 입만 열면 중국 땅, 중국 산, 중국 강, 중국 사람, 중국 역사를 들먹였다. 조선 사람이 쓴 문학작품의 주인공도 늘 중국인이었다.

임금에게 올리는 상주문·장계·상소문에 온통 중국 고사만 바글바글할 뿐, 신라 시대와 고려 시대에 누가 무엇을 했는지 거론조차 하지 않았다.

《구운몽》의 주인공과 등장인물은 모두 중국인이고, 이들은 중국 땅에서 활약했다. 《사씨남정기》는 장희빈을 모략하고 인현왕후를 띄우려고 쓴 소설인데, 정작 주인공 유연수는 중국인이고 무대도 조선이 아닌 중국이다.

그래도 조선 사람들은 중국이며 중국인이 우리 땅 우리 백성이려니 알고 재미나게 읽어주었다. 그래서 조선의 혼은 중국에 다 가 있었다. 일제강점기 식민지 백성이 하던 친일문학과 다름없었다.

그러나 누군가는 조선인을 주인공으로 삼은 소설을 쓰고, 누군가는 조선의 산하를 그림으로 그리고, 누군가는 조선의 춤을 추었다.

〈대동여지도〉이후 비로소 우리는 우리 땅과 우리 사람에 관심을 갖고 우리 이야기, 우리 그림, 우리 음악을 하기 시작했다. 황하와 장강에서 눈을 돌려 한강 · 낙동강 · 금강 · 영산강을 들여다보고, 태산과 천산에서 눈을 돌려 백두산과 지리산을 노래한 것이다. 〈대동여지도〉의 가치는 바로 우리 민족정신을 일깨운 위대한 작품이라는 데 있다.

이처럼 김정호는 조선 사람들에게 이 땅의 강과 산, 들과 바다를 그림으로 그려 알리고, 글로 적어 설명했다. 그제야 우리 땅에 누가 살며, 어떻게 살며, 물산이 뭔지, 어떤 역사가 깃들었는지 자세히 알게 되었다. 그리하여 중국의 역사만 외우고, 중국인만 입에 올리고, 중국의 산하만 그리고 노래하던 조선인들에게 조선에도 길이 있고, 사람이 있고, 강과 산이 있다는 사실을 분명하게 알려주었다.

우리 학문은, 실학의 영향을 받아 제작된 〈대동여지도〉로부터 시작되었다고 해도 지나친 말이 아니다. 〈대동여지도〉는 모화사대사상을 떨치고 일어난 실학 정신의 꽃이다.

차 례

김정호의 탄생

"이보게, 정신 좀 차리게나."

주모는 하루 종일 자리를 차지하고 앉아, 안주도 없이 술만 마시고 있는 한 사내의 어깨를 마구 흔들었다.

"아, 이 사람아, 아주머니가 옥동자를 낳았는지 예쁜 공주님을 생산했는지 아비란 사람이 궁금하지도 않어? 술 좀 작작 마시고 어서 집에 가라구!"

"쳇! 옥동자면 어떻고 계집아이면 어떻소? 글을 배워 벼슬할 것도 아니고, 천대받으며 사람 구실 못할 바에야 차라리⋯⋯."

"아따, 김씨! 쓸데없는 소리 하지 말게. 벼슬을 해야만 사람 구실을 한다면 우리 중인, 양인들은 무슨 낙으로 살겠나. 혹시 아는가? 자네 자식이 크게 되어 덕을 보게 될지."

"하하하하, 덕을 본다구요? 저 먹을 것이나 타고나면 그게 복이지! 이 더러운 세상에서."

사내는 허탈하게 웃으며 일어섰다. 사내는 빈속에 술을 너무 많이 마신 탓인지 몸을 가누지 못하고 휘청거렸다. 주모는 얼른 망태기를 챙겨 사내의 어깨에 걸어주었다. 망태기 사이로 까만 미역줄기가 삐죽이 고개를 내밀었다.

주모는 해주 읍내에서 산길로 십여 리를 걸어가야 하는 사내가 걱정스러운지 큰길까지 나와 배웅했다.

"미역 빠뜨리지 말고 조심해서 넘어가라우. 아무리 더러워도 이 승이야. 어쨌든 산모 걱정은 해야지."

"그러지유."

사내는 건성으로 대답을 흘리며 망태기를 둘러메고는 주막 사립 문을 벗어났다.

그는 날이 저물어 점점 어두워져가는 으슥한 산길을 비틀거리며 걸었다. 걸음을 떼어놓을 때마다 미역을 담은 망태기가 그가 살아 온 인생마냥 두서없이 흔들거렸다.

마을 언덕배기에 이르자 소금기가 밴 바닷바람이 비릿하게 불어 왔다. 사내는 차가운 저녁 공기를 들이마셨다. 서서히 술에서 깨어 나는 것 같았다. 사내는 아내가 무사히 아기를 낳았는지 마음이 무 거워지기 시작했다.

가난한 농사꾼한테 시집을 와서 고생만 하는 아내 임씨를 생각하 면 가슴이 저려 미칠 것만 같다. 가진 것이라고는 손바닥만 한 산자락 땅뙈기뿐이다. 게다가 가장 구실을 못하면서 날마다 술타령만 하는 자신에게 조금도 불평을 하지 않는 아내가 한없이 미웠다.

임씨도 처음 시집올 때는 꽃처럼 고왔다. 그런데 시집을 와서 제대로 먹지를 못해 얼굴이 거칠어지고 뽀얗던 손등은 고된 농사일로 나뭇등걸처럼 얽었다.

'남편 잘못 만나 몹쓸 고생을 하는구나. 휴우.'

사내는 언덕배기에 서서 한숨을 몰아쉬었다. 아내와 갓난아기가 기다리고 있을 마을이 어슴푸레 내려다보였다. 그는 망태기를 한껏 추켜올렸다. 갓 서른 나이인데도 몇 년은 더 늙어 보인다.

"자네, 덕용이 아닌가?"

사내가 터덜터덜 마을로 들어서려는데 옆집에 사는 개똥 아범이 지겟다리를 치면서 노랫가락을 흥얼거리다가 아는 체했다.

"어휴, 이 술 냄새! 지금 자네 집에 경사가 났는데 어디서 술타령하다 이제야 오는가?"

"경사라니요?"

김덕용은 모르는 척했다.

"자네 처가 떡두꺼비 같은 아들을 낳았다네, 이 무심한 사람아."

김덕용은 콧날이 시큰해졌다.

오늘도 아내는 아침밥을 먹자마자 만삭이 된 몸을 이끌고 밭으로 나갔다. 김덕용은 방에서 이리 뒹굴 저리 뒹굴 하고 있었다.

얼마나 시간이 지났을까?

10

아내는 거의 죽은 사람 낯빛이 되어 돌아오더니 방으로 들어서자마자 그대로 쓰러졌다. 김덕용은 부랴부랴 옆집 개똥 어멈을 불러다 놓고는, 산실 밖에서 우물쭈물하다가 그만 집을 나와버렸다.

'아내가 얼마나 나를 원망했을까?'

김덕용은 갑자기 마음이 바빠져 개똥 아범에게 인사를 하는 둥 마는 둥 하고는 집으로 달려갔다.

집에 당도하니 처마 밑에는 벌써 빨간 고추와 검정 숯이 누런 금줄에 여봐란 듯이 걸려 있었다. 부엌에서는 개똥 어멈이 눈물범벅이 되어 연기를 쫓으며 장작불을 지피고 있었다.

산실을 바라보니, 창호지가 호롱 불빛으로 물들어 있다. 아이를 토닥거리는 아내 임씨의 그림자가 보인다. 갓 태어난 아기의 울음소리가 가늘게 흘러나온다. 아기의 울음소리는 작지만 힘이 있다.

"정호 아버지 오시누만요."

개똥 어멈은 이마에 맺힌 땀을 손등으로 쓱 훔치며 부엌에서 나왔다. 그러더니 미역 망태기를 들고 마당에서 쭈뼛거리며 서 있는 김덕용에게 말했다.

'정호'는 얼마 전에 죽은 김덕용의 아버지가, 자신은 안아보지도 못할 첫 손자를 위해 일찌감치 지어놓은 이름이다. '정호'라는 이름을 듣자 김덕용은 정신이 번쩍 들었다.

'네 이놈, 지어미와 자식을 거느린 녀석이 허구헌 날 술타령만 하고 돌아다니니 내 어찌 지하에 계신 조상님들을 떳떳하게 뵐 수 있

겠느냐!'

당장이라도 아버지의 서릿발 같은 호령이 떨어질 것만 같았다.

"개똥 엄니, 고생하셨구만요."

개똥 어멈은 사람 좋게 웃으면서 겸연쩍어 뒷머리를 긁고 있는 그의 등을 밀어 방으로 들여보냈다.

김덕용이 방으로 들어가자, 힘없이 누워 있는 아내가 먼저 눈에 들어왔다. 아내의 눈에 눈물이 괴어 있다. 아기를 낳느라 기운을 쓴 탓인지 얼굴이 파리하다.

김덕용은 아내의 거친 손을 잡고 한참을 그러고 있다가 나지막하게 말했다.

"고생 많았소."

아내 임씨는 쑥스러운지 눈물을 닦고 나서 그의 품에 아기를 안겨주었다.

"우리 정호 좀 보세요. 당신 얼굴을 쏙 빼닮았어요."

아내는 입가에 엷은 미소를 짓고 갓난아기의 머리를 쓰다듬으며 말했다.

"허허, 내 보기에는 당신을 꼭 닮았는걸."

어느새 아기는 쌔근쌔근 잠을 자고 있었다. 두 사람은 어린 아기의 얼굴을 신기한 듯 바라보다가 눈길이 마주쳤다.

그 순간 임씨는 원망을 내려놓았다. 얼마 만에 바라보는 남편의 따뜻한 눈길인가. 저도 모르게 눈자위가 붉어진다.

12

"이제 열심히 살아봅시다, 여보."

임씨는 남편의 품에 안겨 얼마 동안 흐느끼다가 스르르 잠이 들었다. 밤이 깊도록 김덕용은 잠든 아내와 아이의 머리맡에 앉아 있다가 담배쌈지와 곰방대를 들고 바깥으로 나왔다.

휘영청 밝은 달이 안마당을 고즈넉하게 비추고 있다.

3월도 중순에 접어들었건만 아직도 밤바람은 차갑다. 김덕용은 대통에 잘 말린 담뱃잎을 욱여넣고 불을 붙였다. 물부리를 물고 힘껏 빠니 하얀 연기가 빨려 나온다.

몇 년에 걸친 가뭄이 논과 밭을 속까지 말려버렸다. 올해도 농사를 지어 끼니를 이을 생각은 아예 안 하는 게 좋을 듯싶다.

마을 사람들은 쉬지 않고 물을 퍼 나르며 열심히 농사를 지었다. 농사일이 한가할 때는 남의 집 품팔이도 했다. 그러나 강산이 변한다는 10년 세월이 세 번이나 지나갔으나 농사꾼의 가난한 생활은 그날이 그날이었다.

한 해 내내 바동거리며 열심히 농사를 지은들, 이런저런 세금으로 뜯기고 나면 나물죽으로 끼니를 이어가기도 힘든 세상이다. 살기 힘든 만큼 민심도 어지럽고 도적들이 들끓는다. 아전이며 도적들 등쌀에 아예 배를 타고 먼 지방으로 떠나는 사람들도 많다.

그 당시 마흔아홉의 나이로 정조가 죽자, 세자 이공(순조)이 불과

열두 살의 어린 나이에 왕위에 올랐다. 그런 왕이 너무 어리다는 이유로 증조모인 정순왕후 김씨가 대신 수렴청정을 하던 때다.

대왕대비 김씨는 자신의 세력을 키우고 반대파를 몰아내기 위해 천주교도를 탄압했다. 이때 반대파 중 많은 사람이 천주교도로 몰려 죽임을 당하거나 귀양을 가는 일들이 벌어졌다. 저놈 천주교도다, 이러면 죽창이 날아들었다.

순조는 열세 살에 김조순의 딸을 왕비로 맞았는데, 이때부터는 안동 김씨인 장인 김조순이 마음대로 정치를 농단했다. 김조순은 권세를 이용하여 조정을 마음대로 휘어잡고, 마음에 들지 않는 벼슬아치들을 가차 없이 몰아냈다. 그렇도록 어린 왕은 아무 말도 못했다.

벼슬에서 물러나 시골에 숨어 살던 선비들도 한숨으로 나날을 보냈다. 이들은 영조·정조 시대에 꽃을 피우다가 순조 때의 세도정치에 눌려 시들어가던 실학사상을 은밀하게 이어갔다.

실학은 잘못된 현실을 바로잡아야 한다는 개혁 사상이다. 형식적이고 겉치레만 중요시하며 정당하지 못한 방법으로 나랏일을 꾸려나가는 외척과 인척들에 반대하여 실제로 사회 발전을 할 수 있도록 가르쳐주는 학문이다.

이 학문은 서양 문물이 들어오기 전부터 싹트기 시작했다. 실학자들은 과학을 발전시키고 양반과 상민의 차별을 없애야 하며 기술을 익혀야 한다고 주장했다.

이 당시 영국에서는 이미 1687년에 아이작 뉴턴이 만유인력을 발견했고, 1674년에 하그리브스가 방적기를 발명했으며, 1765년에는 와트가 증기기관을 발명하여 산업혁명의 기술적 토대를 마련했다.

순조가 왕위에 오르고 안동 김씨의 세도정치가 있기 전에는 이러한 실학운동이 몹시 활발했으며 조정에서도 이 운동을 뒷받침해주었다.

순조 이공의 아버지인 전 임금 정조 이산은 과학기술에 관심이 깊었다. 그는 규장각을 설치하여 학자들이 새로운 학문을 연구할 수 있도록 장려했다. 또한 활자를 만들어 책을 많이 펴내 조정의 대신들은 물론 온 백성들에게 책읽기를 권장했다.

김덕용의 집안은 중인 집안이다. 대대로 벼슬을 하지 못하고, 그나마 가문이 몰락하면서 어느덧 가난한 농사꾼이 되고 말았다. 정호의 할아버지는 풍비박산이 난 집안의 사정을 비관하여 필묵 장수로 나서서 전국 방방곡곡을 떠돌다가 중풍으로 쓰러져 지난해에 죽었다. 그해에 임씨가 정호를 가졌던 것이다.

정호의 할아버지가 김덕용에게 물려준 것은 얼마 되지 않는 산간 땅뙈기뿐이다. 비록 집안은 몰락했을지언정 천민이 아닌 김덕용은 신세 한탄만 하며 허송세월을 했다. 그래놓고 농사일은 아내에게만 맡겨왔다.

김덕용은 해가 뜨면 책을 읽거나 방에서 빈둥거렸다. 그러다가 해질녘이면 주막에 나가 술을 마셨다.

벌써 몇 년째 가뭄이 들어 흉년이 계속되어도 눈 하나 꿈쩍하지 않았다. 죽이 되든 밥이 되든 모든 집안 살림을 아내에게만 맡겼다.

주막집 아낙이 한 달에 한 번씩 찾아와 외상으로 먹은 술값을 받아가는 눈치건만 그는 아는 체하지 않았다.

오늘, 갓난 아들 정호를 보기 전까지만 해도 마찬가지다. 미역을 사러 나간다는 핑계로 하루 종일 집을 비우고 주막에만 처박혀 있었던 것이다.

배는 주려도 마음속은 세상에 대한 불만으로 가득 차 있었다. 큰 갓을 쓰고 하인들을 떼로 부리면서 거들먹거리는 양반들을 볼 때마다 울화가 치밀었다.

'어쩌다가 나는 이런 불우한 집안에 태어나 평생 희망 없이 살아가야 한단 말인가.'

자신의 처지가 한심스럽기 그지없었다.

'언제까지 이러고 살 것인가?'

주막에 들르는 보부상들의 이야기를 들어보면 머지않아 세상은 뒤집힐 거라고 했다. 양반과 상놈을 가리지 않고 능력 있는 사람이 대접받을 수 있는 세상이 올 거라고 했다.

아버지가 읽던 책을 보면, 홍대용이라고 하는 학자는 '아무리 양반이라도 놀고먹는 자는 나라의 좀이다.'라고 했다 한다. 실학이라

16

고 해서, 가만히 방에 앉아 책만 읽는 것보다는 실제로 땀 흘려 연구하고 일해서 나라 발전에 쓸모 있는 학문을 하자는 분위기가 점차 번져가고 있었다.

'그리 될 수만 있다면 우리 정호도 보란 듯이 키워서 세상에 존경받는 인물을 만들 수가 있다. 또한 벼슬을 해서 돌아가신 아버지의 한을 풀어드릴 수가 있다!'

머릿속의 희망이 마치 현실로 눈앞에 나타나기라도 한 듯 김덕용은 몸을 한 차례 부르르 떨었다.

'우리 아들, 우리 정호를 조선의 인물로 키워내리라.'

김덕용은 부푼 가슴을 활짝 펴고 심호흡을 했다. 하늘에 떠 있는 큰 별들이 두 눈 속으로 파고들 것처럼 서늘하게 빛났다.

2

저 들판을 지나면 무엇이 나오나요

정호는 병 한 번 걸리지 않고 건강하게 쑥쑥 자라났다. 병이 나면 약 한 첩 제대로 달여 먹일 수도 없는 가난한 살림살이라, 마을 밖에 갖가지 질병이 돌 때마다 정호의 어머니와 아버지는 마음을 졸였다.

산간벽지에서는 의원 한번 모셔오기가 하늘의 별 따기였다. 큰 병에 걸리면 이렇다 할 약을 써보지도 못하고 죽거나 기껏해야 무당을 불러 굿을 하는 정도였다.

오죽하면 천연두를 손님마마, 볼거리(볼 밑에 생기는 종기)를 항아리손님이라고 불렀겠는가. 끼니조차도 잇기 어려운 가난한 살림살이에 불쑥 찾아온 손님처럼 질병 치료를 어렵고도 두렵게 생각했다.

정호는 커가면서 점점 아버지의 풍채를 닮아갔다. 김덕용은 아들의 통통한 뺨을 자기 볼에 부비며 즐거워했다.

아버지를 알아보기라도 하듯, 어린아이는 방긋방긋 웃었다. 김덕용은 정호의 맑은 눈을 바라보며 '네가 정호냐? 네가 과연 이 김덕용의 아들이란 말이냐?' 하고 중얼거렸다.

정호 어머니는 몸을 푼 지 얼마 지나지 않아 다시 들일을 나갔다. 하루가 다르게 커가는 정호를 보고 양식을 얻는 일이라면 아무리 힘들어도 몸을 아끼지 않았다. 정호가 말을 배워 조그만 입으로 엄마, 아버지를 부를 때면 두 사람은 절로 힘이 났다.

게다가 여태껏 집안일과 농사일은 거들떠보지도 않던 김덕용이 정호가 태어나고부터는 팔을 걷어붙이고 새벽같이 일어나 일을 하기 시작했다. 땅을 기름지게 만들려면 거름을 잘 주어야 한다며, 남의 집에 가서는 여간해서 뒷간에도 가지 않았다.

길을 걸을 때도 땅바닥만 내려다보다가 개똥이라도 떨어져 있으면 나무 이파리로 싸서 들고 왔다. 아내는 이런 남편을 보는 것만으로도 감격했다. 힘겨운 집안일을 하면서도 저절로 흥이 났다.

옆집 개똥 아범은 정호 아버지를 볼 때마다 농담을 했다.

"아들이 아니라 보물이구먼."

다른 사람들도 마찬가지였다.

"정호 낳고는 애 엄마 얼굴이 뽀얗게 피는구려."

이웃 사람들이 그렇게 놀릴 때마다 김덕용은 빙그레 웃기만 할 뿐 아무 말도 하지 않고 부지런히 일만 했다.

정호는 말도 일찍 배웠을 뿐만 아니라 어렸을 때부터 책을 좋아

했다. 정호는 건넌방에 아장아장 걸어 들어가 방 귀퉁이에 쌓여 있는 책을 가지고 놀기를 좋아했다.

어린 마음에도 책이 귀중한 물건인지를 아는지 책을 함부로 찢거나 던지지 않았다. 어머니 아버지가 일을 나가고 혼자 집에 있으면 책을 펼쳐놓고 무어라고 중얼거리며 책을 읽는 시늉을 하면서 책장을 넘겼다.

정호가 하는 재롱을 가만히 지켜보던 김덕용이 아내 임씨에게 말했다.

"정호가 크면 글을 가르쳐야겠소."

"글을요?"

"우리 정호 크는 걸 보라고. 권세 있는 양반 가문에서 태어났더라면 틀림없이 크게 될 아이야. 아무리 없이 살지만 가르칠 수 있는 만큼은 가르쳐야 하오."

"하지만……."

무엇인가 말을 하려다 말고 아내는 두 눈에 눈물을 글썽이며 고개를 돌렸다.

"무슨 이야기요?"

김덕용은 아내의 얼굴 표정을 살피며 물었다.

"글을 알아봤댔자 우리 정호가 벼슬을 하겠어요, 과거를 보겠어요? 정호가 남달리 영특한 것은 알겠으나 훗날 글을 가르친 당신을 오히려 원망하지나 않을는지……."

아내의 마음을 짐작 못하는 것은 아니다. 당장 자신만 해도 엊그제까지는 신세 한탄만 하며 살아오지 않았던가.

"하지만 여보, 정호가 살아갈 시대는 내가 살아온 시대와는 다를 것이오. 세상이 변하고 있대요. 아무튼 당신은 모든 것을 나한테 맡기구려. 우리 정호만큼은 훌륭히 키울 것이오."

김덕용은 아내의 손을 꼭 쥐며 걱정 말라고 했다.

그날 밤부터 김덕용은 직접 글을 써서 천자문 책을 만들기 시작했다. 하루 일을 끝내고 나면 피곤해도 하루에 몇 자씩 반드시 써나갔다.

어린 정호에게는 모든 사물과 자연의 변화가 신기하게 느껴지는 모양이었다. 정호는 날마다 호기심에 찬 얼굴로 자그만 손가락을 단풍잎같이 펼쳐 이것저것을 가리키며 물어보았다.

'이건 뭐야?'

'이건 왜 그래?'

바람에 스쳐 와삭와삭 소리를 내는 들판의 억새풀, 농부들이 휘이 하고 소리를 칠 때마다 화들짝 놀라 뽀르르 날아가는 참새 떼, 밤을 밝히는 호롱불, 돌돌돌 맑은 소리를 내며 흐르는 시냇물 등 정호는 눈에 보이는 것이면 뭐든지 그냥 넘어가지 않았다.

- 사람은 왜 두 다리로 걸어다니고 소나 돼지는 네 다리로 땅을 버티고 서 있어요? 참새는 다리가 두 개 있으면서도 왜 걷기를 싫

어하지요? 뱀은 누구한테 다리를 빼앗겼어요?

정호는 온통 궁금한 것 투성이였다.

네 살 나던 해, 정호는 뒷집의 용쇠와 함께 산길을 오르내리며 나비를 잡다가 문득 바위틈에서 물이 퐁퐁 솟아올라 산 아래로 흐르는 맑은 물줄기를 발견했다.

"형! 저 물은 어디에서 나왔어?"

정호보다 세 살이 많은 용쇠는 눈을 끔뻑끔뻑하며 잠시 생각하다가 대답했다.

"산에서 나왔지."

"산에 물집이 있어?"

"이 바보야, 물집이 어디 있니? 물은 그저 낮은 데로 자꾸만 흘러내려가는 거야"

"그럼 산꼭대기 제일 높은 곳에 있는 물은 어디서 나왔어?"

용쇠는 그만 말문이 막혀버렸다. 그러다가 버럭 성을 냈다.

"이 바보! 그걸 내가 어떻게 알아? 산꼭대기에 있는 산신령님이 아시겠지."

"산신령이 누군데?"

용쇠는 멍하니 정호를 바라보다가 그만 힘이 빠져 자기 집으로 돌아가버렸다. 정호는 고개를 숙여 물줄기를 살펴보았다. 물줄기를 따라서 계곡이 있었다. 정호는 흐르는 물을 따라 경주를 하듯 힘차게 달렸다.

물은 산을 타고 내려와 마을 앞 시냇물과 합쳐졌다. 그런데 다른 물줄기도 모두 흘러 내려와 시냇물과 하나가 되는 것이었다.

정호는 고개를 갸우뚱하며 방죽 위로 올라갔다.

방죽에 서니 드넓은 들판이 보였다. 들판 저쪽에서 새 떼가 새까맣게 날아왔다. 그 새들이 사라져가는 방향을 한참 지켜보았다.

'나는 집이 있는데 저 새들도 집이 있을까?'

"정호야!"

마침 들에서 일을 마치고 돌아오던 아버지가 정호를 발견하고는 손짓을 했다.

들판 끝 지평선과 맞닿은 하늘이 붉은 놀로 물들어 있었다.

"아버지, 저쪽 하늘은 빨가네요."

"응, 노을이란다. 해는 동쪽 하늘에서 떠올랐다가 서쪽 하늘로 지는 거야."

동네 사람들은 정호가 몇 번 물어보면 귀찮은 듯 정호를 피하기 일쑤였다. 어머니는 무언가 가르쳐주고 싶었지만 아는 것이 적어 늘 안타까워했다.

어머니는 얼굴을 붉히며 "나는 잘 모르겠으니 아버지에게 물어보거라. 아버지는 뭐든지 다 아신다." 하고 말하곤 했다.

"아버지, 그러면 해는 모두 몇 개인가요?"

"응?"

잠시 딴생각을 하고 있던 김덕용은 당황해서 정호에게 되물었다.

"아버지, 날마다 동쪽에서 해가 떠오르려면 많이 있어야 하잖아요? 알을 낳듯이 누가 해를 낳나요?"

"우핫핫하……."

김덕용은 까닭도 모르고 자기를 바라보는 아이의 뒤통수를 귀엽다는 듯이 쓰다듬으며 호탕하게 웃었다. 정호는 아버지가 웃을 때 커다란 입술과 코 사이에서 마구 흔들리는 덥수룩한 검은 수염을 신기하다는 듯이 관찰했다.

"이 녀석아, 해는 단 하나밖에 없단다……."

"그런데 어떻게 하루에 하나씩 해가 나오나요? 달걀처럼?"

정호는 고개를 갸우뚱했다.

김덕용은 홍대용의 '지구 자전설'을 머릿속에 떠올렸다. 어떻게 이야기하면 어린 정호가 이해하기 쉬울 것인가.

홍대용은 정호가 태어나기 전인 영조 임금 때 살았던 과학자요 철학자다. 그는 어려서부터 천문학에 관심이 많았다. 홍대용은 나주목사로 있는 아버지의 소개로 그 근처 시골에 나경적이라는 천문학자가 살고 있다는 것을 알게 되었다. 나경적은 남들이 알아주지 않아도 숨어서 하늘을 연구하는 학자였다.

홍대용은 나경적을 찾아가 자명시계 '후종'을 구경하기도 하고 하늘을 연구할 수 있는 기구인 '혼천의'를 구경하기도 하면서 천문학에 대해 구체적으로 연구하기 시작했다.

그러다가 나경적과 함께 더 좋은 혼천의를 만들기로 결정했다.
홍대용은 몇 년에 걸쳐 기구를 완성한 다음, 그것을 이용하여 밤하
늘의 별을 연구했다.

그는 시골에 있는 자기 집에 '농수각'이라는 개인용 천문대를 지
어 혼천의를 거기에 설치하고는 본격적으로 별을 연구했다.

홍대용은 날마다 농수각에 올라가 천체를 관찰하고 집에 돌아와
서는 천문학 서적을 읽었다.

"아닌 밤중에 홍두깨라더니, 대용이 저 녀석, 공부를 너무 많이
해서 미쳤나 보다."

사람들은 종일토록 농수각에 올라가 하늘만 올려다보는 홍대용
을 보고 수군거렸다.

마침내 홍대용은 지구가 스스로 돈다는 사실을 깨달았다. 지구가
돌기 때문에 태양이 뜨기도 하고 지기도 하는 것처럼 보인다는 사
실을 알아낸 것이다.

갈릴레이라는 서양 사람이 지구가 둥글다고 말한 적은 있으나 지
구가 돈다고 말한 것은 홍대용의 독창적인 학설이다.

중국 청나라의 과학자들도 홍대용의 지구 자전설에 대한 설명을
듣고는 감탄을 금치 못했다.

"당신은 진정으로 조선의 빛나는 별이오! 당신의 지구 자전설이
야말로 고리타분한 생각에 젖어 있던 우리 청국의 유학자들을 깨
어나게 했소!"

그러나 조정의 권세 있는 대신들은 이런 이론에 관심조차 두지 않았다.

"아니, 지구가 돌든 자빠지든 뭐가 어쨌다는 거냐?"

"하늘은 둥글고 땅은 모나고 평평하다는 것은 누구나 아는 사실인데 무슨 헛소리를 하는 거냐?"

사람들은 이렇게 빈정거렸다.

"······ 정호야, 바다에서 해가 떠오르면 처음에는 윗부분만 보이다가 그다음에 해 전체가 보이잖아. 만약 지구가 둥글지 않다면 한꺼번에 보여야 하지 않니? 이것은 바로 지구가 둥글기 때문이란다. 그러니까 해는 가만히 있는데 지구가 돈다는 얘기야. 알겠니?"

정호는 아버지의 설명을 듣고 나서 고개를 갸우뚱거리기도 하고 고개를 끄덕이기도 했다.

정호는 붉은 꼬리를 늘어뜨린 노을을 바라보며 흥이 나서 노래를 불렀다.

지구가 한 번 돌면 하루래요
땅덩어리는 둥글대요

저녁 들판에 떼를 지어 몰려 있던 새들이 한꺼번에 날아올랐다. 붉은 노을 속으로 수백 마리의 새 떼가 날아가는 모습은 정말 근사

26

했다.

어린 아들에게 지구가 자전한다는 이야기를 해주고 나서 아버지는 왠지 울적해졌다. 이렇게 똑똑한 아들의 앞날을 보장해줄 수 있는 것이 아무것도 없기 때문이다. 홍대용의 불우한 생애를 생각하면 아들의 장래를 보는 것만 같아 괜스레 우울해졌다.

그렇게 훌륭한 천문학자였음에도 불구하고 공자왈 맹자왈만 외우며 권세를 잡던 벼슬아치들 때문에 홍대용은 힘겨운 일생을 보냈다.

홍대용이 쓴 《임하경륜》이란 책을 읽어보면 "아무런 일도 하지 않고 팔짱만 끼고 편안하게 앉아 놀고먹는 자는 나라의 좀이다. 그러니 양반이라도 나라에서 형벌로써 엄히 다스려야 하며, 재주 있고 학문이 있으면 농사꾼이나 장사치의 자식이라도 귀히 여겨야 한다."는 대목이 나온다.

'지금이라도 홍대용 선생 말대로 된다면 얼마나 좋을까?'

그러나 현실은 정반대였으니 김덕용의 마음이 아팠다.

문득 아들 정호의 앞날이 글을 배웠어도 써먹지 못하는 자신의 처지와 같을 것이라고 생각하자 암담했다.

"아버지!"

신이 나서 노래를 부르며 걷던 정호가 불쑥 아버지를 불렀다.

"왜 그러니, 정호야?"

"저 들판을 지나면 무엇이 나오나요?"

정호는 조그만 손가락을 펴서 들판을 가리키며 물었다. 아버지는 정호의 손끝을 따라 쳐다보았다. 거기에는 들판이 끝없이 펼쳐져 있었다.

"저 들판을 지나면 장수산이라고 부르는 커다란 산이 하나 나오지. 그 산은 아주 높고 험한 산이란다."

"그 산을 넘으면 무엇이 나오나요?"

"그 산을 넘으면 다시 너른 들판이 나오고 더 나가면 황해도 땅을 벗어나 평안도라고 하는 고장이 나온단다."

"그러면 저 새들의 집은 평안도인가요?"

정호의 질문은 그치지 않았다. 그는 짜증을 내지 않고 일일이 설명해주려고 노력했다.

"음? 새들의 집이라니?"

"저 새들은 언제나 저 들판을 넘었다가는 다시 돌아가곤 해요, 아버지."

"허허!"

김덕용은 못 당하겠다는 듯이 크게 웃었다.

"아버지!"

"왜?"

"왜 우리 마을을 어떤 사람은 해주라고 부르고 어떤 사람은 황해도라고 부르나요? 우리 집은 해주에 있나요, 황해도에 있나요?"

'어떻게 대답하면 정호가 이해하기 쉬울까?' 잠시 생각을 하던 김덕용은 정호의 어깨를 안으며 입을 열었다.

"정호야, 그것은 사과를 어떤 때는 사과라고 하다가도 어떤 때는 과일이라고 부르는 것과 같은 거란다. 그러니까 우리 집은 해주에 있지만 해주는 또 황해도라고 하는 커다란 땅덩어리에 들어 있는 것이야. 과일에는 사과 말고 배도 있고 감도 있듯이 황해도에는 해주도 있고 옹진도 있고 남천이라는 고을도 있는 거란다."

김덕용은 들판을 바라보며 설명을 듣고 있는 정호의 해맑은 눈동자를 내려다보았다. 김덕용은 이제 정호를 서당에 보내 글을 가르칠 때가 왔다고 생각했다.

어릴 때부터 영특하여 하나를 가르쳐주면 열을 아는 정호의 질문을 무시하는 것은 아들의 앞날을 가로막는 일이었다. 글을 배웠다고는 하나 김덕용은 혼자 힘으로 책을 읽었기 때문에 정호에게 일일이 설명해주기가 벅찼다.

서당에 들어가다

정호가 일곱 살이 되던 무렵이다. 아버지는 헛간에서 싸리나무 가지로 무엇인가를 열심히 만들고 있는 아들을 방으로 불렀다.

"무엇을 만들고 있었느냐?"

정호는 등 뒤에 감추고 있던 작은 물건을 내놓았다.

싸리나무 가지를 얼기설기 엮어 속이 빈 둥그런 모양이다.

"무엇이냐?"

"땅덩어리요."

"땅덩어리라니?"

아버지는 의아한 듯이 묻다가 정호가 대답도 하기 전에 뭔가를 깨달은 사람처럼 "아!" 하고 탄성을 질렀다.

'정호가 지구의를 만들고 있었구나!'

"이것이 우리가 살고 있는 땅덩어리란 말이냐?"

"네."

아버지는 입을 다물지 못하고 총명한 눈빛을 반짝이는 정호를 덥석 끌어안았다. 정호의 작은 어깨를 마냥 안아주고만 싶었다.

"우리 아들 정호야, 내 아들 정호야."

"예, 아버지."

정호는 아버지의 품에 가만히 안겨 있다가 나지막하게 대답했다.

"너, 글을 배우고 싶으냐?"

정호는 눈을 초롱초롱 빛내며 아버지를 보았다. 양반집 도령 같으면 벌써 서당에 들어갈 나이다.

아버지는 서안에 놓여 있는 책을 정호의 무릎 앞에 펼쳐놓았다. 밤마다 붓으로 한 글자 한 글자 직접 쓴 그 책이다.

천자문.

정호는 겉표지에 한자로 큼지막하게 쓰인 제목을 내려다보았다.

"글공부를 하거라. 윗마을 훈장님께 부탁드려 놓았다."

정호는 책을 만지작거리더니 갑자기 소리를 지르며 바깥으로 뛰쳐나갔다.

"어머니! 어머니!"

정호는 부엌에서 저녁밥을 짓고 있는 어머니를 불렀다.

"어머니, 아버지께서 서당에 보내주신대요."

"원 녀석도, 그리 좋으냐?"

"야, 신난다! 용쇠 형에게 자랑해야지."

정호는 사립문을 열고 뛰어나갔다.

그런데 용쇠에게 자랑한다고 뛰어나갔던 정호가 다시 집으로 되돌아왔다.

"왜, 용쇠가 없든?"

"아니요."

"그럼, 싸웠니?"

"그게 아니라 용쇠 형도 공부하고 싶을 텐데……."

용쇠 역시 자기처럼 글공부를 하고 싶을 텐데 자랑해서 마음을 상하게 하고 싶지 않다는 거였다.

"우리 정호가 나보다 생각이 깊구려."

김덕용은 아내를 바라보며 흐뭇해했다.

정호는 다음 날부터 아버지가 직접 만들어준 천자문 책을 가슴에 소중히 품은 채 10리도 더 떨어진 이웃 마을 서당으로 글공부를 하러 갔다.

서당이 있는 마을은 양반네들이 많이 살고 있으며, 귀공자 같은 옷차림을 한 도령들이 서당에 모여 글을 배웠다.

누더기를 입은 정호를 보자 아이들이 손가락질을 하며 수군거리기 시작했다.

"얘들아, 저 비렁뱅이 자식 좀 봐라. 히히히 웃긴다. 지가 무슨 글공부를 하겠다고."

그러나 정호는 전혀 신경 쓰지 않고 방 안으로 들어가 책보를 풀었다.

　말없이 아이들을 지켜보던 훈장은 정호에게 방으로 들어오지 말고 마루에서 따로 글을 배우라고 일렀다. 아이들의 놀림감이 될까 봐 일부러 배려한 것이었다. 또한 얼마나 인내심을 갖고 글을 배울 것인지 지켜보려는 마음도 있었다.

　정호로서는 처음 당해보는 설움이었다. 정호네 마을은 다 같이 가난한 농사꾼들만 사는 마을이라 그런 차별을 느끼지 못했었다.

　정호는 눈물을 삼키며 아무 말 없이 마루로 물러나 다시 책을 펼쳤다. 훈장은 공부하는 내내 정호에게는 아무런 질문도 하지 않았다. 정호가 그날 공부한 것을 제대로 익혔는지 어쨌는지 관심도 없는 것 같았다.

　정호는 글을 배울 수 있다는 기쁨 하나만으로 열심히 천자문을 익히기 시작했다. 저녁이면 복습을 하면서 모르는 것이 있으면 아버지에게 다시 배웠다.

　천자문은 한자만을 가르치기 위한 것이 아니라, 세상의 이치를 어렴풋이 알게 해주었다. 빛이 없는 하늘은 검을 수밖에 없다는 것이나, 우리가 사는 이 땅을 포함하여 태양·달·별들을 통틀어 우주라고 한다는 것 등을 배우면 배울수록 재미있었다.

　"하늘 천, 따 지, 검을 현, 누를 황……."

　아버지는 정호가 천자문을 읽을 때마다 항상 다음과 같이 말해주었다.

"글이란 외우기만 해서는 살아 있는 지식이 되지 못한다. 어떤 글이든지 거기에는 세상의 이치나 진리가 들어 있는 법이란다. 글자에 담긴 세상을 들여다보거라."

정호는 이러한 아버지의 가르침에 따라 공부를 해나갔다. 그는 얼마 지나지 않아 먼저 서당을 다니기 시작한 아이들보다 천자문을 더 빨리 떼고 말았다.

정호의 재능을 발견한 훈장은 양반집 아이들과 함께 방에서 공부할 수 있게 해주었다.

"이리 좀 오너라!"

어느 날 훈장은 다른 아이들보다 일찍 와서 그날 공부할 곳을 미리 보고 있는 정호를 불렀다.

"예, 스승님."

"공부는 잘 되어가느냐?"

"열심히 하고 있습니다, 스승님."

"더 보고 싶은 책이 있느냐?"

"예?"

"여기 있는 내 책을 빌려보고 싶으냐 말이다."

"스승님……."

정호는 뛸 듯이 기뻤다. 훈장의 책장에 가득 꽂혀 있는 책을 보고 싶기는 했으나 감히 말도 꺼내지 못하고 있었다. 이날부터 훈장은 갖고 있던 책을 정호에게 빌려주기 시작했다.

정호는 밥 먹는 것도 잊은 채 해가 지도록 서당에 남아 닥치는 대로 책을 읽었다. 아침이면 다른 아이들보다 일찍 와서 서당을 말끔히 청소해놓았다.

공부를 하면 할수록 의문이 더 생겼다. 나중에는 훈장조차도 감당할 수 없는 무거운 질문을 던지곤 했다.

정호가 가장 재미있게 읽은 책은 그 당시 유교 사회를 비판한 《양반전》, 《호질》 따위의 책이었다. 이 작품들은 실학의 선구자인 박지원이 쓴 것이다.

《호질》의 내용 중에 호랑이가 하는 말이 걸작이었다.

도대체 우리 동물보다 훨씬 잘났다고 뽐내는 인간들의 생활을 보라. 너무나 이기적이며 부패에 빠져 있다. 이래가지고서야 어디 만물의 영장이라 자랑할 수 있겠는가? 차라리 호랑이가 사람보다 더 앞선 영장이라 할 수 있지 않겠는가!

그러던 어느 날, 정호는 훈장의 책장에서 책을 고르다 끝이 닳아 너덜너덜해진 지도를 한 장 발견했다.

그 지도는 정호가 사는 마을을 비롯하여 해주 지방을 한눈에 볼 수 있었다.

'어떻게 이 넓은 땅을 작은 종이에 이토록 상세하게 그렸을까?'

정호는 〈해주읍도〉를 보고는 마치 마술사가 그린 그림처럼 신기하다고 생각했다. 처음에는 여러 가지 색채와 복잡한 선으로 나누어진 그림을 어떻게 봐야 할지 혼란스러웠다.

정호는 지도를 펼쳐놓고 다시 상세하게 살펴보기 시작했다. 북쪽에 산이 하나 커다랗게 솟아 있고, 그곳에서 재령평야라 불리는 들판이 이어지며 시냇물이 흐르고 있었다. 시냇물 건너편에는 다시 들판이 넓게 펼쳐져 있고, 그 들판과 들판 사이에 조그마한 마을이 있었다.

그런데 정호는 지도를 자세히 보다가 시냇물이 흘러가는 방향이 정확하지 않을 뿐만 아니라 들판 사이에 끼어 있는, 정호가 사는 마을도 엉뚱한 곳에 그려져 있다는 사실을 발견했다.

만일 어떤 사람이 이 지도만 가지고 정호네 마을을 찾아온다면 분명히 길을 잃고 말 것 같았다.

'이런 지도는 지리를 아주 잘 아는 어른이 만들었을 텐데 왜 이런 실수를 저질렀을까?'

어쩌면 정호는 자신이 가보지 못한 이웃 마을도 잘못 그려진 부분이 있을 거라는 생각이 들었다.

'그런데 왜 훈장님은 이런 엉터리 지도를 가지고 있는 것일까. 종이가 너덜거리는 것으로 보아 많이 들여다보신 모양인데.'

정호의 의구심은 꼬리에 꼬리를 물고 이어졌다. 어느 결에 훈장이 들어와 지도를 열심히 뜯어보고 있는 자신을 쳐다보는 것도 눈치채지 못했다.

"뭘 그리 중얼거리느냐?"

정호는 소스라치게 놀라며 자리에서 일어나 훈장에게 고개를 숙였다. 훈장은 잔칫집에 다녀오는 길이었다.

"저어, 지도를 보고 있었습니다."

"오, 그래? 재미가 있더냐?"

"예에, 하지만 몇 군데 잘못 그려진 것 같습니다."

"흠, 잘못 그려졌다고?"

훈장은 정호를 유심히 쳐다보며 희끗희끗한 긴 턱수염을 쓰다듬었다.

"다른 마을은 잘 모르겠지만, 우리 마을은 시내와 길의 방향이 잘못되었습니다."

"그래? 어디 보자."

훈장은 지도를 유심히 살펴보더니 고개를 끄덕였다. 전에도 본 지도일 텐데 훈장이 잘못된 부분을 몰랐다는 것이 이상하다고 정호는 생각했다.

"네 말이 맞구나. 이제야 기억이 난다. 몇 해 전에 나를 찾아온 손님 한 분이 이 지도를 가지고 서당을 찾다가 길을 잃어버려 고생을 했다고 하더구나. 이 지도는 그 사람이 놓고 간 것이란다."

정호는 그제야 이해가 되었다. 하지만 이 지도를 그린 사람은 왜 이렇게 틀리게 만들었을까 하는 의문이 생겼다.

"이 지도를 그린 분은 해주 사람이 아닙니까?"

"허허, 글쎄다. 아마도 이쪽 지리를 잘 아는 사람은 아니었던 모양이다. 우리나라는 본래 지도를 그리는 기술을 천히 여겨 이런 일에 종사하는 사람이 적고, 또 대충 그려서 어린 너까지도 의아해할 정도지."

훈장은 피곤한 듯 벽에 기대어 앉았다. 잔칫집에서 술을 많이 마신 모양이다. 이제 집으로 돌아가야 할 시간이다. 훈장은 말을 길게 하는 것을 싫어하는 사람이었다.

'지도 그리는 기술을 천히 여긴 까닭이 무엇인지요?'

정호는 목까지 차오르는 말을 차마 입 밖에 내지 못하고 책보를 집어들었다. 인사를 하고 방을 나서려는데 훈장이 혼잣말을 했다.

"지도를 그리는 일을 천히 여기는 일이나 나라의 근본인 농사짓는 사람을 천히 여기는 일이나 다 마찬가지이니라. 다 세상이 올바르지 못하기 때문이야……."

정호는 우뚝 걸음을 멈추고 훈장의 다음 말을 기다렸으나 코를 고는 소리만 들려올 뿐이었다.

할 수 없이 밖으로 발걸음을 옮기던 정호는 무슨 생각이 들었는지 살금살금 뒤꿈치를 들고 훈장이 자고 있는 방으로 몰래 들어갔다. 그는 책장 사이에 보관해둔 〈해주읍도〉를 살짝 꺼내들고 뒷걸음질을 쳐 방을 빠져나왔다.

그때였다.

"정호야."

38

'이크, 아직 잠들지 않으셨구나.'

정호는 훈장이 부르는 소리에 가슴이 찔끔거렸다.

"지도는…… 무엇에 쓰려는 게냐?"

정호는 심장이 멎을 듯이 놀라며 기둥처럼 서서 방 한쪽에 누워 있는 훈장을 바라보았다.

"허어, 이 녀석이 어른이 묻는데 대답도 안 하구!"

훈장은 벽을 바라보고 누운 채로 호통을 쳤다. 눈은 여전히 감고 있었다.

꿈을 꾸고 계시는 걸까, 하고 머뭇거리다가 정호는 다급하게 입을 열었다.

"저어, 스승님. 집에 있는 종이에 베낀 뒤에 틀린 곳을 고치려구요……."

정호는 훈장이 무슨 말을 할지 두려워 말끝을 흐렸다.

"어린 네가 지도를 고쳐?"

"스승님께 허락을 받지 않고 가져간 것은 정말 잘못했습니다. 용서해주십시오. 지도를 다시 여기에 두겠습니다."

정호는 불호령이 떨어지기를 기다리며 머리를 조아렸다.

"하룻밤이면 되겠느냐?"

뜻밖의 반응이다. 정호의 가슴이 풍선처럼 부풀었다.

"예, 스승님."

"그렇다면 가져가도 좋다."

훈장은 여전히 돌아보지도 않고 낮은 목소리로 말했다.

서당을 나선 정호는 신나게 집으로 달렸다.

마을에 다다르자마자 그는 지도를 펼쳐들고 집에 가는 길을 확인해보기도 하고 틀린 위치를 외우기도 하면서 배고픈 줄 모르고 온 마을을 휘젓고 다녔다.

이상한 인삼 장수

정호 아버지는 여전히 열심히 농사를 지었다. 아들의 실력이 하루하루 좋아지는 게 큰 즐거움이었다. 사실 정호가 태어나기 전에는 술만 마시고 아내를 고생시키는 건달이었기 때문에 마을 사람들의 시선이 곱지 않았다.

그러나 이제 사람들은 해가 뜨기도 전에 지게를 짊어지고 나무하러 산으로 올라가거나 밭으로 일하러 나가는 그를 보고 사람이 완전히 변했다고 입을 모았다. 그들은 '덕용이가 술을 끊더니 딴 사람이 되었다', '정호가 복덩어리다'라고 하면서 고개를 끄덕거리곤 했다.

대부분 농사일 하나밖에 배운 것이 없는 동네 사람들은 김덕용을 마을의 자랑거리로 생각했다. 왜냐하면 김덕용은 글을 알기 때문이었다. 그런 그가 이제 마음까지 다잡고 성실하게 일을 하자 더욱 자랑스러워했다.

김덕용은 공부를 한 사람이면서도 자기 지식을 드러내지 않고 겸손하게 처신했기 때문에 사람들은 그를 좋게 여겼다. 동네 사람들은 마을에 무슨 일이 있을 때마다 정호 아버지를 찾아와 어려운 문제들을 털어놓았다.

"덕용이 있나? 의논 좀 함세."

"그젯밤부터 막내가 아픈데 아랫마을 점쟁이 말로는 조상 묏자리가 나빠서 그렇다는데, 어찌해야 좋을지……."

대개가 이런 식이었다. 정호 아버지는 상대가 누구든 아무리 사소한 이야기라도 끝까지 듣고 나서 자신의 생각을 조리 있고 알기 쉽게 설명해주었다.

정호가 아홉 살이 되던 해였다.

어린 순조 이공이 왕위에 오른 지 10년이 넘어 또 봄이 찾아왔다. 하지만 나라의 권세를 움켜쥔 안동 김씨 일가는 오로지 자기들 가문의 욕심을 채우기 위해 온갖 횡포를 부리고, 조정의 벼슬아치들도 당파 싸움만 일삼았다.

이들은 이런저런 명목을 붙여 마구잡이로 세금을 거두어들였다. 그런가 하면 백성들 살림살이는 아무 관심이 없으면서 자기들끼리 이권을 놓고 아귀다툼만 벌이니 자연히 백성들의 불평불만이 쌓여갔다.

뼈 빠지도록 농사를 지어도 수확한 곡식의 절반 이상을 세금으로 빼앗겼다. 농민들에게 남는 것은 굶주림뿐이었다.

정호가 사는 황해도 땅에서도 조정에 대한 원성이 하늘을 찌르고, 갖가지 흉한 소문이 떠돌았다. 살기가 힘들어 짐을 싸들고 평생 살아온 고향땅을 등지는 사람이 많아졌다.

"아무래도 하늘이 뒤집힐 거요. 이 나라가 김조순과 안동 김씨의 땅이지, 어디 우리 같은 사람들이 살 곳이오?"

"얼마 전에는 가뭄이 계속되어 논밭이 바싹 마르더니 이번에는 홍수가 나지 않나, 하늘이 노한 것이여."

"에이, 빌어먹을 세상! 싹 갈아엎었으면!"

"아무것도 모르는 어린 임금을 내세우고서 자기들 마음대로 조선 팔도를 들었다 났다 하며 제 뱃속만 채우는 놈들은 이번 기회에 들고 일어나서 모조리 몰아내야 한다구요."

"고을 원님들도 세금이랍시고 곡식을 산더미같이 거두어서 한양으로 보내는 것이 아니라 기생 끼고 술 마시고 비단옷 두르는 데 쓰고 있답니다, 글쎄."

백성들은 모였다 하면 해주 관리들을 꾸짖었다. 정호네 집을 찾는 마을 사람들도 마찬가지였다. 예전 같으면 집안일이나 마을 굿 등 주변에 얽힌 이야기를 할 텐데, 먹고살기가 팍팍하다 보니 그런 이야기는 아예 꺼내지도 않았다. 너나 할 것 없이 정호 아버지를 붙잡고 한숨을 푹푹 쉬었다.

하루는 정호가 공부를 마치고 나서 책보를 둘러메고 집으로 오니 아버지가 무엇인가 만들고 있었다.

"아버지, 그게 무엇입니까?"

"잠깐만 기다려라. 이제 다 되어간다."

아버지는 들기름 먹인 종이를 기다랗게 자르고 있었다. 나무로 만든 연장통 위에는 쇠로 만든 조그맣고 둥그런 통이 있었다. 그 통은 뚜껑을 여닫을 수가 있었다.

정호는 아버지가 만들고 있는 것을 가만히 들여다보았다. 무엇을 만들고 있는 것인지 통 알 수가 없었다. 가까이서 보니 띠종이 한쪽에 자그마한 눈금이 매겨져 있었다.

아버지는 띠종이를 다 연결하더니 두루마리 모양으로 꼼꼼하게 말았다. 단단하게 말린 두루마리는 갓난아이의 손바닥 만 했다.

아버지는 연장통 위에 있던 둥그런 통의 뚜껑을 열고 두루마리를 집어넣었다. 자세히 보니 통 옆면에 조그만 구멍이 하나 있었다. 아버지는 안에 들어간 띠종이의 끄트머리를 그 구멍 밖으로 끄집어냈다.

정호는 여전히 궁금한 채로 서 있었다.

"정호야, 이게 뭐냐면 길이나 나무, 집들의 거리를 잴 수 있는 물건이란다. 옛다, 네 생일 선물이다. 네가 길이를 재고 싶은 곳이 있거들랑 이걸 가지고 다니면서 띠종이가 풀린 길이가 몇 자인지 재면 되는 것이란다."

정호는 눈이 휘둥그레져서 줄자를 두 손으로 받았다. 아버지는 줄자의 눈금을 보는 법을 자세히 설명해주었다.

"길이를 걸음으로 재는 건 정확하지 않단다. 똑같은 길이라 해도 너만 한 아이가 걸으면 열 걸음이지만 어른이 걸으면 다섯 걸음도 안 되거든."

아버지는 정호가 읍내 지도를 고친답시고 걸어다니면서 '여기부터는 몇 걸음이고 저기는…….' 하고 중얼거리는 것을 눈여겨보았다. 그러다가 길이를 잴 수 있는 자가 필요하다고 느끼고는 정호에게 자를 만들어준 것이다.

정호는 너무나 기뻤다. 이번 생일에는 흰쌀밥이라도 얻어먹으려나, 하고 철없는 생각을 했던 것이 몹시 부끄러웠다.

"아버지, 고맙습니다."

줄자가 감긴 통을 끌어안고 환하게 웃으며 집 밖으로 나가는 정호의 뒷모습을 보며 김덕용은 쓸쓸하게 웃었다.

서당에 들어간 정호는 아버지의 기대 이상으로 공부를 잘했다. 한 번 들은 이야기는 잊어버리는 법이 없었다.

김덕용은 같은 나이의 다른 아이들보다 늦게 서당에 들어갔는데도 몇 달 안 가 아이들의 진도를 뛰어넘은 정호가 대견하기 그지없었다.

그러나 마음만 그럴 뿐 아비 된 도리로 정호에게 옷 한 벌 제대로 해주지도 못하고, 하루에 두 끼니 먹이기도 어려운 처지다.

얼마 전까지만 해도 정호가 훈장에게 글을 배우는 값으로 보리쌀이나 수수를 갖다 주었으나 이제는 그나마도 힘들다.

김덕용은 너덜너덜해진 누더기를 입고 양반 도령들 틈에 끼어 앉아 글을 읽을 자식의 모습을 상상할 때마다 가슴이 찢어질 듯이 아팠다.

이번 생일에는 옷이라도 한 벌 해주어야지, 하던 것이 결국 하나밖에 없는 자신의 낡은 두루마기를 아내에게 주어 정호의 옷으로 고치라고 했을 뿐이다.

그러다가 생각한 것이 길이를 재는 줄이었다. 어렸을 때부터 남달리 지리에 관심이 많은 정호가 읍내 지도를 가지고 왔다 갔다 하는 것을 보면서 줄자를 만들 생각을 한 것이다.

정호가 밖으로 나가고 한 시간쯤 지난 뒤 커다란 보퉁이를 둘러멘 사내 한 명이 집 앞을 얼씬거렸다. 차림새를 보아하니 장사꾼같이 보였다. 사내는 서른 살이 조금 넘어 보였는데, 마당에 서 있는 정호 아버지를 보자마자 대뜸 안으로 들어섰다.

"뉘신지요?"

정호 아버지는 느닷없이 들어서는 손님을 빤히 쳐다보았다.

"개성 인삼이 좋은 게 있는데 좀 보시렵니까?"

사내는 보따리를 손으로 가리키며 웃었다.

"저희 집 형편이 보시다시피 이렇다 보니…… 죄송해서 어쩌지요? 기왕 오신 김에 시원한 물로 목이라도 축이시지요."

인삼 장수는 집 안을 한번 죽 둘러보았다.

"인삼이란 누구한테나 보약이지요. 사람의 건강을 다루는 물건 이니 마음만 맞는다면 돈이 없어도 드릴 수가 있지요. 어디 이 집 물맛 좀 볼까요?"

넉살 좋은 인삼 장수의 말에 정호 아버지도 그만 껄껄 웃고 말았 다. 바느질을 하던 정호 어머니가 빠끔히 바깥을 내다보다가 손님 이 온 것을 알고 얼른 나왔다.

"여보, 먼 길을 오셨는데 손님께 시원한 냉수라도 드리도록 하시 오."

"예, 잠깐만 기다리세요."

정호 어머니는 얼른 부엌으로 들어갔다. 인삼 장수는 보퉁이를 마당에 턱 내려놓고는 마루에 걸터앉아 이마에 돋은 땀방울을 손 등으로 닦아냈다. 키는 작달막하지만 몸집이 다부지고 이마가 훤 한 것이 막 굴러먹은 사람처럼 보이지는 않았다.

정호 어머니는 사발에 묻은 물방울을 손으로 닦으며 인삼 장수에 게 찬물 그릇을 내밀었다.

"하하, 고맙습니다. 시절이 뒤숭숭하여 인심이 각박해졌다 하나 이 집 인심은 참으로 후하구려."

인삼 장수는 벌컥벌컥 물을 들이켰다.

"어려운 사람끼리 서로 돕는 것을 어찌 인심이라 할 수 있겠습니 까?"

정호 아버지도 가볍게 응수하며 인삼 장수를 위아래로 다시 뜯어
보았다. 어쩐지 예사 인물이 아니라는 느낌이 들었다.

"이 집에 9년 된 용이 한 마리 살고 있다는 말을 들었는데……."

인삼 장수는 입가에 묻은 물기를 손등으로 닦아내며 밑도 끝도
없이 말했다.

"9년 된 용이라구요?"

정호 어머니는 인삼 장수의 말에 눈을 동그랗게 뜨며 되물었다.

"9년 묵은 용에 인삼은 어울리구말구."

인삼 장수는 다시 뜻 모를 말을 중얼거렸다. 아내가 놀라 눈을 크
게 뜨고 인삼 장수를 바라보자 정호 아버지는 들어가라는 눈짓을
했다. 아내는 이내 방 안으로 들어갔다. 정호 아버지는 얼른 손님을
건넌방으로 안내했다.

"대체 무엇을 하는 어른이신지……."

손님을 앉혀놓고 정호 아버지가 넙죽 절을 하자 인삼 장수가 당
황하여 맞절을 했다.

"아, 이럴 것까지 없습니다. 저는 그저 천한 장사치에 지나지 않
습니다."

"그렇지가 않은 것 같습니다. 내가 이 황해도 땅에서 40년을 살
았지만 젊은 양반 같은 말을 하는 사람을 처음 보았소."

"흐음……."

인삼 장수는 의젓하게 앉아 정호 아버지를 똑바로 바라보았다.

그러고는 고개를 끄덕이며 미소를 짓더니 가만히 입을 열었다.

"나는 평안도 땅에 사는 홍경래라는 사람입니다. 평안도는 조선이 생긴 이래 차별 대우를 심하게 받아 아무리 뛰어난 사람이라도 벼슬길에 오르기 어려운 지방이지요. 어려서부터 고을에서 신동 소리를 들으며 글공부에 전념하여 과거를 보았으나 낙방을 했소. 그때부터 실력보다 파벌을 중시하는 세도가들 틈에서 실력만 가지고 벼슬길에 오른다는 것이 얼마나 어려운 일인지 알게 되었소. 그때부터 여기저기 발 닿는 대로 전국을 떠돌고 있습니다."

홍경래의 이야기를 조용히 듣고 있던 정호 아버지도 정호를 낳기 전에 세상을 비관하며 살아가던 지난날들을 머릿속에 떠올렸다.

"저희 집안도 역시 원래부터 농사꾼 집안은 아닙니다만, 지금은 몰락하여 곡식농사를 지으며 보잘것없는 목숨을 잇고 있지요. 아까 9년 묵은 용이라는 말을 하셨는데, 사실은 제게 아홉 살 먹은 아들 녀석이 하나 있습니다. 아비란 사람은 비록 이렇게 살지만 녀석만은 제대로 살게 하고 싶어 글공부를 시키고 있습니다. 아들 녀석이 어렸을 때부터 워낙 총기가 있어 저희 부부는 그 녀석을 유일한 희망으로 여기며 살고 있지요. 이거 괜히 제 자랑을 늘어놓은 것 같습니다."

정호 아버지의 말에 홍경래는 얼른 손을 내저었다.

"아닙니다. 실은 이 동네에 들어오다가 댁의 아드님을 봤습니다."

"아, 그러셨습니까?"

"제가 이웃 마을에 아는 사람이 있어 그리로 가는 길에 잠시 쉬었다 갈까 하고 냇가의 큰 바위에 앉았습니다. 그때 웬 아이가 오더니 냇가에 널린 조약돌을 밟으며 왔다 갔다 하면서 뭐라고 중얼거리는 것이었습니다. 어린애가 혼자서 뭘 하는지 궁금해서 자세히 살펴보았더니 냇물의 폭을 재고 있더군요."

홍경래는 과거 시험을 포기한 후에 여러 다른 학문을 하다가 수학을 공부한 적이 있어 정호가 무엇을 하려는지 금방 눈치챌 수 있었다.

당시 수학은 지금과 같이 공식이 정리된 것이 아니라, 서양의 수학을 부분적으로만 받아들인 상태라서 그리 높은 수준은 아니었다. 그러나 이미 18세기 전부터 관직을 포기하고 생활하던 선비들 사이에서는 어느 정도의 수준 높은 수학이 인기를 끌고 있었다.

정호 아버지는 아들을 칭찬하는 이야기라 그저 듣고만 있었지만 속으로는 무척 기뻤다. 과연 내 아들이다, 하는 생각이 저절로 드는 것이었다. 홍경래는 계속 말을 이었다.

"저는 계속 감탄하다가 마침내 아이를 불렀지요. 아이는 낯선 사람이 부르는데도 얼른 달려와 머리를 꾸벅 숙이고 인사를 하더군요. 저는 아이의 머리를 쓰다듬으며 그런 생각을 어떻게 하게 되었느냐고 물었습니다. 아이가 하는 말이 '저희 아버님은 하찮은 것도 예사로 보지 않으면 그 속에 있는 뜻을 깨달을 수 있다고 말씀하셨습니다. 그 말을 명심할 뿐입니다.'라고 말하는 것입니다. 그래, 제가 아버님은 무엇을 하는 분이시냐 하고 물었더니, '저희 아버님은 김자 덕자 용자를 쓰시는 분으로 농사를 짓고 계십니다.' 하더군요. 아이가 얼마나 총명하고 재기 있게 말하는지, 저는 입을 딱 벌리고 말았습니다. 그래서 너무 기쁜 마음에 장난을 좀 쳤지요."

"장난이라니요?"

정호 아버지가 궁금해서 물어보자 홍경래는 호탕하게 껄껄 웃더니 말을 이었다.

"네 아버님은 정말 훌륭한 어른이시구나. 헌데 내가 인삼 장수로 먼 길을 오느라 지친 데다가 인삼 한 뿌리 못 팔았으니 네 집으로 가면 인삼을 팔 수 있겠느냐, 하고 말입니다. 그랬더니 아이는 눈하나 깜짝 안 하고 이렇게 대답하더군요. '저희 아버님도 평생을 공들여 농사를 지었으나 세금으로 나가는 것이 더 많으니 지친 것은 어르신과 같은 처지입니다. 인삼을 파시겠다면 돈보다 더 귀한 것을 드릴 것입니다.' 하고 말입니다. 그런데 이 댁에 와서 시원한 물맛을 보고 나서야 그 말뜻이 뭔지 알았지 뭡니까? 하하하!"

정호 아버지는 홍경래의 설명을 듣고는 따라서 웃었다. 서당의 훈장도 더 이상 가르칠 것이 없다며 탄복하는 아들이다. 정호에 대한 자랑스러움에 얼굴 가득 환한 미소가 번졌다.

이때 밖에서 정호가 들어오는 소리가 들렸다. 정호 아버지는 아내를 시켜 술상을 차리게 했다. 홍경래는 보퉁이에 짊어지고 있던 인삼 몇 뿌리를 정호 어머니에게 내놓았다.

"인삼은 옛날부터 잔뿌리가 없고 모양이 잘생긴 것이 상품입니다. 푹 고아서 온 가족이 드십시오. 인삼 값은 자제분이 이미 치렀습니다."

옆에 서서 이 말을 들은 정호는 얼굴을 붉혔다. 정호 어머니는 인삼을 받고는 몸 둘 바를 몰라 하며 말했다.

"어린것이 손님께 버릇없이 굴지는 않았는지요."

"아이고, 아닙니다. 정말 댁의 아드님은 크게 될 인물이니 아주머니께서 잘 키우셔야겠습니다."

홍경래는 정호의 집에서 하룻밤을 머물기로 했다. 정호는 큰방에서 어머니 옆에 누웠다. 건넌방에서는 밤새도록 이야기를 나누는 소리가 들렸다. 정호 아버지와 손님이 술잔을 주거니 받거니 하며 이야기를 나누는 것이었다.

정호 아버지는 평생을 살면서 이렇게 하룻밤 만에 뜻을 같이하게 된 사람을 처음 만난 것 같았다. 물론 나이 차이는 있었으나 둘은 마치 오래된 친구처럼 가까워졌다.

"언제까지나 이렇게 살아서야 되겠습니까? 나라꼴은 말이 아니고 백성들은 굶어 죽기 직전이니, 이대로 보고만 있다가 무슨 일을 당하게 될지 걱정입니다. 이제는 나라를 걱정하고 백성을 사랑하는 사람들이 나설 때가 온 것 같습니다. 제가 방방곡곡을 다녀보니 나라를 걱정하는 뜻있는 사람들이 한둘이 아니더군요. 뜻을 모아 일어나 후대에 부끄럽지 않은 사람이 되어야 한다는 생각이 자연스럽게 들더군요."

정호 아버지는 낮에 찾아와 울분을 토하던 동네 청년들을 생각했다. 그들은 아침 일찍 산에 나무하러 갔다가 겪은 일을 한숨 섞어 정호 아버지에게 하소연했다.

청년들이 나무를 하다가 어느 외딴집에서 곡소리가 들려오기에 집 안으로 들어가보니 아이의 부모가 소녀의 시체를 끌어안고 통곡을 하고 있었다고 했다.

마을 청년 하나가 "무슨 병에 걸려서 저리 가엾게 되었을꼬." 하고 혀를 끌끌 차자 소녀의 어머니가 울부짖으며 "병이지요, 암! 병이구말구요! 세상에 하고 많은 병 중에 굶주림 병이랍니다! 아이고 불쌍한 것아!" 하며 울부짖더라는 것이다. 먹을 것이 없어 굶어 죽은 것이다.

겨울을 지내고 나면 가을에 수확한 곡식이 다 떨어질 때가 있는데 이를 보릿고개라고 한다.

아이들은 먹을 것이 없어 산으로 들로 다니면서 풀뿌리나 진달래꽃을 따 먹으며 주린 배를 달래야만 했다.

어느 집이 끼니때가 되어도 굴뚝에서 연기가 피어오르지 않으면 이웃 사람들은 혹 죽지나 않았는지 가슴이 덜컹하여 우르르 그 집에 몰려가기도 했다.

그래서 마을 사람들을 안심시키기 위해서 밥을 짓지 않아도 일부러 불을 때는 집이 많았다.

이런저런 생각을 하다 보니 의협심이 강한 정호 아버지는 마음속에서 거대한 불화살이 치솟는 듯했다. 홍경래는 계속 말을 이었다.

"정호 생각을 좀 해보십시오. 아드님이 너무나 총명해서 지금은 신동이라는 소리를 듣지만, 훗날 정호 아버님이나 저 같은 불우한 처지가 되지 않으리라는 보장이 있습니까?"

정호 이야기가 나오자 김덕용은 가슴이 미어지는 것 같았다.

'나는 어떻게 살더라도 이 아이만은 앞길이 훤히 트여야 할 텐데……'

정호 아버지는 점점 홍경래의 말에 빨려들었다.

"정호 같은 우리 후대를 위해서라도 저는 제 이 보잘것없는 목숨을 바치기로 결심한 지 오래입니다."

홍경래는 알통이 실하게 밴 팔뚝을 힘껏 들어 올리며 굳게 주먹을 쥐고는 말했다.

"그래서 오래전부터 저와 뜻을 같이할 사람을 은밀히 모으고 있습니다. 인삼 장수라는 직업은 사람들이 이상하게 여기지 않도록 신분을 감추기 위한 속임수에 지나지 않습니다. 어떻습니까? 저와 뜻을 같이하시겠습니까?"

홍경래는 의지에 찬 얼굴로 물었다. 두 사람의 눈이 서로 마주쳤다. 서로 시선을 피하지 않았다. 잠시 침묵이 흘렀다. 정호 아버지는 눈을 지그시 감았다. 평생 고생만 시킨 아내, 눈물이 그렁그렁 맺힌 아내의 얼굴이 눈에 선했다.

'내가 의거를 일으킨다면 분명 목숨을 내놓고 시작해야 한다.'

머릿속에 떠오른 아내의 눈빛은 제발 나서지 말라고 애원하고 있었다. 김덕용은 세차게 도리질을 쳤다.

아들 정호의 총명한 얼굴도 떠올랐다.

'저는 아버지가 하시는 일이라면 믿을 수 있어요.'

어린 것이 아버지를 이해하겠다는 뜻의, 해맑게 웃고 있는 모습이 떠올랐다.

한숨을 쉬는 마을 청년과 어르신들의 얼굴이 차례로 스쳐 지나갔다. 노인들의 이마에는 굵은 주름이 깊게 패어 있었다. 굶주려 죽었다는 이름 모를 어린 소녀의 얼굴도 떠올랐다.

김덕용은 마침내 고개를 들고 눈을 떴다. 하룻밤 내내 고민을 하느라 얼굴이 수척해졌다. 김덕용은 자신의 손을 들어 홍경래의 주먹 위에 올려놓고는 굳게 잡았다. 뜻을 같이한다는 뜻이다.

홍경래는 감격에 찬 목소리로 소리쳤다.

"고맙습니다!"

"정호처럼 장차 이 나라의 기둥이 될 아이들을 위해서요!"

창호지를 통해 엷은 빛이 비치기 시작했다. 동이 터오는 모양이다. 어디선가 새벽닭이 길게 목청을 뽑는 소리가 들렸다. 두 사람은 오랫동안 서로 손을 굳게 잡고 동지로서의 결의를 다졌다.

홍경래의 난

조선이 건국된 이래 평안도 사람을 '서북인'이라 하여 지역 차별을 두었다. 그래서 아무리 뛰어난 인재라도 잘 등용하지 않던 것이 그만 전통으로 굳어졌다.

처음에는 서북인의 기상이 강하고 곧아 고분고분하게 말을 듣지 않을 것이라고 판단하여 벼슬을 주지 않았다.

이성계는 함경도에서 태어나 거기서 자란 뒤, 고려 최영 장군의 신임을 얻었다. 그 후 정식으로 장군이 되어 왜적과 싸워 공을 세웠다. 그런데 이성계는 중국 명나라와 싸우기 위해 압록강 하류에 있는 위화도라는 섬에 머물다가 말머리를 돌려 반란을 일으킴으로써 조선을 건국했다.

이성계는 나라를 세우기 전부터 주로 북부 변방 지역에서 활동했기 때문에 평안도 사람들의 기개를 누구보다도 잘 알았다. 그래서 '서북인'이라고 불리는 평안도 사람들과 함경도 사람들이 기상이 높고 성격이 거칠어 반란을 일으킬 위험이 크다고 보고 지역 차별 정책을 쓴 것이다.

이성계를 이은 다른 왕들도 이성계의 정책을 이어받아, 나중에는 천한 신분으로 전락해버린 평안도 사람을 업신여기며 벼슬을 잘 주지 않았다. 아무리 똑똑해도 평안도에서 태어난 사람이면 벼슬 길이 끊어졌다. 게다가 서울에서 온 벼슬아치들이 갖가지 방법으로 백성들을 착취하여 사람들의 원망은 날로 높아만 갔다.

이런 시대에 홍경래는 1780년 평안북도 용강군 다미면 세동 꽃 장골에서 농민의 아들로 태어났다. 어려서부터 몸이 단단하고 담력이 커서 전쟁놀이를 하면 언제나 대장 노릇을 했다.

또한 홍경래는 농가에서 자란 다른 아이들과는 달리 일찍부터 글을 깨우치게 되었는데, 서당 훈장은 그를 보고 신동이라고 부를 정도였다. 나중에는 더 배울 것이 없어 이웃 마을 중화에 가서 유학권이라는 학자에게 글을 배우기도 했다.

유학권이 간단한 글을 지어보라고 하자, 당시 여덟 살이던 소년 홍경래는 즉석에서 시를 지어 읊었다.

해압산에 걸터앉아
요포강에 발을 씻노라

'높은 산에 앉아 넓은 강에 발을 씻는다'는 뜻이다. 비록 나이는 어려도 어른들도 지니지 못한 기상을 시로 드러냈다.

유학권에게 가르침을 받은 후 홍경래는 다시 고향 꽃장골로 돌아와 공부를 계속했다.

홍경래의 본관은 남양으로, 남양 홍씨는 그가 태어나기 전만 해도 조정에서 세도를 부리던 집안이다. 그러나 홍경래 집안은 서울의 홍씨와 가까운 촌수는 아니었다. 그저 간신히 과거를 볼 신분 정도였다.

홍경래는 공부를 마치고 한양으로 올라가 과거 시험을 치렀다.

평안도 출신들은 높은 자리는 아니었으나 종종 진사라는 낮은 신분이라도 얻으려고 과거를 보기도 했다. 홍경래는 아무리 지방 차별을 하여도 실력만 있으면 붙겠지, 하는 생각으로 과거를 보았으나 번번이 낙방했다.

"이번에도 또 낙방이로구나!"

홍경래는 깊은 시름에 젖었다.

"그만큼 공부했으면 합격할 수 있다고 믿었는데…….."

처음 낙방했을 때는 자신의 실력이 모자라서 그렇겠거니 여겼다. 홍경래는 다시 고향으로 내려와 이를 악물고 공부했다. 상투 끝을 천장에 매달고 다리를 바늘로 찔러가며 몇 해를 두고 책과 씨름했다. 누구에게도 지지 않을 만큼 학업에 열중했다.

다시 과거를 볼 날이 가까워왔다. 홍경래는 노잣돈도 없이 한양까지 걸어가 과거를 보았지만 또 낙방하고 말았다.

친구들은 과거에 매달리는 홍경래를 비웃었다.

"서북(평안도) 출신이 믿을 게 뭐가 있다고 과거를 보나? 합격하기를 바라는 네가 잘못이지."

"헛수고하지 말고 고향에서 훈장이나 해."

그러면 그럴수록 홍경래는 마음을 다시 굳게 먹고 글공부에 매달렸다.

'무슨 소리인가. 아무리 불공평한 세상이라고는 하나 실력을 무시할 수는 없을 것이다.'

그러나 결과는 언제나 마찬가지였다.

불공평하게도 자신보다 형편없는 글재주와 학식을 가진 남쪽 지방 출신들이 합격하는 것을 보기도 했다. 홍경래는 실력으로 합격을 결정짓지 않는 세태에 몹시 분개했다.

극심한 신분 차별이고 지방 차별이었다. 그보다도 홍경래가 더 화가 난 것은 부정부패한 양반들이 돈을 주고 벼슬을 사고파는 것이었다.

'아, 이런 썩어빠진 세상에서 내가 무엇을 하며 포부를 키울 수 있단 말인가.'

홍경래는 마침내 울분을 삼킨 채 과거를 포기했다. 그 길로 집을 떠나 산 좋고 물 맑은, 경치 좋은 여러 지방을 떠돌며 유랑 생활을 했다.

그는 산에서 도를 닦는 도사들에게 차력술이나 축지법을 배웠다.

또한 여러 가지 술법이나 무예를 익히기도 하면서 돌아다녔다.

그렇게 전국을 떠돌다가 마침내 자신과 같은 처지의 우군칙이라는 사람을 알게 되었다. 둘은 오래 사귄 친구처럼 마음이 맞았다.

두 사람은 만나기만 하면 속마음을 털어놓으며 요지경처럼 돌아가는 세상을 비판했다.

"심지어 권세 있는 집 노비들조차 우리들을 보면 평안도놈이라고 부르는 판이오. 대장부가 세상에 나서 어찌 큰 뜻을 펴지 못하고 죽겠소? 우리 한번 일어나 포부를 펴봅시다."

"평안도 사람들만을 위해서 내가 이러는 것은 아니요. 온 백성들이 안동 김씨의 세도정치에 진저리를 치고 있소이다. 몇 년째 흉년이 들어 굶주려 죽는 자가 길에 널려 있는데 우리가 이대로 가만히 있어야 하겠냐 이 말이오."

"그렇소. 떨쳐 일어납시다! 우리 두 사람 힘을 합치면 그 기상이 천하를 흔들 것이오."

"우선 뜻을 같이할 사람들을 모읍시다."

홍경래는 밤낮으로 사람을 모으러 다녔다. 가산의 이희저, 황주의 김사용, 개천의 이제초 등이 홍경래와 뜻을 같이했다. 이들은 각각 젊은 사람들을 모아 군사 훈련을 했다.

홍경래는 키는 작으나 힘이 장사였다. 커다란 나무 두 그루 위에 새끼줄을 매어놓으면 그 위를 뛰어넘을 정도였다. 얼마나 날랜지 홍경래가 걸으면 보통 사람 눈에는 날아가는 것으로 보였다.

홍경래는 인삼 장수로 가장하여 평안도와 가까운 함경도, 황해도 등지에 김정호의 아버지 김덕용 같은 이들을 거사에 끌어들이기도 했다. 홍경래가 평안도에서 난을 일으키면 함경도와 황해도에서 각각 호응하여 의거할 수 있도록 한 것이다.

이상한 인삼 장수가 다녀간 후 정호의 아버지 김덕용은 근방의 장정들을 모았다. 그러고는 남의 눈을 피해 건넌방에 모여 밤마다 회의를 열고 거사를 논의했다.

"평안도에서 홍 대장이 봉기를 일으키면 해주 땅에서도 농민, 뱃사람 할 것 없이 난을 일으키기로 되어 있소."

"그러면 그날을 대비해서 무기를 만듭시다. 이 썩어빠진 세상을 뒤집어버리게 말이오."

"그보다 여기 모인 사람들이 할 일이 있소. 해주 봉기는 곽성즙, 노인담 두 분이 알아서 맡으실 것이고, 우리는 홍 대장이 봉기를 일으킨 후에 여세를 몰아 군사를 이끌고 한양으로 쳐들어갈 때 해야 할 일이 있소."

"알았소. 그러니까 해주 바닷가에서 큰 배들을 대고 있다가 안전한 뱃길로 서해안을 돌아 마포나루로 들이치자는 얘기지요?"

"쉿! 목소리가 너무 크오. 그러니까……."

이렇게 김덕용과 마을 사람들은 밤마다 모여 앞으로 해야 할 일에 대해 의견을 주고받으며 구체적인 계획을 짜나갔다.

점점 겨울이 가까워왔다. 가을걷이가 끝난 들판은 황량하기 그지 없었다.

정호의 어머니는 아무래도 남편의 움직임이 심상치 않다고 느꼈다. 남편은 그에 대해 이렇다 저렇다 말 한마디 없었다. 그렇다고 아들 정호에게 말해보았자, 그 애가 무엇을 알고 있겠는가 싶어 그만두었다.

정호의 어머니는 고된 농사일로 워낙 허약했던 몸이 더욱 좋지 않았다. 하지만 남편에게 내색할 수가 없었다. 남편은 정신이 반 정도 나간 사람 같았다. 정호는 윗목에서 책을 읽다가 걱정으로 가득 찬 어머니의 창백한 얼굴을 살폈다.

이때 문 밖에서 기침 소리가 들렸다.

"정호 아직 안 자느냐?"

아버지였다. 정호는 얼른 읽던 책을 덮고는 방문을 열었다. 아버지는 방으로 들어오려다 말고 마당으로 내려섰다.

"아니다. 네가 잠깐 나오겠느냐?"

아버지는 뒷짐을 지고 건넌방으로 앞서 들어갔다. 자고 있는 줄 알았던 어머니가 얼른 눈을 떴다. 어머니는 불안해하며 정호에게 어서 가보라고 눈짓을 했다.

언제나 낯선 사람들로 가득 차 있던 건넌방이 오늘은 비어 있었다. 방은 깨끗이 치워져 있었다. 방 한쪽 모서리에는 키가 큰 대나무를 깎아 만든 죽창이 한 묶음 서 있었다.

아버지는 한참 동안 말없이 정호의 얼굴을 찬찬히 바라보다가 마침내 결심을 한 듯 입을 열었다.

"그래, 글공부는 잘 되느냐?"

"예."

"네가 몇 살이더냐?"

"생일을 넘겼으니 열 살입니다."

"흐음……."

아버지는 턱수염을 몇 번 쓸어내렸다.

"너는 이 아비를 믿느냐?"

"예?"

정호는 아버지가 느닷없는 말을 던지자 말뜻을 알아듣지 못해 눈을 크게 뜨고 아버지의 얼굴을 살폈다. 그러고는 다시 고개를 숙이며 대답했다.

"예, 아버지를 믿습니다."

"이 아비는 이제 너를 어리다고만 생각하지 않는다. 요즘 들어 우리 집을 드나드는 사람들이 많다는 것을 너도 알고 있겠지?"

"예, 알고 있습니다."

"조만간에 나라에 큰일이 일어날 것이다. 그 큰일 때문에 이 아비는 너와 네 어머니 곁을 떠나게 될 것 같구나. 이 아비가 없더라도 어머니를 잘 모셔야 한다."

정호는 아버지가 떠난다는 말에 온몸이 굳어지는 것 같았으나 입술을 꼭 깨물었다.

"후세 사람들이 나라를 위하여 이 아비가 한 일을 장하게 여길 때가 올 것이다."

"저는…… 아버지를 믿습니다."

아버지가 당장이라도 어떻게 될 것만 같아 가슴이 두근거렸으나 정호는 어깨를 펴고 대답했다. 김덕용은 방 한 구석에 따로 세워둔 대지팡이 하나를 가져왔다.

"이걸 받아라."

정호는 아무 말 없이 대지팡이를 받아들었다. 지팡이는 매우 단단해 보였다.

"이 아비의 선물이다. 지난번에 왔던 인삼 장수에게서 받은 것이다. 이 지팡이를 아비라 생각하고 의지하거라. 그리고 만약에 이 아비에게 무슨 일이 생기거든 네 서당 훈장에게 도움을 청하거라. 내가 미리 말해두었으니까……."

정호의 눈에 그렁그렁 눈물이 고였다.

'어디론가 떠나시려는 것일까? 자세히는 알 수 없지만 아무튼 아버지는 큰일을 하시는 것이 분명하다. 어머니가 저리 머리를 싸매고 자리에 누우신 것도 그 때문이 아닐까.'

정호는 아버지의 뜻을 헤아려보았다.

"사내대장부가 함부로 눈물을 뿌려서는 안 된다. 건강이 좋지 않은 네 어머니를 따뜻하게 돌봐드려야 한다. 우리 집안은 비록 벼슬

길이 끊겨 몰락하긴 했으나, 우리 선대에 자신의 이익을 위하여 정당하지 않은 행동을 하신 분은 단 한 분도 안 계셨다. 네 할아버지도 그렇고 또 이 아비도 그럴 것이니라. 이 말을 명심하고 항상 진정으로 나라를 위하는 인물이 되도록 노력해야 할 것이다. 알겠느냐?"

"명심하겠습니다……, 아버지."

"그래, 밤이 늦었다. 이만 물러가도록 해라."

정호는 간신히 울음을 참으며 방을 나왔다. 고개를 들어 하늘을 보았다. 유성 하나가 꼬리를 길게 늘어뜨리고 땅으로 떨어지고 있었다.

그해 12월 초 어느 날 새벽, 김덕용은 행장을 꾸렸다. 정호 어머니는 눈물을 삼키며 정호에게 일렀다.

"아버지께서 먼 길을 떠나시니 큰절을 올리도록 해라."

정호는 땅바닥에 엎드려 아버지에게 큰절을 올렸다. 아버지는 웃음을 머금으며 고개를 천천히 끄덕였다. 차가운 겨울바람이 정호의 얼굴을 할퀴고 지나갔다.

"다녀오리다."

김덕용은 서리를 맞은 마른 풀잎을 밟으며 산기슭을 올라갔다. 한 번도 집 쪽을 돌아보지 않았다. 어머니는 아버지의 뒷모습이 보이지 않을 때까지 문 밖에 서 있었다. 그러고는 정호를 부둥켜안고 숨죽여 울기 시작했다.

며칠 후 평안도 땅에 난이 일어났다는 소문이 들려왔다. 그들은 잘못된 나라를 뜯어고쳐야 한다고 부르짖으면서 부잣집 곳간을 털어 가난한 백성들에게 골고루 나누어준다는 말이 떠돌았다.

반란군의 대장은 홍경래라고 했다. 홍경래의 군사는 평안도 다복동을 근거지로 삼고 가산읍부터 쳐들어갔는데 그 군사의 수가 10만 명이 넘는다는 소문이 돌았다.

이때 가산군수는 정저라는 사람이었는데 품성이 강직한 사람이었다. 홍경래가 쳐들어온다는 부하의 보고를 받기가 무섭게 멀리서 군사들의 함성과 말발굽 소리가 요란했다.

정저는 돌아가는 판세가 심상치 않음을 알고 결재할 때 사용하는 인수를 감추려는 순간, 홍경래의 군사가 들이닥쳐 그의 목덜미를 잡아채었다.

군수는 동헌으로 끌려 나갔다. 이미 대청에 앉아 있던 홍경래가 정저에게 호령을 했다.

"가산군수는 항복하라!"

정저는 굴하지 않고 마주보며 소리쳤다.

"네가 누구기에 감히 임금의 신하인 나더러 항복하라는 게냐?"

홍경래는 더욱 목청을 높여 소리쳤다.

"나는 썩어빠진 나라를 구하고 가난한 백성들을 못살게 구는 안동 김씨 김조순 일당을 벌하기 위해 의로운 군사를 일으킨 홍경래다. 네가 백성을 등쳐먹는 군수가 아니라면 마땅히 우리 의로운 군사의 편에 서야 할 것이다! 빨리 그 인수를 내놓아라!"

인수는 군수의 권위를 상징하는 물건이기 때문에 그것을 내준다는 것은 곧 항복한다는 뜻이다.

"네가 감히 도당을 모아 나라를 어지럽히려는 게냐? 나라에는 임금이 계시거늘 어찌 너 같은 놈이 국법을 어지럽히려 드느냐?"

정저는 끝까지 반항하며 인수를 내주지 않았다. 홍경래는 부하를 시켜 인수를 들고 있는 정저의 오른손을 칼로 베게 했다. 그러나 정저는 왼손으로 인수를 움켜쥐고는 놓지 않았다.

홍경래는 또 왼쪽 팔을 치게 했다. 정저는 피를 흘리면서도 떨어뜨린 인수를 입으로 물고 버텼다.

결국 홍경래는 정저의 목을 치고서야 인수를 빼앗을 수 있었다.

홍경래는 가산을 치고 나서 승리를 거듭하며 선천에 당도했다. 그 당시 선천부사는 김익순이라는 자였는데, 그는 본래 겁이 많아 홍경래의 협박에 금방 항복하고 말았다. 선천부사가 어이없이 항복해버리자 이어 작은 군현들은 도망치기 바빠 관군의 전열이 무너지고 말았다.

곳곳에서 항복을 받아낸 홍경래 부대가 농민들의 환영을 받으며 평안도 땅을 다 차지했다는 소문이 퍼졌다.

"점쟁이가 그러는데, 금년에 홍씨 성을 가진 사람이 가난한 백성을 구원한다더라."

"어린 세자를 왕으로 모셔놓고는 마음대로 나라를 주무르는 안동 김씨들을 보다 못해 일어선 군사래."

"그래, 더 이상 이대로는 못 살아. 제발 그놈들을 모조리 몰아내었으면!"

사람들은 저마다 한마디씩 하며 홍경래 부대를 칭찬했다. 정호도 어렴풋이 홍경래를 우러러보았다. 훌륭한 사람이란 가난한 백성들을 도와주는 의로운 일을 하는 사람이라고 나름대로 생각했다. 쌀이 없어 풀뿌리로 목숨을 이으려고 끼니를 때우는 불쌍한 마을 사람들 생각났다.

부잣집 양반들은 난리통에 목숨을 잃을까 봐 돈이 될 만한 가재도구를 싸들고 한양으로 도망갔다. 용쇠는 자기도 크면 의병이 되겠다고 큰 소리를 치며 활 쏘는 흉내를 내곤 했다.

용쇠는 이제 열세 살이 되어 키가 어른처럼 크고 힘이 장사였다. 동네 사람들은 용쇠가 웬만한 어른 몫을 해낸다며 기특해했다. 용쇠는 제 키만 한 지게를 거뜬히 지고 나무를 하러 산에 올라가서는 두어 시간 만에 산더미 같은 나뭇짐을 지고 내려오곤 했다.

"너만 알고 있어. 우리 아버지도 봉기군에 나서신단다! 어머니가 그렇게 말씀하셨어."

용쇠는 자랑스럽게 말했다.

'우리 아버지도 봉기군에 끼여 있는 것일까?'

정호는 아버지가 인삼 장수와 함께 집을 나간 후부터 아버지의 행방이 매우 궁금했다. 난이 일어난 후에도 아버지가 봉기군에 참여했으리라고 확신을 할 수는 없었다. 어머니가 아버지에 대해서는 아무에게도 말하지 말라고 엄하게 말했기 때문에 정호는 혼자서 생각을 할 뿐이었다.

정호는 아버지가 봉기군이 되었다고 짐작했지만, 용쇠에게도 그런 말을 할 수는 없었다. 그런 정호의 마음을 아는지 모르는지 용쇠는 신이 나서 자기 아버지에 대해 자랑을 했다.

"나도 크면 봉기군에 들어갈 거야!"

마침내 정호가 사는 황해도 땅에도 홍경래의 난에 뜻을 같이하는 농민들이 반란을 일으켰다. 가난하게 살던 농민들과 천민들이 다들고 일어났다고 하는데 그 우두머리가 곽성즙, 노인담이라는 농민이라고 했다.

바닷가 마을의 뱃사람들도 양반 집에 떼 지어 쳐들어갔다는 이야기도 들려왔다.

평안도를 차지한 홍경래는 군사를 이끌고 한양으로 쳐들어가는 중이라는 소식이 들려왔다. 정호네 마을 사람들도 그 반란군에 합세하기 위하여 모두 읍내로 몰려 나갔다. 반란군의 수는 점점 늘어만 갔다.

정호 어머니는 반란군에 나선 아버지가 무사하기를 바라는 마음에서 날마다 정화수를 떠놓고 손이 닳도록 빌었다. 그러나 어머니의 정성에도 불구하고 승리를 거듭하던 홍경래 부대는 영의정이 직접 이끄는 토벌군에 밀려 후퇴하기 시작했다.

송림동이라는 고을에서 벌어진 전투에서 처음으로 홍경래 부대가 패배하더니 그 후로는 계속 밀리기 시작했다. 홍경래가 이끄는 봉기군은 정주성으로 쫓겨 들어가 마지막 전투를 벌이게 되었다.

해가 바뀌어 봄이 가까워질 때까지 항전하는 동안 식량이 바닥났다. 마침내 홍경래는 여자들과 병자들, 아이들을 성 밖으로 내보냈다. 토벌군을 이끌던 영의정 김재찬은 정주성을 향하여 외쳤다.

"항복하라! 항복하고 나오는 자는 죽이지 않겠다!"

홍경래가 이끄는 군사들은 식량이 떨어져 더 이상 버티기가 힘든 상황이었지만, 서로 의지하며 버티다가 결국 성문을 열고 토벌군을 공격해 나갔다. 목숨을 건 이 싸움은 홍경래가 직접 지휘했다. 그러나 별다른 소득이 없었다.

홍경래 부대가 저항을 하자 관군들은 새로운 작전을 짰다. 그들은 광부들을 동원하여 몰래 성벽 밑을 파고 그 밑에 화약을 묻었다. 그러고는 마침내 화약에 불을 붙였다. 성이 무너져 내리면서 돌무더기와 함께 홍경래의 군사들은 땅속에 파묻혔다.

동시에 토벌군의 총공세가 시작되었다. 봉기군은 목숨을 다해 토벌군과 맞서 싸웠지만 기습 작전에 말려 패배하고 말았다. 홍경래를 비롯한 주요 지휘관들은 죽거나 체포당했다. 이렇게 해서 넉 달이 넘도록 계속된 홍경래의 봉기는 막을 내렸다.

홍경래의 봉기에 뜻을 같이하여 일어난 함경도와 황해도 농민의 난도 점차 진압되어갔다. 그런데도 정호 아버지는 집으로 돌아오지 않았다.

정호 어머니는 남편을 기다리다 지쳐 자리에 눕고 말았다. 워낙 허약한 몸인 데다가 기다리는 남편이 돌아오지 않자 그 충격을 이겨내지 못하고 쓰러진 것이다.

난리 중이라 마을 사람들은 저마다 끼니 때우는 것마저 힘들어져 정호네를 돌봐줄 여유가 없었다. 어머니를 돌볼 사람은 오로지 정호밖에 없었다. 정호는 부엌에 나가 아궁이에 불을 지피고는 죽을 끓여 어머니에게 떠먹였다. 어머니는 그것조차도 입에 대지 않았다. 정호 역시 찐 감자 한 덩이로 하루를 버티기가 예사였다.

정호는 홀로 앉아 돌아오지 않는 아버지를 기다리며 곰곰이 생각해보았다.

'싸울 때 지리를 잘 알면 이길 수가 있을 것이다. 산의 생김새나 골짜기들의 위치, 강물의 흐름 등을 잘 안다면 최소한 지지는 않을 것이다. 설사 싸움에서 진다 해도 몸을 숨기고 다음 싸움을 준비할 수 있지 않은가? 훈장님이 가지고 있던 읍도만 해도 그렇게 틀리니, 전국 방방곡곡을 그린 지도는 얼마나 다를까? 이래서는 싸움에서 승리할 수가 없어.'

정호는 만일 봉기군이 제대로 그린 지도를 갖고 있었다면 그렇게 비참하게 패하지는 않았을 것이라고 생각했다.

'아버지는 돌아가셨을까? 홍경래라는 대장도 죽었다던데. 아니야, 우리 아버지는 그렇게 호락호락 당하실 분이 아니야. 어디 관군에게 잡혀서 감옥에 들어가신 것일까? 그러면 집에 연락이라도 왔을 텐데.'

이런 생각 저런 생각에 빠져 있던 정호는 문득 방구석에 세워둔 대지팡이를 들여다보았다. 아버지가 집을 떠나기 전에 정호에게 건네준 것이다.

'이 지팡이를 아비라 생각하고 의지하거라.'

아버지가 집을 떠나기 전에 남긴 마지막 말이 정호의 머릿속을 떠나지 않았다. 정호는 대지팡이를 가만히 쓰다듬었다. 자신도 모르게 눈물이 볼을 타고 흘러내렸다.

'이제 어머니와 단둘이서 살아가야 하는 것일까? 아버지는 정말 돌아가신 걸까? 죽는다는 것은 무엇인가?'

정호는 마음을 굳게 먹었다.

'훈장님은 죽는다는 것은 원래 있던 자리로 돌아가는 것이라고 하셨는데, 아버지가 원래 있던 자리는 어디일까? 아버지는 내가 이제는 어린아이가 아니라고 하셨다. 그래, 이제부터 어머니는 내가 보살펴드려야 한다. 농사일도 하고 용쇠 형처럼 나무도 하고……. 그런 것은 두렵지 않다. 하지만 아버지……, 보고 싶습니다.'

정호는 마침내 대지팡이를 가슴에 꼭 안고 흐느끼기 시작했다. 서러움이 산처럼 밀려왔다. 앞날은 아무래도 상관없다. 단지 아버지에 대한 그리움만 차올랐다.

정호는 한참을 흐느끼다 눈물을 닦고 대지팡이를 똑바로 쳐다보았다.

'사내대장부란 함부로 눈물을 보여서는 안 된다고 아버지께서 말씀하셨어. 그래 맞아. 이제 나는 어른이야. 가장이라구. 아버님 말씀대로 이제부터는 내가 어머니를 보살펴드려야 해. 나는 할 수 있어. 아버님의 뜻대로 꼭 하고 말 거야.'

정호는 손등으로 눈물을 닦아냈다. 대지팡이를 세워두고 어머니의 얼굴을 들여다보았다. 이마에서 식은땀이 났다. 정호는 수건으로 땀을 닦아주었다. 그러고 나서 어머니의 손을 굳게 잡았다.

"어머니, 걱정 마세요. 이제부터는 제가 돌봐드리겠습니다."

정호는 어머니의 거친 손을 어루만지며 굳게 다짐했다.

아버지의 당부

정호는 아침 일찍 일어나 죽을 쑤어 먹었다. 그리고 어머니를 옆
집 개똥이 어머니에게 부탁하고 집을 나섰다. 아버지가 집을 떠나
기 전에 한 부탁이 생각나 훈장을 찾아가기로 한 것이다.

정호는 한쪽 손으로 아버지가 물려준 대지팡이를 짚었다. 대지팡
이는 정호의 키보다 조금 컸다. 정호는 아버지가 남겨준 대지팡이
를 항상 지니고 다니기로 결심했다.

정호는 논과 밭이 있는 들길을 걷다가 물끄러미 들판을 바라보았
다. 난리통에 남자들이 많이 죽어서인지 들판에는 대부분 아낙네
들이 나와 일을 하고 있었다. 힘에 겨운 표정들이었다.

'우리 집뿐만이 아니구나⋯⋯.'

정호는 긴 한숨을 내쉬었다. 옆집 개똥이 아버지도 간신히 목숨
은 건졌으나, 한쪽 다리가 잘린 채로 거적에 싸여 돌아왔다는 얘기
를 들었다.

상처받은 사람들의 가슴속은 저마다 쓰리고 아파도, 세월은 그 마음을 아는지 모르는지 또다시 봄이 오고 아물아물 아지랑이가 피어올랐다.

훈장은 안에서 자고 있는지 서당은 쥐 죽은 듯이 조용했다. 정호는 마루 끝에 서서 흠흠 헛기침을 해보았다. 그러자 안에서 인기척이 났다.

"정호냐? 들어오너라."

훈장은 정호가 오기를 기다리기라도 했다는 듯이 반갑게 말했다. 정호는 짚신에 묻은 흙을 탁탁 털어 반듯하게 벗어 놓고 마루로 올라섰다.

"마음고생이 크겠구나."

정호는 대지팡이를 마루에 걸쳐둔 뒤 방으로 들어가 훈장에게 절을 했다.

"그간 찾아뵙지 못해 송구스럽습니다. 용서해주십시오."

"아니다. 그게 어디 네 탓이더냐. 편히 앉거라."

정호가 자리에 앉자 훈장은 대지팡이를 잠시 쳐다보다가 입을 열었다.

"어머님은 어떠하시냐?"

"몸져누우셨습니다."

"허허, 큰일이로구나……. 그래, 정호 너는 앞으로 어떻게 할 생각이냐?"

"아무래도 예전처럼 서당에 나오지 못할 것 같습니다. 어머니도 모셔야 하고, 또 아버님도 저에게 집안일을 당부하셨으니……."

"쯧쯧……."

훈장은 안타까운 듯 혀를 찼다. 처음 정호가 서당을 찾았을 때 퉁명스럽게 대하던 것과는 전혀 다른 태도다.

"아버님께서 훈장님께 부탁하신 일이 있다고, 만일 일이 생기거든 찾아가 뵈라고 하셨습니다."

"그래, 알고 있다. 거사를 하기 얼마 전에 나를 찾아와 내게 몇 가지 부탁을 하셨다. 첫 번째는 네가 끝까지 공부를 하도록 주선해달라는 것이고, 두 번째는 이번 거사가 실패로 돌아가면 네 어머니와 너에게 후환이 있을까 두려우니 거처를 다른 지방으로 옮겨달라는 부탁이었다. 그렇지 않아도 너를 기다리고 있었느니라."

"저의 아버님이 그런 부탁을……. 훈장님께 폐를 끼치는 것이 아닌지……."

정호는 순간 아버지의 얼굴이 떠올라 잠시 눈시울이 뜨거워졌다. 정호는 입술을 깨물어 눈물을 참으며 고개를 숙였다. 훈장은 잔잔한 미소를 지으며 정호를 바라보았다. 훈장은 지그시 눈을 감고 지난날을 떠올렸다.

인삼 장수로 가장한 홍경래가 정호의 집을 찾기 전 원래 가려던 곳은 바로 이 서당이었다. 홍경래는 자신의 거사를 위해 10년 전부

터 여러 지역을 돌며 뜻을 같이할 동지를 찾아 돌아다녔는데 이 서
당의 훈장 역시 그와 뜻을 같이하는 인물이었다.

훈장은 남양 홍씨로 홍경래의 먼 친척뻘 되는 사람이다. 젊은 시
절 과거에 낙방한 후 일찌감치 벼슬길을 포기하고 부모에게 물려
받은 재산을 정리한 후 황해도 해주에 내려와 서당을 열었다.

그런 만큼 먹고사는 데는 별다른 걱정이 없었지만, 날이 갈수록
혼탁해지는 세상일에는 은근히 불만을 품고 있었다. 그러나 그는
홍경래나 정호 아버지처럼 몸소 나서서 난을 일으킬 만큼 적극적
인 성격의 인물이 아니었다. 그저 뒤에서 여러 가지 도움을 주는 정
도였다.

정호 아버지가 뒷일을 훈장에게 맡길 생각을 한 것도 다 그런 이
유에서였다.

"너 같으면 네가 아끼는 제자가 몹쓸 변을 당했을 때 뒷짐 지고
가만히 보고만 있겠느냐?"

"……."

"네 아버지의 뜻은 훌륭하지만 아직 이 세상은 그런 뜻에 반대하
는 사람들이 세도를 잡고 있다. 어디 가서든지 이 사실을 명심해야
한다. 아버지는 바로 너희 세대를 위하여 스스로 힘든 길을 택한 것
이니라."

"예, 명심하겠습니다. 훈장님."

훈장은 잠시 말을 끊고 수염을 손으로 쓰다듬더니 다시 입을 열

었다.

"나 살기도 힘든데 내가 왜 너에게 돈을 주면서 한양으로 떠나라 하는 줄 아느냐?"

"모, 모르겠습니다."

"사실은 홍경래의 봉기군은 지도 때문에 졌다."

"예?"

지도만 있었으면 봉기군이 지지 않았을 거라는 생각을 했는데, 정말로 지도 때문에 졌다니!

훈장은 토벌군과 봉기군이 싸운 내력을 자세히 이야기해주었다.

"토벌군을 이끌고 온 사람은 연안김씨 김재찬이라는 영의정인데, 그이가 평안도와 황해도 지도를 갖고 있었다더라. 그이가 원래는 홍경래와 함께 안동 김씨 세도정치를 끝내려다가 여의치 않자도리어 관군을 직접 지휘한 것이라. 자세한 내막은 네가 알 것 없지만, 지도가 그만큼 중요하다는 점을 말해주고자 하는 것이다."

"아, 지도가…… 우리 아버지를…….”

"정호야, 그래서 당부한다. 좋은 지도를 만들거라. 그것이 네 아버지의 뜻을 기리는 것이다. 알겠느냐?"

"예, 훈장님.”

훈장은 고개를 끄덕거리며 정호의 어깨를 두드려주었다.

"자, 내가 돈을 약간 마련했으니 당장 내일이라도 어머니를 모시고 한양으로 올라가거라."

"예? 한양으로요? 내일요?"

정호는 두 눈을 휘둥그렇게 뜨고 훈장을 쳐다보았다.

"홍경래 봉기군 잔당을 소탕한다면서 관군들이 몰려다니고 있다. 네가 무슨 봉변을 당할지 모르니 어서 떠나란 말이다."

"그래도 한양에는 아는 사람이 아무도 없는데…….."

"원 녀석, 놀라기는. 거기도 다 사람 사는 곳이니 걱정하지 않아도 된다. 할 수만 있다면 너희 모자를 한양으로 보내달라는 게 네 아버님의 뜻이었다. 네 어머님은 몸도 몸이지만 무엇보다도 마음의 병이 깊으니 네가 잘 위로를 해드리면 자리를 털고 일어나실 게다. 하나밖에 없는 아들을 위해서라도 오래 누워 계시지는 않을 것이니라."

열한 살의 정호에게는 한양이 너무도 아득하게만 느껴졌다.

'한양…….'

정호는 아직 한 번도 가본 적이 없는 땅을 가만히 불러보았다. 권세 있는 양반들이 모여 사는 곳, 부유한 상인들이 사는 곳, 임금님이 계시는 곳, 가난한 선비가 과거를 보러 괴나리봇짐에 짚신 몇 켤레를 달랑거리며 찾아가는 곳……. 한양.

"어린 너에게 큰일을 맡겨 안됐다만, 내가 해줄 수 있는 것은 이뿐이니 어쩌겠느냐? 가서 자리를 잡거든 서대문 밖 공덕리에 사시는 김원경이라는 어른을 찾아뵙도록 해라. 그 어른이 네 글공부를 봐주실 게다."

훈장은 말을 끝내고 추천서 한 통과 돈 꾸러미를 정호에게 건네
주었다. 그리고 돌돌 만 커다란 종이 다발을 꺼내어 정호에게 내밀
면서 말했다.

"이것은 성종 17년에 노사신, 양성지, 강희맹 등 당대의 학자들
이 만든 조선전도니라. 원래 지도는 나라에서도 함부로 보지 못하
게 하는 물건이다. 이것은 개성상인에게서 선물로 받은 것이니라.
네가 지도를 볼 줄 알고 또 지리학에 관심이 많기에 주는 것이니 앞
으로 지도 공부를 하는 데 요긴하게 쓰도록 해라."

정호는 조선전도를 펴 들었다. 벅차오르는 가슴을 감당할 수 없
을 만큼 기뻤다. 정호에게는 돈 꾸러미나 추천서보다도 더 반가운
물건이었다.

정호는 스승에게 하직 인사를 올린 뒤 대지팡이를 짚고 집으로
돌아왔다.

개똥이 어머니는 보이지 않고 누워 있어야 할 어머니가 방에서
걸레질을 하고 있었다.

"아니, 어머니! 몸도 편찮으신데 왜 일어나셨어요? 아주머니는
요?"

어머니의 눈이 푹 꺼져 있었고 얼굴색은 더욱 창백했다.

"일어나야지 어쩌겠니? 그리고 개똥이 아버지가 그렇게 편찮으
신데 아주머니더러 나만 봐달라고 하면 쓰겠느냐? 개똥이 어머니
에게 들으니 온 마을이 쑥대밭이 되었다는구나. 난리에 기웃거린

사람들은 관아에 끌려가서 모진 고생을 당하고……. 쯧쯧."

어머니는 걸레를 뒤집어 방을 닦으며 한숨을 내쉬었다. 정호는 어머니의 등을 가만히 바라보다가 입을 열었다.

"저어, 어머니."

정호는 이제야 어머니가 자리를 털고 일어났는데 곧바로 이사 이야기를 꺼내면 어떻게 생각할지 몰라 망설였다.

"할 말이 있는 모양이구나. 뭐든지 말하거라. 이 어미는 괜찮다. 네 아버지도 이제 안 계시고, 나는 너 하나만 의지하고 살아야 할 몸이 되었으니 무엇이든 나하고 의논하자꾸나."

정호는 잠시 망설이다 말을 꺼내었다.

"저…… 아버님께서 집을 나가시기 전에 훈장님께 몇 가지 부탁을 해놓으셨답니다."

"부탁? 무슨 부탁?"

어머니는 아들의 말이 무슨 뜻인지 궁금해 되물었다.

"다름이 아니라…… 아버님께서 혹 무슨 일을 당하시면 어머니와 저에게 후환이 있을까 두려우니 한양으로 거처를 옮겨달라고 하셨답니다."

"한양으로?"

어머니는 다시 한 번 놀랐다. 한양이라니, 거기엔 아는 사람도 없지 않은가.

"그리고 훈장님께 제가 글공부를 계속할 수 있게 주선해달라고……."

"그러셨구나. 하지만 훈장님께 그런 폐를 끼쳐서야……."

어머니는 남편 생각이 나는지 잠시 콧물을 훌쩍였다. 정호는 어머니의 표정을 살피며 다시 말을 이었다.

"훈장님께서는 저보고 '네가 나라면 아끼는 제자가 큰 변을 당했을 때 돕지 않겠느냐.' 하시기에 거절할 수가 없어 어쩔 수 없이……."

정호는 어머니 앞에 훈장이 준 돈 꾸러미와 추천서를 내놓았다. 그것을 본 어머니는 한참 동안이나 아무 말 없이 눈시울을 붉히며 방바닥만 쳐다보았다.

정호도 고개를 푹 숙이고 어머니의 말을 기다렸다. 어머니는 진정이 되었는지 눈물을 닦아내더니 정호를 쳐다보며 입을 열었다.

"네 아버지가 한양으로 가라고 하셨다면 분명 거기에는 무슨 뜻이 담겨 있을 게다. 네 공부를 위해서도 그렇고, 만약 살아계신다면 그리로 찾아올 마음으로 하신 말씀일 게다. 망설일 것 없다. 내일이라도 당장 떠나도록 하자꾸나."

감자 몇 개로 저녁을 때운 정호와 어머니는 서둘러 짐을 꾸리기 시작했다. 어머니는 어디서 그런 힘이 나는지 전혀 아픈 사람처럼 보이지 않았다. 누가 보아도 금방 자리에서 일어난 환자로는 생각되지 않을 정도였다. 어머니는 남편이 혹시 한양으로 찾아올지도 모른다는 희망에 부풀어 자신도 모르는 힘에 이끌려 떠날 채비를 하고 있었다.

비록 그 희망이 실낱처럼 희미한 것이라 하더라도 정호 어머니에게는 목숨보다도 더 소중한 것일지도 몰랐다.

정호도 제 물건을 꾸리기 시작했다. 어머니는 갈 길이 멀고 험하니 꼭 필요한 것만 챙기라고 말했다.

'나한테 꼭 필요한 것이 무엇일까?'

정호는 가만히 앉아 곰곰이 생각하다가 지도를 꺼내었다. 그러고는 그것을 둘둘 말아 대지팡이 속에 깊숙이 찔러 넣었다. 아버지가 지난 생일에 만들어준 길이를 재는 종이 줄자와 직접 써준 천자문 책도 몇 벌 안 되는 옷가지 속에 집어넣었다. 그 밖에 아버지가 평소 즐겨 읽던 책 몇 권과 필묵이 짐의 전부였다.

어머니는 훈장이 준 돈 꾸러미에서 돈을 조금 꺼내더니 뒷집 용쇠 형에게 살짝 부탁하여 나귀 한 마리를 구했다. 그 먼 길까지 짐을 들고 갈 수는 없는 노릇이었다.

용쇠는 정호네가 멀리 떠난다는 것을 알고는 몹시 슬퍼했다. 용쇠는 나중에 한양으로 꼭 찾아가겠다며 정호의 손을 꼭 잡았다. 개똥이 어머니는 쌀 한 됫박을 보자기에 싸서 정호 어머니에게 건네준 뒤 치맛자락에다 코를 힝 풀었다.

용쇠네와 개똥이네 말고는 아무도 정호네가 내일 새벽 마을을 떠난다는 사실을 몰랐다. 정호는 용쇠에게 자기가 그린 읍도 한 장을 선물로 건네주었다.

"지도 공부를 열심히 해서 우리나라 지도를 정확하게 그릴게."

용쇠는 정호와 헤어지는 것이 섭섭해 입술이 불뚝 튀어나왔다.
당장이라도 닭똥 같은 눈물을 뚝뚝 흘릴 것만 같았다.

개똥이 누나한테는 싸리나무로 만든 지구의를 선물로 주었다. 개
똥이 누나는 이다음에 크면 고향에 꼭 놀러오라고 말했다.

다음 날 새벽, 동이 트기도 전에 정호와 정호 어머니는 짐을 실은
나귀를 앞세우고 고향 마을을 떠났다. 새벽별이 총총했다. 산길을
넘어 날이 밝아올 때까지 용쇠가 바래다주었다.

"정호야, 잘 가……."

용쇠는 말끝을 흐렸다. 목이 메었다.

"형, 잘 있어……."

정호도 말을 잇지 못했다. 용쇠는 발걸음이 떨어지지 않는지 자
꾸만 두 사람의 뒤를 따라왔다.

"용쇠야, 그만 가거라. 어른들이 걱정하시겠다."

어머니가 발걸음을 멈추고 손짓을 하며 말했다. 그러자 용쇠는
울먹이며 정호에게 손을 흔들었다.

"정호야, 잘 가. 우리나라 지도를 꼭 그려."

"용쇠 형, 몸 건강히 잘 있어."

용쇠는 드디어 울음보를 터뜨리더니 뒤돌아서 뛰어갔다. 정호의

눈에도 눈물이 가득 고였다. 어머니는 정호의 어깨를 포근히 안아 주며 발길을 재촉했다. 아침 일찍 일어난 산비둘기가 푸드덕 하늘을 향해 힘차게 날아올랐다.

한양으로 가는 길

낯설고 물선 한양 땅으로 가는 길은 참으로 고되었다. 정호네 모자는 요행히 해질녘에 민가를 만나면 하룻밤을 묵기도 하고 어떤 때는 산에서 길을 잃어 풀숲에 누워 자기도 했다.

어머니가 힘겨워할 때는 어머니를 나귀에 태우기도 했다. 하지만 나귀도 등에 실은 짐이 무거운 나머지 얼마 못 가서 힝힝거리며 뻗대었다. 정호는 나귀를 달래느라고 순돌이란 이름을 붙여주고 자꾸만 불러주었다.

어머니 때문에 한시도 마음이 놓이지 않았지만 지나는 고을 풍경은 참으로 아름다웠다. 사람의 얼굴이 제각기 다르듯이 고을고을마다 특색이 있었다.

해주 땅처럼 강물을 끼고 들판이 한없이 펼쳐지는 곳도 있고, 산이 웅장하여 지나는 사람들의 마음을 사로잡는 곳도 있었다.

훈장은 조선이 '8도 360고을'로 이루어져 있다고 했다.

'황해도 해주에서 한양에 이르는 길도 이렇게 아득한데 훈장님이 준 지도처럼 드넓은 팔도의 강산을 손금 보듯 지도를 그린 분들은 얼마나 훌륭한 분들일까.'

정호는 후대에까지 커다란 도움을 주고 있는 훌륭한 사람들을 생각해보았다.

처음 조선전도를 펼쳐보았을 때의 그 놀라움이 잊히지 않는다. 각 고을의 위치는 말할 것도 없고 유유히 흐르는 강물이나 산자락 하나까지 표시되어 있었다. 읍도를 처음 보았을 때에도 적잖이 놀랐는데, 조선전도를 보면서 길을 찾노라니 대단하다는 생각이 들었다. 지도 보는 법이 어느 정도 익숙해지자, 정호는 지도를 보면서 길을 찾을 수 있었다.

때로는 지도에서 잘못 표기된 걸 보고 실망하기도 했다. 강의 흐름이 틀려서 마을을 잘못 찾은 적도 있다. 어떨 때는 지름길을 두고 지도에 있는 큰길을 따라가느라 몇 십 리를 헤매기도 했다.

정호는 들판을 지나 시냇물을 건너고 고개를 넘기도 하면서, 이제 지도를 보지 않고도 머릿속으로 지나온 마을의 지도를 그려보기도 했다. 쉬는 동안에는 땅바닥에 그렸다가 진짜 지도를 꺼내 대조해보기도 했다.

직접 그리면서 다시 지도를 보니 역시 보통 정성을 가지고 그린 물건이 아니라는 생각이 들었다.

'내가 방금 지나온 길을 그리기도 이렇게 힘든데 하물며 이 조선

땅덩어리를 그린 분들은 얼마나 큰 고생을 하셨을까!'

정호는 지도를 그린 사람들의 노력을 쉽게 생각해서는 안 되겠다는 생각이 들었다.

개똥이 어머니가 준 쌀은 얼마 안 가서 떨어졌다. 하지만 봄이 무르익은 때라 산나물이나 열매로 그럭저럭 배를 채울 수 있었다. 훈장이 준 돈은 한양으로 가는 길에 무슨 일이 생길지 몰라 될수록 쓰지 않았다.

아무리 인심이 각박해졌다고는 하나 나그네에게 식은 밥 한 덩이 대접하는 미풍양속은 여전히 남아 있었다. 열한 살짜리 소년과 그의 병든 어머니의 초라한 차림새를 보는 사람마다 조금이라도 도와주려고 애썼다.

"저 어린것이 병든 어머니를 모시고 한양까지 가다니!"

"열한 살이라지, 아마. 코흘리개로 철없이 뛰어놀 나이에 어쩜 저렇게 의젓하담."

어떤 주막집 주인은 공짜로 주먹밥을 괴나리봇짐에 넣어주기도 했다. 고개 하나를 같이 넘으며 친절하게 길을 가르쳐주는 떠꺼머리총각도 있었다.

어느덧 한양 땅이 눈앞에 보이자 어머니는 눈물을 글썽였다. 정호는 쌓인 피로도 잊은 채 좋아서 깡충깡충 뛰었다. 나귀도 몇날 며칠 동안 고생을 같이한 어린 주인의 마음을 아는지 힝힝거리며 몸을 뒤챘다.

"어머니! 저기가 한양이에요, 한양! 이제 다 왔어요. 조금만 참으시면 돼요."

"나야 고생한 게 뭐 있니? 너와 우리 순돌이가 고생을 했지."

어머니도 기쁜지 연신 나귀를 쓰다듬었다.

"어머니, 순돌이도 한양에 와서 기분이 좋은가 봐요. 웃는 것 좀 보세요, 어머니."

"그러고 보니 우리 순돌이가 정말 웃고 있구나, 저런."

"어머니, 시장하시지요? 어디 주막이라도 찾아볼까요?"

한양에서 제일 복잡하고 번화한 거리라고 하는 종로 거리에 들어서면서 정호가 말했다.

과연 종로 거리는 지나는 사람들이 많았다. 곳곳마다 갓을 쓴 양반들이 하인을 거느리고 다녔다. 높은 나리들이 지날 때마다 거리의 사람들은 모두 고개를 숙이고 행차가 끝날 때까지 절을 했다. 해주 땅에서는 볼 수 없던 광경이다. 정호의 눈에는 온갖 물건들이 잔뜩 쌓인 종로 육의전이 신기했다.

정호는 종로 동남쪽 보신각 근처에 있는 주막에 자리를 잡았다. 우선 주인에게 국밥을 시키고 어머니를 방에 눕혔다. 그러고는 나귀의 등에 실은 짐을 풀어 방으로 옮겨놓은 다음, 순돌이에게도 풀과 물을 주었다.

"어디에서 왔니?"

주막의 술청에 앉아 술잔을 기울이고 있던 사람이 정호에게 말을 걸었다.

"해주에서 왔어요."

"아니, 그 먼 데서 너 혼자 왔단 말이냐?"

"어머니하고 같이 왔어요. 어머니는 방에서 쉬고 계세요."

"한양에는 무슨 일로?"

"누굴 좀 찾아뵐려구요."

"누구를?"

"서대문 밖 공덕리에 사시는 김원경이라는 어른이에요."

"서대문 밖 공덕리? 거긴 몰락한 양반네들이 사는 곳인데. 예서 과히 멀지는 않으나 내일 일찍 가는 게 나을 게다. 영리하게 생겼구 나. 너 글은 배웠니?"

"잘 알지는 못하지만 대충 읽고 쓸 줄은 압니다."

"흐음……."

그 사람은 정호가 또랑또랑 대답을 하자 기특하게 여기며 머리를 쓰다듬었다.

정호는 어머니와 함께 주막 주인이 차려온 이른 저녁을 먹었다. 원래는 오늘 안으로 공덕리를 한번 다녀올 생각이었다. 그런데 따 뜻한 구들방에서 배불리 먹고 나자 온몸이 물먹은 솜처럼 무거워 지고 졸음이 쏟아졌다.

내려앉는 눈꺼풀을 억지로 치뜨는데 어머니가 이불을 깔았다.

"오늘은 여기서 쉬고 내일 아침 일찍 공덕리에 가보려무나."

90

정호는 자리에 눕자마자 코를 골았다. 어머니는 자고 있는 정호의 머리를 쓰다듬었다.

이튿날, 정호는 일찌감치 아침을 먹고 혼자서 서대문 밖에 있는 공덕리를 찾아갔다.

공덕리는 정말 가난한 선비들이나 사는 동네인 듯싶었다. 김원경이라는 사람의 집 앞에 당도하니 대문이 열려 있었다. 하지만 정호는 대문 안으로 선뜻 들어설 생각을 못하고 밖에서 쭈뼛거렸다.

"게 누구냐?"

서른 중반쯤 되어 보이는 선비 한 명이 어정쩡하게 서 있는 정호를 보고 소리를 치며 나왔다.

"여기가 김원경 어른 댁이 맞는지요?"

"그렇다마는, 무슨 일이냐?"

선비는 옷차림이 누추하고 이상한 대지팡이를 짚고 있는 정호를 훑어보더니 다시 물었다.

"뉘 댁에서 왔느냐?"

양반집에서 심부름하는 소년으로 생각한 모양이다.

"저는 황해도 해주에서 올라온 김정호라고 합니다. 저희 훈장님께서 한양에 당도하거든 이 집 어른을 찾아뵈라고 서찰을 써주셨습니다. 그래서……."

정호는 품에 간직한 훈장의 편지를 선비에게 건넸다. 선비는 잠깐 기다리라고 이르고는 곧 안으로 들어갔다.

집 안에 한약을 달이는 냄새가 진동하는 것으로 보아 누군가 병석에 누워 있는 모양이었다. 아까 그 선비가 다시 나오더니 정호를 방으로 데리고 갔다.

방에는 나이 많은 어른이 누워 있었다. 나이는 훈장과 비슷해 보였으나 볼이 움푹하게 꺼진 것이 아무래도 깊은 병을 앓고 있는 듯했다.

"네가 해주에서 왔다는 그 아이냐?"

김원경은 눈을 가늘게 뜨고 정호에게 물었다.

"예, 김정호라 하옵니다."

"흐음, 성격이 유별난 홍 훈장이 너를 칭찬한 것을 보면 총기가 제법이 아닌 모양이로구나."

정호는 어떻게 대답할지 몰라 그냥 무릎을 꿇고 앉은 채 묵묵히 앉아 있었다.

"나보고 네 공부를 뒷받침해주라고 편지에 씌어 있던데, 보다시피 내가 이리 병신이 되었으니 어찌 너를 가르치겠느냐?"

"……."

"올해로 몇 살이냐?"

"열한 살입니다."

"호오, 그래? 같이 올라왔다는 어머니는 어디에 계시느냐?"

"지금 종로 주막에 계십니다."

"살 집을 마련해야 할 터인데⋯⋯."

"우선 여기부터 들러 인사를 드린 다음 집을 구하려고 생각했습니다."

"기특하구나. 효성도 지극한 것 같고⋯⋯."

김원경의 입가에 웃음이 번졌다. 잠시 무슨 생각을 하더니 머리맡에 있는 작은 은종을 울렸다. 딸랑딸랑 종소리가 나자 아까 그 선비가 들어왔다.

"부르셨습니까, 아저씨."

"이 아이가 나를 믿고 이 먼 곳까지 온 모양인데 모른 척할 수야 없지. 만리재에 있는 네 집이 아직도 비어 있느냐?"

"예, 아직 비어 있습니다."

"그 집을 이 아이 모자가 살도록 손질하거라. 낙원이, 너야 대대로 이 집에 눌러살기로 한 몸이니 말이다."

"고맙습니다. 이 은혜를 어떻게 갚아야 할지⋯⋯. 어머니를 모시고 오겠습니다."

낙원이라는 선비는 김원경의 조카뻘 되는 듯했다.

정호는 김원경에게 하직 인사를 했다.

선비의 이름은 정낙원이며, 김원경의 처조카라고 했다. 정낙원은 별로 말이 없었지만 정호가 살 집을 친절하게 안내해주고 그 집에 있는 살림살이를 그대로 쓰라고 했다. 주막에 있는 정호네 짐도 직접 옮겨주었다.

정호가 살 집은 김원경의 집과 그리 멀지 않았다. 만리재를 사이에 두고 공덕리와 이웃한 마을이다. 어머니는 마을이 훤히 내려다보이는 만리재에 한참을 서서 앞으로 살게 될 동네를 둘러보았다.

"참 고마운 사람들도 있구나. 한양에는 없는 것이 없어 하물며 고양이 뿔까지 있다고, 어리숙한 시골 사람을 등치는 사람이 많은 곳이라더니……. 세상에, 가뭄이 들어도 한양 인심은 아직 가물지가 않았나 보다."

어머니는 생각지도 못한 보금자리가 생겨 무척 기쁜 모양이었다. 정호도 그러한 어머니의 표정을 보고 덩달아 밝게 웃었다. 어머니와 아들은 손을 잡고 언덕을 내려가기 시작했다.

어머니는 하루 종일 집안을 치우고 짐을 정리했다. 순돌이는 헛간에 매어두었다. 부엌을 사이에 두고 양쪽에 방이 있었다.

어머니는 집을 장만하려고 아껴둔 돈으로 광주리장사를 해보겠다고 했다. 어머니는 그새 주막 주인에게 한양 물정을 세세히 익혀두었으니 걱정 말라고 했다.

"어머니, 아직 몸도 성치 않으시고 한양 지리도 어두우신데 그만두시지요."

정호는 어머니의 건강이 걱정되어 말렸다. 그러나 어머니는 이미 마음을 굳힌 모양이었다.

"몸이 좀 좋지 않다고 집에만 앉아 있을 수는 없잖니? 우리 두 식구 살아가자면 뭐라도 해야지. 그리고 아버지 말씀도 있고 하니 너도 그만둔 공부를 계속해야지."

"공부는 제가 알아서 할 터이니 걱정하지 마세요. 전 어머님이 빨리 건강해지기를 바랄 뿐입니다."

어머니는 어린 나이에 가장 역할을 하는 정호의 어른스런 모습이 오히려 슬펐다.

'다른 집 아이들 같으면 한창 철없이 뛰놀 나이에 얼마나 고생이 많았으면 저리 애어른이 되었을꼬……'

정말 정호는 제 또래보다 훨씬 나이가 들어 보였다. 모두 열대여섯 살은 되어 보인다고 할 정도였다. 정호 어머니는 가끔 정호의 모습에서 남편의 모습을 발견하곤 깜짝 놀라기도 했다.

정호는 마을을 걷다가 집집마다 돼지나 닭을 키우는 것을 보고 고개를 갸우뚱했다. 그래서 마을 어른들에게 돼지나 닭이 왜 그렇게 많은지 물어보았다. 그랬더니 가축을 키워서 장에 내다 팔면 돈이 된다는 것이었다.

정호는 집으로 뛰어와 어머니한테 그 이야기를 했다. 광주리장사를 하지 말고 집에서 자기와 같이 할 수 있는 일을 해보자고 설득했다. 처음엔 반대를 하던 어머니도 정호가 계속 조르자 마침내 허락을 했다.

다음 장날에 어머니는 중병아리 열 마리와 새끼돼지 다섯 마리를 사왔다. 정낙원이 다녀가더니 사람을 시켜 헛간을 축사로 만들어주었다. 어머니는 정낙원이 너무 고마워 어쩔 줄을 몰라 했다.

한양 생활에 조금씩 익숙해지자 정호는 다시 손에 책을 들기 시작했다. 글을 가르쳐주기를 원했던 김원경 어른이 아파 누웠으니 스스로 공부를 하는 수밖에 없다고 생각했다.

정호는 책을 읽다가 지치면 가까운 마포나루에 나가 강바람을 쐬기도 했다. 강변에 깔린 조약돌을 밟고 걸으며 지나가는 배를 바라보기도 했다. 문득 아버지 생각이 났다.

'아버지는 돌아가셨을까? 그때 난리에 참가했던 사람들은 거의가 살아남지 못했다고 들었는데. 한양에 올라온 지 몇 달이 지나도록 소식이 없는 것을 보면 돌아가신 게 분명해.'

아버지 생각을 할 때마다 정호는 가슴이 답답해졌다. 아버지를 믿지만 이해할 수 없는 부분도 적지 않았다.

'아버지는 왜 우리 곁을 떠나야만 했을까? 홍경래의 난이 끝나고도 백성의 삶에는 변한 것이 없다. 아버지는 무엇을 위해 나와 어머니 곁을 떠나야 했을까? 아버지가 가시던 날 꼭 잡았어야 했는데. 팔에 매달렸어야 했는데.'

정호는 짚고 있던 대지팡이로 조약돌을 헤집어보았다.

'이걸 아버지로 알고 의지하라구? 이건 한낱 대지팡이에 지나지 않는데.'

아버지는 싸움터에 나가기 위해서 몇날 며칠을 젊은이들과 함께 대창을 깎았다. 아버지는 그중 한 개를 골라 정호를 위해 지팡이로 만든 것이다. 그 이상한 인삼 장수가 준 것이라고 했으나 가만히 생각해보니 인삼 장수는 지팡이를 짚고 오지 않았었다.

정호는 불현듯 아버지 생각이 나자 원망스러웠다. 앞에 있다면 따지고 싶었다. 한편으로는 이런 생각도 들었다.

'정확한 지도만 있었더라도 홍경래 부대가 그렇게 허망하게 지지는 않았을 텐데. 그러면 아버지도 집에 올 수 있었을 테고. 아버지는 틀림없이 그 읍도처럼 정확하지 못한 지도를 보고 싸움을 했을 거야.'

생각이 꼬리에 꼬리를 물었다. 그러다가 결국 정호는 관심이 있는 지도와 연관시켜 생각을 했다.

어느 날 정호의 집으로 정낙원이 찾아왔다. 정호는 그때 윗방에 앉아 지도를 펼쳐놓고 있었다. 마침 지도에 그려진 한양 거리를 실제로 다니면서 잰 것과 대조하는 작업을 하고 있었다. 정호는 한양으로 오면서 어느 곳 어느 마을을 지나든 지도를 그릴 생각만 했다.

"뭘 보고 있니?"

정낙원은 빙긋이 웃으며 방으로 들어섰다.

"아니, 이거 지도 아니니? 이 귀한 것을 어디서 구했지?"

정낙원은 정호가 펼쳐들고 있는 지도를 보고 놀라움을 금치 못했다. 정호 또래가 갖고 있을 만한 물건이 아니기 때문이다.

"해주에 계시는 스승님께서 주셨어요. 제가 지도에 관심이 많은 것을 아시고 선물로 주신 거예요."

정호가 자랑스럽게 설명했다. 정낙원은 지도를 한참 들여다보더
니 말했다.

"이것은 성종 17년에 만들어진 오래된 지도로구나. 노사신, 양성
지, 강희맹 등이 만든 지도지."

"아저씨도 지도에 대해 잘 아시는군요?"

정호는 놀랍기도 하고 반갑기도 했다. 그 당시는 아무리 글을 읽
은 선비라 해도 지도에 대해서는 무지한 사람들이 많은 것이 사실
이었다. 선비들은 대부분 우리가 사는 이 땅덩어리가 평평하고 네
모나다고 생각했다.

정낙원은 정호의 탐구심에 놀랐다.

'어린 나이에 어찌 그리 통찰력이 깊단 말인가. 분명 어린 시절부
터 지리에 관심이 많았던 게 틀림없어. 저런 태도야말로 실제 생활
에 필요한 학문을 할 수 있는 기초가 아니던가. 하긴 저 아이를 가
르치셨다는 홍 훈장도 원래 백성들에게 꼭 필요한 학문을 연구하
신 어른이라던데…….'

정낙원은 문득 경기도 개성에 있는 최치현의 아들 최한기가 떠올
랐다. 최한기는 올해 초 아버지 최치현이 갑자기 죽자 큰집 양자로
들어갔다. 최한기는 어렸을 때부터 천문학에 관심이 깊어 혼자 실
험도 하고 천체 관측도 했다.

최한기는 정호보다 한 살 적다. 양반 자제이기는 하나 정호하고

친구가 되어 같이 공부를 한다면 좋을 것 같았다. 게다가 최한기는 아버지가 죽은 후 우울증에 빠져 외롭게 지내고 있었다.

정낙원은 김원경으로부터 정호의 글공부를 맡아달라는 당부를 받은 바 있고, 마침 최한기의 큰아버지인 최광현을 만나러 갈 일도 있었다.

"정호야, 혼자서 글을 읽을 줄 아느냐?"

"예전에 서당에서 읽던 책을 다시 읽고 있습니다."

정호는 머리를 조아리며 대답했다.

"더 배워야 한다. 앞으로 날마다 나한테 와서 한 시간씩 공부하고 내 책 중 못 본 책 있으면 가져가서 읽도록 해라."

"그게 정말이십니까?"

정호로서는 정낙원의 집에 살게 해준 것만 해도 고마운 일이었다. 그런데 거기다가 글공부까지 할 수 있게 해준다니! 정호는 뛸 듯이 기뻤다.

다음 날부터 정호는 김원경의 집으로 가서 정낙원에게 글을 배웠다. 정낙원은 중인 출신으로 김원경에게 글을 배우고 있었다.

중인은 조선 시대에 양반 다음가는 계급으로 기술직이나 통역관 등 주로 실무적인 일을 맡았다. 그는 실생활과 관련된 일을 많이 해온 터라 정호가 이해하기 쉬운 말로 실생활에 도움이 되는 학문 중심으로 가르쳐주었다.

김원경은 아픈 중에도 가끔 정호를 불러 그날 배운 것을 얼마나 이해했는지 물어보기도 했다.

"예전에 해주 훈장님께서는 무엇을 가르쳐주시더냐?"

어느 날 김원경이 혼자 책을 읽고 있던 정호를 불러 물었다.

"예, 《천자문》을 뗀 뒤 《소학》과 《통감》 등을 배웠습니다."

"그래? 지금 배우는 것과 어떻게 다르냐?"

"훈장님께서는 똑같은 천자문을 배워도 그냥 외워서는 안 되고, 그 뜻을 새롭게 해석하는 것이 중요하다고 말씀하셨습니다. 지금 스승님이 가르쳐주시는 것도 그 근본은 마찬가지입니다. 다만 요즘은 예전에 보지 못했던 새로운 책을 많이 읽고 있습니다."

"네 말이 맞다. 박지원 선생은 이렇게 말씀하셨느니라. 써먹지 못할 지식은 속이 텅 빈 말공부라고 말이다. 실학을 하자는 바탕이 바로 그것이니라. 그렇다고 지식이나 이론을 무시한 채 실천만 중시하는 것 또한 실학을 하는 올바른 태도가 아니다. 왜 그런 줄 알겠느냐?"

"예. 박지원 선생님께서는 길 가는 나그네를 예로 들어 그 설명을 했습니다. 사람이 어느 곳을 가려면 반드시 그 지방까지 거리가 몇 리나 되고, 식량은 얼마나 가지고 나서야 하며, 어디에 주막이 있고, 역마를 구하려면 얼마나 가야 하는가를 미리 살펴야 한다고 하셨습니다. 그렇게 정보가 정확하면 잘못된 길로 들어설 까닭도 없고 사잇길로 빠져서 고생할 일도 없으며 지름길을 찾다가 길을 잃을 위험도 없다는 뜻입니다."

"옳거니! 바로 지식과 실천이라는 것이 얼마나 가까운 것인지를 설명하는 말이니라."

김원경은 깜짝 놀랐다. 정호가 글을 이해하는 속도가 매우 빠르고 영특하다고는 들었으나 실제로 이야기를 나눠보니 총명함이 기대 이상이었다.

"어떻게 그리 정확하게 이해할 수 있었느냐?"

"제가 어머니를 모시고 해주에서 한양까지 오는 동안 겪은 어려움과 똑같았기 때문입니다."

"흠, 해주 훈장이 지도를 주었다고 하지 않았더냐?"

"그 지도는 길을 찾기 쉽도록 정확하게 만들어지지 않았습니다. 지도에 표시된 대로 길을 따라갔다가 몇 번이나 길을 잃어버렸습니다. 강줄기가 틀리기도 하고 고을 간의 거리가 정확하지 않았습니다. 감히 말씀드리건대, 아직 우리나라의 지도는 부족한 것이 많은 것 같습니다."

"호오! 네가 어린 시절부터 지리학에 관심이 많다고 들었는데, 정말 대단하구나!"

김원경은 고개를 숙이고 있는 정호의 어깨를 토닥이며 흐뭇하게 웃었다.

정호는 김원경의 집에서 글을 읽는 틈틈이 돼지와 닭을 키웠다. 정호는 새벽같이 일어나 지게를 지고 산으로 나무를 하러 다니기도 했다.

어느 날 정호가 아침 일찍 나무를 한 짐 해온 뒤 우물로 달려가 흐르는 땀을 씻고서 깨끗한 물을 한 동이 길어왔다. 그러자 어머니는 오히려 꾸중을 했다.

"정호야, 네가 물을 길어다 주면 나야 편하고 좋지만 마을 아낙들이 보면 욕한다. 사내대장부가 할 짓이 아니다."

"어머니, 그런 말씀 하지 마세요. 저는 어머니를 위해서라면 사람들이 뭐라고 욕을 해도 상관없습니다. 어머니는 몸이 약하시고 저는 이렇게 키도 크고 튼튼한데 힘든 일은 제가 맡아 하는 게 당연하지요."

정호는 의젓하게 말하고는 윗방으로 올라갔다.

그는 요즘 박제가가 지은 《북학의》를 읽고 있었다. 《북학의》는 박제가가 중국을 다녀와서 조선이 고쳐야 할 각종 제도나 풍습 등을 자세히 적은 책이다. 정호가 보기에는 아직 어려운 책이다. 하지만 정낙원이 아주 좋은 책이라고 칭찬을 하기에 빌려왔다. 《북학의》에는 이런 내용이 적혀 있었다.

우리나라의 백성들의 어려운 살림을 보면 아침저녁거리도 없으며, 열집이 사는 마을에 하루 두 끼를 먹고 지내는 자가 서너 집을 넘기 힘든 지경이다. 그들이 장마철에 쓰기 위하여 준비했다는 곡식도 옥수수 몇 자루와 고추 몇 십 개를 그을음이 낀 부엌에 달아맨 것이 전부다. 우리

나라 농민들은 해가 지나가도 무명옷 한 벌을 얻어 입지 못했다. 그들이 만든 이부자리도 제대로 쓰지 못하고 멍석을 깔아 쓰며, 거기서 아이들을 기른다. 아이가 몇 살을 먹도록 겨울, 여름 할 것 없이 벌거벗고 다니면서 세상에 신발이나 버선 신는 법이 있는 줄도 모르고 있다.

《북학의》는 일반 백성들의 삶을 무시하는 양반들을 매섭게 비판했다. 이 책에서 말하는 백성들의 생활이 바로 정호가 살아 온 것이며, 앞으로 살아갈 생활이었다. 언제나 양반 상놈을 차별하는 세상이 끝날 것인가? 정호는 책장을 덮고 묵묵히 천장을 바라보았다.

이때 정낙원이 찾아왔다.

"일찍 어디를 가시는 길입니까?"

정호는 자리에서 일어나 반듯하게 인사를 하며 물었다.

"아저씨 약을 지으러 가는 길이다. 너한테 할 말이 있는데."

"할 말씀이라니요?"

"내일 나하고 어디 좀 같이 가지 않겠느냐?"

"어디를 말씀이십니까?"

"다름이 아니고 너에게 공부 친구를 소개해주려고 그런다."

"공부 친구라니요?"

정호는 무슨 뜻인지 몰라 되물었다.

"하여간 내일 가보면 안다. 내일 아침밥 일찍 먹고 우리 집으로 건너오너라. 어머니께는 하룻밤쯤 자고 올지도 모르겠다고 미리 말씀드리거라."

"대체 무슨 말씀이신지⋯⋯."

　정낙원은 정호의 말을 듣지도 않고 휑하니 마당을 지나 밖으로
나갔다. 정호는 무슨 까닭인지 몰라 한참 동안이나 정낙원이 사라
진 길목을 멍하니 쳐다보았다.

일생의 벗 최한기를 만나다

최한기의 15대 조상은 세조 때에 영의정을 지낸 최항이다. 그는 수양대군이 김종서 등 충신들을 죽이고 실권을 잡자 약삭빠르게 수양대군 이유(훗날의 세조)의 편이 되었다. 이어 단종을 몰아낼 때도 사육신을 배반하고 수양대군을 받들었다.

그러나 부귀영화도 잠깐이었다. 최항의 아들이 이조판서를 지냈으나 그 후 한가한 가문으로 떨어졌다. 최한기의 아버지 최치현에 이르기까지 문과에 급제한 사람이 한 사람도 없다. 최치현은 별다른 벼슬도 얻지 못하고 지내다가 올해 초에 어린 아들 최한기만을 남기고 죽었다.

최한기는 큰집 양자로 들어갔다. 큰집은 재산이 넉넉한 편이었다. 열 살에 아버지를 여의고 내성적인 아이가 된 한기는 집 안에만 틀어박혀 지냈다. 하는 일이라고는 밤이나 낮이나 책을 읽는 것뿐이었다.

정호가 찾아간 그날도 한기는 방에서 책을 읽고 있었다.

"누가 왔나?"

최한기는 밖이 시끄러운 것을 보니 손님이 온 모양이라고 생각했지만 관심이 가지 않았다. 아버지 최치현이 죽은 후 집안의 결정에 따라 어머니의 품을 벗어나 큰집 양자로 들어온 것은 두 달 전의 일이다.

어머니는 돌아서서 옷고름에 눈물만 찍어냈다.

'왜 말리지 않았을까? 내 아들을 데려가지 말라고.'

한기는 어머니가 원망스럽기까지 했다. 큰집에서는 어머니가 보고 싶으면 언제든지 보러 가라고 했지만 한기는 이를 악물고 참았다. 자기를 떠나보낸 어머니가 미웠다.

큰집에는 책이 엄청나게 많았다. 한기는 책에 파묻혀 지내며 아버지를 잃은 슬픔을 잊으려고 애썼다. 그러나 쉽게 잊히지 않았다.

한기는 아버지의 손을 잡고 뜰에 나가 하늘의 별을 관찰하던 일이 그리웠다.

"한기야, 북극성을 찾아보아라."

아버지는 나직한 목소리로 하늘을 가리키며 한기에게 묻곤 했다.

"저기요."

한기는 어렵지 않게 북극성을 찾아냈다. 한기는 북두칠성 앞쪽에 있는 두 별 사이의 세 곱만큼 간 곳에 북극성이 있다는 사실을 알고 있었다. 모두 아버지의 가르침 덕택이었다.

아버지는 똑똑한 아들이 자랑스러워 목말을 태우고는 온 마당을 뛰어다녔다.

하지만 지금은 하늘에 대한 공부도 하고 싶지 않다. 칭찬해주는 아버지가 없으니 하늘을 보아도 흥이 나지 않는다.

"한기야, 안에 있느냐?"

아버지 생각에 골똘히 빠져 있던 한기는 귀에 익은 목소리가 들려 얼른 문을 열고 뛰어나갔다.

"아저씨!"

정낙원은 죽은 최치현과 친하게 지냈다.

한기는 너무나 반가워 정낙원의 품에 안기려 하다가 정낙원 옆에 남자 아이가 서 있는 걸 보고는 멈칫했다.

"한기야, 애는 김정호라고 하는데, 네가 데리고 들어가서 조금만 놀고 있거라. 난 안채에 인사 좀 드리고 나와야겠구나."

"예, 아저씨."

한기는 오래간만에 놀러온 아저씨가 반가워 뛰어나왔지만 기운이 쭉 빠졌다. 한기는 정호의 얼굴만 멀뚱멀뚱 쳐다보았다.

"뭐하니? 어서 데리고 들어가지 않고서."

정낙원이 재촉하자 그제야 한기는 마지못해 정호를 방으로 데리고 들어갔다. 정호가 방으로 들어가는 것을 보고서야 정낙원은 안

채로 향했다.

한기는 자기보다 키가 한 뼘은 더 큰 정호라는 아이가 별로 마음에 들지 않아 말도 걸지 않았다. 화가 잔뜩 나서 입술을 쭉 내밀고는 방구석에 우두커니 앉아 있었다.

그러나 정호는 호기심에 찬 눈빛으로 방 안을 두리번거렸다. 한기의 방을 둘러보니 책과 그림으로 가득 차 있었다. 나이가 비슷한 것 같은데 이렇게 많은 책을 갖고 있다니. 정호는 궁금해서 견딜 수가 없었다.

"이게 다…… 네 거니?"

정호는 한기의 눈치를 살피며 조심스럽게 말을 걸었다.

"응."

한기는 정호의 얼굴을 쳐다보지도 않고 시큰둥하게 대답했다.

"다 읽어본 책이니?"

"거의 다…….."

한기의 대답에 정호는 놀란 토끼처럼 눈을 크게 떴다.

'이 많은 책을 거의 다 봤다니, 대단한 아이구나.'

"재미있는 책이 많아?"

"응."

한기는 묻는 말 이외에는 대답을 하지 않았다. 한기는 모든 게 귀찮았다. 게다가 옷차림을 보니 시골에서 갓 올라온 아이 같고, 자기가 상대할 만큼 똑똑해 보이지도 않았다.

친구가 없어 늘 외롭던 한기는 오랜만에 찾아온 정낙원에게 이것저것 물어보기도 하고 응석도 피우고 싶었다. 그런데 정낙원은 이 시골 아이만 남겨두고 가버린 것이다.

"몇 살이니? 나는 열한 살인데."

정호는 조심스럽게 다시 말을 걸었다. 한기가 언뜻 정호를 보니 두 눈이 착해 보였다. 정호는 따스하게 웃어 보였다. 한기는 그 웃음을 보자 화난 마음이 조금은 누그러지는 것 같았다. 그래도 여전히 퉁명스럽게 대답했다.

"열 살."

"그래? 겨우 한 살 차이니까 우리 친구하자."

정호는 눈을 반짝이며 다정하게 말했다. 한기는 이상하게도 옷차림이 초라한 정호에게 점점 마음이 끌렸다. 무엇보다도 소박한 말씨가 마음에 들었다.

"친……구?"

한기는 아까보다는 조금 부드럽게 되물었다. 정호의 다정한 말씨에 한기는 어느새 마음이 조금씩 열리기 시작했다.

"그럼! 책도 같이 읽고 이야기도 하는 거야. 아저씨한테 들으니 너는 하늘에 관심이 많다면서?"

"아저씨가 내 얘기를 했어?"

"아주 똑똑한 아이라고 그러시더구나. 칭찬을 아주 많이 하셨어."

"그랬구나……."

한기는 마음의 문을 열기 시작했다.

"너는 하늘에 관심이 많지만 나는 우리나라 땅에 관심이 많아."

"땅?"

이제는 거꾸로 한기가 정호에게 물었다.

"응, 땅. 우리가 사는 이 나라 말야. 우리나라 전체를 한눈에 볼 수 있는 지도를 그리고 싶어. 그게 내 꿈이야. 해주에 살 때는 읍내 지도에 잘못된 곳이 있어 고치기도 했어."

"지도?"

한기는 정호가 무슨 말을 하고 있는지 알 수가 없었다. 한기는 지도에 대해서는 별로 들은 것이 없었다.

"우리나라 땅 모양을 그린 그림을 말하는 거야. 하지만 지도는 저기 벽에 걸려 있는 붓으로 그린 대나무 그림하고는 달라. 한양 지도를 그린다고 치면, 길이 어디에 어떻게 나 있고 청계천이 어디로 흐르고 종로가 어디에 있는지, 누구나 그것만 보면 다 알 수 있도록 만든 그림이 지도야."

"그런 걸 어떤 책에서 읽었는데? 난 못 보았는데?"

한기는 정호에게 다가와 앉으며 다시 물었다. 또래 아이들에 비해 책을 많이 읽었다고 생각하던 한기로서도 정호의 말이 낯설게 느껴졌다. 한기의 물음에 정호는 고개를 설레설레 흔들었다.

"책에서 읽은 것이 아니고……, 그러니까 쉽게 말해서 우리 훈장님이 말씀하시기를 지도란 실사구시 정신에서 나오는 거래."

"실사구시?"

"실제 생활에 도움이 되는 공부를 하자는 뜻이지."

"지도가 생활에 도움이 된다구?"

정호는 한기에게 지도에 관심을 가지기 시작한 이유를 설명해주었다. 그러면서 해주에 계실 훈장님을 머릿속에 떠올렸다.

해주를 떠나기 전, 훈장은 김원경에게 정호의 공부를 부탁하는 추천서를 써주고 나서 이런 이야기를 들려주었다. 지도의 중요성을 깨우쳐주려고 말해준 가슴 저린 이야기였다.

때는 영조 말, 초여름의 어느 날이었다. 남대문 밖 새문터에는 그날따라 날카로운 칼과 창으로 무장한 군사들이 기세등등하게 둘러서 있었다고 한다. 군사들 앞에는 어영대장 이창운이 두 눈을 부릅뜨고 앉아 있었다.

대장이 화가 난 것으로 보아 당장 무슨 일이 벌어질 것만 같은 분위기였다. 이창운은 아침 일찍부터 훈련원 군사들을 집합시켰다. 침묵이 한참 흐른 뒤에 그는 굳게 다물었던 입을 열었다.

"너희들은 빨리 이 영기(어영대장의 명령을 상징하는 깃발)를 들고 가서 김재찬을 무조건 잡아 대령하여라."

실로 뜻밖의 호령이었다.

김재찬은 세도가 쟁쟁한 영의정 김익의 아들이고 한림학사라는 벼슬에 있는 젊은 선비다. 군사들은 자기들을 야단치려는 것이 아니라는 것을 알고는 다행스럽게 여겼다.

어영대장의 한마디 명령에 군사들은 영기를 들고 바람같이 영의정의 집으로 달려갔다. 김재찬은 마침 책을 보고 있었다. 그는 군사들이 자기를 잡으러 왔다는 말에 오히려 코웃음을 치며 말했다.

"뭐라고? 나를 잡아들이라 했다고? 설령 내가 죄가 있다 해도 주상 전하께서 보내신 금부도사가 올 일이지, 감히 어영대장의 일개 심부름꾼이 날 잡으러 왔단 말이냐!"

김재찬은 뻣뻣하게 버티고 앉아서 눈 하나 깜짝하지 않았다. 그런 모습을 본 군사 한 명이 화가 나서 소리쳤다.

"다른 사람은 선비님을 못 잡아가더라도 우리 대장님께서는 하실 수 있습니다. 어디 잡혀가다 뿐입니까? 오늘 대장께서 호령하시는 걸 보아서는 많이 봐준다 해도 곤장 수십 대는 각오해야 할 것입니다. 명령을 어기시면 무슨 변이 생길지 저희들도 장담할 수 없습니다. 저희들은 명령에 복종할 뿐이니 여러 말씀 마시고 빨리 나서십시오. 시간 안에 어영청까지 들어가지 않으면 저희들 목까지 달아날 것입니다."

군사들이 조금도 물러서지 않자 김재찬은 그제야 당황하기 시작했다. 일이 이렇게 될 줄은 전혀 생각하지도 못했던 것이다.

무관을 천시하고 문관만을 우대하는 풍토에 젖은 김재찬은 자신의 가문과 재상인 아버지의 권세만 믿고 대장을 우습게 여겼다. 그래서 어영대장이 자신을 지명하여 군사들의 교육을 담당하는 종사관으로 오라 했으나 부름을 받은 지 사흘이 지나도록 가지 않았던 것이다.

"그까짓 어영대장이면 다야! 쟁쟁한 문관 사이에서 옴짝달싹도 못하는 종2품 무관 주제에."

물론 그의 아버지 김익은 정1품 영의정이니 그럴 만도 하다. 하지만 그런 생각이 마침내 화를 부른 것이다.

어영대장은 김재찬을 기다리다가 화가 잔뜩 나서 군사를 보낸 것이었다. 김재찬은 체면상 잡혀갈 수도 없고 안 간다 해도 군사들에게 끌려갈 것이 뻔했다. 어영대장의 명령을 우습게 여겼으니 벌로 매가 떨어질지 목이 달아날지 모르는 판국이다.

김재찬은 당황하여 의관을 갖추고 나서 군사들에게 잠깐 기다리라고 일렀다. 영의정인 아버지가 있는 방으로 가 큰 벌을 받지 않도록 말이나 잘 해달라고 애원할 작정이다.

그러나 믿었던 아버지는 오히려 큰 소리로 꾸짖었다.

"네가 잘못해놓고 무슨 말을 해달라는 거냐? 군대의 규율이 그렇다면 잔말 말고 벌을 받을 일이지, 나더러 어떻게 하라는 것이냐?"

아버지는 등을 돌려 앉으며 아들의 애원을 모른 체했다.

"아버님, 제가 잘못했으니 이번만은 목이 잘리지 않도록 해 주십시오. 아무리 그래도 어영대장이 영의정 말은 듣지 않겠습니까."

김재찬은 눈물을 흘리며 아버지에게 애걸했다. 영의정은 잠시 말

없이 주저하다가 혀를 쯧쯧 찼다. 그러더니 할 수 없다는 듯이 어영대장 앞으로 편지 한 통을 써주었다.

"옜다, 안 될 것이다만 이거라도 가지고 가보아라. 이젠 나도 모르겠다."

"아이고, 아버님. 고맙습니다."

김재찬은 편지를 받아 쥐고 머리가 방바닥에 닿도록 인사를 하고는 방을 나왔다. 밖에는 군사들이 그를 잡아갈 준비를 하고 있었다. 그는 순순히 포박을 받았다.

어영대장 이창운은 문신들의 비웃음을 받으면서도 당당하게 자기가 할 일을 해온 강직한 무인이다. 그러니 세도가 있는 영의정의 아들이라고 해서 자신의 종사관 부름에 사흘이 넘도록 오지 않는 김재찬에게 불같이 화를 내는 것은 당연했다.

이윽고 어영청에 끌려온 김재찬은 온몸에 소름이 돋는 광경과 마주쳤다. 군사들은 창과 칼을 들고 양쪽으로 늘어서서 서슬이 퍼렇게 김재찬을 노려보았다.

'이젠 꼼짝없이 죽었구나.'

그는 어영대장 앞에 끌려와 엎드렸다.

"너는 내 명령을 받고도 사흘이 넘도록 응하지 않았으니 이제 군율에 따라 목을 벨 것이다!"

이창운은 서릿발 같은 호통을 쳤다. 김재찬은 눈앞이 깜깜해지면서 무엇을 어떻게 해야 좋을지 몰라 부들부들 떨었다. 그러다가 겨우 품속에 지닌 아버지의 서찰을 꺼내 대장 앞에 바쳤다.

"저, 대, 대장님, 여기 이 서찰 좀……."

"뭐냐! 이리 가져오거라."

어영대장 이창운은 김재찬이 내민 편지를 건네받았다. 뜻밖에도 영의정이 친히 쓴 편지다.

김재찬은 봉투를 열어 속지를 꺼내 펼쳤다. 첫 줄에 '어영대장 보십시오', 아래쪽에 '영상 김익'이라고 적었을 뿐이다. 아무 사연도 적지 않은 빈 종이다.

이창운은 처음에 그것이 무슨 뜻인지 몰라 의아해했다. 하지만 곧바로 무슨 뜻인지 깨달았다. 아무 글자도 쓰지 않은 그 편지에는 자식을 죽음에서 구하려는 아버지의 애절한 뜻이 담겨 있었다.

"네 이놈, 군율을 어겼으니 마땅히 너의 목을 베어야 할 것이나 특별히 용서하여 곤장으로 대신하겠노라."

대장의 명령에 따라 군사들은 새파랗게 질려 있는 김재찬을 형틀에 엎드리게 하고 바지를 끌어내렸다. 곤장을 치려는 것이다. 엉덩이가 하얗게 드러나고, 김재찬은 각오를 하고 눈을 질끈 감았다.

그때였다. 이창운 대장이 다시 명령을 내렸다.

"이로써 벌은 되었다. 다시 옷을 입혀라."

군사들은 대장의 명령에 어리둥절해하면서도 김재찬의 바지를 추어올렸다. 이리하여 김재찬은 살아나게 되었다. 어영대장은 다시 그에게 다녀갈 것을 명했다. 김재찬이 옷을 입고 찾아가니 '내일 아침 일찍 대령하라'는 것이었다. 그는 어영대장의 위엄에 겁을 먹은 채, 이튿날 날이 밝기도 전에 어영청으로 달려갔다.

그런데 대장은 벌써 와서 김재찬을 기다리고 있다가 '오늘은 늦었으니 내일 다시 오라'고 했다. 이런 일이 몇 번 더 반복되자 김재찬은 더욱 두려워 초저녁부터 자지 않고 있다가 날이 밝기도 전에 어영청으로 뛰었다.

"오늘은 일찍 왔군. 거기 앉아 내 이야길 듣게."

대장은 김재찬에게 다정한 목소리로 앉으라고 했다. 그러고 나서 대장은 자신이 평안병사로 있을 때 조사해둔 것이라고 하면서 평안도 지도 한 장을 꺼내 펼쳐놓았다. 거기에는 평안도 41주의 산천과 길 등 땅 모양이 자세하게 그려져 있었다.

"종사관은 마땅히 조선의 지리를 훤히 알아야 한다."

이창운은 종사관 김재찬에게 하루 종일 평안도 지리에 대해 반복하여 설명했다. 김재찬은 대장을 두려워한 나머지 귀담아들었다. 이창운은 90일 동안 똑같은 이야기를 반복했다.

마침내 김재찬은 평안도 지리를 완전히 외우게 되었다. 그리하여 평안도 하면 손바닥에 놓고 보듯 훤히 알 수 있게 되었다. 이야기는 여기서 끝나지 않는다.

이로부터 수십 년이 지난 후 김재찬은 마침내 영의정이 되었다. 그러던 중에 홍경래를 만나 의기투합하게 되었다. 연안 김씨인 김재찬도 비록 아버지가 영의정을 지내고 자신도 고위직에 있기는 하지만 안동 김씨 세도정치를 끝장내고 싶은 마음이 굴뚝같았다. 하지만 선뜻 응하지 못했다. 평안도관찰사와 병조판서를 지내면서 얼마든지 뜻을 세울 기회는 있었으나 그의 부하들이 모두 안동 김씨 수졸들이라 비밀을 지켜낼 도리가 없었다.

그렇게 김재찬이 홍경래를 잊고 지내던 1811년(순조 11년) 겨울, 마침내 평안도 땅에 홍경래의 난이 일어났다. 김정호의 아버지도 참여한 그 난리다. 난군들은 관아를 습격하고, 백성들의 재물을 약탈하고 죽이기를 일삼았다. 평안도의 벼슬아치들과 군사들은 겁에 질려 모두 살길을 찾아 도망쳤다. 그때 선천부사 김익순은 제 손으로 홍경래에게 인수를 바쳤다. 그의 손자가 바로 김삿갓으로 불린 김병연이다.

평안도가 쑥대밭이 될 지경에 이르자 안동 김씨들은 크게 당황했다. 그때 안동 김씨 세도를 이끌던 김조순은 영의정 김재찬이 평안도관찰사를 지냈고, 문관이지만 옛날에 이창운 대장 밑에서 종사관을 지낸 이야기를 들어 알고 있던 터라 그에게 토벌군을 직접 지휘하도록 은밀히 명령을 내렸다.

김재찬은 평안도 지방의 지형을 손바닥처럼 잘 알고 있었다. 그는 어쩔 수 없이 동지가 될 뻔한 홍경래를 토벌하는 관군을 지휘하지 않을 수 없었다. 일단 병조참판 정만석을 양서위무사 겸 감진사로 먼저 보내고, 이요헌을 양서순무사에 임명하고 박기풍을 중군으로 삼아 선봉에 서게 했다. 또한 평안도관찰사 이만수에게 평양

성을 굳게 지키게 하면서 황해도와 평안도 관군을 일제히 동원하여 지켜야 할 곳과 싸워야 할 곳을 일일이 지정해주었다.

영의정 김재찬은 결국 단 몇 달 만에 홍경래의 반군을 궁지에 몰아넣고 완전히 섬멸했다. 포로로 잡은 홍경래의 봉기군 2983명을 잡아 한양으로 압송하고, 이 중 여자와 열 살 아래 소년을 제외한 1917명을 모두 처형했다.

이 일이 있고 난 뒤, 김재찬은 앞날을 미리 내다보고 지도 공부를 시킨 어영대장 이창운의 지혜에 감탄했다고 한다.

정호는 한기에게 이야기를 들려주면서도 가슴이 뛰어 숨이 가쁠 지경이었다. 그의 아버지가 참전한 홍경래군이 결국 지도를 잘 활용한 토벌군에게 졌다는 말을 자기 입으로 하고 있다. 죽은 사람 1917명 중에 그의 아버지가 끼여 있을지도 모르는 것이다. 아니면 어디선가 전투 중에 죽었을 수도 있다. 지도가 있었더라면 아버지가 살 수도 있었을 텐데, 생각할수록 마음이 미어지는 것 같았다. 하지만 한기에게는 그런 내색을 하지 않았다.

"그래? 지도라는 게 그렇게 중요한 것인 줄 몰랐어."

정호의 이야기를 다 듣고 난 한기는 지도가 매우 중요한 그림이라는 것을 깨달았다.

"우리 훈장님께서는 이야기를 끝내시면서 '네가 지도에 남달리 관심을 가진다면 그 지도가 어떻게 쓰여야 쓸모 있는지를 알아야 한다.'고 말씀하셨어."

"지도라는 게 나라를 지키는 데 꼭 필요한 것이란 말이지?"

"그렇지. 외적으로부터 나라를 지키는 일이나, 물건을 파는 상인
들에게나, 백성들이 잘살 수 있도록 다스리는 데나 지도가 없어서
는 안 된다는 뜻이지."

한기는 이야기를 들으면서 정호가 보기와는 다르게 똑똑한 아이
라고 생각했다. 아버지가 죽고 어머니와 헤어져 살면서 아무도 자
기를 칭찬해줄 사람이 없다고 천체 공부를 게을리한 자신이 부끄
럽기도 했다.

정호는 한기의 방을 둘러보면서 책장에 꽂혀 있는 책들을 부러운
듯 바라보았다. 그러나 부잣집 아들의 책을 선뜻 만질 수가 없었다.
그런 정호의 마음을 알아차렸는지 한기가 은근히 물어보았다.

"책, 읽고 싶은 거 있어?"

"응?"

정호는 속마음을 들킨 것 같아서 뜨끔했다.

"응, 그저 무슨 책이 있나 알고 싶어서……."

속으로는 책을 빌려달라고 말하고 싶지만 용기가 나지 않았다.

"마음에 드는 책이 있으면 꺼내서 펼쳐봐도 돼."

"정말?"

한기는 정호의 순진한 태도가 마음에 들어 빙그레 웃었다.

정호는 조심스레 책장에서 책들을 꺼내 표지를 어루만지기도 하

고 제목을 읽기도 했다. 이야기책도 있었고 지리에 관한 책, 그리고 한 번도 보지 못한 책들이 수두룩했다.

정호는 그 책들을 몽땅 다 읽고 싶었다. 정호는 갈라진 입술에 침을 축이며 간신히 책장을 덮었다. 이때 정호를 지켜보고 있던 한기가 불쑥 말을 던졌다.

"읽고 싶은 책이 있으면 언제든 빌려가도 좋아."

"뭐라구?"

정호는 자기가 잘못 들은 것 같아 한기에게 되물었다.

"네가 보고 싶은 책이 있으면 빌려가도 된다고 말했어."

정호는 마치 구름을 탄 기분이었다. 방 안에 있는 책을 벌써 다 읽은 것처럼 마음이 설레었다.

정호는 이수광이 지은 《지봉유설》이라는 책이 마음에 들었다. 그런데 그 옆에 있는 《택리지》도 눈에 들어왔다.

둘 다 지리를 다룬 책이다. 한기는 정호가 어떤 것을 먼저 고를지 몰라 망설이고 있다는 것을 알아차렸다.

"한꺼번에 여러 권을 빌려가도 돼. 다 읽으면 또 다른 것으로 바꿔 가고."

한기는 책을 읽고 싶어 하는 마음이 간절한 정호를 보자 책을 모두 빌려주고 싶었다. 한기는 그때서야 진짜 친구를 얻었다는 생각을 했다. 정호는 책 두 권을 집어들고 떨 듯이 기뻐했다.

"난 뭘로 이 은혜에 보답하지? 그래, 좋은 생각이 났다. 다음에 우리 집에 놀러오면 우리 훈장님한테 선물 받은 우리나라 지도를 보여줄게."

정호는 한기가 고마워 뭔가를 해주고 싶었다. 하지만 마땅히 줄 선물이 떠오르지 않아 자기도 모르게 지도를 보여준다고 말했다. 한기는 뜻밖에도 매우 반가워하는 눈치였다.

"정말?"

"그럼!"

한기는 곧 시무룩해졌다. 방에만 틀어박혀 지내서 한양 지리를 잘 모르기 때문이었다. 몸종인 만돌이를 데려가면 좋겠지만 큰아버지가 허락을 할지도 의문이었다.

"난 사실…… 이 동네 지리도 잘 몰라. 밖에 나가본 적이 별로 없거든."

"그건 걱정하지 마. 내가 지도를 그려줄게."

정호는 종이를 하나 꺼내더니 익숙한 솜씨로 그림을 그려나갔다. 붓이 한 번 지날 때마다 길이 생기고 시냇물이 흘렀다. 한기네 집에서 정호네 집까지 가는 길이 한눈에 들어왔다.

"야, 신기하다!"

한기는 손뼉을 치며 기뻐했다. 정호가 그린 이 지도만 가지고 간다면 길을 잃고 헤맬 일은 없을 것 같았다.

이때 밖에서 정낙원이 정호를 부르는 소리가 들렸다. 그러나 정호와 한기는 두 손을 맞잡고 떨어질 줄을 몰랐다.

"이 녀석들이 찰떡이 되었나? 왜 붙어 있기만 하는 게야?"

겉으로는 나무라듯 말하면서도 정낙원의 눈은 웃고 있었다. 정호와 한기도 마주보며 싱긋 웃었다.

정호는 부리나케 집으로 돌아와서 책부터 펼쳐보았다. 《지봉유설》을 먼저 읽었다. 정호는 밥 먹는 일도 잊은 채 점점 그 책에 빠져들었다.

《지봉유설》에는 지리를 자연지리와 인문지리로 나누어놓았다. 또한 그때까지만 해도 전혀 알려지지 않았던 서양 나라의 지리도 기록되어 있었다.

정호는 새벽닭이 울 때까지 호롱불을 켜놓고 책 속으로 빨려 들어갔다. 어려운 부분은 두 번 세 번 되풀이해서 읽고, 그래도 도무지 이해할 수 없는 구절은 나중에 정낙원에게 물어볼 요량으로 아예 외워버렸다.

정호는 책을 덮고 나서야 날이 훤히 밝은 줄 알았다. 부엌에서 달그락거리는 소리가 들렸다. 정호는 어머니에게 혼날까 봐 얼른 불을 껐다. 어머니가 벌써 일어나 돼지에게 줄 죽을 끓이고 있는 모양이었다.

정호는 자리에서 움직이지 않고 방금 읽은 《지봉유설》의 내용을 생각했다.

《지봉유설》은 아버지가 홍경래의 난에 휩쓸린 이후 거의 처음 대하는 책이다. 하지만 여태까지 읽어본 그 어떤 책보다도 생각할 게 많았다.

정호는 사실 아버지와 훈장이 말한 실사구시라는 것이 생활에 도움이 되는 학문을 하자는 정도로 생각을 했다. 그래서 많은 사람들의 편리를 위해 지도를 그리는 일이 매우 중요하다고 생각했고, 산과 들을 다닐 때마다 직접 지도를 그리는 연습을 하고 해주에서는 읍도를 고치기도 한 것이었다.

정호는 빨리 지도를 잘 그리는 사람이 되고 싶었다. 그러자면 열심히 지도 그리는 연습을 하는 수밖에 없다고 생각했다. 그러나 《지봉유설》에는 정호가 지금까지 전혀 생각지도 못한 내용들로 가득 차 있었다.

이수광은 《지봉유설》에서, 훌륭한 지도를 그리려면 그 나라의 역사와 사람들의 풍속, 철학을 잘 알아야 한다고 주장했다. 그래서 이수광은 지리를 자연지리와 인문지리로 나누었다.

정호는 부끄러웠다. 어제까지만 해도 최한기에게 지도에 대해서 잘 아는 것처럼 이러쿵저러쿵 떠벌리지 않았던가? 그야말로 티끌밖에 모르고서 태산을 얻은 것처럼 행세했던 거라고 뉘우쳤다.

며칠 뒤 최한기가 정호의 집으로 찾아왔다. 정호는 약속대로 훈장이 준 지도를 보여주었다. 그리고 《지봉유설》을 읽으면서 느낀 점을 한기에게 자세히 설명해주었다.

한기는 고개를 끄덕이더니 자기도 아버지가 죽은 후 천체 공부를 그만둔 것을 후회한다고 말했다.

정호와 한기는 만나면서 미처 알지 못한 것들을 깨닫고 반성했다. 서로 거울이 된 셈이다. 둘은 손을 마주 잡고 열심히 공부할 것을 약속했다.

정호 어머니는 부잣집 도련님이 누추한 집에 찾아와 어떻게 대접해야 할지 모르겠다고 당황했다. 어머니는 한기를 '도련님'이라고 공손히 불렀다. 그러자 한기는 어머니에게 고개를 숙이며 말했다.

"어머니, 저는 정호의 친구일 따름입니다. 편하게 이름을 불러주십시오."

"아이고 그래도 그렇지……."

한기의 공손한 태도에 어머니는 더욱 어쩔 줄 몰라 했다.

"저희 아저씨께서 말씀하시기를, 사람은 귀하고 천한 것이 없이 누구나 평등하다고 하셨습니다. 저는 어머니와 떨어져 살기 때문에 어머니가 마치 친어머니처럼 생각되는걸요."

한기가 의젓하게 이야기하자 어머니도 몹시 기뻐했다.

"그래, 정 네 뜻이 그렇다면 나도 편하게 너를 대하마."

"고맙습니다, 어머니."

점심을 먹은 뒤, 정호는 한기를 마포나루로 데리고 가서 강폭을 재는 법을 가르쳐주었다. 한기는 머리가 영리하여 정호가 하는 말을 금방 알아들었다.

"우리 아버지는 우리가 사는 이 지구가 둥글다고 하셨어."

"그런데 다른 어른들은 늘 중국이 지구의 중심에 있고 땅은 네모 나다고 하시던걸?"

"그건 틀린 말이야. 홍대용이라는 분은 우리가 사는 이 땅덩어리 가 어른들이 말하는 것처럼 모나고 평평한 것이 아니라 둥글게 생 겼고, 그것이 하루에 한 번씩 돈다고 하셨어."

"지구가 둥글다면 어떻게 사람들이 떨어지지 않을까? 그리고 땅 덩어리가 돌면 우리는 왜 어지럽지 않을까?"

"글세……, 그것까지는 잘 모르겠는걸. 나중에 아저씨께 물어보 기로 하자."

(만유인력의 법칙은 1687년 아이작 뉴턴이 발견했지만 이때 동양으로 전파되지는 않았다.)

들고 보니 정호도 이상하다는 생각이 들어 그렇게 말했다. 이렇 게 두 사람은 같이 공부하고 의문 나는 것이 있으면 같이 해결하려 고 노력했다.

한기는 정호의 집에 올 때마다 새로운 책을 가져왔다. 정호는 한 기의 집에 갈 때마다 읽은 책을 돌려주었다. 한기의 큰아버지는 정 호 덕분에 조카가 명랑해졌다고 매우 기뻐했다.

해가 갈수록 두 사람의 우정은 점점 더 깊어졌다. 정호는 나이를 먹어가면서 어깨가 딱 벌어지고 골격이 더 커졌다. 눈썹은 먹으로 찍어놓은 듯이 짙고 눈은 총명하게 빛났다.

정호는 새벽이면 어머니와 함께 일어나 허약한 어머니가 힘에 부치는 일을 썩썩 해치웠다. 공덕리 사람들은 예의가 바르고 성실한 정호를 모두 칭찬했다.

정호네는 돼지와 닭을 키워 시장에 내다 팔았으므로 생계를 꾸리는 데는 별다른 문제가 없었다. 어머니는 이제 더 이상 남편을 기다리지 않기로 했다.

정호는 김원경의 집을 찾아갈 때 닭이나 달걀을 가지고 갔다. 정호와 어머니를 돌봐준 데 대한 감사의 표시였다.

시름시름 앓던 김원경은 정호가 열네 살 되던 해에 죽었다. 김원경의 집에는 그의 조카인 정낙원의 가족이 들어와 살게 되었다. 하지만 가족이라야 아내와 남이라는 수양딸이 하나 있을 뿐이었다. 공덕동에서는 제법 큰 집인 그 집에 세 사람만 달랑 남자 왠지 썰렁했다.

김원경이 죽기 전 정낙원은 가끔씩 찾아오는 친구들을 맞아 세상 돌아가는 이야기를 하거나 글을 읽으며 시간을 보냈다.

김원경이 죽은 뒤로는 정낙원의 친구들아 자주 찾아왔다. 사랑방은 언제나 젊은 선비들로 가득했다.

그들은 모이기만 하면 나라를 걱정했다. 실력보다 집안이 우선인 과거 시험의 부정에 대해서도 이야기하고 혹독한 신분 차별로 하는 일 없이 거들먹거리는 양반들을 조롱했다.

하루에 한 시간씩 정낙원에게 찾아가 글을 배우거나 의문 나는 것을 물어보던 정호도 곧 그 선비들과 친하게 되었다. 선비들은 어린 나이임에도 불구하고 아는 것이 많아 제법 말상대가 되는 정호를 무척 반가워했다.

"지도 공부는 잘 되어가는가?"

"열심히는 합니다만, 배울수록 의문이 많아져서 걱정입니다."

"그야 당연한 일이지. 이 나라 벼슬아치들이 백성들의 생활과 밀접한 학문에 관심을 갖기는커녕 천한 일이라고 업신여기고 있으니, 자네 의문을 속 시원히 풀어줄 책이 제대로 있기나 하겠어."

"그럼, 그럼! 영조, 정조 임금 때에는 실학을 적극 장려하고 문물을 발전시키는 데 관심이 깊었지. 하지만 지체 높으신 김씨 어른이야 신경 쓸 시간이 있으시겠는가?"

선비들은 정호보다도 더 얼굴을 붉히며 분개를 했다. 김씨 어른은 당시 세도를 잡고 있던 안동 김씨 김조순을 말한다. 모여 앉은 사람들은 김조순을 비꼬는 말에 모두 통쾌하다는 듯이 웃었다.

정호는 한기를 만나면 정낙원의 사랑방에서 선비들에게 들은 이야기를 해주었다. 한기는 정호의 이야기를 듣고 무엇인가 곰곰이 생각하더니 조심스럽게 입을 열었다.

"물론 그 선비님들 말이 맞겠지. 하지만 너도 알다시피 문제는 우리 스스로 실학의 전통을 이어나가는 것이 중요하지 않을까?"

"그래, 맞아. 내가 선비님들과 이야기를 하면서 생각한 것도 바로 그거야. 일도 하지 않고 먹고 노는 양반들이 나라의 좀이라고 비웃는 사람들 자체도 실은 아무 일도 안 하잖아?"

"그분들을 이렇다 저렇다 할 생각은 없지만, 우리는 적어도 그러지 말고 나라에 실제로 도움이 되는 일을 해야 해. 정호 너도 우리나라 지도가 틀리게 그려진 곳이 많다고 했지? 그러면 우리가 직접 고쳐보는 거야. 발로 뛰면서 말야."

"발로 만든 지도라……. 어, 그거 멋진 생각인데?"

한기는 정호와 처음 만났을 때보다 훨씬 의젓해지고 생각도 깊어졌다. 한기는 아무래도 생업을 해가면서 책을 읽고 지도 공부를 하는 정호보다는 책 읽을 시간이 훨씬 많기도 했다.

한기는 책을 읽는 속도가 무척 빨랐다. 게다가 책이라는 책은 다 관심을 갖고, 새 책이 나왔다 하면 아무리 먼 곳이라도 찾아가 구해왔다. 중국을 드나드는 상인들에게 부탁하여 정기적으로 중국의 새 책을 받아보기도 했다.

또한 한기는 책을 구할 수만 있다면 아무리 큰돈도 아끼지 않았다. 그러니 자연히 그의 집에는 보기 드문 희귀한 책들이 모여들었다. 책을 빌려보기 위해 한기네 집에서 멀리 떨어져 사는 선비나 학자들이 다녀가기도 했다.

그러나 한기의 큰아버지는 조카가 학문 연구만 하지 말고 과거를 보았으면 하고 바랐다. 재산은 그런대로 풍족하여 먹고사는 데는 별 어려움이 없었다. 하지만 대대로 과거에 급제한 이가 없으니 최한기가 가문을 빛내주기를 바란 것이다. 한기도 그런 큰아버지의 뜻을 잘 알고 있기에 무척 고민했다.

"나쁠 건 없잖아? 그간 얼마나 실력을 쌓았는지 시험해보기도 하고 말이야."

정호는 과거 시험을 치르는 문제로 고민하고 있는 한기를 위로하며 말했다.

"하지만 나는 벼슬이 싫어. 그저 조용히 학문 연구나 하고 싶어. 천문학도 깊이 있게 연구하고 말이야. 사실, 벼슬을 하면 연구하는 데 번거로운 일이 얼마나 많겠어?"

이토록 한기는 과거 시험을 치르는 것을 달가워하지 않았다. 그러나 정호에게 이렇게까지 말하는 것은 정호가 과거를 볼 수 없는 자신의 처지나 신분을 비관하지 않을까 하는 우려 때문이었다.

정호도 그런 친구의 마음을 알았다. 그래서 한기에게 더욱 과거를 보라고 권했다.

"벼슬자리에 있으면 책으로는 알 수 없는 귀중하고 생생한 것을 터득할 수도 있을 거야. 너무 그렇게 한쪽으로만 생각하지 마."

"하여간 지금은 별로 과거를 보고 싶지 않아."

"그거야 지금 결정하지 않아도 될 문제잖아. 천천히 생각해보고 어제 다 못한 얘기나 나누자."

정호는 말을 돌려 한기의 기분을 풀어주려고 노력했다. 한기도 과거 시험에 대해 더 이상 말하고 싶지 않은지 입을 다물었다.

'양반 신분으로 태어난 것이 죄가 될 수는 없다. 단지 천민을 얕

보고 무시하는 것이 죄이지.'

정호는 한기의 표정을 살피며 생각했다. 무엇보다도 자기를 생각
해주는 한기의 따뜻한 마음이 고마웠다.

남이와 결혼하다

어느덧 세월이 흘러 정호는 스무 살의 어엿한 청년이 되었다. 그
동안 정호는 한기와는 둘도 없는 친구 사이로 지내면서 열심히 지
리 공부를 했다. 정호가 필요한 것이 있으면 한기가 발 벗고 나서서
구해다 주었다. 그러나 정호가 볼 수 있는 자료는 한정되어 있었다.
시중에 나도는 자료를 가지고는 연구를 하는 데 어려움이 많았다.
정호는 우리나라에서 만든 모든 지도를 보고 싶었다. 하지만 그것
은 여간 힘든 일이 아니었다.

그러던 어느 날, 정호는 정낙원에게서 규장각에 가면 더 많은 지
도를 구할 수 있을 것이라는 이야기를 들었다.

규장각은 정조 때 만들어진 기관으로, 학자들이 모여 여러 분야
의 학문을 연구하는 곳이었다. 하지만 그것은 궁궐 안에 있었기 때
문에 아무나 들어갈 수 없었다. 천한 신분인 정호가 임금이 사는 궁
궐에 들어간다는 것은 불가능한 일이었다.

정호는 규장각에 있는 지도를 머릿속으로 상상하면서 고민에 빠지기 시작했다.

'우리나라 지도를 그리는 것은 내가 할 수 있는 일이 아닌가?'

정호는 우리나라 지도를 직접 그리기 전에 앞서 학자들이 만들어 놓은 지도를 검토해보고 싶었다. 그래야만 지도를 그릴 때 그만큼 오차를 줄일 수 있다고 판단했기 때문이다.

'어머니를 고생시키고 약 한 첩 제대로 못 달여 드리면서 지리 공부를 해왔는데 이대로 주저앉는다면 정말 죽도 밥도 안 돼. 여기서 포기한다면 지하에 계신 아버님도 노여워하실 거야. 이 정도 일에 마음이 약해지다니! 그래, 정신을 차리자. 하늘은 준비하고 기다리는 사람을 좋아하잖아. 진인사대천명(盡人事待天命).'

정호는 이를 악물었다.

'하고야 말 것이다! 이루고야 말겠다!'

정호는 다시 마음을 가다듬고 그동안 모은 지도를 중심으로 전보다 더 열심히 공부하기 시작했다.

'언젠가는 더 좋은 지도를 손에 넣을 수 있을 거야.'

"오라버니 아니세요?"

정호는 바람도 쐴 겸 마포나루에 나갔다 돌아오면서 어제 공부한 것을 골똘히 생각하느라 정신없이 길을 걷고 있었다. 그런데 누군가 뒤에서 불렀다. 정낙원의 딸 남이다. 남이는 정호보다 세 살 아래로 싹싹하고 인정 많은 소녀다. 처음 만났을 때는 마냥 말괄량이 소녀였는데 이제는 제법 처녀티가 난다.

"무슨 생각을 하시기에 그렇게 정신없이 걸으세요? 계속 불러도 대답이 없으시데요. 지금 저희 집에 가시는 길이죠?"

"응? 응."

정호는 얼마나 정신없이 걸었는지 제 집을 지나쳐 만리재를 넘었다. 얼떨결에 고개를 끄덕이고는 남이에게 어딜 다녀오느냐고 물었다. 남이는 발그스름한 볼에 보조개를 지으며 참새처럼 재잘거렸다.

"오라버니댁에 다녀오는 길이에요."

"우리 집은 왜?"

"떡을 했는데 아버님이 오라버니댁에 좀 갖다 주라고 하셔서요."

"으응. 뭘 그런 걸 다……."

정호는 늘 자신의 어머니에게 신경 써주는 남이가 고마웠다. 그러나 정호는 그런 내색을 하지 않았다. 싫어서가 아니라 고맙다는 말을 하기가 쑥스러웠다. 남이는 밝게 웃으며 말했다.

"마침 잘되었어요. 집에 떡 말고도 먹을 것이 많거든요."

"무슨 날인데?"

"오늘이 아버님 생신이에요. 그것도 모르셨어요? 난 또 알고 가시는 줄 알았는데……."

"아참, 그렇지! 남이 아니었으면 큰일 날 뻔했네."

"호호호. 오라버니도 참……."

두 사람은 즐겁게 이야기를 나누며 나란히 걸었다.

남이는 어렸을 때 정낙원의 대문 밖에 버려진 업둥이다. 뒤늦게 그런 사실을 알게 되어 상처가 컸을 텐데도 마음씨 고운 남이는 그런 마음을 겉으로 드러내지 않았다. 근본도 모르는 자신을 양녀로 들여 키워준 것만 해도 고맙다는 뜻이었다.

정호는 언젠가 남이에게 그 이야기를 들은 후로 남이를 볼 때마다 말을 조심했다. 그러나 남이는 그런 것에 전혀 상관하지 않았다. 정낙원의 아내가 워낙 몸이 허약한 탓도 있었으나 남이 스스로 집안일을 도맡아서 했다. 김원경이 죽고 집에 손님들이 날마다 찾아왔으나 언제나 밝은 얼굴로 잔시중을 들었다.

거칠어져가는 남이의 손을 볼 때마다 정호는 어쩐지 마음이 아팠다. 혼자 서 있는 남이의 뒷모습을 보고 있노라면 어딘지 외로워 보이기도 했다.

그러나 남이는 나이답지 않게 성숙하고 생각이 깊었다. 사람들의 마음을 훤히 읽어 필요한 것을 미리미리 챙겨주었다.

'내가 나중에 색시를 얻는다면…….'

정호는 요즘 남이를 볼 때마다 자신도 모르게 그런 생각을 할 때가 있었다. 그때마다 얼굴이 화끈 달아올랐다. 그래서인지 하루가 멀다 하고 찾아가던 정낙원의 집을 멀리하게 되었다.

"오라버니."

"응?"

잠시 생각에 잠겨 있던 정호는 어떨결에 대답했다.

"오라버니 어머니께서 몸이 편찮으신가 봐요. 전에는 별로 본 적이 없는데 오늘은 방에 누워 계시던데요?"

"그래?"

정호의 어머니가 대낮에 자리에 누워 있는 것은 평소에는 볼 수 없는 일이다. 정호가 산책을 한다고 집을 나설 때만 해도 어머니는 부엌에서 일을 하고 있었다.

갑자기 어디가 편찮으신 걸까?

"내가 가서 군불을 때고 미음을 끓여드리기는 했지만 아무래도 몸에 열이 있으신 것 같아요."

"아저씨께 인사만 드리고 빨리 가봐야겠다. 여간해서는 겉으로 드러내지 않는 분이신데."

남이와 이런저런 이야기를 나누며 걷다 보니 어느덧 정낙원의 집 앞에 이르렀다. 남이는 집 마당에 들어서더니 갑자기 정호를 향해 돌아섰다.

"오라버니, 어서 장가가야겠어요?"

"느닷없이 무슨 말이야?"

남이는 장난스러운 표정으로 생글생글 웃으며 말했다.

"글쎄, 내가 미음을 끓여가지고 방에 들어갔더니 어머니께서 손을 꼭 잡으시면서 '너 같은 며느리 하나 얻었으면 얼마나 좋겠니.'

하시잖아요. 호호홋."

남이는 갑사댕기를 나풀대며 부엌으로 뛰어 들어갔다. 정호는 한 동안 뻣뻣하게 굳은 채 어쩔 줄 모르고 서 있었다. 가슴속에는 아직 도 남이의 낭랑한 웃음소리가 울리는 듯했다.

얼마 전부터 어머니는 정호에게 참한 색시를 골라보라고 채근하 기 시작했다. 어머니는 남이를 마음에 두고 있는지 은근히 정호의 속을 떠보기도 했다.

정호도 남이가 싫은 것은 아니다. 예쁘장한 남이의 얼굴을 떠올 릴 때마다 기분이 좋아지는 것도 사실이다.

그러나 정호는 결혼할 마음이 없었다. 어차피 지리 공부를 시작 한 이상 뿌리를 뽑아야 한다고 생각했다. 지도 제작이란 방에 앉아 서 하는 일이 아니다. 팔도강산을 팽이처럼 돌며 나라의 생김새를 직접 관찰하고 확인해야 한다. 보통 사람들처럼 아내와 같이 일을 하며 오순도순 살 수 없다.

정호에게는 지도 만드는 일이 어떤 일보다 우선이다. 그러나 남 들도 하찮게 생각하는 그 일을 어느 여자가 이해해 줄 것인가. 게다 가 돈이 생기는 일도 아니다. 그래서 정호는 결혼을 해서는 안 된다 고 거듭 다짐해왔다.

집에 돌아온 정호는 어머니의 이마에 손을 얹어보았다. 이마가 불덩어리 같았다. 온몸에는 땀이 흥건했다. 두꺼운 이불을 덮고도 덜덜 떨었다.

정호는 얼른 나가서 의원을 불러왔다.

의원은 어머니의 맥을 짚어보더니 고개를 갸우뚱했다.

"몸살기가 있으나 진짜 병은 마음에 있는 듯하이."

"마음에 있다니요?"

정호는 무슨 말인지 몰라 의원에게 물었다.

"글쎄 난들 알겠는가? 아들인 자네가 더 잘 알겠지."

의원은 진찰을 마치고 약을 몇 첩 내놓고 갔다.

그날부터 정호는 정성을 다하여 어머니를 보살폈다. 그러나 의원이 주고 간 약도 크게 효과가 없었다. 정호는 아침에 일어나 돼지에게 줄 죽을 끓이고 약을 달이고 나무를 해왔다.

"닭 모이를 줘야 하는데……."

어머니는 아픈 와중에도 일 생각을 했다. 정호가 일을 도맡아 하자 미안한 생각이 들었던 것이다.

틈틈이 남이가 와서 빨래를 해주고 가거나 설거지를 해놓고 가기도 했다. 정호가 그러지 말라고 해도 막무가내였다. 그러나 부엌일에 서툰 정호로서는 남이가 더없이 고마울 따름이었다.

어머니가 자리에 누운 지 몇 달이 지났다. 정호는 마당에서 약을 달이고 있었다. 이때 대문이 벌컥 열리며 한기가 들어섰다.

"어머니는 좀 어떠신가?"

"여전하시네. 근데 자넨 웬일인가?"

한기는 빙그레 웃으며 정호의 팔을 붙잡고 서둘러 방으로 끌고 들어갔다. 정호는 까닭을 모른 채 따라 들어갔다.

"이걸 보게."

한기는 앉자마자 뭔가를 펼쳐 보였다. 지도였다.

"아니, 이건……."

정호는 말을 잇지 못했다. 한기는 자랑스레 자신이 가지고 온 지도 두 장을 펼쳤다.

"지난번에 규장각에 보관되어 있는 지도를 보는 게 소원이라고 했지? 그 얘기를 듣고 무슨 방법이 없을까 고민하다가 마침 규장각을 마음대로 드나드는 분을 알게 됐지 뭔가? 그래, 그분에게 자네 이야길 했더니 선뜻 이 지도를 빌려주시더라구."

"이렇게 고마울 데가……."

정호는 기뻐서 입을 다물지 못했다. 규장각의 지도를 실제로 보게 될 줄이야 상상도 못할 일이다.

"이건 윤두수라는 분이 만든 〈동국여지도〉이고, 이건 〈만국지도〉일세. 〈만국지도〉는 정말 구하기 어려운 희귀본이라더군. 깨끗하게 보고 돌려주면 다른 지도도 구해보겠다고 하셨네. 필사해."

"그 어른이 대체 누구시기에 얼굴도 모르는 나를 그리 도와주신단 말인가?"

"김정희라고 하는 어른이라네."

"김정희?"

"아, 왜 자네도 알지? 진흥왕순수비를 알아내신 분 말일세. 북한산 비봉에 갔다가 승가사라는 절 뒤에 있는 비석이 진흥왕순수비라는 사실을 알아내신 분 말이야."

"알고말고. 그분이 이렇게 나에게 지도를 빌려주셨단 말인가? 믿기지가 않네."

그 이야기에 대해서는 정호도 들은 적이 있었다.

김정희는 중국에 비해 우리나라 학문이 뒤떨어진 이유가 현실에 바탕을 두지 않았기 때문이라고 생각한 사람이다. 김정희는 경주 김씨로 안동 김씨가 세도를 잡기 전만 해도 조정의 신임을 두텁게 받은 집안에서 태어났다.

김정희의 증조할아버지는 궁중 문서를 도맡아 쓸 정도였고, 아버지도 이름을 날리는 명필이었다. 김정희는 어린 시절부터 이런 분위기 속에서 글씨도 쓰고 책도 많이 읽었다.

어렸을 때부터 재능을 보이기 시작하자 김정희의 아버지는 아들을 실학자인 박제가에게 데리고 가서 공부를 시켰다. 박제가는 비록 첩의 자식이기는 했지만 시, 서예, 그림을 잘하는 인물이었다.

박제가는 어느 정도 공부를 시키고 나서 김정희를 청나라로 보내어 선진문물을 익히게 했다. 중국 학자들은 김정희의 글씨에 감탄하면서 그의 뛰어난 재능을 인정했다.

"추사 선생을 만나보지 않고 조선의 문화와 학문 수준을 논하는 사람은 거짓말쟁이일 수밖에 없소이다! 추사 선생처럼 시, 서예, 그림 모두에 정통한 분은 처음 보았습니다. 부디 우리들에게 가르침을 주십시오."

그러나 김정희의 관심은 다른 데 있었다. 중국의 학문과 예술을 우리나라 문화와 비교해보았다. 당시 중국은 옛 고전의 글귀 하나하나를 해석하는 것을 중시하는 훈고학이 유행하던 때였다. 그러나 김정희가 보기에 훈고학은 진정한 학문이 아니었다.

'진정한 학문이란 나라를 다스리고 백성이 편안하게 살도록 하는 데 쓰여야 하는 것이 아닐까? 옛날의 의복을 입고 절하는 예법만을 중시하는 중국 학자들은 우리나라의 고리타분한 성리학자들과 다를 바가 없구나.'

김정희는 우리나라의 문화가 발전하기 위해서는 실제적인 학문과 모든 방면에서 연구가 활발하게 이루어져야 한다고 생각했다. 또한 아직 밝혀지지 않은 우리나라의 옛날 역사를 환하게 밝힐 수 있는 학문이 필요하다고 생각했다.

김정희는 우리나라에 돌아와 실학을 연구하다가 북한산 비봉에 큰 비석이 있다는 이야기를 듣게 되었다. 사람들은 그 비석을 일컬어 고려 때 세운 비라고도 하고, 조선 태조가 세운 비라고도 했다. 하지만 정확한 사실은 잘 몰랐다.

김정희가 그 비석을 잘 살펴보니 희미하게 글씨가 새겨져 있었다. 눈으로 보기에도 꽤 오래된 비석 같았다. 그 당시까지는 어느 누구도 그런 것에는 관심이 없었다. 김정희는 그 비석에 먹물을 칠해 글씨를 종이에 떠낸 다음 자세히 살펴 글자를 알아냈다.

진흥태왕급중신등순수 (眞興太王及衆臣等巡狩)

신라 진흥왕이 국경을 표시하기 위해 세운 순수비였다. 이 사실이 알려지면서 김정희의 이름이 유명해졌다. 사실을 증명하고 알아보려는 김정희의 진지한 학문 자세가 실학을 존중하는 선비들에게는 좋은 본보기가 되었다.

"진흥왕순수비로 유명한 그 추사 선생이 이 지도를 빌려주셨단 말인가?"

김정호는 감격에 젖은 목소리로 한기에게 다시 물었다. 무엇보다도 그 유명한 학자가 이름도 없는 자신의 뜻을 알아주었다는 사실이 정호를 감동하게 만들었다. 최한기는 흐뭇하게 웃으며 고개를 끄덕였다.

"그렇다네. 자네를 한번 데려오라고도 하시던걸?"

정호는 너무나 감격하여 날아갈 것만 같았다.

'추사 선생이 나를 만나보시겠다고 하셨다니! 이제부터 시작이다. 이 지도를 토대로 본격적으로 연구에 들어가는 거다!'

정호는 속으로 굳게 다짐했다.

"여보게, 정호. 나는 얼마 전 김정희 선생이 발견한 진흥왕순수비를 찾아가보았다네."

"그래? 나도 좀 데려가지."

"미안. 어쨌거나 그걸 보면서 갑자기 우울해졌다네."

"왜?"

정호는 한기의 다음 말을 기다리며 똑바로 쳐다보았다. 한기는 잠시 숨을 크게 내쉬더니 입을 열었다.

"실학자이신 박제가 선생께서는 《북학의》에서 이렇게 말씀하시지 않았나? '옛 신라는 경상도 한 도에 땅덩어리가 국한되어 있으면서도 북쪽으로는 고구려와 능히 항거하고, 서쪽으로는 백제를 정복했다. 그런데 조선은 경상도만 한 지역의 여덟 배나 되는 땅을 가지고 있으면서도 평상시에 분배하는 녹봉은 사람당 한 섬에 불과하며, 중국으로 사신이 한 번 가는 길에 국고가 탕진된다.' 하고 말일세."

"흠, 그도 그렇구먼."

"진흥왕순수비에서 우러나는 신라인의 정신을 우리는 배워야 할 걸세."

"사실은 나도 《북학의》를 읽으면서 그런 생각을 했다네. 이 나라의 학문이 고리타분한 중국 중심 사상으로부터 언제나 벗어나려는지 참으로 걱정되네."

두 사람은 조선의 학문이 나아갈 길에 대해 깊게 토론했다. 어느새 몇 시간이 흘렀다.

"그런데 이건 무언가?"

잠시 말을 끊고 있던 한기가 방 한구석에 놓여 있는 가마 모양의 이상한 물건을 가리켰다.

"길이차라네."

"길이차?"

"돌아가신 아버님이 내게 만들어주셨지? 길이를 재는 종이통 생각나나?"

"자네가 항상 가지고 다니던?"

"그래. 여태까지는 그것을 가지고 길이를 재곤 했네. 헌데 그것을 쓰다 보니까 안에 있는 종이 줄이 짧아서 내가 새로 만들어보았네. 언제 자네가 오면 한번 보여주리라 생각하고 있었지."

한기는 신기하다는 표정으로 가마같이 생긴 길이차를 요모조모 살펴보았다. 전체 모양은 길에서 흔히 볼 수 있는 가마같이 생겼는데 밑에는 네 개의 쇠바퀴가 달려 있었다. 정호가 길이차를 들고 설명을 했다.

"나는 앞으로 기본 연구가 끝나면 이 나라를 직접 돌아다니며 지도를 만들어볼 걸세. 이 길이차를 땅에 굴리면 일정한 간격으로 안에 있는 북이 소리를 내게 되어 있네. 가령 5리를 끌고 걸어가면 쿵! 하고 울리고 다시 5리를 더 걸어가면 쿵! 하고 울리지."

"야! 이거 진짜 대단한 발명품이구나!"

"아버님께서 발명한 것을 조금 더 편리하게 고쳐놓았을 뿐이네."

정호는 겸손하게 대답했다. 한기는 감탄을 거듭하며 좁은 방 안에서 길이차를 굴리며 실험을 해보았다.

"그런데 한 가지 걱정거리가 있네."

정호는 들뜬 마음이 가라앉았는지 어느덧 표정이 굳었다.

"무슨 일인데?"

"어머니가 나더러 자꾸 혼인을 하라고 하시네."

"아니 이 친구가? 혼인하면 되지 그게 무슨 걱정거린가. 자네 나이도 이제 스물이고 장가를 들 때도 되지 않았나. 나이 많은 어머님이 손주를 보고 싶어 하시는 거야 당연한 일이 아닌가. 내가 보기에는 자네 어머니는 자네가 혼인을 하지 않아 병이 나신 거 같네."

"자네마저 그렇게 내 마음을 모르겠나? 큰 뜻을 품은 사내대장부가 처자식을 거느려보게. 게다가 지도를 만들려면 집을 떠나 있기 예사인데 아내에게도 미안한 일이고 말이야."

"나도 모르는 바는 아닐세. 하지만 그래서 더욱이 하는 말이야."

"그래서 하는 말이라니?"

"자네, 나이 드신 어머님을 홀로 남겨두고 집을 떠나 돌아다닐 생각인가? 지금도 어머님이 아프시니까 집안일만 해야 하지 않은가?"

"흠······."

정호가 듣고 보니 한기의 말이 옳기도 하다. 정말 남이가 도와주지 않으면 책 한 권 읽을 시간도 없다.

"또 내가 듣기로 남이가 은근히 자네를 좋아한다면서?"

144

"누가 그러던가?"

정호는 얼굴이 벌개져서 그게 아니라는 듯 손을 내저었다.

"시치미 떼지 말게. 아저씨한테 다 들었네. 자네 표정을 보니 자네도 그리 마음에 없지는 않은 모양이구만."

"놀리는 겐가?"

정호의 얼굴은 부끄러움에 더욱 붉어졌다.

"남이도 적은 나이는 아니네. 비록 수양딸이기는 하지만 아저씨께서 무척 아끼며 키운 자식이네. 좋은 배필일세. 잘 생각해보게."

최한기가 다녀간 뒤 정호는 한참 생각을 하다가 어머니가 누워 있는 방으로 건너갔다. 어머니는 남이가 끓여다 놓은 깨죽을 간신히 떠먹고 있었다. 정호가 방으로 들어서자 들으라는 듯이 얼른 한마디 했다.

"남이는 음식 솜씨가 얼마나 좋은지 원……."

"많이 드세요, 어머니."

남이 이야기를 하는 걸 뻔히 알면서도 정호는 시치미를 떼었다. 아무래도 안 되겠는지 어머니는 정호의 팔에 매달려 하소연했다.

"스무 살이면 너도 적은 나이가 아니다. 언제 죽을지도 모르는 이어미 소원도 못 들어준단 말이냐. 네 아버지를 생각해서 정호 네가 어찌 그럴 수가 있느냐. 죽기 전에 손주 녀석 안아보는 게 소원이라는데두!"

그제야 정호는 어머니가 왜 앓아누웠는지 확실히 알 수 있었다.

어머니는 하루빨리 며느리를 맞아들이고 싶었던 것이다.

남이는 어머니의 며느릿감으로 빠지는 데가 없다. 오히려 정호는 남이가 과분한 상대라고 여겼다. 동네 사람들도 남이를 입에 침에 마르도록 칭찬을 했다.

남이가 자기한테 시집을 오면 집안일은 물론 생계를 꾸려가야 한다는 것이 마음에 걸렸다. 어차피 자신은 지도를 그리는 일에만 온 힘을 쏟아야 하기 때문이다. 하지만 남이가 지도를 만들겠다는 정호의 결심을 모르는 바도 아니다.

'어쩌면 남이는 이 모든 상황을 이해하고 힘닿는 대로 도와줄지도 몰라.'

이렇게 생각하자 정호는 마음이 편안해졌다.

'그래, 남이에게 청혼을 하자.'

정호는 다짐을 하고 어머니의 손을 꼭 잡았다.

"어머니 말씀대로 하겠습니다. 안심하시고 어서 건강을 되찾으세요."

"오냐, 고맙다. 내 아들아!"

어머니는 하나도 안 아픈 듯 활짝 웃었다.

다음 날, 정호는 옷을 깨끗하게 차려입고 정낙원의 집을 찾아갔다. 마침 정낙원은 밖에 나가고 없었다. 남이는 부엌에서 불을 때고 있었다. 정호는 어색한 마음에 흠흠 헛기침을 몇 번 했다. 남이가 그 소리를 듣고 뒤를 돌아보았다.

"어험! 거기서 뭐하니?"

"난 또 누구라고? 어울리지 않게 웬 헛기침이우? 잣이 좀 있기에 죽을 끓이는 중이야. 오라버니 어머니께 갔다 드리려구."

"너나 먹잖구."

"누가 오라버니 좋으라고 그러나? 어머니가 걱정돼서 그러지."

남이는 자기만 보면 슬슬 피하는 정호의 행동이 퍽 섭섭한 모양이다. 정호는 어디서부터 이야기를 시작해야 할지 더듬거렸다.

"오라버니는! 방으로 들어가잖구 왜 빙빙 돌아?"

정호가 연신 괜한 헛기침을 해대며 왔다 갔다 하자 남이는 이상하다는 듯 말했다. 정호가 아무 대답도 못하고 머뭇거리자 남이는 자신이 너무 쌀쌀맞게 굴었나 생각하며 방긋 웃어 보였다.

"들어가 계세요, 오라버니. 아버진 좀 기다려야 오실 거예요."

남이가 부드럽게 나오자 정호는 오히려 당황했다.

"그게 아니라…… 남이에게 할 말이 있는데…… 저어……."

정호가 귓불을 붉히며 말을 더듬거리자 남이는 의아한 듯이 쳐다보았다.

"난 말이야, 저어…… 앞으로 평생을 지도 만드는 데 바칠 생각인데……, 남이는 그래도…… 내가 좋아?"

그제야 남이는 무슨 말인지 알아채고는 얼굴이 발그레해졌다.

"알다시피…… 가, 가난한 살림에다가 내가 돌봐주지도 못하고 그러면 괴, 굉장히 고생이 심할 거야. 그래도 괜찮아?"

정호는 땀을 삘삘 흘리며 말을 마쳤다. 하지만 속이 후련했다. 남이가 살며시 고개를 들었다.

"오라버니는 그 대답을 꼭 말로 들어야 알겠어요? 저 역시 낳아 주신 부모님이 누구인지도 모른 채 자라온 아이예요."

"그럼…… 허락한다는 뜻이냐?"

정호는 남이의 손을 잡으려고 가까이 다가섰다. 그러자 남이는 더욱 얼굴을 붉히며 방으로 뛰어 들어갔다.

한 달 후 정호는 남이를 아내로 맞아들였다. 정호네 식구가 된 남이는 결혼 전보다도 어머니를 극진히 돌보았다.

정호는 신혼의 단꿈에 빠져 시간이 어떻게 가는지 모를 정도로 행복한 나날을 보냈다.

10

집을 떠나 넓은 세상으로

남이는 정호에게 정성을 다 바쳤다. 정호도 남이를 무척이나 아껴주며 살림을 꾸려나갔다. 그야말로 깨가 쏟아지는 신혼 생활이었다.

정호가 결혼한 지 6개월이 지난 어느 가을밤이었다. 둥근 보름달이 환하게 밤을 밝히고 있었다. 정호는 남이가 잠든 사이에 자리에서 조용히 일어나 마당으로 나왔다.

가을바람이 제법 쌀쌀하게 정호의 뺨을 스치고 지나갔다. 정호는 물끄러미 밤하늘을 올려다보았다. 구름 한 점 없는 밤하늘에는 수많은 별들이 제각기 빛을 내었다.

'밤하늘이 아름답구나. 세상이 이렇게 아름답기만 하다면 무슨 걱정이 있겠는가.'

정호는 한숨을 내쉬었다.

'이제 결혼을 했으니 어머니 걱정은 덜게 되었구나. 허나 남이가

너무 고생이 많으니 참······. 괜히 가난뱅이한테 시집을 와 사서 고
생을 하니 이를 어쩐다지.'

정호는 고개를 숙이고 마당을 왔다 갔다 하면서 생각을 했다.

'이젠 떠날 때가 온 것 같다. 사내대장부가 뜻을 품었으면 무슨
일이 있어도 그것을 이루어내고 말아야지. 하지만······ 남이는, 어
머니는 어떻게 살아야 하지.'

정호는 며칠 전부터 전국을 답사할 생각을 하고 있었다. 그러나
쉽게 발길이 떨어지지 않았다. 사랑하는 아내와 어머니의 곁을 떠
난다고 생각하자 가슴이 미어졌다.

'이를 어쩐단 말인가. 한기와 의논해볼까. 아니야, 그 친구야 당
장이라도 떠나라고 하겠지. 누구보다도 날 이해해주는 친구니까.
차라리 여기 그냥 머물러 남이하고 어머니하고 남들처럼 평범하게
살아갈까······. 아, 잘 모르겠어. 정말 모르겠어.'

정호는 머리를 흔들었다. 아무리 고민을 해봐도 좋은 생각이 떠
오르지 않았다. 정호는 마루에 앉아 한참 동안 어둠을 쏘아보다가
자리에서 벌떡 일어섰다.

'아니야, 이대로 머물 수는 없어. 남이도 어머니도 진정 바라는
것은 내 꿈을 이루는 것일 거야. 그래, 틀림없어. 이렇게 평범하게
살아가는 것은 아무 의미가 없어. 나는 해야 할 일이 있어. 난 그 일
을 반드시 해내야 해.'

정호는 마음을 굳혔는지 보름달을 다시 한 번 올려다보더니 방으

로 들어갔다. 남이는 낮 동안 일에 시달린 탓인지 세상모르고 자고 있었다. 정호는 달빛에 희미하게 보이는 남이의 얼굴을 한참 내려다보다가 자리에 누워 잠을 청했다.

다음 날 아침, 아침상을 물린 정호는 조용히 아내를 불렀다.

"무슨 일이신지요?"

"내 긴히 할 말이 있어서 그러오."

"말씀하십시오."

남이는 어느새 다소곳한 아내가 되어 있었다. 정호는 남이를 물끄러미 바라보다가 말을 꺼냈다.

"당신도 알다시피 나는 할 일이 있소."

"네, 잘 알고 있습니다."

"그래서…… 내일 당장 뜻한 바를 이루기 위해 집을 떠나야겠소."

정호의 말에 아내는 잠시 고개를 숙이고 뭔가를 생각하다가 입을 열었다.

"저는 지아비를 섬기는 몸으로서 지아비 하시는 일을 막을 수는 없습니다. 저는 이미 결혼 전부터 당신의 뜻을 알고 있었습니다. 그리고 언젠가는 제 곁을 떠나실 것도 미리 알고 있었고요. 다만 언제인지를 모를 뿐이었습니다. 전 아무래도 괜찮아요. 어머니는 제가 성심껏 모실 터이니 걱정 마시고 뜻한 바를 이루셔요."

"여보……."

아내가 침착하게 말을 하자 정호는 목이 메어 더 이상 말을 이을 수가 없었다.

"내일 떠나세요. 채비는 알아서 할게요. 다만 한 가지 청이 있습니다."

"무엇이든지 말해보오."

"다름이 아니오라 반드시 품은 뜻을 이루고 돌아오십시오. 막상 길을 떠나시면 생각했던 것보다도 더 어려운 일들이 눈앞에 닥칠 것입니다. 그렇다고 해서 결코 포기해서는 아니 됩니다. 아무리 큰 어려움이 있더라도 꼭 뜻한 바를 이루시기 바랄 뿐입니다."

"알겠소이다. 내 당신의 마음을 꼭 기억하리다. 목적을 이루지 못하면 돌아오지 않을 것이니 당신도 나를 위해 하늘에게 빌어주기 바라오."

정호는 아내에게 다가앉아 손을 꼭 잡았다. 아내는 남편에게 손을 맡기고 있다가 울음이 터지려고 하는지 자리에서 일어나 밖으로 뛰쳐나갔다. 정호는 천장을 바라보며 한숨을 길게 내쉬었다.

다음 날, 정호는 어머니에게 하직 인사를 하고 집을 나섰다. 정호의 뒷모습이 보이지 않을 때까지 아내와 어머니는 사립문 밖에 서서 지켜보았다. 정호가 돌아보니 아내가 옷고름으로 눈물을 훔치고 있었다.

긴 겨울이 지나고 해가 바뀌어 어느새 봄이 되었다. 정호는 가는 곳마다 그 지방의 지리를 자세히 살펴 지도를 그렸다. 사람들은 그를 이상한 눈초리로 쳐다보았지만 아랑곳하지 않았다.

그동안 그려둔 초고는 아무도 알 수 없는 대지팡이 속에 깊숙이 감춰두었다. 지팡이에는 잘 보이지 않는 마개가 있다. 이 마개를 열면 기름종이로 된 속마개가 있다. 이것은 지팡이가 물에 빠져도 지도를 그린 종이가 젖지 않도록 한다.

정호는 대지팡이로 땅을 짚기도 하고 때로는 키를 넘는 풀숲을 헤치며 걸었다. 며칠 전에 밤길을 가다 돌부리에 걸려 넘어져 발목을 삐었다.

오른쪽 발을 절룩이며 열심히 산을 내려가면서도 정호의 눈은 이리저리 뻗어 내린 산줄기를 살펴보았다. 이때였다. 와삭와삭 마른 낙엽을 밟는 발자국 소리가 들려왔다. 한 사람이 아니고 여러 사람의 발자국 소리다.

'아니! 이런 깊은 산중에 누구일까?'

며칠 동안 사람이라고는 통 보지 못한 정호는 와락 반가운 마음이 들어 소리가 나는 쪽으로 바삐 걸어갔다. 이때 다시 휘익 하고 휘파람 소리가 들렸다. 마치 서로를 찾고 확인하는 암호 같았다.

"형님, 이제 오시오? 좀 늦으셨수."

"그래, 별일 없었냐?"

"벌이는 좋으셨수? 싱글벙글하는 것을 보니깐 두루 한탕 크게 하신 모양이외다."

"짭짤했지. 멧돼지나 두어 마리 잡자꾸나. 한탕 한 기념으로 간만
에 술이나 마시게."

사내들의 말소리가 들려왔다. 심상치가 않다.

'혹시 산적이 아닐까?'

순간적으로 그런 생각이 들었다. 몸을 피할까, 아니면 그대로 산
을 내려갈까. 지금 움직이면 산적들과 너무 가까워 금방 들킬 것만
같다.

게다가 미숫가루를 조금 먹은 것 말고는 먹은 게 없어서 배가 고
프고 눈앞이 팽팽 돈다.

'에라, 저들도 사람인데 설마 죽이기야 할려구.'

"누구냐?"

"왜 그러슈, 갑자기?"

"얘들아, 저 큼직한 바위 뒤쪽을 좀 살피고 오너라. 무슨 소리가
들렸는데……."

"아따, 형님도. 이 깊은 산중에 누가 있다고……."

투덜거리는 소리가 나더니 점점 정호가 있는 쪽으로 발소리가 가
까워졌다. 정호는 눈을 질끈 감고 숨을 죽였다.

'여기까지 와서 내 인생이 끝나는 것일까.'

두려움보다는 허무한 생각이 들었다. 아내와 어머니의 얼굴이 스
쳐 지나갔다.

"네 이놈, 누구냐! 형님 여기 좀 와보슈! 웬 비렁뱅이 같은 놈이

있수."

사내는 정호를 보자마자 휘파람을 휙 불더니 두목인 듯한 자를 급히 불러댔다. 사내는 멧돼지 가죽으로 온몸을 감은 데다가 허리에 칼과 도끼를 찬 험상궂은 얼굴이었다.

"웬 놈이냐?"

두목은 먼저 온 사내보다는 나이가 더 들어 보이고 풍채가 당당했다. 호랑이 가죽을 입고 손잡이가 은으로 된 긴 칼을 차고 있었다. 두목을 따라온 부하들이 대뜸 정호를 에워싸더니 꽁꽁 묶었다.

"이러지들 마시오! 이게 무슨 짓이오!"

김정호가 호령을 하며 반항을 하자 멧돼지 가죽을 입은 자가 칼을 뽑아 날카로운 칼끝을 목에 대고는 협박했다.

"남의 말을 엿듣고도 살아날 줄 알았더냐? 이놈, 관가에서 보낸 정탐꾼이지?"

두목은 아무 말 없이 정호의 차림새를 훑어보더니 부하들에게 정호를 일단 끌고 가라고 명령했다.

"어어! 내 보따리, 내 보따리!"

산적들이 정호의 봇짐을 휘익 던져버리고 정호만 끌고 가려고 하자, 그는 있는 힘을 다해 소리를 치며 바동거렸다.

"아니, 별것도 없는 이 괴나리봇짐이 뭐가 중하다고 야단이야, 야단이!"

"여보시오, 나를 끌고 가는 것은 좋으나 내 봇짐은 가져가게 해주오. 나는 지도를 만드는 사람이오. 그 보따리에 내 지도 그리는 도구가 들어 있소."

"지도? 아하하핫! 별 웃기는 놈 다 보겠네."

산적들은 껄껄 웃더니 큰 선심을 베푸는 듯 정호의 봇짐을 칼끝에 꿰어 들고 갔다. 대지팡이는 처음부터 멧돼지 가죽을 입은 사내가 빼앗아 들고 있다. 한참을 올라가니 산적들의 소굴인 듯한 움막이 나왔다.

정호는 아차 싶었다. 길을 잃고 헤매다가 산적들의 소굴로 잡혀 들어온 것이다. 이제 와서 후회해봤자 아무 소용이 없다. 호랑이굴에 들어가서도 정신만 차리면 살아날 방도가 있다지 않은가? 정호는 움막 안으로 끌려 들어가며 각오를 새롭게 했다.

산적들은 무슨 잔치를 하는지 정호를 헛간에 가두어놓고는 술판을 벌였다. 고기 굽는 냄새가 코를 찔렀다. 오랫동안 비어 있던 내장이 꿈틀거리며 시장기가 몰아쳤다. 오기가 나서 정호는 헛간 문을 냅다 발로 차기 시작했다.

"웬 소란이냐?"

산적 하나가 문 밖에서 소리를 쳤다.

"당신들만 사람이오? 나도 입이 있으니 죽을 때 죽더라도 같이 먹어야 할 것 아니오?"

"허? 별 괴짜를 다 보겠군. 두목님! 두목님!"

"왜 부르고 야단이냐?"

"저 미치광이 좀 보세요. 자기도 사람인데 먹어야 할 것 아니냐고 막 반항을 하는데요."

대뜸 욕지거리가 나왔다.

"이놈아, 미친놈이 하는 수작을 시시콜콜 두목님에게 고해바치면 어쩌자는 게야? 에이 못난 놈 같으니! 형님! 놈을 아예 없애버립시다."

멧돼지 가죽을 입은 산적이 두목에게 말했다. 그러자 두목의 목소리가 났다.

"그놈을 이리 좀 끌고 오너라."

정호는 두 손이 꽁꽁 묶인 채 두목 앞으로 끌려갔다.

두목은 눈을 가늘게 뜨고 정호를 쏘아보며 큰 소리로 말했다.

"네 놈도 입이 있으니 먹어야겠다고 했겠다?"

"그렇소. 아무 죄도 없는 사람을 이렇게 끌고 왔으니 뭐라도 먹어야 내 분이 풀리지 않겠소?"

"허허! 통이 큰 것 하나는 맘에 드는구먼. 애들아, 저자에게 고기 좀 잘라다 주어라. 어차피 죽을 목숨, 배나 채우고 죽는 것이 소원이라는데."

산적들이 정호 앞에 산더미같이 음식을 차려놓았다. 그러나 묶인 팔을 풀어줄 생각은 하지 않았다.

"내가 개돼지가 아니거늘 어찌 팔을 풀어주지 않는 거요? 손이 있어야 음식을 먹을 수 있지 않겠소?"

"이놈이 갖다 주면 입으로라도 핥아먹을 일이지, 두목님 앞에서 버릇없게!"

멧돼지 가죽을 입은 사내가 정호의 정강이를 걷어찼다. 찢어진 바지 사이로 피가 흘러나왔다. 정호는 아픔을 참고 벌떡 일어나며 사내를 향해 벽력같이 호통을 쳤다.

"네 이놈! 어디서 이런 고약한 버릇을 배웠느냐! 내 비록 누추한 몰골이지만 너희들에게 해를 끼친 적이 없는데 어찌 이리 사납게 군단 말이냐? 당장 사과해라!"

산적들은 어안이 벙벙해서 멀뚱멀뚱 두목의 얼굴만 쳐다보았다. 두목은 찌를 듯한 눈빛으로 정호를 바라보았다. 정호도 그 눈길을 맞받아 한 치도 지지 않고 뚫어질 듯 노려보았다.

"핫핫핫하!"

두목은 별안간 호탕하게 웃었다.

"내 평생 당신처럼 기개 있는 사람은 처음 보았소. 애들아, 어서 풀어드려라."

"옛?"

산적들은 두목이 무슨 말을 하고 있는지 몰라 서로 얼굴만 바라보았다.

"어서 풀어드리고 정중히 모시라는데두! 그리고 천중이는 어서 이 선비님에게 사과를 해라."

천중이는 멧돼지 가죽을 입은 사내의 이름이었다.

"아니, 형님?"

"어서 사과를 해! 네가 잘못하지 않았느냐?"

천중이는 할 수 없다는 듯이 정호에게 사과했다. 그런 후 정호는 두목에게 대접을 받았다. 산적 두목은 부하들을 시켜 새 옷을 내오게 하여 정호에게 입히고 상처도 치료해주었다.

산적들의 소굴에서 며칠을 쉬자 삐었던 발목도 나아졌고 기운도 났다.

하루는 산적 두목이 조용히 정호를 불렀다.

"대체 선비님은 무엇을 하시는 분입니까? 이 고생을 하면서까지 무엇하러 지도를 만드십니까? 그런 힘든 일은 나라에서 하는 거 아닙니까?"

"나라는 백성이 만드는 법입니다. 진정으로 나라를 위하는 마음이 있다면 모든 일을 나라에만 떠맡기지 말고 직접 해야지요. 지도를 만들면 장사를 하는 사람에게도 좋고 왜적을 막을 수도 있으며 나라를 다스리는 데도 아주 큰 도움이 된답니다."

"우리 같은 산적들을 잡아들이는 데도 쓰이겠구만요."

두목은 싱긋 웃으며 농담을 늘어놓았다.

"하하하, 글쎄요. 아무튼 공자왈 맹자왈 하면서 양반 상놈 찾는 시대는 끝나가고 있다고나 할까요? 진정으로 학문을 하는 사람은 상투 틀고 방 안에만 들어앉아 있는 것이 아니라, 널리 백성들에게 이로운 것이 무엇일까 살펴어 그 부족한 것을 메워나가는 사람이라고 생각합니다."

"하지만 이 나라가 어디 그런 사람들을 알아주기나 하나요? 선비님만 해도 그렇지 않습니까? 장한 일을 한다고 나라에서 돈을 대주기를 합니까, 그렇다고 도와주기를 합니까? 뜻은 좋습니다만, 힘만 들이는 일이 아닌지 모르겠군요."

"사실, 그 말이 맞기도 합니다. 아직은 제가 하는 일이 중요하다는 것을 알아주는 사람이 많지 않습니다. 그러나 앞에 계시는 두목님처럼 이해해주는 사람이 하나둘 생기고 있는 것도 사실이지요. 얼마 전에도 지도가 무엇인지도 모르는 할아버지 한 분을 만났는데, 제가 자세히 설명을 해드리니까 함께 마을을 돌기도 하고 산에 있는 절을 안내해주시기도 하더군요. 아직 세상에는 좋은 사람들이 많다는 것을 직접 느끼게 되었습니다. 때로는 이렇게 꽁꽁 묶여 매를 맞으며 봉변을 당하기도 하지만 말씀입니다."

두목은 정호의 이야기를 듣더니 껄껄 웃었다.

"우리가 몰라서 그런 걸 미안하게 자꾸 말씀하십니까? 자, 술이나 한 잔 하십시다."

두 사람은 술잔을 서로 권하며 밤이 새도록 이야기를 나누었다. 멀리서 산새의 울음소리가 들려왔다.

열흘쯤 지난 뒤 정호는 산적들의 배웅을 받으며 산을 내려왔다. 두목의 지시로 부하 두 명이 산 아래 마을까지 정호를 데려다주었다.

두목은 정호와 헤어지는 것을 정말로 아쉬워했다.

"언제 다시 만날 날이 있을까요?"

"저야 언제나 이렇게 산천을 떠도는 몸, 꼭 다시 한 번 만날 기회가 있겠지요."

두목은 노자까지 두둑이 넣어주고 다시 근처에 오거든 꼭 들르라고 부탁했다. 해가 떠올라 새벽이슬을 머금은 산기슭을 부드럽게 비추었다. 정호는 대지팡이를 짚으며 힘차게 발걸음을 내딛었다.

11

백두산에 오르다

정호가 집을 떠난 지 어느새 몇 해가 흘렀다.

수염 한번 제대로 자르지 못해 턱은 덥수룩하고 옷차림은 거지의 누더기 같았다. 세찬 눈보라와 비바람에 시달려 얼굴은 까맣게 그을었다.

온 나라를 메주콩 밟듯 돌아다니는 동안 벼랑에서 굴러 다리를 다치기도 하고, 물의 깊이를 재느라 강 한가운데로 뗏목을 타고 나가다가 물에 빠져 죽을 뻔한 적도 있다.

정호의 몸은 앙상하게 말라 거의 뼈만 남았다. 그러나 숱한 어려움을 이겨낸 근육은 강철같이 단단해졌다. 몇 해 동안 수만 리를 걸어서인지 발은 군살이 박여 못을 밟아도 아프지 않을 지경이었다.

그동안 정호는 우리나라 강산을 얼마나 돌아다녔던가. 북쪽의 온성에서부터 북동 6진이라 불리는 부령·회령·종성·온성·경원·경흥을 샅샅이 훑고, 다시 이 땅의 등줄기를 타고 내려와 금강산·설악산·오대산·태백산맥·소백산맥을 오르내렸다.

또한 강릉·동해·삼척·울진으로 이어지는 동해안과, 진해·삼천포·여수로 이어지는 남해안, 부안·군산·대천·서산으로 이어지는 서해안을 이 잡듯이 뒤졌다. 나아가 우리나라 남단의 섬이란 섬, 서해안의 섬이란 섬은 가보지 않은 곳이 없을 정도였다.

때로는 정호의 몰골 때문에 도망친 죄수로 의심을 받아 곤욕을 치른 적도 있다. 전라도 남원에서는 정호의 행동을 지켜보던 한 사람이 '웬 미치광이가 마을마다 돌아다니며 해괴한 짓을 한다.'고 관가에 신고를 해서 곤장을 맞고 풀려난 적도 있다.

그러나 이렇게 나쁜 일만 있었던 것은 아니다. 오해를 한 사람들도 결국에는 이런 고생을 하면서까지 지도를 만들고자 하는 그의 뜻을 알아주었다. 고을마다 이런저런 인연으로 정호와 친해진 사람들이 생겼다.

강줄기를 따라 몇날 며칠을 걷기도 하고, 한번 산줄기를 타기 시작하면 한 달여 지나는 것은 금방이었다. 지도만 생각하며 혼자 걸으면서 무엇인가에 미친 사람처럼 중얼거리는 습관도 생겼다. 혼자 묻고 혼자 대답하면서 끊임없이 종이에 기록했다.

정호는 지도를 그리는 일과 각 지방의 풍속이나 역사를 기록하는 일 말고는 아무것도 생각하지 않았다.

우리나라 어느 곳이나 그의 발길이 닿지 않은 곳이 없었으나 만족스럽지가 않았다. 이미 지나온 마을이라도 미심쩍은 게 있으면 일정을 바꾸어서라도 다시 그 마을을 찾아 조사했다.

정호가 겨울바람이 사납게 몰아쳐 살을 에는 추위에도 서해안을 지나 연안, 해주, 옹진을 거쳐 다시 북쪽 지방으로 올라가기 시작한 것은 바로 그런 이유에서였다.

황해도 쪽은 고향땅을 들른 김에 샅샅이 훑고 자료를 모았다고 생각했다. 그러나 그 뒤로 차츰 시간이 지나면서 그 고장에 대한 조사가 부족하다는 점을 깨닫게 되었다.

이 나라 땅덩어리를 직접 답사하고 발로 지도를 그리는 작업은 그야말로 산 공부였다. 정호는 다니면 다닐수록 지도란 단지 땅의 모양을 그리는 것만이 아니라, 이 나라의 역사와 백성들의 삶이 녹아 있는 생생한 그림이라는 생각이 들었다.

그래서 처음에는 지형도를 그리고 산과 강, 바다, 각 고을의 유래와 위치를 조사하는 수준이었으나 갈수록 그 조사의 범위가 깊어지고 넓어졌다. 나라에서 정한 고을의 이름과 거기 사는 사람들이 자기 고을을 부르는 이름이 다른 경우도 있었다. 또 지도에 그려진 것보다 더 빠르고 안전한 길을 발견하기도 했다.

정호가 살을 에는 칼바람을 맞으며 황해도 지방을 훑어 올라가면서 평안도 지방에 이르렀을 때는 어느덧 겨울이 끝나가고 있었다. 손가락 동상도 거의 아물었다.

북쪽 지방은 겨울이 일찍 오고 더디게 지나간다.

산짐승들도 살랑살랑 불어오는 봄바람에 기지개를 켜기 시작했다. 버드나무에 물이 오르고 겨우내 얼어붙은 시냇물이 돌돌돌 흘렀다. 새들도 즐거운 듯 노래를 불렀다.

정호는 청천강 이북에 있는 가산, 박천, 곽산, 선천, 태천 등을 조사하기 전에 청천강의 수원지를 탐사할 예정이었다. 말없이 흐르는 강줄기를 타고 천천히 청천강 상류 쪽으로 걸어 올라갔다.

강 상류에 이르니 계곡을 타고 얼음덩이가 둥둥 떠내려오는 것이 보였다.

정호는 청천강이 훤히 내려다보이는 계곡과 이어진 산꼭대기에 올라갔다. 길게 흐르는 강과 강 너머에 있는 평야가 한눈에 들어왔다. 정호는 준비한 도시락을 먹고 나서 청천강 이남 지방을 돌면서 조사한 자료 뭉치를 꺼냈다.

그러고는 대지팡이 속에 소중히 보관해온 평안도 지방의 지형도를 꺼내었다. 거기에다가 청천강의 흐름을 상세히 그려나갔다. 실제로 보면서 청천강 이남 지방의 모습을 다시 확인해보았다. 자세히 보니 각 읍으로 통하는 도로에 10리를 단위로 하는 눈금 표시가 빠져 있었다.

'자칫하다간 실수를 할 뻔했군.'

정호는 빨리 자료들을 찾아 일일이 대조해가며 눈금 표시 작업을 했다. 그런 후에야 편안한 마음으로 주변 경치를 구경할 여유가 생겼다.

정호는 청천강을 젖줄로 삼아 펼쳐져 있는 너른 들판을 둘러보았다. 실아지랑이가 피어오르는 들판 저편에는 봉긋봉긋 솟아오른 산들이 아늑하게 논과 밭을 에워싸고 있었다.

'10여 년 전에 바로 저 평화로운 들판에서 홍경래의 난이 일어났지.'

정호는 너른 땅에 태산 같은 먼지를 일으키며 바람처럼 달려나갔을 홍경래의 봉기군들을 상상해보았다.

그 속에 아버지도 끼여 있었으리라 생각하니 아버지가 자랑스러우면서도 마음이 아팠다. 정호는 몇 년간 손때가 묻은 대지팡이를 어루만졌다. 절벽에서 떨어질 때도, 산짐승에게 쫓길 때도 지팡이를 놓치지 않으려고 안간힘을 썼다.

정호는 전국 곳곳을 돌아다니면서, 홍경래의 난은 평안도와 황해도 사람에게만 영향을 준 것이 아니라는 사실을 알았다. 황주에서는 뱃사람들이 양반집을 불태우면서 난을 일으켰고, 한양에서도 평민들이 봉기를 했다고 했다. 또한 전주에서도 난을 일으키려다가 탄로 난 사건도 있었다.

심지어 '홍경래는 아직 살아 있으며 가난한 백성들을 도우러 올 것'이라는 소문도 떠돌았다. 얼마나 사는 일이 고달프고 부패한 관리들에게 시달렸으면 죽은 홍경래가 다시 살아난다는 이야기까지 떠돌았을까.

정호도 농민들의 구차한 생활을 보면서 그런 마음이 충분히 이해가 갔다.

'아버지가 난에 참여하지 않고 지금까지 살아 있다면 얼마나 좋을까. 어머니와 함께 손주를 어르며 얼마나 행복해하실까.'

아버지에 대한 생각은 자연스레 가족들 생각으로 이어졌다.

사랑하는 아내와 얼굴도 보지 못한 아기도 가슴 저리도록 보고 싶다. 정호가 떠날 때 아내는 뱃속에 아이를 품고 있었다. 어서 빨리 집으로 돌아가고만 싶었다.

'여기에서 곧장 한양으로 간다면 며칠이나 걸릴까? 혹시라도 자기가 병들거나 무슨 사고가 생긴 것은 아닌지 밤낮으로 걱정할 어머니와 아내에게 죄스럽기 그지없었다. 최한기는 지금쯤 무엇을 하고 있을까? 과거 급제를 했을까?'

이런저런 생각에 젖어 있다가 정호는 문득 다시 강 저쪽의 들판으로 눈길을 돌렸다. 들판은 어서 오라고 재촉하는 것 같았다. 무거운 다리를 일으켰다. 아직도 갈 곳이 남아 있다. 이 나라에서 제일 높은 곳, 백두산! 백두산을 오르는 일이 남아 있다.

정호는 가파른 계곡을 건너 산자락을 타고 들판으로 내려갔다. 한참을 내려가는데 눈앞에 어른거리는 것이 있었다. 자세히 보니 커다란 바위에 하얀 두루마기가 놓여 있었다. 옷 임자는 어디로 갔는지 보이지 않았다. 옷을 벗어놓고 목욕하기에는 이른 날씨다.

'설마 입은 옷을 잊어버리는 사람은 없을 텐데…….'

고개를 갸우뚱하며 비탈을 타고 내려가는데 어디선가 젊은 남자의 울음소리가 들렸다.

"흑흑! 아버님, 용서해주십시오. 아버님의 한도 풀어드리지 못하는 제가 무슨 면목으로 아버님을 뵐지요…… 흑흑흑!"

소리 나는 쪽을 쳐다보다가 정호는 기겁을 하고 말았다. 두루마기가 있는 바위 아래 커다란 고목이 있었는데, 스무 살도 안 되어 보이는 앳된 청년이 나무에 기어 올라가 줄을 매면서 울부짖고 있었다. 목을 매달아 죽으려는 것이다.

"이보시오! 이게 무슨 짓이오!"

나무 아래에서 정호가 호통을 치자 그 청년이 고개를 돌려 아래를 내려다보았다.

"댁은 뉘신데 간섭이오? 빨리 갈 길이나 가시오!"

청년은 악을 쓰며 정호에게 대들었다.

"무슨 말 못할 사정이 있는지는 모르지만 앞길이 구만 리 같은 젊은이가 무슨 일로 귀중한 목숨을 버리려 하오? 빨리 내려오시오!"

"잔소리 말고 비키시오. 나는 죽기로 작정한 사람이오. 더 이상 참견을 하면 당신도 죽여버리겠소!"

청년은 품에서 날이 시퍼런 단도를 꺼내었다. 귀찮게 굴면 단도를 날려 찌르겠다는 위협이다. 청년은 이미 모든 것을 각오한 사람처럼 차갑게 단도를 치켜들었다.

"여보게, 나는 그런 칼 따위는 두렵지 않네. 칼을 던지려거든 어디 한번 던져보게. 나는 하고 싶은 말은 죽어도 하는 사람이니."

"비키지 못해!"

청년은 정말 칼을 던지려는 듯이 다시 위협했다. 그러나 정호는 눈 하나 깜짝하지 않고 청년을 똑바로 쳐다보았다.

"자기 목숨을 끊는 자는 자신을 용기 있는 사람이라고 착각하기 쉽지만 사실은 가장 겁이 많은 사람일세. 시련을 견딜 용기가 없으니까 죽으려는 것 아닌가!"

정호가 위엄 있게 말을 하자 발악을 하던 청년은 뜨끔했는지 가만히 그의 말에 귀를 기울였다. 자기 목숨을 끊는 자는 용기가 없는 자라는 말이 청년의 가슴에 박힌 듯했다.

"내가 일부러 자네 말을 엿들은 것은 아니었네. 아마 자네 아버님이 무슨 기가 막힌 사연으로 돌아가신 모양인데, 죽더라도 내게 사정이나 털어놓고 죽게. 비록 내가 정처 없이 여기저기 떠도는 나그네이긴 하지만 혹시 자네 마음이 시원해질지도 모르는 일 아닌가."

"사정을 이야기한다 한들 무슨 소용이 있겠습니까?"

기세가 좀 누그러진 청년이 한숨을 푹 쉬며 말했다.

"그렇지 않네. 다른 사람에게 자신의 이야기를 하다 보면 자기도 모르는 사이에 생각이 달라지기도 하고 흥분했던 일들도 차분히 돌아볼 기회를 갖게 되는 거라네."

청년은 정호의 말을 듣더니 눈물을 뚝뚝 흘렸다. 그는 소매로 눈물을 훔치더니 천천히 지난날의 이야기를 털어놓았다. 그가 털어놓은 사연은 이러했다.

그의 이름은 송찬희라 하는데 아버지 송명정은 관의 군졸이었다. 아들 찬희가 열 살 되던 무렵이었다. 송명정은 이주국이라는 대장의 지휘 아래 군사훈련을 받고 있었다. 송명정은 성품이 착하고 효성이 지극한 사람이었다.

하루는 송명정이 아침을 먹고 훈련을 받으러 가는 길에 그의 어머니가 갑자기 쓰러졌다. 쓰러진 어머니를 업고 10리 길이 넘는 의원 집으로 모셔다놓느라 송명정은 정해진 시각보다 조금 늦게 훈련장에 도착했다. 일개 군졸이 시간을 어기고 늦게 도착하자 대장은 크게 화를 내었다.

"네 이놈, 어찌하여 군율을 어기고 지각을 했느냐?"

대장 이주국이 엄하게 묻자 송명정이 말했다.

"어머님이 병환이 나서 의원에 모셔다드리느라 늦었습니다."

"이놈, 군율을 어기고서 어찌 사사로운 변명을 하려 드느냐? 여봐라! 저놈에게 곤장을 치고 반성하게 하라. 앞으로 군율을 어기는 자는 이처럼 엄히 다스리겠노라."

대장은 곤장을 치라는 명령을 내리고는 군졸들을 이끌고 밖으로 나갔다.

송명정은 10리 길을 숨이 가쁘게 달려갔다가 다시 훈련장까지 뛰어왔기 때문에 숨이 턱에 찬 상태였다. 그런 차에 곤장을 두어 대 맞으니 그만 심장마비로 죽고 말았다.

대장 이주국이 훈련을 마치고 돌아와보니 송명정은 죽어 있고,

170

그의 아내와 어린 아들이 시체에 매달려 통곡을 하고 있었다. 이주국은 단순히 기강이 해이해지는 것을 막기 위해 벌을 준 것뿐인데 결과는 엄청났다.

"이럴 생각은 아니었는데……, 이 일을 어쩌면 좋단 말인가."

대장은 울고 있는 송명정의 아내와 아들을 불렀다. 송명정의 아들 송찬희가 눈을 들어 대장을 매섭게 째려보았다. 그 눈에는 살기가 가득했다. 죽은 아버지의 원한이 아들의 눈에 맺혀 있는 것만 같았다. 대장은 그 눈을 보자 등골이 오싹해졌다.

"애야, 너의 아버지를 일부러 죽인 것은 아니다. 여러 부하들 앞에서 군율을 세우려고 벌을 준 것이 그만 이렇게 되었구나. 너무 원망하지 말거라."

이렇게 위로하면서 그 가족에게 돈을 주어 장례를 잘 치르게 했다. 그러나 송찬희가 대장 이주국을 보는 눈에는 여전히 살기가 가득했다. 아무래도 훗날 찬희가 크면 꼭 원수를 갚겠다는 뜻 같았다. 이주국은 송명정의 아들에 대한 두려움보다는 그 아이가 상처 입은 것이 더욱 가슴 아팠다.

이게 무슨 운명의 장난이란 말인가.

이주국은 여러 날 고민 끝에 찬희의 어머니를 찾아가 그 아들을 양자로 달라고 부탁했다.

"내가 잘못한 점도 있으니 아들을 데려다 보란 듯이 잘 키워보겠노라."

찬희 어머니는 망설이다가 이주국의 간청을 못 이겨 승낙했다.

이주국은 찬희를 자기 집으로 데려가 친아들처럼 여기며 보살폈다. 글공부도 시키고, 찬희가 원하는 일이라면 무엇이든 들어주었다. 혼인할 나이가 되었을 때는 참한 배필도 얻어주었다. 그러나 양아들 찬희가 이주국을 바라보는 차가운 눈빛은 변함이 없었다. 이것이 이주국의 마음을 늘 아프게 했다. 이주국으로서는 하는 데까지 해보았으나 두 사람의 관계는 좋아지지 않았다.

찬희는 자신의 아버지가 원통하게 죽은 그 일을 잊을 수가 없었다. 양아버지인 이주국이 아무리 잘해주어도 친아버지의 원수를 갚고야 말겠다는 생각에는 조금도 변함이 없었다.

그러던 어느 날 밤, 찬희는 시퍼런 단도를 들고 이주국이 자는 방으로 들어갔다.

이주국은 잠이 들었는지 이불을 뒤집어쓰고 있었다. 찬희는 양아버지의 머리맡에 앉아 조용히 말했다.

"소인은 나리께 큰 은혜를 입었사오나 자식이 어찌 아버지의 원수를 잊을 수가 있겠습니까? 저의 칼을 받으소서."

찬희는 말을 끝내며 힘껏 이불을 찔렀다. 그러고는 몸을 일으켜 밖으로 나가려는데 이주국이 뛰어나와 양아들의 팔을 잡았다. 이주국은 아무래도 찬희의 행동이 심상치 않아 이불 밑에 베개를 놓아두고 자신은 병풍 뒤에 몸을 감추고 있었던 것이다.

"그만하면 네 아비의 원수는 갚았다. 꼭 나를 죽여야 하겠느냐?

172

찬희야! 너를 용서해주마. 너도 나를 용서해다오. 이제부터는 진정한 내 아들로서 곁에 있어다오.”

찬희는 자신이 죽인 줄로만 알았던 이주국이 나타나 애원을 하자 멍하니 서 있다가 주르륵 눈물을 흘렸다.

“은혜를 원수로 갚으려 했으니 어찌 다시 나리를 모실 수 있겠습니까?”

찬희는 자신을 보살펴준 이주국에게 큰절을 올린 뒤 집을 떠나 이 산으로 온 것이다.

“친아버지의 원수도 갚지 못하고 키워준 양아버지의 은혜도 저버렸으니 더 이상 살 필요가 있겠습니까! 선생께서는 제발 모른 체하고 지나가주십시오.”

“내 보기엔 찬희 자네가 쓸데없는 것을 마음에 두고 있는 것 같네.”

“쓸데없는 것이라니요?”

“양아버지를 찔렀으니 친아버지에 대한 원한을 푼 것이요, 양아버지가 죽지 않았으니 은혜를 저버린 것도 아니지 않은가? 그런데도 아직 젊으나 젊은 목숨을 끊으려 한다면 그것이야말로 두 아버지 모두에게 불효하는 걸세.”

찬희는 무너지듯 무릎을 꿇었다.

“그러면…… 저는 장차 어찌하면 좋겠습니까?”

“집으로 돌아가게. 아내가 기다리고 있지 않은가?”

"아니 됩니다. 다시 돌아갈 수는 없습니다. 차라리 선비님을 따라 가겠습니다."

"나를?"

"아까 선비님께서는 정처 없이 떠도는 몸이라 하시지 않았습니 까? 차라리 선비님을 따라 산천을 구경하면서 다니겠습니다. 부디 거두어주십시오."

정호는 난감한 표정을 지었다.

"나는 그저 놀러 다니는 사람이 아닐세. 나는 이 나라 지도를 그 리기 위해 삼천리 방방곡곡을 다니는 사람일세. 게다가 나를 따라 다니다가 혹시 무슨 일을 당할지 누가 알겠나?"

"그렇다면 지도 만드는 일을 돕겠습니다. 선비님, 제발 따라가게 해주십시오. 이렇게 간절하게 바라고 있질 않습니까!"

정호는 한참을 망설이다가 마침내 승낙을 하고 말았다.

"하지만 한 가지 조건이 있네. 올해가 지나면 반드시 집으로 돌아 가야 하네."

"알겠습니다, 선비님 말씀대로 따르겠습니다."

이리하여 김정호는 우연한 만남으로 송찬희라는 길벗을 얻게 되 었다. 말동무가 있으니 쓸쓸하지 않아 좋았다.

찬희는 글을 배운 청년답게 정호가 하는 일을 금방 이해했다. 정 호 대신 길이차를 끌고서 길이를 재는 일을 돕기도 하고, 정호가 일 을 하는 동안 밥을 짓거나 빨래를 하기도 했다.

정호는 이제 우리나라에서 제일 높은 백두산을 오를 계획이었다. 험준한 산과 산맥이 많은 무산군을 다니다 보니 어느덧 한여름이었다. 백두산으로 가는 길은 멀고도 험했다. 무산에서 출발하면 380여 리나 되었다.

해가 뉘엿뉘엿 서산으로 지고 있었다. 정호와 찬희는 하룻밤 쉴 곳을 찾아 헤매다가 제법 번듯해 보이는 기와집을 발견했다. 이왕 신세지는 거 궁색한 집보다는 차라리 부잣집이 낫겠다 싶었다.

"여보시오!"

정호가 문을 두드리자 한참 뒤에 노인이 문을 열고 나왔다.

"이보게! 다른 집을 찾는 게 좋을 것이네."

"이 집에 무슨 일이 있습니까?"

"아홉 살 난 아들이 무슨 병에 걸렸는지 다 죽어가고 있다네. 글쎄 삼대독자라니 얼마나 애통하겠는가? 자칫 잘못되면 대가 끊길지도 모르는데……."

노인은 혀를 끌끌 찼다.

"그래서 이렇게 집 안이 조용하군요. 무슨 병이랍니까?"

"무슨 병인지 용하다는 의원들도 머리를 흔든다네."

"제가 의술을 좀 아는데 이 댁 도련님을 한번 봤으면 좋겠군요."

"아! 의원님이시구만요? 잠깐 기다리시지요."

노인은 얼굴이 환해지며 주인에게 알리려고 안으로 들어갔다. 정호가 태연하게 기다리자 찬희가 다급히 속삭였다.

"아니 선비님, 병을 고치시겠단 말인가요? 잘못 건드려 무슨 변이라도 생기면 어쩌시려구요?"

"가만있게. 어차피 어디 가서든 하루 저녁 신세를 져야 할 것이고, 또 백두산을 오르려면 무슨 일을 당할지 모르니 무산을 떠나기 전에 노자와 쌀을 얻어두는 게 좋을 거야. 게다가 종이도 떨어졌지 않은가?"

"하지만……."

찬희는 아무래도 걱정이 되는 모양이었다. 의원도 아닌 정호가 병을 고치겠다고 나섰으니 불안한 것은 당연했다.

"나 하는 대로 가만히 있게. 내가 잘은 모르나 여기저기 떠돌면서 반은 의원이 다 되었네. 그동안 팔도강산을 돌아다니면서 좋다는 약 처방을 듣고 적어둔 것만 수백 가지는 되니 걱정 말게."

아들의 병 때문에 안달이 나 있던 주인은 버선발로 내려와 정호 일행을 맞아들였다. 혹시라도 일이 잘못될까 봐 찬희는 얼굴빛이 말이 아니었다. 그러나 정호의 행동거지는 태연했다.

그 집 도령의 이름은 춘수인데, 2년 전부터 시름시름하더니 얼굴에 핏기가 없어졌다고 했다. 근방의 유명한 의원을 다 불러들여 좋다는 약은 다 먹였으나 병은 점점 더 깊어가기만 할 뿐이었다.

정호는 종잇장처럼 창백한 춘수의 얼굴을 보고는 깜짝 놀랐다.

'아니 어쩌면 사람이 이렇게까지 마를 수 있단 말인가. 한창 재롱을 떨고 장난을 칠 나이에 무슨 병에 걸렸기에 이렇단 말인가?'

176

정호는 자리에서 일어나 봇짐을 끌러 처방을 적은 종이 뭉치를 꺼냈다. 정호가 직접 기록한 비방집이다. 춘수의 부모는 정호가 하는 행동거지를 의심스러운 눈초리로 살펴보았다.

"저…… 선비님, 무슨 병입니까?"

춘수 아버지가 침을 삼키며 물었다.

"아무래도 피가 마르는 병 같소이다."

"예? 피가 마르는 병이라구요?"

"예, 그렇습니다."

정호가 열심히 책을 뒤적이다가 손바닥으로 무릎을 탁 쳤다.

"하인들을 시켜 한약방에 가서 물소 뿔을 구해오라고 하시오."

"물소 뿔이라면, 서각을요?"

"예. 생피를 먹으면 더없이 좋겠지만 그건 쉬운 일이 아니니 한약방에 가서 물소 뿔을 구해다가 보약과 함께 달여 먹이면 효험이 있을 겁니다."

춘수 부모는 곧바로 하인을 한약방에 보내 약을 지어오게 했다. 정호가 물러나와 찬희와 함께 저녁을 먹고 있는데 춘수의 아버지가 들어왔다.

"선비님 말씀대로 하기는 하겠습니다만, 만일 일이 잘못되면 경을 칠 줄 아시오!"

찬희는 큰일 났다 싶어 주인이 나간 후 정호에게 속삭였다.

"선비님, 이 집 주인이 서슬이 퍼런데 어떻게 합니까. 오늘 밤에 담을 넘어 도망치는 게 좋겠습니다."

"이 사람아, 그만두게. 그렇게 나를 못 믿겠나? 두 발 쭈욱 뻗고 잠이나 자두게. 아침이면 다 알게 될 테니."

그러면서 김정호는 먼저 팔다리를 쭉 뻗고 코를 골기 시작했다. 찬희는 걱정이 되어 뜬눈으로 밤을 지새웠다. 한손으론 허리춤에 꽂아둔 단도를 단단히 잡았다.

첫닭이 우는 소리에 졸고 있던 찬희가 눈을 번쩍 떴다. 이때 주인이 있는 안채 쪽에서 "춘수야!" 하는 소리가 들려왔다.

'이크! 드디어 올 것이 왔구나. 이제 경을 치게 생겼는데 선비님은 세상모르고 잠만 주무시네.'

찬희는 살금살금 방문을 열고 안채 쪽으로 다가가 들려오는 소리에 귀를 기울였다.

"여보! 춘수가 깨어났어요! 여보……."

찬희는 깜짝 놀라 눈을 크게 떴다. 이건 죽었다는 이야기가 아니라 살아나고 있다는 이야기가 아닌가?

"선비님, 선비님!"

"으응, 아니 왜 이렇게 일찍 일어났나?"

"일어나보세요. 글쎄 춘수 도령이 깨어났대요."

"아니, 당연한 걸 가지고 웬 수선인가? 물소 뿔을 달여 먹이면 굳은 피가 풀리고 독이 없어진다네. 이미 써본 비방이야."

정호는 다시 이불을 뒤집어쓰고 자리에 누워 곯아떨어졌다.

그날 아침 춘수의 아버지는 정호 앞에 무릎을 꿇었다.

"어제 무례한 행동을 용서해주십시오."

"왜 이러십니까? 어서 바로 앉으십시오."

주인은 수없이 절을 하며 며칠 묵고 가달라고 사정을 했다.

"아닙니다. 저는 지도를 만들기 위해 방방곡곡을 돌아다니는 사람입니다. 아드님에게는 제가 말씀드린 약을 계속 먹이면 깨끗이 나을 것이니 저는 이만 떠나겠습니다."

주인은 정호가 떠난다고 하자 아쉬워하며 돼지를 잡고 닭을 잡아 후하게 대접했다. 술잔에 그득하게 술을 부어주면서 다시 올 기회가 있으면 꼭 들르라고 몇 번이나 부탁했다.

정호와 찬희는 춘수의 집에서 두둑하게 노자까지 얻은 다음, 백두산을 향해 길을 떠났다. 말로만 듣던 백두산을 직접 보고 조사한다는 사실에 그들은 흥분했다.

두만강은 백두산의 동남쪽 기슭에서 시작되어 무산으로 이어지는 강이다. 무산에서 회령, 종성 등을 지나면 온성 북쪽에서 다른 강줄기와 합쳐진다.

두만강 물결은 잔잔했다. 두 사람은 강을 거슬러 올라가 끝없이 이어지는 비탈길을 계속 올라갔다.

먼 옛날에는 두만강을 고려강이라고 부르기도 하고 도문색금이라 부르기도 했다. 도문색금이란 새가 많이 사는 골짜기라는 뜻이다. 사람들은 이 말에서 '색금'을 떼고 '도문'이란 말만 취해 도문 강이라 했다가 다시 두만강이라고 고쳐 불렀다.

그래서 그런지 이 일대에는 새가 유달리 많았다. 이름 모를 새들이 파란 하늘을 날아다니며 내는 소리에 귀가 따가울 지경이었다.

산 중턱쯤에 오르자 사람들이 지나다니지 않은 탓인지 길이 제대로 나 있지 않았다. 웬만한 산이면 심마니들이 내는 발자국 소리라도 있을 텐데 잡초와 나무만이 밀림처럼 무성했다.

정호와 찬희는 길을 막는 잔가지를 쳐내며 앞으로 나아갔다. 한동안 들뜬 기분에 노래를 흥얼거리던 찬희는 지쳤는지 숨을 몰아쉬었다. 산으로 오르는 길에 한 차례 소나기를 만나 흠뻑 젖은 탓인지 몸에서 열이 났다.

두 사람은 고개를 숙이기도 하고 얼굴에 휘감기는 거미줄을 떼어내기도 하면서 가시덤불을 헤쳐나갔다. 가까스로 한 고개를 넘으니 야속하게도 더 깊은 골짜기가 기다리고 있었다. 찬희는 몸을 와들와들 떨었다.

정호는 찬희의 봇짐까지 어깨에 메고 무거운 걸음을 옮겼다. 지팡이며 괴나리봇짐이 천근만근이 되어 몸뚱이를 내리누르는 것만 같았다.

"널 괜히 데리고 왔나 보구나. 춘수 집에서 나올 때 그만 헤어질 것을……."

정호는 찬희가 너무나 안쓰러웠다. 자기야 좋아서 하는 일이지만 찬희는 그저 지난날을 잊고자 따라나선 길이 아니었던가. 그러나 찬희는 손을 내저으며 정호의 말을 가로막았다.

"아닙니다. 제 걱정은 하지 마십시오. 좋은 경험이 되겠지요."

찬희는 기운 없이 고개를 저었다. 벌써 사방은 먹물을 뿌려놓은 것처럼 어두워졌다. 하늘에는 은가루를 뿌려놓은 것처럼 별이 총총했다. 달이 떠오르자 주위가 한결 밝아졌다.

자꾸만 같은 길을 돌고 있는 기분이었다. 길을 잃어버린 것이 분명했다.

사방에서 짐승들이 내는 음산한 울음소리가 들렸다. 가끔씩 짐승들의 발자국 소리도 들려왔다. 소름이 오싹 끼쳤다.

정호는 절뚝거리는 찬희를 부축하며 걷다가 개울물 소리를 들었다. 두 사람은 시원한 개울물로 목을 축이고는 개울가에 벌렁 누웠다. 찬희는 금방 잠이 들었으나 정호는 어쩐지 불안하여 자리에서 다시 일어나 뜬눈으로 밤을 지새웠다.

승냥이나 호랑이 같은 산짐승들이 득실거리는 산중이라 한시라도 마음을 놓을 수가 없다. 그러다가 정호는 자신도 모르게 잠이 들었다. 그동안 쌓인 피로가 한꺼번에 쏟아져 내린 탓이었다.

다음 날도 두 사람은 강행군을 했다. 무산에서 삼산, 풍파를 거쳐 소홍단수와 대홍단수를 건너 천수골, 포석골을 지나면 백두산 정상에 오를 수 있다고 했다. 곧장 가면 며칠 걸리지 않지만 김정호는 두만강의 길이를 재면서 가느라고 고생을 더 했다.

정호는 모진 고생을 하며 찬희를 이끌고 두만강 줄기를 거슬러 올라 대홍단수까지 지났으나 웬일인지 두만강 물줄기는 끝나질 않았다. 점점 강폭이 좁아지면서 우거진 풀숲과 가지각색의 꽃이 피어 있는 아름다운 경관이 펼쳐졌다.

평지에서는 보기 드문 고산지대의 희귀한 꽃이었다. 두 사람은 넋을 놓고 경치를 감상하다가 다시 길을 재촉했다. 다시 한나절을 올라가니 마침내 분수령 바위 벼랑을 뚫고 천지의 물줄기가 솟구쳐 떨어지는 두만강 상류에 도착했다.

"야아!"

누가 먼저라고 할 것도 없이 두 사람은 소리를 질렀다. 갑자기 기운이 솟아났는지 찬희가 먼저 분수령으로 뛰어오르더니 백두산이 보인다고 소리쳤다.

"저기요, 저기! 백두산 꼭대기가 보여요!"

그들의 눈앞에 흰 구름이 허리를 자욱이 감싸고 있는 백두산이 드러났다.

"아, 백두산!"

그들은 단숨에 꼭대기까지 치달아 올라갔다. 한치 앞도 알아볼 수 없을 정도로 짙은 안개에 휩싸여 있던 하늘이 말갛게 열리기 시작했다.

"아!"

절경이었다. 천지는 장군봉, 망천후, 층암산, 차일봉, 백암산 등의 드높은 산봉우리에 둘러싸여 있었다. 맑고 푸른 물이 금방이라도 하늘로 변할 듯이 맑게 고여 있었다. 이곳이 조선에서 가장 높은 백두산 정상이었다.

정호의 눈에는 멀리 보이는 산굽이와 들판이 한라산까지 이어져 있는 것처럼 보였다.

"선비님! 어떻게 이런 높은 산봉우리에 바다처럼 거대한 호수가 있을까요?"

"옛날에 화산이 분출한 것이지."

"그러면 언젠가는 다시 터질 수도 있겠네요?"

"그럴 수도 있지. 하지만 정말 아름답지 않은가? 이 깊고 푸른 천지를 보게. 우리가 바로 이 땅에서 나고 살아간다는 것이 너무나 감격스럽지 아니한가?"

두 사람은 감격에 겨운 눈길로 하염없이 백두산 천지를 바라보았다. 정호는 벅찬 감격을 억누르지 못해 어느새 뜨거운 눈물을 흘리고 있었다.

청구도를 만들다

 길게 자란 수염을 바람에 휘날리며 숨 가쁘게 만리재를 오르는 한 사람이 있었다. 등에는 괴나리봇짐을 둘러메고 한 손에는 대지팡이를 쥔 그는 바로 김정호다.

 8도 360고을을 발이 닳도록 돌아다니다가 7년이 지난 지금에서야 돌아오는 길이다. 무산 지방에서 만나 1년여 동안 많은 어려움을 함께한 송찬희와는 작별을 했다.

 물론 한양을 향해 곧장 걸어온 것이 아니라 함경산맥을 타고 내려와 북청, 함흥을 지나 곡산, 신계, 금천, 개성을 거쳐 한양으로 들어왔다. 한라산에서 백두산 끝까지 떠돌면서 어느 한순간도 잊어본 적이 없는 한양이다.

 어머니가 있고 아내가 있고 귀여운 아이가 기다리는 이 고장을 어찌 한순간이나마 잊을 수 있단 말인가!

 때는 아직도 한낮의 햇살이 따가운 초가을이다.

184

양주와 포천을 지나 미아리고개를 넘어오면서 7년 동안 한시도 늦추어본 적이 없는 긴장이 풀리기 시작했다. 청계천은 한양 한복판을 가로지르며 여전히 맑은 물소리를 내며 흐르고 있었다.

어쩐지 정호는 자신이 한양을 한 번도 떠난 적이 없는 듯한 착각에 빠졌다. 만리재 고갯마루에 서서 내려다보니 마침내 자그마한 그의 집이 보였다. 정호는 정겨운 눈길로 그 집을 더듬으며 구르듯이 뛰어갔다.

"어머니! 어머니!"

빈 집처럼 휑하다.

'다들 어디 나갔나?'

정호는 방문을 벌컥 열어젖혔다. 아무도 없다. 그가 쓰던 윗방을 열었다. 자신이 쓰던 물건이 잘 정돈되어 있었다.

사람이 살고 있음에는 틀림이 없다.

'다들 어딜 갔지?'

정호는 우선 대지팡이와 어깨에 둘러멘 봇짐을 윗방에 내려놓았다. 춘수 아버지가 준 돈을 아껴두었다가 어머니와 아내를 위해 사온 옷감이 그 안에 들어 있다.

집을 나서려는데 물동이를 인 아낙네가 사립문을 열고 들어왔다. 아내 남이다.

"여보!"

정호는 놀라 비틀거리는 아내를 부축하고는 물동이를 받아 내려놓았다. 아내는 한동안 아무 말도 못하고 눈물만 쏟았다. 정호는 아내의 팔을 흔들었다.

"여보! 내가 왔소. 정신 차리시오. 여보, 어머니와 우리 아이는 어디 갔소?"

정호가 어머니와 아이의 행방을 묻자 아내는 더욱 소리를 높여 흐느꼈다.

"왜, 왜 이제야 돌아오셨어요?"

아무래도 무슨 일이 있었던 모양이다. 정호는 우선 아내를 부축하여 큰방에다 눕혔다. 그렇게 건강하던 아내는 얼마나 고생을 했는지 쳐다볼 수 없을 정도로 야위어 있었다.

"여보, 진정하고 그만 이야기를 해보시오. 대체 어머니는 어디 가시었소?"

아내는 한참 동안 몸을 떨며 흐느끼고 나더니 울음 섞인 목소리로 이야기를 하기 시작했다.

"3년 전에 마을에 전염병이 돌았는데…… 흑흑…… 우리 아들 산이가 그만……. 저는 일을 하러 돌아다니느라 어머니가 산이를 간호하셨는데, 산이가 죽고 나자 어머니까지…….."

아내는 더 이상 말을 잇지 못하고 방바닥을 치며 큰 소리로 통곡했다. 정호는 멍하니 천장만 바라다볼 뿐이었다. 산이는 가엾게도 아버지의 얼굴을 보지도 못한 채 할머니와 함께 저 세상으로 떠난 것이다.

"어머님이 돌아가시기 전까지 당신을 얼마나 찾으셨는지……."

'세상에 이런 불효자가 어디 또 있을까? 내가 지도에 미쳐 돌아다닐 때 험한 일을 혼자서 겪어낸 저 사람은 또 얼마나 나를 원망했을까?'

혀가 제대로 돌아가지 않아 아무 말도 할 수가 없었다. 아내는 충격을 받아 입이 굳어져버린 남편을 보고는 당황했다.

"여보! 정신 차리세요. 당신까지 이러시면 저는 어떻게 해요. 이만 일어나서 어머니께 인사 올리셔야지요."

정호는 아내가 이끄는 대로 일어나 어머니의 무덤이 있는 뒷산으로 올라갔다. 아내는 이럴 때를 미리 대비했는지 술 한 병을 정호의 손에 쥐어주었다. 정호는 어머니 무덤에 절을 하고는 술을 올렸다. 그러고는 무너지듯이 그 앞에 엎드려 울음을 터뜨렸다.

"어, 어머니……."

땅거미가 지고 날이 어둑어둑해졌으나 그는 일어날 생각을 하지 않았다. 엎드린 채로 꼼짝도 하지 않았다.

밤이 깊었다. 풀벌레 우는 소리가 무덤 가까이에서 들려왔다. 정호는 몸을 일으켜 옆에 말없이 앉아 있는 아내의 애처로운 뒷모습을 바라보았다.

'지지리 복도 없는 사람……. 어쩌다가 나같이 못난 남편을 만나 아들까지 잃고서……. 기력도 없는 몸에 웬 눈물은 그리 많이 고였는지.'

뜨거운 것이 또 한 번 볼을 타고 흘렀다.

정호는 두루마기를 벗어 아내의 몸을 감싸주었다.

"밤공기가 찬데 그만 들어갑시다."

정호는 아내를 이끌고 산을 내려왔다.

어둠이 점점 더 깊어만 갔다.

어머니와 자식을 한꺼번에 잃은 충격은 오래 갔다. 아내는 정호를 그림자처럼 따르며 오히려 위로해주었으나 아내를 마주보기도 부끄러웠다. 장인 정낙원에게 인사를 갔으나 문을 열어주지도 않았다.

"제 집을 내팽개치고 다니라고 너에게 딸을 준 줄 아느냐? 썩 물러가거라!"

정낙원은 서슬이 퍼런 목소리로 소리를 치며 정호를 쫓아냈다. 남편이 친정에서 문전박대당한 것을 안 아내가 위로했다.

"너무 심려하지 마십시오. 시간이 지나면 아버님도 당신을 이해하게 될 거예요. 저는 당신을 믿습니다. 어서 기운을 차리고 그동안 모은 자료를 정리하셔야지요."

아내는 종일 술만 마시며 시름을 달래는 정호에게 애원했다.

"그만두오. 이까짓 지도가 무엇이기에, 당신을 이토록 고생시키고 어머니와 우리 산이까지 저 세상으로 보냈단 말이오. 장인어른 말씀이 틀린 데가 하나도 없소."

정호는 밥도 제대로 먹지 않고 밤이 이슥해질 때까지 술만 마셔

댔다. 몸을 가눌 수 없을 만큼 취하면 어머니가 누워 있는 뒷산으로 올라가 산짐승처럼 울부짖었다. 그런 날이 며칠이고 계속되자 아내는 몰래 최한기를 찾아갔다.

"아니, 그 사람이 돌아왔단 말인가요? 그런데 어찌 나를 찾지도 않고……."

"어머님과 산이의 소식을 들은 뒤로 통 세상일을 잊은 듯 술만 마십니다. 어떻게 좀 도와주십시오. 언젠가는 7년 동안 생고생을 하며 모아온 자료까지 불태우려 해서 제가 간신히 빼앗아 숨겨두었습니다. 이러다간 아무래도 큰일이 날 것 같아요."

"원 못난 사람 같으니……. 그런 약한 마음으로 어떻게 큰일을 하겠다고……. 어쨌든 같이 가보십시다."

최한기는 그동안 과거에 합격했으나 일찌감치 벼슬을 단념하고 글 쓰는 일에만 전념하고 있었다.

당시 부패한 조정에서는 과거에 합격했다 해서 벼슬을 주는 것이 아니라, 뇌물이나 쟁쟁한 가문의 추천이 있어야 비로소 벼슬을 내렸다.

최한기도 정호가 떠난 이듬해에 장가를 들어 슬하에 아들을 두었다. 가끔 정호의 집을 찾아와 돈을 놓고 가거나 쌀가마니를 가져오는 등 음으로 양으로 도움을 주었다.

최한기가 정호를 찾아왔을 때 그는 또 뒷산에 올라가 술을 마시고 있었다. 최한기가 나타나자 정호는 오래간만에 만난 친구를 붙잡고 울기 시작했다. 최한기는 정호의 손을 거칠게 뿌리치며 불같이 화를 냈다.

"자네, 왜 이러는가? 도대체 그런 약한 마음으로 어떻게 지난 7년 세월을 버티었던가? 자네가 집에 있었다고 해서 어머니와 산이가 살아났을 것 같은가? 정신 차리게. 우리 어렸을 때의 약속을 잊었는가? 나는 벼슬까지 마다하고 연구에만 전념하고 있는데, 자네가 이렇게 사내끼리 맺은 약속을 헌신짝처럼 버릴 줄은 몰랐네."

최한기의 말은 정호의 가슴에 채찍처럼 쓰리게 감겨왔다.

"일어나게, 어서 눈물을 닦게."

최한기는 친구 앞에 손을 내밀었다. 정호는 잠깐 망설이다가 친구의 따뜻한 손을 감싸 쥐었다.

"미안하네. 자네에게 면목이 없네."

"자, 우리 이제 그런 이야기일랑은 그만하세. 자네 이 나라 산천을 돈 이야기나 해주게."

두 사람은 산에서 내려와 밤이 새도록 이야기꽃을 피웠다. 7년간 쌓인 못 다한 말을 나누기에 밤은 너무나 짧았다.

그해 겨울 동안 정호는 자료를 정리하면서도 틈틈이 아내를 위해 여러 가지 집안일을 돌보았다. 돼지를 키우는 축사도 고치고 마당에 우물도 팠다.

아내는 행복해하며 혹시라도 남편의 일이 집안일 때문에 방해를 받지나 않을까 걱정하기도 했다. 아내는 정호가 돌아온 뒤로는 시어머니와 산이를 잃은 충격에서 어느 정도 벗어나 몸도 많이 건강해졌다.

정호는 무엇보다도 아내가 새로 아기를 가진 것이 기쁘기 그지없었다.

"이번에는 딸을 낳구려."

"참 당신도……."

아내는 부끄러운 듯 얼굴이 빨개졌다. 하지만 기쁜 표정이었다.

추운 겨울이 지나가고 봄이 왔다. 김정호가 지도를 그리느라 정신이 없는 중에도 뜨락에는 개나리와 살구꽃이 활짝 피었다.

"고산자, 잘 되어가나?"

고산자는 김정호의 호다.

"아니 이게 누군가? 어서 오게."

봄기운이 무르익은 어느 날, 최한기가 꾸러미 하나를 들고 김정호를 찾아왔다.

"그게 무언가?"

"약이네."

"약? 나 줄려구?"

"이 사람, 자네가 아이를 낳을 겐가. 아이 어머니가 드셔야지."

"허허허……."

김정호는 최한기에게만큼은 도움을 받아도 기가 죽거나 자존심이 상하지 않았다. 그만큼 서로 아끼고 존중했다. 최한기의 집도 이제는 넉넉한 편은 아니다. 벼슬을 하지 않은 상태에서 양아버지에게 물려받은 재산을 쓰기만 했으니 재산이 줄 수밖에 없었다.

최한기는 성격이 대쪽 같아 놀고먹는 양반들은 쳐다보지도 않았다. 양반의 신분이면서도 김정호 같은 평민이나 중인 출신들의 재능 있는 사람들하고만 어울렸다.

"가세!"

"어디로 말인가?"

"추사 선생이 자네랑 놀러오라고 하셨으니 한번 가 뵈어야 하지 않겠나?"

"추사 선생께서?"

"오늘은 마침 소개해줄 사람도 있네."

"소개해줄 사람이라니?"

"지도도 가지고 가세. 만나봐야 실감이 나지."

정호는 최한기를 따라 추사 김정희의 집으로 갔다. 김정희는 뜨락에서 꽃밭을 손질하고 있다가 그들을 맞았다.

"오, 어서들 오시게."

김정희는 두 사람을 방으로 데리고 들어갔다.

"그간 별고 없으셨습니까?"

"그리고 이쪽은 전에 말씀드린 김정호라는 친구입니다."

"오, 얘기 많이 들었네. 듣자니 7년 동안 고생하여 지도를 만들고

192

있다고? 정말 요즘 같은 세상에 자네같이 훌륭한 젊은이가 있다는 것은 기쁜 일일세."

두 사람은 김정희에게 공손히 절을 했다.

"지나친 칭찬이십니다."

"아닐세. 지금까지 만든 지도가 대부분 정확하지 못해 실생활에 별로 도움을 못 주었다네. 자네의 지도는 정말 뜻있는 일이 될 것이네. 그래, 어느 정도나 진전이 되었는가?"

"지금까지 나온 것 중에도 성호 이익 선생의 친구이셨던 정상기 선생이 만든 〈동국전도〉와 〈도별분도〉 같은 훌륭한 지도가 있습니다. 이 지도는 그 이전에 만들어진 지도와는 달리 땅의 넓고 좁음, 멀고 가까움을 표시한 좀 색다른 지도입니다. 하지만 추사 선생님께서 말씀하신 것처럼 부정확한 데가 많아 실제로 온 나라를 답사해서 백두산과 제주도는 물론 작은 산과 섬 하나까지 가서 확인하여 더 정확한 지도를 만들 생각을 한 것입니다. 제가 그릴 지도에는 각 고을의 경계를 분명하게 하며 삼국 시대에서 고려, 조선에 이르는 동안 땅이 변한 모습을 덧붙여 역사 공부가 되게끔 만들 작정입니다."

"호오! 듣고 보니 실로 대단한 작업이로군!"

김정희가 거듭 감탄하자 최한기가 덧붙였다.

"추사 선생님, 아직 완성하지는 않았으나 지도 초안을 가지고 왔는데 한번 보십시오. 산이며 강, 섬, 나루, 봉화대, 성곽의 위치 하나

하나를 직접 가서 조사한 끝에 정확하게 표시한 것이랍니다."

"놀라운 일이야! 이런 인재를 나라에서 후원해주면 얼마나 더 좋은 지도를 만들 수 있을까? 나라 돌아가는 사정이 답답할 뿐이네. 이보게, 고산자라고 했던가?"

"예, 선생님."

"이 지도는 언제쯤 끝나겠는가?"

"있는 자료는 거의 정리가 다 된 단계이지만 집에 와서 자료를 훑다 보니 아직도 부족한 부분이 있어 한 번 더 답사를 해야 할 듯 싶습니다."

"그래?"

이때 새로운 손님이 방으로 들어왔다. 최한기는 김정희와 비슷한 나이로 보이는 그 선비에게 고개를 숙이며 인사를 했다. 서로 아는 사이인 것 같았다. 아마 최한기가 정호에게 소개해준다던 그 사람인 듯했다.

"이규경이라 하오."

정호는 그가 누군지 얼른 알아챘다.

"아! 석탄 연구로 유명하신 실학자 아니십니까? 만나 뵙게 되어 영광입니다. 고산자 김정호라 합니다."

"말씀 많이 들었소. 혜강이 어찌나 칭찬을 하던지, 어떻게 생긴 선비이기에 그토록 훌륭한 일을 하는지 퍽 만나보고 싶었습니다. 허허허……."

혜강은 최한기의 호다. 이규경은 실학자답게 소탈해 보였다. 나이는 정호보다 훨씬 많아 보이지만 겸손했다. 그는 석탄이 나무보다 화력이 좋은 땔감이라고 주장한 사람이다.

곧이어 술상이 들어왔다. 네 사람은 서로가 연구하는 것에서부터 정치에 대한 이야기까지 밤이 새도록 이야기를 나누었다. 밤새 웃음소리가 끊이지 않고 사방으로 울려 퍼졌다.

그날 이후로 이규경은 김정호와 왕래하면서 지도 만드는 데 여러 가지 도움을 주었다. 게다가 정호가 다시 집을 떠나 더 조사를 해야겠다는 말을 듣고는 구하기 어려운 서양의 천리경을 선물하기도 했다.

해가 바뀔 무렵 매서운 눈보라가 치는 동지섣달에 그의 아내는 예쁜 딸을 낳았다. 정호는 아이의 이름을 '물 수'자를 써서, '수'라고 지었다. 그러나 아내는 어쩐지 그 이름을 탐탁지 않게 여겼다. 죽은 '산'이의 이름을 지을 때 같이 쌍으로 지어놓은 이름이라서 그런 것 같았다.

"이름은 흔하고 천할수록 오래 산대요."

아내는 조심스럽게 정호에게 자기 의견을 말했다.

"마음대로 하구려. 난 당신이 하자는 대로 할 테니. 이름보다도 우리에게 딸이 생겼다는 게 더 중요하지 않소?"

정호는 누워 있는 아내의 이마에 맺힌 땀을 닦아주며 위로해주었다. 아내도 정호의 말에 빙그레 웃으며 고개를 끄덕였다.

아내는 딸을 간난이라고 불렀다. 예전 같으면 미신이라고 퉁명스레 받아들였을 것이다. 하지만 아들이 죽은 후에 얻은 귀한 자식을 애지중지 여기는 아내의 마음을 정호도 충분히 이해할 수 있었다.

산이가 죽은 후로 늘 허전하던 집 안에 아기 울음소리가 나자 생기가 도는 듯했다. 아내가 간난이를 낳고 몇 달이 지났을 때 정호는 다시 집을 떠날 준비를 했다.

"이번 길은 오래 걸리지 않을 테니 아무 걱정 말고 기다리시오. 몇 가지 확인만 하면 돼요. 내 빨리 다녀오리다."

아내는 간난이를 안고 동구 밖까지 나와 남편을 배웅했다.

조사가 부족하다고 생각한 곳은 바로 내륙 지방인 충청도와 전라도였다. 정호는 차령산맥을 넘어 진천 · 괴산 · 보은 · 영동을 되밟고, 무주 · 진안 · 장수를 지나 노령산맥을 타고 남서쪽의 해안을 돌았다.

아무리 작은 섬이라도 세세하게 다시 조사를 했다. 김정호는 그해 겨울을 고흥과 완도에서 보내고 한양으로 돌아왔다.

간난이는 무럭무럭 자라나 말을 하기 시작했다.

"아버지, 아버지!"

간난이는 고사리 같은 손가락을 별처럼 반짝이며 재롱을 떨기도 하고, 거의 완성되어가는 지도에 보충 자료를 그려 넣는 아버지의 어깨에 매달려 놀기도 했다.

간난이가 네 살이 되던 1834년에 비로소 지도가 완성되었다. 이 해는 34년 동안 나라를 다스리던 순조 이공이 죽고 어린 헌종 이환 이 임금이 된 해다. 이때 헌종의 나이는 여덟 살밖에 되지 않았다.

헌종의 할머니 안동 김씨(순원왕후)가 정권을 잡고 또다시 임금 을 대신하여 권세를 휘두르기 시작했다. 홍경래의 난이나 천주교 도 박해 등 온갖 일들이 일어나 나라를 흔들던 순조 시대가 지나도 백성들의 삶은 여전히 암담했다.

정호는 지도의 마지막 손질을 끝내고는 들떠서 아내를 불렀다.

"여보, 이걸 봐요. 완성된 우리나라 지도요. 이름을 〈청구도〉라 붙였소."

"마침내 해내셨군요. 이걸 당신 혼자 힘으로 만드셨다니 정말 자 랑스러워요. 우리 간난이도 크면 당신이 그린 지도를 보고 기뻐할 거예요."

"이 지도는 나 혼자 만든 게 아니오. 당신과 나 둘이서 피와 땀을 짜내어 만든 지도요."

남편의 말에 아내의 눈자위가 벌써 발그레 달아올랐다. 아내는 남편이 만든 지도를 자세히 살펴보았다. 김정호는 〈청구도〉의 특징 을 다음과 같이 기록했다.

오랫동안 우리나라에 전해온 지도는 오직 《여지승람》 책머리에 있는 8도

도본뿐인데 간략하고 작아서 겨우 그 범위를 갖추고 있는 정도이다. 정조 임금 시대에 모든 지방 관리들에게 명하여 그 지방의 지형을 그려 올리게 하니, 이에 혹은 8도로 나누어 그리기도 하고 혹은 주나 현으로 나누어 각자가 판단하여 만들었는데, 대개 종이의 크기에 한정이 있어서 한 도에 방과 면과 분계선을 다 넣기 어려운 까닭에 자세함에는 한계가 있었다.

주군(州郡)의 각 지도는 그 지역의 넓고 좁고 길고 짧은 것을 막론하고 반드시 한 판 안에 그리게 했으니 경위선에 자연히 구분이 생겨서 그 경계가 뚜렷하지 못해 표시를 찾기 어려웠다.

그러므로 이에 커다란 한 장의 지도를 가지고 층을 만들어 일정한 구역을 정하여 고기비늘처럼 줄지어 잇달아 책을 만들었다. 그러니 거의 두 가지 결점이 없게 되어 지도에 실린 것과 옛 사람들이 만든 도본을 가지고 대조하여 볼 수 있다.

아내는 계속해서 책장을 넘겼다. 1면에는 역사 지도인 〈동방제국도〉, 〈사군삼한도〉, 〈삼국전도〉, 〈본조팔도성경합도〉와 4면 크기의 〈신라구주군현총도〉, 〈고려오도양계주현총도〉, 〈본조팔도주현도총목〉 등이 들어 있었다.

〈청구도〉는 우리나라 최초로 경도와 위도를 그려 넣은 획기적인 채색 지도로 보물 제1594호다. 축척은 1:216,000, 상하 2책이다. 행정구역과 지명이 시대에 따라 어떻게 변해왔는지 한눈에 알아볼 수 있게 만들었다.

"여보, 쉽게 이해할 수 있겠소?"

"네. 무엇보다도 각 지방의 지도를 손쉽게 찾을 수 있게 만들어서 누가 보아도 매우 편리할 것 같아요."

아내는 〈군국총목표〉라고 이름 붙인, 행정 구획별 논과 밭, 집의 수, 남녀의 인구수, 군대의 수, 곡식의 수확량, 방변, 서울까지의 거리 등을 일목요연하게 정리한 표를 가리켰다.

"지도는 나라를 다스리기 편리한 것이어야 하지만 일반인들도 손쉽게 사용할 수 있어야 하오. 그래서 그 점에 특히 신경을 쓴 것이오."

김정호의 말을 증명이라도 하듯이 〈청구도〉에는 지형, 물의 흐름, 성곽, 창고, 역로(驛路), 봉화대, 나루터, 다리, 고개, 섬, 시장, 인구, 군사, 둑, 토산물, 인물, 각 지방의 공물, 풍속, 절, 능, 고적 등이 상세하게 적혀 있었다.

"정말 누구라도 실생활에서 사용할 수 있도록 되어 있군요."

"그렇소. 상인들이나 군인, 농사짓는 사람 할 것 없이 지도는 필요한 것이오. 당신, 이제 내가 왜 이토록 지도 만드는 일에 내 인생을 바치다시피 했는지 이해가 가오?"

"가고말고요. 제가 언제 당신 하는 일에 반대를 하던가요? 저는 당신이 훌륭한 일을 하고 있다고 언제나 굳게 믿어왔는걸요."

"하하하, 당신 말이 맞소. 설마 내가 그것을 모르겠소? 다 당신 덕이오.”

“여보, 이러고 있을 게 아니라 어서 어머니께 가지고 가서 보여드
려야지요.”

“참, 깜빡했구려. 어서 갑시다.”

정호와 그의 아내는 〈청구도〉를 들고 어머니의 무덤을 찾았다.
정호는 무덤 앞에 〈청구도〉를 내려놓고 두 번 절을 올린 뒤 무릎을
꿇고 앉았다.

“어머니, 보십시오. 이제야 이 불효자식이 뜻을 이루었습니다. 저
를 용서해주십시오. 어머니가 살아 계셨다면 얼마나 기뻐하셨겠습
니까? 저 세상에서나마 저의 이 지도를 살펴주옵소서.”

어머니의 산소에 완성된 지도를 바친 후 정호는 친구 최한기를
찾아갔다. 마침 이규경이 와 있었다.

“고산자, 정말 훌륭한 일을 해내었소!”

최한기는 자기 일처럼 기뻐하며 정호를 얼싸안았다.

“〈청구도〉에 빠진 게 하나 있네.”

“내 보기에는 아주 완벽한 지도인데 무엇이 빠졌다고 그러나?”

최한기는 눈을 크게 뜨고 물었다.

“내가 이 지도의 이름을 〈청구도〉라 지었는데, 이 〈청구도〉의 서
문을 자네가 써주었으면 하네.”

“허허, 이런 영광이 또 어디 있겠나. 자네가 허락만 한다면 백 번
이고 천 번이고 쓰고말고. 암, 그러고말고.”

최한기는 즉시 붓을 들어 서문을 쓰기 시작했다. 그가 남의 책이나 문집에 글을 쓴 것은 〈청구도〉 서문이 처음이자 마지막이었다.

〈청구도〉는 〈청구선표도〉라고도 부르고 또 〈청구요람〉이라고도 부른다. '청구'는 예부터 우리나라를 가리키는 말이다. (청구靑丘는 삼국사기에 처음 나온다. 곧 중국에서 부르는 우리나라 별칭이다. 다만 한자 표기는 원래 청구靑丘인데 공자의 이름 공구孔丘를 피하기 위해 유림들이 청구靑邱로 적어 조선시대에는 이렇게 표기했다. 그래서 김정호도 청구도靑邱圖로 표기했다.) 〈청구도〉의 특징은 그때까지 나온 어느 지도보다도 그 축척이 크고 행정구역도(도, 읍, 리 등으로 나누어 그린 지도)가 아닌 현대식 대축척 지형도처럼 일정한 크기의 지도로 구분이 되어 있다는 점이다.

김정호는 전국을 세분화하여 남북으로 29층, 동서로 22판으로 나누어 모두 1178칸의 방을 만들었다. 이것은 전국을 답사할 때부터 구상한 것이다.

방 하나는 남북이 100리, 동서가 70리가 되도록 했다. 따라서 서양식 단위인 킬로미터로 따진다면 남북이 40킬로미터, 동서가 28킬로미터가 되는 범위를 한 방으로 잡은 셈이다.

〈청구도〉의 축척은 실제 땅덩어리와 비교하여 21만 6000분의 1이다. 또 〈청구도〉는 위아래로 연결할 수 있도록 구성되어, 그것을 베낀 사람에 따라서 310장이나 되는 지도를 2권으로 그린 것도 있고 4권으로 그린 것도 전해지고 있다.

최한기가 쓴 서문은 이러한 〈청구도〉의 특징을 설명한 것이라 할수 있다. 그는 또 친구인 김정호를 소개하는 글에서 이렇게 썼다.

나의 친구 김정호는 소년 시절부터 지리에 깊은 뜻을 두고 공부해왔으며 오랫동안 전국을 샅샅이 조사하여 자료를 찾아 헤매고, 지도 만드는 모든 방법의 장점과 단점을 살피며 틈틈이 연구 토론하여, 마침내 이렇게 편리한 지도책을 만들어내고야 말았다.

"이거야 원, 너무 칭찬만 해놓았으니 어디 낯이 간지러워 지도를 세상에 내놓을 수 있겠나?"

최한기가 써준 서문을 읽어보더니 쑥스러운 김에 김정호가 한 말이었다.

"이 사람아, 이게 어디 계집애처럼 얼굴을 붉힐 일인가? 이 〈청구도〉가 세상에 나가면 온 나라가 떠들썩할 걸세. 양반 다리만 꼬고 앉아 맹자왈 공자왈 하던 헛바람들이 뭐라고 하는지 한번 지켜보세나."

이 무렵 최한기는 남대문 부근으로 이사를 와서 김정호와 더욱 자주 만났다. 최한기는 김정호가 팔도강산을 돌며 지도책을 만드는 동안 꾸준히 자기 학문에 열중하여 많은 책을 썼다. 풍부한 학식을 바탕으로 쓴 농사법 개량에 관한 책이나 관개용수에 관한 책들이 바로 그것이다.

두 사람은 시간이 나는 대로 지리학 관련 자료를 모아 공동으로 〈만국경위지구도〉의 목판을 만들었다. 목판은 나무에 글자의 모양을 새겨 인쇄를 할 수 있게 만든 것이다. 원래 이 〈만국경위지구도〉는 서양 사람이 그린 것인데, 중국을 통해 우리나라에 들어온 것을 최한기가 가지고 있었다.

그때까지만 해도 지구가 둥글다는 것을 아는 사람들이 거의 없었다. 세계 지도도 기껏해야 한가운데에 중국이 커다랗게 그려진 〈천하도〉 외에는 알려진 것이 없었다. 〈천하도〉에는 유럽은 아예 표시되어 있지도 않았다.

김정호와 최한기는 그런 얘기를 주고받으며 〈만국경위지구도〉를 보다가 불현듯 이 서양 지도를 나무판에 새겨 인쇄를 하면 어떨까 하는 생각을 하게 된 것이다.

〈만국경위지구도〉의 목판은 〈청구도〉와 거의 동시에 완성되어 세상에 그 모습을 드러냈다. 또한 비슷한 시기에 최한기는 《기측제의》 9권 5책과 《강관론》 4권 1책을 써냈다.

《기측제의》는 그 당시 너무 구태의연한 형식에만 매달려 있는 양반 계층을 비판하고 나라의 발전을 위해서는 과학과 기술, 공업과 상업을 발전시켜야 한다는 주장을 편 책이다.

《강관론》은 당시 우리나라의 정치가 어지러운 때였으므로 나라를 다스리는 임금이 때와 장소에 알맞게 올바른 이치를 찾아 정치를 해야 한다는 것을 강조한 책이다.

최한기는 항상 사람의 힘과 경험과 기술이 물질과 더불어 이 세상과 인간을 움직이는 중요한 기운이라고 말해왔는데, 그 이론을 《기측제의》와 《강관론》에 담은 것이다.

"이제 우리가 어렸을 때 한 약속을 반쯤은 지킨 셈인가? 허허허."

두 사람은 서로 축하하는 뜻으로 술자리를 마련했다.

"어렸을 때의 약속이라니?"

이규경이 의아한 듯이 물었다. 김정호가 설명을 하자 이규경은 감탄하며 말했다.

"그러니까 두 사람은 서로 돕고 격려하며 학문을 하라고 하늘이 짝지어준 벗이로구먼. 부럽네, 부러워."

세 사람은 한바탕 웃고는 하늘 높이 술잔을 치켜들었다. 그들은 온 천지가 다 듣도록 크게 웃어젖혔다.

"이 자리에 추사 선생님이 계셨더라면 더욱 좋았을 것을……."

이규경이 불쑥 김정희 생각이 나는지 아쉬워했다.

추사는 진흥왕순수비를 발견하고 학문과 글씨에 전념하여 장안의 선비들의 존경을 받았다. 그러나 그의 아버지 김노경이 순조 30년에 귀양을 가는 바람에 최근에는 초야에 묻혀 우울한 나날을 보내고 있는 중이다.

김노경은 당시 세력을 잡은 안동 김씨와 풍양 조씨의 권력 다툼 틈바구니에서 희생당한 인물이다.

"내가 괜한 이야기를 꺼내어 〈청구도〉의 완성을 기념하는 이 기쁜 자리를 망쳐놓았구만. 자, 술이나 드세."

"아닙니다. 이미 완성되었다고는 하나 아직 부족한 게 너무나 많은 지도입니다. 첫술에 배부르겠습니까? 앞으로 부족한 점을 더욱 보완해야겠다는 생각이 듭니다. 혜강, 안 그런가? 그래야 자네와 한 어린 시절의 약속도 지킬 수 있을 것이고……."

"나 역시 마찬가지지 뭐."

"아니야. 내가 자네를 만나지 않았더라면 나는 지도에 대해 올바른 생각을 가질 수 없었을 것이네. 자네의 풍부한 지식과 가르침에 내가 얼마나 많은 도움을 받았던지……. 요즘 자네가 쓴 《기측제의》를 보면서 더더욱 그렇게 느끼고 있다네."

"이 사람이 부끄럽게……. 자네의 그 말은 내가 아니라 자네 부인께서 들어야 할 걸세."

김정호는 집에서 자기를 기다리고 있을 간난이와 아내를 생각하며 고개를 끄덕였다. 어려운 살림을 꾸리느라 핼쑥해진 아내 남이를 생각하면 언제나 콧날이 시큰했다.

"그만들 하게. 이거 어디 부러워서 같이 술을 먹겠나? 하여간 축하하네. 부족한 것이 있으면 그거야 나중에 채우면 될 일이고, 오늘은 마음 푹 놓고 취해보게나. 자, 들자구."

이규경이 술을 권하자 다시 분위기가 살아났다. 세 사람은 술잔을 주거니 받거니 하면서 정치와 학문 등에 대해서 이야기를 나누었다. 물론 그들이 앞으로 해야 할 일도 빠뜨리지 않았다.

정호는 술잔을 돌리면서 각오를 새롭게 했다.

'이제부터 시작이다. 〈청구도〉는 완성이 아니라 지도를 만드는 시작일 뿐이야.'

새 지도 만들기를 꿈꾸다

〈청구도〉를 만든 지 어느덧 반년이나 지났다. 〈청구도〉를 완성했을 때의 흥분은 어느 정도 가라앉았다. 그러나 김정호는 여전히 바쁜 나날들을 보내고 있었다.

〈청구도〉에 관한 소문이 마을을 넘고 넘어 이 고을 저 고을로 퍼져나갔다. 〈청구도〉를 열람하기 위해 멀리서 만리재까지 찾아오는 사람들도 있었다. 김정호는 찾아온 손님들을 만나 지리와 지도에 관한 이야기를 많이 나누었다. 그런 와중에 〈청구도〉를 제작해 달라는 사람들을 위해 〈청구도〉 모사 작업을 병행했다.

어느 늦은 봄날 저녁, 저녁상을 물리자마자 김정호는 〈청구도〉를 펼쳐놓고 막 베끼는 작업을 시작했다.

그때였다.

"정호 있는가?"

김정호는 손에 쥐었던 붓을 벼루 위에 얹어놓으며 방문을 열었다. 최한기다. 옆에는 무관 복장을 한 청년이 함께 서 있었다. 김정호보다 대여섯 살쯤 어려 보였다. 그는 무관답게 꽤나 몸집이 단단해 보였다. 그러나 동그란 얼굴하며 눈빛은 어딘지 모르게 부드러워 보였다. 김정호가 찬찬히 그의 차림새를 살피자, 최한기는 껄껄 웃으며 댓돌 위로 올라섰다.

"여보게 고산자, 뭘 그리 뚫어져라 쳐다보나! 원 민망해서 어디…… 그건 그렇고 오늘 자네에게 귀한 분을 소개하려고 하네."

두 사람은 댓돌에 신발을 벗어놓고는 방 안으로 들어섰다.

"이쪽은 제가 여러 차례 말씀드렸던 고산자 김정호라고 합니다."

"최성환이라고 합니다. 선생께서 만드신 〈청구도〉를 보고 깜짝 놀랐습니다. 드디어 우리나라에 지도다운 지도가 나왔더군요. 혼자서 어떻게 그토록 훌륭한 지도를 만들 수 있었을까, 무관으로서 크게 감동했습니다. 정말이지 빨리 뵙고 싶었습니다."

최성환은 김정호를 만났다는 것 하나만으로도 기뻐서 어쩔 줄 몰라 했다.

"송구스럽습니다."

김정호는 마음이 놓이는지 얼굴이 편안해졌다.

"이분은 비변사에서 일하는 무관이지. 자네처럼 중인 출신이라네. 어려서부터 글을 배우고 학문을 닦아 무과에 합격했지. 무관이 된 후에도 학문을 게을리하지 않아 《성령집》과 《고문비략》이라는 책을 펴내기도 했다네."

"아니, 이런 훌륭한 분을 만나다니!"

방에는 〈청구도〉를 모사 중인 종이가 여기저기 펼쳐져 있었다. 한쪽에는 〈청구도〉를 만들기 위해 전국을 돌아다니며 모은 각 지방의 지리지와 각 지역의 지도를 그리기 위한 초안이 가지런히 정돈되어 있었다. 최성환은 여기저기 늘어놓은 초안을 조심스레 둘러보고 나서 말했다.

"〈청구도〉를 보며 이만한 지도를 만들려면 자료를 아주 많이 모아야 했을 테고, 그러기 위해서는 숱한 고생을 했겠구나 생각했는데 지금 여기에 있는 초안을 보니 선생께서 고생하신 모습이 눈에 선합니다."

"제가 좋아서 한 일인걸요. 더러는 제가 하는 일을 잘 이해하는 사람들을 만나기도 했습니다. 그럴 때 보람을 느끼지요. 지금 생각해보면 좋은 기억이 더 많이 떠오릅니다."

최성환은 김정호가 가지고 있는 책과 지도 초안을 들추어보며 이것저것 물어보았다. 답사를 다니면서 겪은 고생이나 흐뭇한 일, 또 한양과 멀리 떨어져 있어서 직접 가보기 힘든 지방들의 사정 이야기를 듣고 싶어 했다. 이런저런 이야기를 주고받으며 김정호와 최성환은 금세 가까워졌다.

"아니, 누구 때문에 두 사람이 알게 됐는데 난 뒷전으로 밀어놓는 겐가!"

최한기는 장난기 어린 투정을 부렸다.

"오, 그랬었나. 어디 자네도 끼워줌세"

세 사람은 밤늦도록 이야기꽃을 피웠다.

마침내 그들은 자주 만나 서로 도움을 줄 수 있는 일을 찾아보기로 약속하고 헤어졌다. 김정호가 두 사람을 배웅하고 돌아오니 아내는 설거지를 끝내고 그새 먹을 갈아 막사발에 가득 담아놓고 있었다.

"이제 당신 일을 나라에서 도와주려는 모양이지요?"

먹을 갈던 아내가 들떠서 물었다.

"나라에서 내 일을 도와주다니?"

"비변사에서 당신을 직접 보러 왔으니 말이에요."

아내는 최성환이 비변사의 무관이라니까 〈청구도〉가 훌륭하다는 것이 널리 알려져 이제는 나라에서 지도와 지리책을 만드는 것으로 생각한 모양이었다.

"하하하……, 일이 그렇게 된다면 얼마나 좋겠소. 그렇지만 아직 그런 건 아니오. 당신이 너무 앞질러 생각했소. 오늘 그 사람이 나를 찾아온 것은 그저 같은 분야에 관심을 가지고 있기 때문이오."

김정호는 정말 그런 일이 생겼으면 좋겠다는 생각이 간절했다. 지도를 만들고 지리책을 쓰는 일이 너무 힘들어서가 아니다. 나라에서 주관하면 혼자 전국을 돌아다니며 지도를 만드는 것보다 계획성 있게 일을 할 수 있고, 그에 따른 비용도 넉넉할 테니 훨씬 정확한 지도를 만들 수 있을 거라는 생각이 들었다. 게다가 시간도 절

210

약할 수 있을 거라는 데까지 생각이 미쳤다.

"자, 밤이 더 깊어지기 전에 어서 서둘러 일을 해야겠구려."

김정호는 다시 지도를 그려나가기 시작했다. 아내는 먹을 갈고, 딸 수도 눈을 말똥말똥 뜨고 옆에 앉아서 그 일을 지켜보고 있었다. 딸 수는 어렸을 때는 돌림병에 걸리지나 않을까 하여 간난이라는 천한 이름으로 불렀지만, 이제는 고비를 넘겼으니 제 이름으로 불러주기로 했다.

"오늘도 늦도록 일하실 건가요?"

김정호가 눈을 들어 바라보니 아내는 여전히 먹을 갈고, 딸 수는 엄마 곁에 앉아 꾸벅꾸벅 졸고 있다.

"우리 수가 많이 졸린 모양이구나. 자, 그만 안방으로 건너가서 자야지? 당신도 수 데리고 먼저 건너가구려. 난 조금 더 일하리다."

김정호는 눈을 비비며 엄마 손을 잡고 방을 나서는 딸을 바라보며 뭔가 해주어야겠다고 생각했다. 먼저 보낸 아들 산의 몫까지 수에게 다 해주고 싶었다.

김정호는 처음 글을 배울 때를 생각해보았다. 서당에 다니기 전, 아버지가 천자문을 일일이 써서 책으로 만들어 주던 일, 마당을 나무 꼬챙이로 긁어대며 한 자씩 익히던 시절이 떠올랐다.

'그래, 내일부터 우리 수에게 글을 가르쳐줘야겠다. 아직 어리기는 하지만 뜻을 쉽게 설명해주면 잘 따라 할 수 있을 거야.'

여름이 되자마자 장마가 시작됐다. 한 달 열흘이 넘도록 그치지 않았다. 나라 곳곳에 비 피해가 심하다는 소문이 들려왔다. 강릉 지방에서는 해일이 마을을 덮쳤다. 350채가 넘는 집이 무너져 내렸으며, 100명에 가까운 사람들이 목숨을 잃었다는 장계가 올라왔다고 한다. 사람들은 웬 천재지변이냐며 한숨을 쉬었다.

장마가 끝나가는 듯싶더니, 이번에는 온 나라 안에 전염병이 돌기 시작했다.

사람들은 자고나면 서로 살아 있는지 확인하느라 긴장하며 지냈다. '호열자'라고 부르던 콜레라다.

긴 장마가 이어지는 동안 김정호는 거의 집에만 있었다. 최한기와 최성원이 한두 번 다녀갔을 뿐 그의 집을 찾는 손님도 뜸했다.

김정호는 각 지방에 대한 자료들과 자신이 만든 〈청구도〉를 다시 한 번 꼼꼼히 살펴보며 혹시 잘못된 곳은 없는지 확인해보았다. 그런가 하면 예전에 읽은 《팔도지리지》,《세종실록지리지》,《동국여지승람》 등의 지리책을 들춰보며 자신이 직접 조사한 것과 얼마나 차이가 있고 무엇이 다른지 비교해보았다.

일정한 시간을 정해 딸 수에게 글을 가르치기도 했다. 간단한 천자문부터 가르쳤다. 수는 배우는 걸 재미있어 하며 열심히 익혔다.

한편으로는 여자 아이가 글공부는 해서 무엇 하랴 하는 걱정이 들었다. 세상을 보는 눈만 더 비뚤어질까 걱정스러웠다. 여하튼 당장은 오랜만에 누려보는 행복이다.

"여보, 난 이런 날이 올까 하고 의심했어요. 죽을 때까지 당신하고 우리 식구가 오순도순 살 수 있을까? 아마 죽어서도 못하리라 생각했어요."

"나라고 이렇게 하루하루 정답게 살고 싶지 않겠소. 하지만 조금만 더 참아봅시다. 뭔가 괜찮은 지도가 나올 법하지 않소. 이름 석 자는 제대로 남길 수 있어야지요."

"물론 당신이 하는 일을 팽개치고 그냥저냥 살자는 뜻은 아니에요. 더욱이 당신이 하는 일을 막을 생각은 꿈에도 안 해봤어요."

"아버지, 세상에는 천자문만 있나요?"

딸 수가 묻자 김정호는 문득 자신이 아버지에게 이것저것 귀찮게 물어보던 일이 생각났다.

"아니지, 아니란다. 천자문을 다 배우면 아버지가 더 재미있는 책을 구해다 가르쳐주마."

김정호는 비록 말은 그렇게 했지만 약속을 지킬 수 있을지 몰라 가슴이 쓰렸다.

남들은 장마 때문에 온통 신경을 곤두세우고 하늘을 올려다보며 비가 그치기를 빌었다. 하지만 김정호네 가족은 어느 때도 느껴보지 못한 행복 속에서 장마를 보냈다.

물론 김정호가 사는 공덕리라고 해서 비 피해가 없을 리는 없다. 다행히 김정호의 집은 높은 곳에 있기 때문에 별 탈이 없으나 마포나루 근처의 집들은 한강물이 넘치는 바람에 살림살이가 물에 잠기기도 했다.

장마가 끝나갈 무렵, 오랜만에 하늘이 화창하게 갠 어느 날이었다. 김정호는 한강물이 얼마나 불었는지, 또 강 근처에 사는 백성들이 얼마나 피해를 입었는지 둘러보기 위해 마포나루로 내려갔다.

과연 한강물이 엄청나게 불어 있었다. 한 차례 물이 넘치고 나서 좀 빠졌다고는 하지만, 강 건너에 있는 버드나루까지 거리가 평소 때의 두 배도 더 되는 것처럼 수심이 높았다. 흙탕물이 강 밑바닥에서부터 휘저어 오르더니 서쪽으로 달려가고 있었다.

사람들은 젖은 옷가지며 이불을 말리기 위해 빨랫줄이나 나무 담장에 널고 있었다. 물에 잠겼던 집들은 흙담이 무너져 내리고 방이 휜히 들여다보일 정도로 방 벽이 허물어졌다.

어떤 사람들은 진흙이 묻은 농기구를 닦느라 정신이 없었다. 그런 가운데서도 어린아이들은 오래간만에 햇볕이 내리쬐자, 언제 홍수가 났었냐는 듯 소리를 지르기도 하고 여기저기 물장구를 치며 뛰어다녔다.

비 갠 후 뙤약볕이라더니 햇볕이 따가웠다. 김정호는 강변 언덕의 그늘진 자리를 찾아 한참이나 한강 흙탕물을 지켜보았다.

지도가 더 자세하다면 이다지 큰 피해를 입지 않아도 됐을 텐데 하는 생각이 들었다.

'강의 너비를 안다면 측우기를 보아가며 수량을 어림잡아 계산할 수 있고, 그러면 강물이 흘러넘치기 전에 피할 수 있지 않을까?'

김정호가 〈청구도〉를 만든 지도 어느덧 1년이 다 되어갔다.

〈청구도〉를 본 사람들은 지금까지 만들어진 지도 가운데 가장 정확하고 자세하다지만 김정호는 마음에 차지 않았다. 〈청구도〉를 목판으로 찍어 널리 보급해야겠다는 계획을 자꾸 미루는 것도 그런 이유에서였다.

'뭔가 부족해. 실생활에 도움을 주려면 뭘 더 넣어야 할까?'

한참이나 지도를 생각하다 보니 어느새 저녁 어스름이 깔리고 있었다. 저녁이 되자 한 집 두 집 저녁밥을 짓는 연기를 피워 올렸다.

김정호가 집으로 돌아오니, 아내는 아궁이에 장작을 밀어 넣다가 재빠르게 달려나왔다.

"어딜 가셔서 이렇게 오래 머무셨어요? 손님이 와 계세요."

"손님이라니……, 오신 지 오래되었소?"

김정호는 헛기침을 두어 번 하고는 손님이 있는 방으로 들어갔다. 뜻밖에도 최한기와 최성환이 와 있었다. 무슨 즐거운 일이라도 있는지 두 사람은 밝은 얼굴로 이야기를 나누다가 김정호를 맞이했다.

"어디 좋은 데라도 몰래 다녀오시는 겐가?"

"마포나루에 좀 다녀왔지. 비 피해를 입은 사람들을 보니 어찌나 마음이 아프던지. 그런데 무슨 좋은 일이 있는 듯하네?"

"자네가 보기에도 그렇게 보이나?"

오랜만에 만나서인지 세 사람은 앞을 다투어 말문을 열었다.

김정호가 집에 들어섰을 때, 아내는 아궁이에 불을 지피고 있더니 어느새 술상을 겸한 저녁상을 차려왔다. 호박을 숭덩숭덩 썰어 넣어 끓인 된장찌개, 고추장으로 먹음직스럽게 무친 오이, 먹기 좋게 익은 열무김치가 차려진 밥상이다.

"아주머니 음식 솜씨는 알아줘야 한다니까요. 그새 이렇게 한 상 차리셨습니까? 이거 군침이 돌아서 어디 참겠나."

최한기는 먼저 수저를 들었다. 세 사람은 마파람에 게 눈 감추듯 뚝딱 밥 한 그릇을 비웠다.

술잔이 한 바퀴 돌고 난 뒤 최성환이 입을 열었다.

"사실은 오늘 제가 긴히 부탁드릴 말씀이 있어 찾아왔습니다."

"부탁이라니요? 제가 도와드릴 일이 있다면 기꺼이 도와드려야지요."

최성환이 잠시 머뭇거리자 김정호가 두 사람을 번갈아 쳐다보며 말했다.

"지리책을 한 권 쓰려고 합니다. 비변사나 제 집에도 지리책이 여러 권 있기는 하지만 너무 오래된 것들이라서 요즘 사정과 제대로 맞질 않습니다. 그래서 이미 가지고 있는 책들과 새로 알게 된 자료들을 모아 우리나라 지리책을 새롭게 만들려고 하는데 아무래도 고산자 선생께서 도움을 많이 주셔야겠습니다."

"참 좋은 일을 계획하셨군요. 암, 그래야지요. 비변사는 나라 지키는 기관이니 만큼 우리나라 구석구석을 잘 알아야지요. 또한 땅

216

의 생김이나 환경을 소상히 알고 계셔야지요. 제가 지도를 만들고 지리책을 쓰는 것은 나라가 평화로울 때는 나라를 잘 다스리는 데 도움을 주기 위한 것이고, 적의 침략을 받았을 때는 지리적 이점을 잘 활용해 그들을 물리치자는 데 가장 큰 뜻을 두고 있습니다. 제가 힘닿는 데까지 도와드리리다. 그렇잖아도 〈청구도〉를 편찬한 다음에 〈동여도지〉를 대충 썼는데, 그때 평안도편이 좀 부실해서 언제고 보완하려던 참이었습니다. 제게 〈청구도〉 그림이 충분하니 도편(圖編)은 맡겠습니다. 그래, 언제부터 쓰실 건지요?"

김정호는 반가운 마음으로 최성환을 돕겠다고 나섰다. 우리나라의 지리와 지도에 관한 일을 하려는 사람이 하나둘 늘어가는 건 그 자체로 좋은 일이다.

최성환은 혹시 김정호가 일이 바쁘다며 선뜻 도와주지 않는다면 어떡하나 걱정하고 있다가 그제야 손에 배어난 땀을 닦아냈다.

최한기 역시 두 사람의 일이 잘 마무리되자 덩달아 기뻐했다.

"두 사람을 만나게 해준 내가 기쁘기 짝이 없구려. 이렇게 좋은 날 어찌 이대로 헤어질 수가 있겠소. 자, 이제 두 분이 함께 시작하는 일이 잘되도록 기원하는 뜻으로 한 잔 더 합시다."

술기운이 거나하게 돌자 앞으로 해나갈 일에 대한 계획을 세우기 시작했다.

누가 들을세라 세 사람은 나지막하게 속삭였다. 구름이 걷힌 밤하늘에 모처럼 금빛 별들이 반짝거렸다.

김정호는 다음 날부터 최성환과 함께 지리 자료를 모으기 시작했다. 먼저 이미 나온 책과 지도를 충분히 읽고 살펴보았다. 그랬더니 고치거나 더 넣어야 할 것들이 많이 보였다. 두 사람은 비변사와 규장각에 있는 지리책을 빠짐없이 조사해나갔다.

"선생님은 여러 번 읽으신 책들이지요?"

최성환은 미안해하며 신경을 썼다.

"읽은 지가 오래되어서 아주 새롭군요. 그리고 다른 입장으로도 보이고요."

"그래서 좋은 책은 두고두고 읽어도 싫증이 나지 않는 것 같아요. 몇 번 읽어야 보이는 것도 있고요."

김정호는 우선 〈청구도〉보다 앞서 만들어진 지리책과 지도를 꼼꼼히 살펴보았다. 〈청구도〉를 만들 때 직접 보고 듣고 모은 자료와 대조해가며 정리했다. 그다음에는 〈청구도〉 이전부터 있던 지도 자료와 〈청구도〉에 기록한 자료를 비교해 서로 다른 점을 뽑아내고 바르게 고쳐놓았다.

두 사람의 작업이 계속되는 가운데 어느덧 가을이 지나고 겨울이 다가왔다.

최한기는 자주 찾아와 책을 엮는 방법이나 내용을 꾸미는 방법에 대해서 도움을 주었다. 새 지필묵을 구해오는 것도 그의 몫이다.

해가 바뀌고 봄이 다시 찾아왔다. 나무마다 새순이 비집고 나오고 꽃망울이 얼룽얼룽하더니 급기야 붉은색, 노란색을 토해내기 시작했다. 누구도 막을 수 없을 정도로 봄은 앞을 다투어 달려왔다.

그 즈음에 지리책의 마지막 손질도 거의 끝이 났다.

김정호의 집에 세 사람이 모여 앉았다. 앞에는 이제 곧 완성될 책의 첫 장이 펼쳐져 있었다. 최성환이 붓을 들어 새 지리책의 제목을 《여도비지(輿圖備志)》라고 적었다.

"우리나라 방방곡곡의 사정을 알리는 책이라."

최한기는 감탄을 하며 혼잣말을 했다.

최성환은 숨을 길게 내쉬며 붓을 내려놓았다. 그런 다음 김정호 앞으로 책을 밀어놓으며 입을 열었다.

"자, 그동안 우리가 공들여 만든 《여도비지》가 완성되었습니다. 우리가 만들었다고 했지만 사실은 고산자 선생께서 거의 혼자 만든 것이나 다름없습니다. 그동안 정말 애쓰셨습니다."

"당치 않은 말씀이십니다. 저야 그저 갖고 있는 자료를 드린 것밖에는 한 일이 없습니다."

두 사람은 서로 공을 미루었다. 이 광경을 보고 최한기가 한마디 거들었다.

"어허, 두 분이 서로 그렇게 말씀하시니 정말 아무것도 한 일이 없는 나는 이 자리에 앉아 있기가 거북해집니다그려."

"아니, 혜강은 또 그게 무슨 말씀이시오. 《여도비지》가 이렇게 모양새를 갖추기까지 혜강의 도움이 무엇보다 컸는데……, 안 그렇소?"

"고산자 선생의 말씀이 백번 옳지요. 저는 지금 혜강 선생께 큰절이라도 올려야 하지 않을까 생각하던 참이었지요."

세 사람은 한바탕 유쾌하게 웃었다.

"자, 책의 제목을 적었으니 지은이의 이름은 고산자 선생께서 적어주시지요."

최성환이 붓을 들어 먹을 듬뿍 찍더니 김정호의 손에 쥐어주었다. 김정호는 얼떨결에 붓을 잡고는 흐뭇한 표정으로 잠시 책을 바라보았다. 그러더니 먹을 듬뿍 묻혀 최성환이라고 정성스레 적어넣었다.

"자, 다 되었습니다. 이제야《여도비지》가 완성되었습니다."

최한기와 최성환은 서로 쳐다보았다.

"다 되다니요? 아직 선생의 이름을 적지 않았는데 무엇이 다 됐다는 말씀이십니까? 마저 적어 넣으시지요."

최성환이 다시 붓을 들어 김정호의 손에 건넸다. 그러나 김정호는 엷게 웃으며 다시 벼루 위에 붓을 내려놓았다.

"아니오. 이 책은 내가 만든 것이 아닙니다. 아까도 말씀드렸지만 나는 그저 이 책을 만드는 데 자료를 조금 드렸을 뿐입니다. 계획부터 모두 최 당상의 뜻이었으니 최 당상의 이름을 적어 넣는 것만으로 충분하오."

당상이란 원래 정3품 이상의 관리들을 이르는 별칭이다. 비변사의 일을 맡아 보던 관리들은 흔히 비변사 당상이라고 부른다.

김정호가 공동저자 명칭을 사양하고 나서자 최한기와 최성환도 더 이상 보채지 않았다. 두 사람은 김정호가 한번 마음을 먹은 이상 그의 고집을 꺾을 수 없다는 걸 잘 안다. 게다가 무슨 일이든 욕심을 버리고 어떤 고생도 마다하지 않는 그의 평상심을 잘 알기 때문이다.

"고산자, 다시 한 번 감동했네. 자네 말을 들으니 오로지 나는 나의 학문 세계를 넓히고 펼치는 것밖에는 한 일이 없다는 생각이 들어 부끄럽네."

"당치 않은 말이네. 혜강 자네가 아니었다면 어찌 오늘의 내가 있을 수 있겠으며, 내가 어떻게 최 당상과 같은 훌륭한 분을 만날 수 있었겠는가."

최성환은 두 사람이 주고받는 이야기를 들으면서 참된 우정을 느꼈다.

봄꽃 향기가 담을 넘고 안마당을 지나 세 사람의 코끝을 간지럽혔다.

"아니, 이게 무슨 향인가! 제법 취하는데."

"아, 봄꽃 냄새라네.《여도비지》를 마침내 꽃피운 우리들 마음처럼 봄이 온 게야."

봄 향기에 취해 세 사람은 시간 가는 줄 모르고 앞일을 계획했다.

"여보게, 고산자. 이제 〈청구도〉 목판 작업을 해야지 않나? 〈청구

도〉가 알려질 만큼 알려져 사람들이 그걸 갖고 싶어 하는데, 지금
처럼 일일이 손으로 베끼기에는 힘과 시간이 너무 많이 드는 것 같
네. 물론 목판을 만들자면 힘들고 시간이 많이 필요하기도 하겠지
만 그래도 멀리 내다보면 훨씬 손이 덜 가는 일일 것 같은데……."

"〈청구도〉를 목판으로 만든다고요? 그것 참 좋은 생각입니다. 그
러면 이제 제가 고산자 선생을 도울 일이 생기겠군요."

최성환은 은혜 갚을 일이 생겼다고 신이 나서 말했다.

"고산자를 도와줄 일이라니요?"

"제가 판목으로 쓸 단단한 대추나무를 준비하지요. 또 선생을 도
와 지도를 새길 솜씨 좋은 각자장을 알아보도록 하지요. 그렇게 하
면 고산자 선생께 조금이나마 도움이 되지 않을까요?"

"허허, 그것 참 좋은 생각이오."

김정호는 묵묵히 그들의 이야기를 들었다. 그러더니 마침내 입을
열었다. 얼굴에는 꺾을 수 없는 의지가 담겨 있었다.

"그렇게 구체적으로 생각해주니 고맙네. 하지만 〈청구도〉를 목
판으로 만들 계획은 없네."

"응? 계획이 없다니? 무슨 얘긴가? 찾는 사람이 그렇게 많은데?"

최한기가 놀라 물었다.

김정호는 당황하는 두 사람을 보며 분위기를 바꾸기 위해서 껄껄
웃었다.

"그리 놀랄 일은 아니네. 자네나 나나 우리 모두 학문을 하는 사

람들은 한 곳에 머물러 있어서는 안 되는 일 아닌가. 지금보다 좀
더 낫고 더 깊이 있는 결과를 얻어내고 세상에 전하기 위해 꾸준히
노력해야지. 내가 〈청구도〉 목판을 만들려는 계획을 접은 것도 그
런 이유라네."

"무슨 말인지 얼른 이해가 되질 않네. 〈청구도〉를 널리 보급해 많
이 쓰도록 하는 것이 그리 중요한 일이 아니라는 이야기인가?"

"그런 뜻이 아니라네. 그것도 매우 중요한 일임에는 틀림이 없지.
하지만 나는 더 이상 그 일에만 매달려 있을 수가 없네. 〈청구도〉는
이제 어느 정도 보급된 것 같으니 새로운 일을 해야 할 것 같네."

"그러면 이제 지도 만드는 일을 그만두시고 다른 일을 준비한다
는 말씀입니까?"

"그런 게 아니라 새 지도를 만들어야겠다는 이야기입니다."

최한기는 다시 한 번 놀랐다.

"그동안 〈청구도〉를 여러 번 옮겨 그리면서 생각해보니 잘못되
거나 빠진 곳이 너무 많다는 사실을 알았네. 여러 사람들이 〈청구
도〉를 훌륭하다고 이야기하지만 난 부끄러워 얼굴을 들지 못하겠
네. 그래서 깊이 생각한 끝에 〈청구도〉보다 더 알아보기 쉽고 정확
한 지도를 다시 만들어야겠다는 결심을 했네. 그 일을 하려면 많은
시간과 노력이 필요할 터이니 〈청구도〉를 판목에 옮기는 일은 당
장 할 수 없을 것 같네. 또 필사본을 충분히 만들어 사갈 사람은 다
사간 것 같기도 하니, 굳이 큰 비용과 노력을 들여 목판본을 만들

필요도 없을 것 같네. 기왕 목판 작업을 하려면 내 마음에 꼭 드는 새 지도를 만든 후에 해야 할 일이라고 생각하네."

최한기는 김정호의 말이 역시 옳다고 생각했다.

'고산자가 그렇게 생각한다면 그게 옳지, 암.'

최한기는 그런 생각을 하면서도 한편으론 또다시 여러 해 동안 전국 곳곳을 돌아다니며 갖은 고생을 겪게 될 친구를 생각하니 안타까운 마음이 앞섰다.

"고산자, 자네가 그렇게 생각한다니 그런 줄 알겠네. 이미 한 번 전국 지도를 직접 만든 자네가 더 잘 알겠지만, 그 일은 어느 한 개인이 떠맡아 하기에는 너무나 힘이 들고 시간이 많이 걸리는 일 아닌가? 여하튼 자네가 새 지도를 만들 계획을 세웠다고 하니, 앞으로 그 일을 어떻게 해나갈 것인지 함께 생각해보기로 하세."

세 사람은 새 지도를 만드는 일로 여러 가지 의견을 나누었다.

무엇보다 중요한 것은 전국 답사에 드는 비용을 어떻게 마련할지, 어떻게 하면 빠른 시간 안에 자세하고 정확한 지도를 만들 수 있는지 그 방법을 찾는 것이다. 한 사람이 그 문제를 다 해결하기에는 벅차다.

"고산자, 아무래도 이 일을 또다시 자네 혼자 맡아 한다는 것은 조금 무리인 것 같네. 이제 자네와 자네 부인의 나이도 벌써 마흔(조선 시대 임금의 평균 나이는 45세다)이 가까워오고 있고……, 또 자네 딸 생각도 해야 하지 않겠나. 물론 자네 고생이 가장 크겠지만

224

가족들 고생 역시 말이 아니네. 아무리 주위에서 도와준다고 한들 자네 같기야 하겠는가. 역시 이런 일은 나라에서 힘이 돼줘야 가장 좋은데……."

"그야 그렇지만 왕실에서는 오히려 지도 만드는 일을 달가워하지 않을 수도 있지 않나. 나라에서 보면 지도는 일종의 군사기밀이 아닌가! 내가 만든 지도를 보고 오랑캐나 왜구가 쳐들어온다고 생각해보게나."

"아, 자네가 어디 그런 뜻으로 지도를 만드나."

"물론 그렇지는 않지. 하지만 엉뚱한 일로 낭패를 볼 수도 있지. 그렇지만 일단 백성들이 편하게 이용할 수 있도록 만들기는 꼭 해야겠네."

두 사람의 이야기를 듣고 있던 최성환이 조심스레 입을 열었다.

"그러면, 이렇게 하는 것이 어떻겠습니까? 일단 새 지도를 만들 계획은 미뤄놓고 잠시 이 분야에 대한 조정 의논이 어떻게 돌아가는지 지켜보는 겁니다. 고산자 선생이 걱정하시는 것도 맞거든요. 왕실에서야 당연히 우리나라 지형지물이 오랑캐와 왜구들에게 알려지는 걸 걱정할 겁니다."

"지켜본다?"

"예. 그렇다고 그저 앉아서 기다리기만 하자는 것은 아닙니다. 두 분께서 기다리시는 동안 제가 이 계획을 조정에 올려보지요. 이미 비변사 내에서 〈청구도〉를 아주 좋게 생각하고 있을 뿐 아니라, 이번에 만든 《여도비지》를 본다면 지리와 지도의 중요성을 다시 생각할 것입니다. 일이 그렇게 되면 전국 지도 제작 상주문을 조정에 올릴 수 있는 방법을 마련해보지요. 아마 특별한 일이 없는 한 나라에서 지도 만드는 일에 직접 손을 댈 것으로 생각합니다."

최한기는 고개를 끄덕이며 최성환의 말을 듣다가 무릎을 쳤다.

"그것 참 좋은 생각이네. 그래 최 당상의 생각으론 얼마나 걸릴 것 같소?"

"금방 될 일은 아니겠으나 그렇다고 아주 오래 걸리지도 않을 것 같습니다. 아무튼 이 《여도비지》를 보여준 다음, 제가 힘을 다해 비변사 사람들의 생각을 모아보도록 하지요."

최한기는 최성환에게 일이 꼭 그렇게 되도록 힘써달라고 몇 번이나 다짐을 했다.

김정호는 자신의 일을 마치 자기 일이라도 되는 것처럼 나서서 당부하고 다짐을 받는 최한기가 말로 다할 수 없을 만큼 고마웠다.

밖을 내다보니 봄기운이 마당에서 뒹굴고 있었다.

14

신헌을 만나다

그해 여름은 무척이나 더웠다. 몇 년째 계속되던 긴 장마가 유난
히 짧게 끝났다. 그 대신 살을 태울 듯이 뜨거운 날씨가 여름 내내
계속되었다. 사람들은 무더운 날씨를 장마 못지않게 견디기 어려
워했고, 농사일을 하면서도 고통스러워했다.

"아이고, 순범이 아버지가 또 쓰러졌다는구먼요."

사람들은 언제 누가 무슨 변을 당할지 몰라 걱정 섞인 한숨을 쉬
었다. 논이나 밭에서 들일을 하던 사람들이 열사병에 나자빠지기
일쑤였다. 논에 댈 물까지 부족해 농작물들이 마르다 못해 타 죽었
다. 오로지 농사 하나에 목숨 걸고 사는 게 농부들 살림인지라 큰일
도 보통 큰일이 아니었다.

게다가 몇 년째 흉년이 들어 그 어려움이 이만저만이 아니었다.
함경도 지방에서는 사람들이 끼니를 잇지 못해 굶어 죽거나 배고
픔을 참다못해 스스로 목숨을 끊는 일까지 생겨났다.

조정에서는 그래도 식량 사정이 나은 경상도 지방에서 쌀 2000여 섬을 거둬들여 함경도 지방으로 보내기도 했다.

그런 가운데 어느덧 8월 보름 추석 명절이 다가왔다. 하지만 어느 집 하나 웃음소리가 나지 않았다. 차례나 제대로 모실 수 있을지 걱정하는 눈치였다.

살림이 넉넉지 못한 김정호의 집도 마찬가지였다.

김정호는 아침 일찍 차례를 모시고 어머니 산소에 성묘한 뒤 낮잠을 청했다.

밖에서는 여전히 달그락거리는 소리가 들렸다. 아내가 부엌일을 하고 있었다. 딸 수는 하늘 천, 따 지, 검을 현, 누를 황을 노래처럼 부르며 통탕통탕 뛰어다녔다.

김정호는 아슴아슴 잠이 들려는데 아내의 말소리가 들렸다.

"여보, 손님 오셨어요."

김정호는 꿈인가 하며 다시 잠 속으로 들어갔다. 이번에는 낯익은 굵직한 말소리가 들렸다.

"고산자, 날세."

틀림없이 최한기의 목소리다. 그는 깜짝 놀라 자리를 털고 일어났다.

지난봄, 김정호와 최성환이 함께 만든 《여도비지》가 완성된 이후 세 사람은 각자의 일에 온힘을 쏟았다. 김정호는 지리학과 관련된 책을 더 구해 새 지도는 어떤 방법으로 만들어야 할지 연구하는 틈틈이 딸 수에게 글공부를 가르치며 지냈다.

최한기는 그동안 또다시 책 한 권을 썼다. 최성환 역시 비변사 업무에 전념하며 군사와 국방에 관한 책을 썼다. 조정에 지도 만드는 일을 상의해본다던 일은 아쉽게도 별다른 진전이 없었다.

김정호가 방문을 열고 나가자 그간 뜸했던 최성환이 공손하게 고개를 숙여 예의를 갖추는 것이 아닌가!

"어서들 오시게. 오래간만일세그려. 그렇지 않아도 내가 찾아가 봐야지 벼르던 참이라오."

"새로운 계획이라도 있는 모양이지요?"

최성환이 물었다.

"그런 건 아니고……, 지난번《여도비지》를 완성하던 날 이후로 최 당상과 거의 만날 수가 없질 않았소. 그래서 이제 훈련원 일을 끝내고 다시 비변사 일만 한다고 하니 그 책에 대한 반응은 어떤지, 또 비변사에서 하려던 일은 어찌 되어 가는지도 알아볼 겸 해서요. 또 그동안 일하느라 고생이 많았으니 위로 방문이라도 하려던 참이라오."

최성환은 미안했던지 이마를 짚어 땀을 닦아냈다.

"종종 연락을 드렸어야 하는 건데 그저 바쁘다는 핑계로 하루 이틀 미루다 보니 그만 시간이 이렇게 흐르고 말았습니다."

"미안하다니요. 나랏일을 하다 보면 얼마든지 그럴 수 있지요. 그렇게 말씀하시면 꾹 참지 못하고 조바심을 낸 제가 오히려 부끄러

위집니다."

"여보게 고산자, 오는 길에 이 친구에게 듣자하니 〈청구도〉와 《여도비지》에 대해서 비변사나 병조 사람들 칭찬이 자자하다더군. 내 느낌으로는 일이 잘 풀릴 것 같으니 너무 염려 말게나."

"아, 그래요? 그것 참 반가운 소식이로군."

김정호는 얼굴을 밝게 펴며 최한기와 최성환의 얼굴을 번갈아 바라보았다.

"비변사에 처음으로 〈청구도〉가 소개되었을 때 하나같이 놀랐습니다. 이만한 지도가 있으니 이제 나라를 지키고 다스리는 일을 더 잘할 수 있을 것이라며 기뻐했지요. 이번에 만든 《여도비지》를 보고도 다들 칭찬을 했습니다.

"지도가 아주 없었던 것도 아닌데요, 뭐."

김정호는 겸손하게 칭찬을 잘라냈다.

"물론 그렇지요. 지도가 있어야 비변사가 일을 하지요. 하지만 그동안 정확하지 않은 지리 자료를 갖고 나라 사정을 알아보려 하자니 여간 힘이 든 게 아니었거든요. 때를 놓칠세라 제가 고산자 선생에 대해서 이야기했습니다. 이 《여도비지》 역시 〈청구도〉를 만든 고산자 선생이 만드신 것이나 다름이 없다고 했지요. 그리고 앞으로 〈청구도〉보다 더 자세하고 정확한 지도를 만들 계획을 가지고 있다는 것도 이야기했지요. 참 장한 생각이라며 기꺼이 도와줄 태세였습니다. 구체적으로 계획을 세우고 준비한다면 임금께 상주하

230

는 것도 별 어려움이 없을 것입니다. 또 그 일이 어느 개인의 이익을 위한 일이 아니라 나라를 위한 일인 것이 분명한 만큼 임금의 허락을 얻는 것도 그리 어렵지 않을 테고요."

"당치도 않은 제안이라며 역정을 내는 신하들은 없었습니까?"

"물론 고산자 선생이 염려하신 대로 너무 상세한 지도가 시정에 나돌면 나라를 어떻게 지키겠냐는 반대가 있었습니다. 만약 새 지도를 만들면 절대로 백성들 사이에 나돌지 못하게 해야 한다고 강력하게 주장하기도 했지요. 하지만 정확한 지도가 있어야 한다는 것만은 대체적인 의견들이었습니다."

김정호는 최성환의 이야기를 들으며 벅찬 기쁨을 가눌 수가 없었다. 벌써 임금의 허락이 떨어져 당장 내일부터라도 조선 땅 방방곡곡의 관리들이 각 지역의 자세한 지리 자료를 속속 비변사로 보내올 것만 같았다.

김정호는 그 자료들을 모아 〈청구도〉와 비교해가며 새 지도를 그리고 각 지역의 지리지를 만들고 싶었다.

"난 무슨 일을 도와야 하나?"

최한기는 당사자인 김정호보다도 더 들떠서 야단이었다. 김정호는 좋은 벗들이 늘 함께 있다는 것이 그지없이 기뻤다.

"그건 그렇고, 훈련원 이야기를 좀 하지요."

최성환은 잊었다는 듯 무릎을 치고는 김정호에게 말했다.

"참, 제가 전국 지도 상주문에 대한 이야기를 하느라 고산자 선생께 꼭 드려야 할 이야기를 잊을 뻔했습니다."

"내게 꼭 할 애기가요? 무슨 이야기인지 어서 해보시지요."

"제가 훈련원에서 일을 하다 신헌이라는 사람을 알게 되었습니다. 훈련원을 도맡아서 관리하는 주부지요. 그런데 그분이 고산자 선생을 꼭 한번 만나고 싶어 합니다."

"그래요? 훈련원이라면 군인들을 훈련시키는 곳 아닙니까. 내가 하는 일과 직접적인 관련은 없을 듯한데, 무슨 일로 만나려 하는지 궁금하군요."

최한기가 거들었다.

"신헌이라면 훈련대장을 지낸 신홍주 어른의 손자 아니오?"

"그렇습니다. 혜강 선생도 잘 아시는 모양이지요?"

"알다마다요. 예전에 정약용 선생 밑에서 같이 공부를 한 적이 있지요. 무관 집안에서 나고 자랐으면서도 학문을 게을리하지 않고 워낙 머리가 좋아 그야말로 문무를 겸비한 유장(儒將)이라 할 수 있는 분이지요."

최성환이 훈련원의 일을 보기 시작한 지 얼마 안 되었을 때였다. 하루는 신헌과 《여도비지》에 대한 이야기를 나누게 되었다.

"어떻게 이처럼 자세한 자료를 구할 수 있었지요?"

최성환은 책을 쓰게 된 배경과 김정호에 대해서 이야기를 했다. 그러자 신헌이 김정호 이야기를 먼저 꺼냈다.

"아, 그 〈청구도〉를 그린 사람. 치밀하고 자세하기 이를 데 없더군요. 그 지도만 있으면 어딜 가도 길을 헤매지 않고 싸울 수 있겠는걸요."

신헌은 입에 침이 마르도록 〈청구도〉를 칭찬했다.

"그런데 김정호 한 사람이 〈청구도〉를 만들었나요?"

"그렇습니다. 직접 발로 찾아다니며 일일이 확인을 한 것이지요."

"아, 그렇군요. 그 사람과 함께 일을 한다면 어떤 일이든지 해낼 수 있겠군요. 김정호를 꼭 한번 만날 수 있도록 주선해주시겠소."

"물론이지요. 마침 훈련원 일을 마친 뒤 고산자 선생을 찾아가려던 참입니다."

조선 후기의 무신이며 외교가로 활약했던 신헌은 전통적인 무인 집안에서 태어났다. 그의 할아버지 신홍주는 훈련대장을 지내고 아버지 신의직은 부사를 지냈다.

신헌은 어려서부터 당대의 석학이며 이름난 실학자인 다산 정약용과 추사 김정희로부터 다양한 실사구시 학문을 쌓았다. 그래서 그는 무관이면서도 독특한 학문적 소양을 지녔다 하여 사람들은 '유장'이라 부르기도 하였다. 유장(儒將), 유의(儒醫)처럼 무슨 명칭에 '유(儒)'자를 붙여야만 인정받는 시대다.

신헌은 1827년(순조 27), 열일곱 살의 나이에 별군직에 오르고 이듬해에는 무과에 급제하여 훈련원주부에 임명되면서 본격적인 관직 생활을 시작했다. 그 이후 순조, 헌종, 철종, 고종 시대에 이르기까지 주요 무관직을 두루 거쳤다.

주부는 실질적인 일을 맡아 보는 가장 높은 자리의 관직이고, 무관직은 무인들이 활동하는 관직을 통틀어 일컫는 말이다

신헌은 평생을 무관으로 지내면서도 지식과 학문을 갈고 닦는 데 열성을 보인 사람이다. 그가 직접 몸담고 있는 분야인 국방과 군의 운용을 위해 정약용의 민간자위전법인 '민보방위론'을 계승 발전시킨 《민보집설》, 《융서촬요》 등과 같은 병서를 지었을 뿐만 아니라 금석학 서적인 《금석원류휘집》, 농사 책인 《농축회통》을 쓰기도 했다.

그는 또 양반이나 천민을 구분하지 않고, 직업의 귀천을 가리지 않고 그들의 생각을 나눠 가지려고 했다. 그는 배울 점이 있는 사람이면 누구든 가깝게 사귀었다. 이런 만남들이 그의 지식의 폭을 더욱 넓게 해주었다.

최성환이 말을 마치자 최한기가 기다렸다는 듯이 그의 생각을 말했다.

"여보게, 고산자. 내가 알기로는 신 주부가 비록 우리보다 나이가 훨씬 아래이기는 하지만 학문적인 소양도 갖춘 데다가 요즘 보기 드물게 강직한 젊은이라고 생각하네. 서로 배우고 도울 일이 많을

걸세. 더구나 집안 대대로 나라에 봉사하고 있으니 임금께 상주하는 일에도 큰 목소리를 낼 수 있을 걸세. 그러니까 자네가 하는 일을 제대로 이해한다면 앞으로 새 지도를 만드는 일에도 힘 있는 후원자가 될 걸세. 그러니 한번 시간을 내어 만나보도록 하게나."

"여부가 있겠나. 언제든지 좋으니 최 당상이 그쪽의 사정을 보아 만날 수 있는 자리를 마련해주시지요."

"그렇게 하겠습니다. 신 주부께서도 반가워하실 겁니다."

김정호는 〈청구도〉를 만들기 위해 몇 년 동안 고생하며 전국을 떠돌던 일, 〈청구도〉를 완성한 뒤에도 흡족하지 않아 홀로 책과 씨름하던 그 숱한 시간들을 떠올렸다.

한낮에는 볕이 따갑지만 아침저녁으로는 찬 기운이 돌았다.

김정호는 최성환이 가르쳐준 대로 신헌의 집으로 찾아갔다. 마당을 쓴 지 얼마 지나지 않았는지 깨끗한 빗자루 자국이 그대로 남아 있었다.

신헌은 한걸음에 달려와 그를 맞이했다. 얼굴과 체격이 한눈에 무관임을 알아볼 수 있을 정도로 건장해 보였다.

"어서 오십시오. 제가 선생을 찾아뵈어야 마땅한데 이렇게 먼 걸음을 하시게 하여 송구스럽습니다."

"별 말씀을 다 하십니다. 신 주부께서는 나랏일을 보기에도 바쁘실 텐데 제가 찾아뵙는 게 당연한 일이지요."

"하하하……, 그렇게 생각해주시니 고맙습니다. 자, 안으로 드시지요. 다른 벗들도 이미 와서 기다리고 계십니다."

김정호가 신헌을 따라 사랑방에 들어가니 최한기와 최성환이 이미 자리를 하고 있었다.

"어어, 혜강과 최 당상도 이미 와 있었구먼. 오래 기다리게 한 건 아닌가?"

"아닐세. 신 주부와 오래간만에 만나 그간 지내온 일들을 재미있게 듣고 있었다네. 자, 이렇게 다 모였으니 신 주부와 정식으로 인사를 나누지."

김정호와 신헌이 서로 맞절을 하며 첫인사를 나누었다.

"반갑습니다. 신헌이라고 합니다. 호는 우석이라고 합니다. 고산자 선생을 진작부터 만나고 싶었는데 마침내 오늘 이렇게 뵙게 되어 기쁘기 짝이 없습니다. 모쪼록 앞으로 많이 가르쳐주시고 도와주십시오."

"혜강으로부터 말씀 많이 들었습니다. 저야말로 앞으로 많은 도움을 받게 될 것 같습니다. 부디 뿌리치지 마시고 거두어주십시오."

"물론이지요. 서로 도움을 주고받으려고 오늘 이렇게 만난 것 아닙니까."

인사가 오가고 나자 네 사람은 술상을 앞으로 끌어당겨 술잔을 돌렸다.

네 사람은 정약용 등 실학에 앞장섰던 선대 학자들의 정신을 소중히 여기고 이어가자는 데 의견을 모았다.

이 나라도 이제는 머리로만 학문을 할 것이 아니라 실제 살아가는 데 필요한 것들을 연구하고 활용해야 한다는 것이었다.

최한기에게 들은 대로 훈련원주부 신헌은 아주 똑똑한 젊은이 같았다.

신헌은 자연스럽게 지도와 지리학에 관한 이야기를 꺼냈다.

"제가 무관으로 일하다 보니 우리나라 지리에 대해 자연스럽게 관심을 갖게 되었습니다. 전쟁을 잘하기 위해서는 땅 구석구석의 생김새와 그곳의 지리를 잘 알아두는 것이 병사들 훈련만큼 중요하기 때문이지요. 중국의 병법가인 손자가 말한 '지피지기면 백전백승'이란 말 중 지피지기(적을 알고 나를 알다)에는 적과 우리의 전투력이나 성격뿐만 아니라, 전쟁터의 모양을 자세히 알아야 한다는 뜻도 있다고 생각합니다. 임진왜란 때 조령 방어를 포기하고 충주벌의 지리를 잘못 이용하여 패전한 신립 장군처럼 다시는 우리 땅에서 같은 실수가 없어야 합니다."

"옳은 말씀입니다. 외적으로부터 우리 땅을 지키자면 지형과 지리를 잘 알아야 하지요. 전쟁 없이 나라가 평안할 때도 우리나라 곳곳의 지형과 그곳 물산과 인물을 잘 알고 있으면 나라를 더 잘 다스릴 수가 있겠지요."

신헌이 김정호의 말을 받았다.

"그렇습니다. 그런데 제 생각으로는 지형과 지리만 알아서는 부족하다고 생각합니다. 그 지방의 기후 조건은 어떻고, 주로 농사짓는 작물은 무엇인지, 그 지방에는 어떤 풍속이 전해오는지, 왜 그런 풍속이 생겨났는지, 또 그 지역에 마을이 생기기까지 어떤 일이 있었는지 모두 알아야만 비로소 그 지역과 거기 사는 백성들의 실정을 안다고 할 수 있을 것입니다."

"과연 유장다운 생각이십니다."

김정호는 신헌의 생각이 매우 깊은 데까지 이른 것에 감탄하며 칭찬을 아끼지 않았다.

"별 말씀을 다 하십니다. 다 훌륭한 분들을 만날 수 있었기 때문이죠. 제가 이런 생각을 하게 된 것은 정약용 선생처럼 훌륭한 스승 밑에서 공부를 한 덕분인 것 같습니다. 그리고 고산자 선생처럼 발로 뛰며 연구하는 훌륭한 지리학자의 학문 세계를 들여다볼 수 있었기 때문이고요. 사실, 제가 이런 생각을 한 것은 그리 오래된 일이 아닙니다. 고산자 선생께서 만드신 〈청구도〉에 있는 우리나라 역사 지도와 또 얼마 전에 최 당상이 지은 《여도비지》를 보고 제 생각을 정리할 수 있었지요. 그러니까 고산자 선생의 〈청구도〉를 보지 못했다면 여기까지 생각이 미치지 못했을 겁니다."

"자꾸 그렇게 추켜세우시니 이 자리에 앉아 있기가 민망합니다."

김정호는 자리에서 일어서려는 듯 엉덩이를 들썩였다.

최한기는 웃으면서 김정호를 잡는 시늉을 했다.

"다들 바쁘니 이렇게 한자리에 모여 이야기를 나누기도 그리 쉬운 일은 아닐 듯하네. 오늘이 고산자와 우석이 처음 만난 날이기는 하지만, 서로 도와주고 도움을 청할 일을 털어놓기로 하세."

김정호가 머뭇거리자 신헌이 궁금해하며 김정호에게 물었다.

"제가 고산자 선생을 도와드릴 일이 있다면 영광이 될 것입니다. 어서 말씀해주시지요."

"실은, 〈청구도〉보다 정확한 우리나라 지도를 새로 만들 계획을 세우고 있습니다. 그런데……."

새 지도를 만들려 한다는 말에 신헌은 자세를 고쳐 앉으며 다음 말을 기다렸다.

최한기가 얼른 눈치채고 설명을 해주었다.

"고산자가 만든 〈청구도〉는 이제까지 우리가 볼 수 없던 훌륭한 지도임에는 틀림없지. 그것을 본 사람이면 그 누구도 감히 흉내 낼 수 없는 철저한 조사, 그리고 정확하고 정교한 솜씨를 알 수 있지. 그러나 정작 그렇게 훌륭한 〈청구도〉를 만든 주인공은 그것으로는 부족하다며 만족하지 못하고 있다네. 무엇이 그리 부족하고 잘못되었는지 우리로서는 잘 알 수 없지만, 아무튼 그 지도를 직접 만든 본인이 그렇게 생각하고 있으니 어쩌겠나."

"제가 보기에는 〈청구도〉만으로도 훌륭하던데요. 무슨 일을 하고 나면 허전함을 느끼는 건 누구나 다 마찬가지이긴 합니다만."

신헌은 자기의 의견을 말했다.

"지도에 관한 한 아무도 고산자 이상으로 정확한 판단을 내릴 수는 없을 테니 말씀을 믿어야지요. 그런데 그 지도를 만드는 일이라는 것이, 특히나 우리나라 구석구석까지 자세하게 담을 지도를 만드는 일이라는 게 보통 사람으로서는 감당하기 어렵고 힘든 일이 아니겠소. 또 그 일을 제대로 하자면 거기에 드는 비용도 엄청나게 필요하고. 고산자가 〈청구도〉를 만들기 위해 10년 가까이 홀로 전국을 돌아다니며 마음고생과 몸고생을 많이 했소. 남은 식구들은 식구들대로 살림을 꾸려나가느라 얼마나 어려운 생활을 했는지는 아마 아무도 모를 겁니다."

최한기가 잠시 말을 멈추고 방 안을 둘러보았다. 김정호는 지난 일을 떠올리기라도 하듯이 두 눈을 지그시 감은 채 생각에 잠겨 있었다.

최한기는 곧 술잔을 들어 목을 축인 다음 다시 말을 이었다.

"고산자가 새 지도를 만들겠다는 계획을 처음 들었을 때 나는 반갑고 기뻤습니다. '그렇게 끝없이 연구를 거듭해 얻은 생각과 방법으로 또다시 새 일을 계획하는 것은 얼마나 바람직한 일인가. 역시 고산자구나.' 하는 생각을 하였지요. 훌륭한 벗을 가까이 두고 있다는 사실이 하늘이 내려준 축복이 아닌가 여겼지요. 그렇지만 다른 한편으로는 소중한 벗이 또다시 많은 어려움과 고통을 겪어야 한다는 생각을 하니 그 일을 말리고 싶기도 했지요. 그러나 누군가는 반드시 해야 하는 일이니 어렵고 힘들다고 내버려둘 수는 없는 일이지 않은가."

이번에는 최성환이 뒷마무리를 했다.

"그런데 이같이 중요하고 큰일을 어느 한 개인에게만 맡겨둔다는 것은 옳은 일이 아닌 것 같습니다. 이 일은 어느 한 사람의 영광이나 욕심을 채우기 위한 것이 아니라, 나라 전체를 위한 것이라는 게 분명한 만큼 왕실 차원에서 추진되어야 한다는 생각입니다. 임금께 나라의 힘으로 지도를 만들자는 상주를 올리자는 것이지요."

"앞으로 될 수 있는 한 빠른 시일 내에 비변사를 통해 임금께 전국 지도 제작 상주를 올릴 계획입니다. 그 일에 우석도 뜻을 같이하여 임금의 비답이 내려질 수 있도록 힘을 모아주십시오."

최성환이 힘주어 말하자 신헌은 얼굴을 활짝 펴며 말했다.

"그렇게 하지요. 나라를 위한 일이고 온 백성을 위한 일이 분명한데 나라의 녹을 받고 있는 제가 무엇을 망설이겠습니까. 비록 작은 힘이나마 제가 할 수 있는 일이라면 정성을 다해 돕겠습니다."

신헌이 돕겠다는 뜻을 밝히자 분위기는 더 한층 좋아졌다.

네 사람은 즐거운 마음으로 상주문을 어떻게 작성할 것인지 의논했다. 그리고 빠르고 정확하게 상주문을 만들기 위해서는 이 일에 참여하는 사람들이 역할 분담을 잘해야 한다고 입을 모았다. 또한 이 자리에 모인 네 사람이 할 일에 대해서 생각해보았다.

신헌은 임금의 허락이 떨어져 구체적으로 일이 진행될 때, 실제적으로 그 일을 통솔하고 이끌어나가는 중심은 반드시 김정호여야 한다고 했다.

그래서 상주문을 만들 때도 그 내용 가운데 이 일을 처음 생각해 내고 계획한 사람이 바로 〈청구도〉를 만든 김정호라는 사실을 반드시 적어야 한다고 말했다. 다른 사람들도 모두 그렇게 하는 것이 옳다고 했다.

상주문의 알맹이라 할 수 있는 새 지도의 제작 방법과 그 지도를 완성한 이후의 쓰임에 대해서는 김정호가 자세하게 적기로 했다.

김정호라야 새로운 우리나라 지도가 왜 필요한지, 또 그것을 만들기 위해서는 어떤 사람들을 동원하여 어떻게 일을 시켜야 하는지 보고할 수 있기 때문이다.

비변사를 통해 임금에게 올릴 상주문에 관한 이야기를 끝내고 자리에서 일어났을 때는 이미 밤이 꽤 깊어 있었다. 김정호는 최한기와 최성환, 신헌에게 다시 한 번 고맙다는 인사를 하고 집을 향해 홀로 걸음을 옮겼다.

김정호는 만리재에 올라 멀리 흐릿하게 보이는 한강을 내려다보았다. 한강물이 달빛을 되받아 빛이 나는 듯했다.

'강물을 따라 내려가면 황해와 만나게 될 테지'

이런 생각을 하니 갑자기 그가 태어나고 어린 시절을 보낸 고향 생각이 났다.

황해도 해주.

해마다 이맘때쯤이면 들판 곳곳에 집처럼 세워지던 노적가리와 그 위로 둥그렇게 떠올라 있던 보름달이 생각났다. 한번 집을 떠나면 몇 달이나 지나서야 돌아오곤 하던 아버지, 어느 날 우연히 만났던 이상한 인삼 장수, 그와 아버지가 밤을 꼬박 새우며 무언가 이야기를 나누던 일, 그리고 인삼 장수와 함께 집을 떠나시던 날 아버지에게서 느껴졌던 비장함……, 그런 기억들이 앞뒤 없이 떠올랐다. 그리고 서당 훈장님의 방에서 맨 처음 지도를 보고 마음이 두근거리던 일이 생각났다.

'아버님, 어머님이 지금까지 함께 계신다면 얼마나 좋을까. 새 지도 제작에 대한 상주문을 곧 임금께 올린다는 이야기를 들으시면 함께 기뻐해주실 텐데…….'

어떤 어려운 일도 참고 견뎌냈건만 돌아가신 부모님 생각이 나자 눈시울이 뜨거워졌다.

김정호는 만리재에서부터 집까지 걸으면서 처음 한양 땅을 밟았을 때의 기억을 떠올렸다.

훈장님이 준 지도를 보며 어머니와 함께 고생한 끝에 도착한 한양 땅.

고관대작들이 탄 가마의 행차 광경, 육의전 거리 풍경……, 눈에 보이는 것마다 신기하지 않은 것들이 없었다. 김정호는 어린 시절을 생각하니 저절로 웃음이 나왔다.

'지금 여기에 내가 있기까지 가르침과 도움을 준 분들의 은혜에 꼭 보답하기 위해서라도 새 지도를 반드시 만들어야지.'

달빛을 받은 김정호의 집은 예전이나 지금이나 변함이 없다. 담에 세월의 이끼가 끼었을 뿐이다.

집이 가까워지자 김정호는 가슴이 두근거렸다.

'아내에게 이 이야기를 해주면 얼마나 좋아할까.'

김정호가 한껏 부푼 마음으로 사립문을 열고 들어서려는데 마당에 아내가 서 있었다.

"늦으셨네요."

"밤공기가 쌀랑한데 무엇하러 나왔소?"

"궁금해서 견딜 수가 있어야지요."

"뭐가 그리 궁금하오. 마음이 편안하면 일이 잘 풀릴 징조니 조바심하지 마오. 그건 그렇고 요즘 들어 부쩍 당신 얼굴빛이 좋지 않아요."

아내는 늘 피곤한 얼굴이었다. 김정호가 보는 앞에서는 애써 감추려 했지만, 부엌일이며 집안일을 하는 모습이 전 같지 않게 느렸다. 늘 기운이 없어 보이고 어떤 때는 일을 잠시 멈추고 손을 이마에 갖다댄 채 가만히 앉아 있기도 했다. 김정호가 무슨 일인가 놀라 물을 때마다 아내는 아무 일 없다고만 했다.

"오늘은 당신이 아주 기뻐할 소식을 가지고 왔다오."

김정호는 신이 나서 말했다.

아내는 그제야 마음이 놓이는지 잔뜩 움츠리고 있던 어깨를 풀고 김정호를 따라 방으로 들어갔다.

244

"여보, 내가 보기에 아무래도 당신 건강이 좋지 않은 것 같구려. 그러니 자꾸 괜찮다고만 할 게 아니라, 겨울이 되기 전에 보약을 좀 써두는 게 좋을 듯하오."

"아니, 기쁜 소식이 있다면서요? 듣기 좋은 얘기 좀 해요."

아내는 말머리를 돌렸다.

김정호는 아내의 손을 잡으며 말했다.

"지도 만드는 일을 머지않아 시작하게 될 것 같소. 그러나 이번에는 나 혼자 만드는 것이 아니라오. 내 뜻을 충분히 이해한 비변사에서 곧 임금님께 상주문을 올리기로 했소. 아주 특별한 일이 생기지 않는 한 임금의 허락이 떨어질 것 같소. 그렇게 되면 이젠 나 혼자서 직접 전국 방방곡곡을 다 돌아다니지 않아도 된다오. 우리 식구가 오랫동안 서로 멀리 떨어져 있으면서 고생하지 않고도 지도를 만들 수가 있게 되지요. 이만하면 나뿐만이 아니라 당신과 수, 우리 가족 모두에게 아주 기쁜 소식이 될 만하지 않소?"

김정호가 이야기를 하는 동안 그의 아내는 긴장한 채 다소곳이 앉아 귀를 기울였다. 그러다가 김정호의 이야기가 다 끝나가자 드디어 남편이 해냈다고 여기는지 어깨를 떨며 울었다.

김정호는 아내의 손을 꼭 잡았다. 그러자 손등 위로 아내의 따뜻한 눈물방울이 떨어졌다.

15

전국 지도 제작 상주문이 임금께 올라가다

김정호는 다음 날부터 임금께 올릴 상주문 초안을 쓰기 시작했다. 필요한 사람의 수와 그들이 갖춰야 할 지식을 가르치는 일, 그리고 일이 본격적으로 시작되고 난 뒤에 각자 맡아서 해야 할 일과 자료를 모아 정리하는 방법 등 아주 작은 부분까지 자세하고 치밀하게 썼다.

상주문 초안을 본 비변사 관리들은 지도 제작에 관심이 없던 사람들까지 새 지도를 만드는 일을 찬성했다. 그래서 상주문을 가다듬어 임금께 올리는 일은 그리 어렵지 않게 진행되었다.

해가 바뀔 때쯤에는 비변사에서 여러 차례 회의를 거쳐 상주문을 다듬었다. 마침내 임금께 올릴 것이라는 소식이 들려왔다.

"이제 봄이 되면 신나게 일을 시작할 수 있겠지."

아내는 밥상 위에 콩을 깔아놓고 썩은 콩을 골라내고 있었다.

"이제야 당신의 넓고 깊은 뜻을 알아주는 시절이 온 모양입니다.

기쁘면서도 한편으로는 가슴이 미어지기도 하는군요."

"그게 무슨 소리요. 당연히 기쁜 마음이 앞서야지요. 당신과 수하고도 같이 살 수 있는데 말이오."

"그래요. 그런데 당신이 고생한 시간이 너무 길었잖아요. 남이 알아주지도 않는 일에 젊음을 다 바쳤으니 맘고생이 오죽했겠어요."

"그동안 고생한 것을 나라가 이제 알아주지 않소?"

"그나저나 당신 일도 이 정도 마무리되었으니 우리 아버님을 찾아나서는 게 좋겠어요."

"그렇지 않아도 찾아뵐 생각이오. 중원 어딘가에 계시다는 소문만 얼핏 들었는데……."

정낙원은 사위가 결혼한 지 얼마 지나지 않아 전국 답사를 떠난 뒤, 딸이 홀로 고생하는 것을 가슴 아파했다. 그래서 나중에 김정호가 몇 번이나 찾아가 용서를 빌었지만 정낙원은 얼굴조차 쳐다보지 않았다. 그러고 나서 정낙원은 다른 곳으로 거처를 옮기고 소식을 아주 끊어버렸다.

어느덧 공덕리의 야트막한 언덕에도 따스한 봄기운이 돌았다. 가물가물 아지랑이가 손짓을 하고 얼었던 땅이 녹아 길이 질척거렸다. 한강물도 봄빛을 받아 생선 비늘처럼 반짝반짝 빛이 났다.

김정호는 부지런히 남대문 밖 만리재를 넘었다. 최한기의 집으로 가는 중이다. 그곳에 마침 장인이 와 있다는 소식을 최한기가 넌지

시 알려주었다.

헐떡거리며 최한기의 집에 이르자 눈에 익은 하인이 반겨주었다.

사랑채에서 사람들의 웃음소리가 흘러나왔다. 최한기와 최성환, 신헌은 물론 장인인 정낙원도 그 자리에 있었다. 〈청구도〉를 완성하고 나서 만난 적이 있는 이규경도 있었다. 평소에 최한기와 가까이 지내며 김정호가 하는 일을 격려하고 칭찬해주던 사람이 다 모여 있는 것 같았다.

"고산자 선생, 참으로 장하고 기특하오."

이규경이 먼저 김정호의 손을 덥석 잡으며 반겼다. 김정호는 그간 종적을 감췄던 장인 정낙원 앞에 풀썩 쓰러져 절을 올렸다. 그런데 장인 정낙원의 반응이 예상과는 정반대였다.

"우리 사위가 남달리 영특하고 재주가 많다는 걸 알고는 있었으나 이렇게까지 훌륭한 생각을 해낼 줄은 미처 짐작하지 못했지 뭔가."

그러면서 껄껄 웃는 게 아닌가. 잔뜩 긴장했던 김정호는 놀란 얼굴로 장인을 올려다보았다.

"아니, 아버님. 어떻게 되신 겁니까?"

"이렇게 살아 있으면 됐지. 차차 이야기함세. 허허허."

김정호는 스승이자 장인인 정낙원이 뜻밖에도 따뜻하게 반겨주자 울컥 가슴이 미어지는 것만 같았다.

김정호가 고향을 떠나 한양에 들어서면서 처음 만난 사람, 고향

248

해주 홍 훈장의 뜻에 따라 무작정 찾아뵈었던 김원경 선생이 그토록 아끼던 사람, 아무 데도 의지할 곳 없던 김정호와 그의 어머니에게 살 집을 내주고 못 다한 글공부를 계속할 수 있도록 가르침을 준 고마운 스승.

그뿐인가. 그 어려운 생활에도 얼굴 한번 찌푸리는 법 없이 가난한 살림을 이끌어오며 말없이 김정호를 지켜준 어진 아내를 준 장인이 아닌가.

또 오래도록 변함없는 우정으로 서로의 학문과 일을 격려해주며 아낌없는 도움을 주고받는 최한기를 만나게 된 것도 정낙원의 덕이다.

정낙원이 환하게 웃으며 김정호의 두 손을 굳게 잡았다. 나이 마흔이 다 된 사위 겸 제자를 환갑이 된 스승이 대견해하며 다독여주었다.

"그동안 어디에 계셨기에 그리도 연락이 없으셨습니까? 또 한양엔 언제 돌아오셨고요. 안사람은 아버님 소식을 애타게 기다리고 있습니다."

"하하하……, 그렇기도 할 테지. 나 역시 우리 딸이 지금은 어떤 얼굴이 되어 있는지 궁금하기도 하고, 또 그동안 새로 태어난 손녀딸도 빨리 보고 싶다네. 하지만 지금 이 자리에서 내가 그동안 어디에서 무엇을 하며 지냈는지를 알리는 것이 그리 중요한 일은 아닐 성싶네. 그 이야기는 뒤에 시간을 두고 차차 하기로 하세. 지금은 그동안 자네가 이루어낸 일을 기뻐하고 축하하는 시간이네."

"예, 그러지요. 이따가 저희 집으로 가시면 되니까요."

방에 있던 사람들은 두 사람을 부러운 눈으로 바라보았다.

김정호가 들어오면서 잠시 어수선해졌던 분위기가 가라앉자, 최한기는 김정호의 곁으로 와 앉으며 사람들을 향해 입을 열었다.

"제가 말씀드렸듯이 고산자가 계획하고 준비한 전국 지도 제작 상주문이 오늘 아침 임금께 올라갔습니다. 이 일은 무릇 고산자 한 사람뿐만 아니라 우리 모두에게 실로 영광스럽고 기쁜 일이 아닐 수 없습니다. 이 기쁨을 평소 고산자에게 도움을 아끼지 않으며 뜻을 함께해주신 여러분과 함께 나누기 위해 이 자리를 마련했습니다. 차린 건 별로 없지만 부디 마음껏 즐기시고 고산자와 우리의 앞날을 위해 좋은 말씀들을 많이 나누도록 하시지요."

"상주문을 임금께 올렸다고? 그게 사실인가?"

김정호는 하도 기뻐서 최한기에게 되물었다.

"사실이지 않고……, 그럼 내가 지금 여기 모인 분들 앞에서 거짓을 말하겠나? 여보게, 고산자. 우리가 할 수 있는 일은 다한 것 같네. 오늘은 마음껏 즐기세."

김정호는 뛸 듯이 기뻐 그 자리에 있는 사람들에게 감사의 뜻을 전했다.

"감사합니다, 여러분. 고맙소, 혜강. 신 주부, 최 당상, 다들 참으로 고맙소. 여러분이 안 계셨다면 어찌 이같이 기쁜 소식을 들을 수 있었겠습니까. 이제 머지않아 새 지도를 만드는 일이 본격적으로 시작되면 여러분의 도움과 은혜에 보답하기 위해서라도 제가 가진 온힘과 정성을 쏟아내겠습니다."

"암, 그렇게 하셔야지요. 우리도 힘닿는 데까지 도와드릴 겁니다. 새 지도를 만드는 일이 어디 한 개인의 사사로운 일입니까? 이제 나랏일입니다. 그런 만큼 한 사람 한 사람이 지식과 정성을 다하고 서로의 힘을 합쳐야지요."

그 당시 임금에게 어느 개인의 의견이 전해지려면 그 절차가 복잡해 대부분 중간에서 잘려 흐지부지되기 십상이었다. 하물며 관직에 앉아 정사를 돕는 관리도 아니고, 더구나 양반 신분도 아닌 중인 출신의 주장이 임금에게 전해진다는 것은 상상조차 할 수 없는 어려운 일이다.

물론 조선 후기 사회는 그래도 제법 개방된 편이어서 중인 출신으로 과거에 급제해 관직에 오르는 일도 더러 있기는 했다. 하지만 진급에 한계가 있고 그들의 의견이 나라를 다스리는 일에 적극 반영되는 데는 많은 어려움이 따르고 있었다.

이날 자리는 점심때쯤 시작되어 저녁때가 다 되어서야 끝났다.

"아버님, 이제 저희 집으로 가시지요."

김정호는 정낙원을 모시겠다고 서둘렀다. 두 사람이 집을 나서려 하자 최한기가 아쉬워했다.

"저녁때가 다 되었는데 함께 저녁이나 들면서 좀 더 계시지 않고……."

"아닐세. 집사람이 그동안 아버님 때문에 여간 걱정한 게 아니라
네. 미안하지만 서둘러 가야겠네. 오늘 같은 자리를 마련해주어서
정말 고맙네, 혜강."

"자네들이 이토록 오랜 세월 동안 변치 않고 서로 감싸주고 도와
가며 지내는 걸 보니 내가 아주 흐뭇하네. 이제 내가 다시 한양으로
올라왔으니 앞으로 종종 찾아오게나."

"정 그러시다면 때를 놓치기 전에 서둘러 가시지요. 살펴 가십시
오, 어르신. 잘 가게나, 고산자. 돌아가거든 자네 안식구에게도 안
부 전해주게나."

김정호와 정낙원은 나란히 길을 걸었다.

"아버님, 시원찮은 사위 때문에 마음고생이 많으셨지요? 진작 아
버님을 찾아 나섰어야 하는데 하루 이틀 미루다 보니 오늘이 되었
습니다. 정말 죽을죄를 지었습니다."

"자네가 무슨 일을 하는지 몰라 딸애를 시집보낸 건 아니잖나. 손
주 녀석이 죽었을 때, 암담해하던 딸애를 보니 너무 화가 나서 자네
를 다시는 보지 않으려고 했지. 하지만 한번 맺은 인연을 끊는다는
게 어디 그리 쉬운 일인가. 하지만 자네도 이제는 집안 좀 돌봐가면
서 일을 하게나."

"중원에서 고생은 안 하셨는지요?"

"고생은 무슨 고생. 내가 사람 가르치는 일 아니면 제대로 할 줄

252

아는 게 있나."

"그간 무척 괴로웠습니다. 무슨 대단한 일을 한답시고 아내와 자식을 고생시키고, 장인어른하고도 사이가 좋지 않고 해서……."

"이젠 됐네. 자네가 결국 해내지 않았는가."

"고맙습니다, 장인어른."

만리재를 넘을 때쯤에는 봄빛이 저물어가고 있었다. 고개 아래로 내려다보이는 한강에는 금빛 놀이 비치고 그 위로 돛배들이 나뭇잎처럼 떠다녔다. 고갯마루에서 내려다보니 굴뚝마다 파란 실연기가 피어올랐다.

연로한 정낙원이 만리재를 급한 걸음으로 넘는 것은 그리 쉬운 일이 아니었다. 가끔 가쁜 숨을 몰아쉬며 한참을 서 있다가 다시 걷곤 했다.

정낙원은 먼발치에서도 부엌에서 나오는 딸을 알아챘다.

"저기 우리 남이구나."

늘 안쓰럽던 딸이다.

정낙원은 딸을 시집보내기 전날, 거두어 길러주신 은혜를 잊지 않겠노라며 무릎 꿇어 절하며 펑펑 울어대던 딸 남이를 떠올렸다. 남편과 멀리 떨어져 있는 사이 애지중지하며 의지하던 아들 산이를 잃고 미친 듯이 울부짖던 모습도 떠올랐다.

딸 남이도 곧 정낙원을 알아보고 치맛자락을 날리며 뛰어왔다.

"아버님."

정낙원은 말없이 딸을 끌어안았다.

"미안하구나, 내 딸아. 미안하구나, 아비를 용서해라."

"아버님."

정호는 서둘러 두 사람을 사립문 안으로 떠밀었다.

당신이 없으면 난 제대로 일을 못할 거요

한낮의 햇볕은 제법 따가웠다. 공덕리 뒤편 와우산은 하루가 다르게 초록이 짙어갔다. 여름이 시작된 것이다.

임금께 상주문을 올린 지도 백 일이 넘는데 비변사에서는 아직 소식이 들리지 않는다. 새 지도를 만드는 일이 워낙 큰일이라서 신중히 검토하느라 늦어진다는 소식이 전해질 뿐이었다.

그 무렵 천주교 문제로 시끌시끌했다. 서양에서 숨어 들어온 신부들과 몇 안 되는 우리나라 신자들은 사람들의 눈을 피해서 몰래 천주교를 전도했다.

나라에서는 천주교 신자들을 눈에 띄는 대로 잡아 가두거나 처형했다. 왕권을 무너뜨리고 서양인들과 함께 새 나라를 세우려 한다고 의심했다.

서해안과 남해안에는 이양선이라고 불리는 서양의 상선이나 군함이 나타나곤 했다. 그들은 대개 육지와 가까운 바다에 머물며 우리나라와 장사를 하자고 요구했다. 그런가 하면 우리나라의 정세와 땅의 모양 등을 살펴본 뒤 돌아가곤 했다.

이렇게 찾아온 서양인들 가운데 더러는 해안가 마을을 습격하여 사람을 해치고 가축과 재산을 빼앗아 달아나기도 했다.

그런 이유로 조정에서는 서양인들이 우리나라에 들어오는 것을 몹시 경계하고 있었다.

그런 정황에 비추어볼 때, 임금을 포함한 조정대신들이 전국 지도 제작 상주문을 신중하게 검토를 하는 것도 이해가 갔다.

우리나라의 지리를 쉽고 자세하게 알아볼 수 있는 지도가 만들어져 널리 퍼지면 서양인들이 우리나라에 들어오는 일도 그만큼 쉬워질 수 있기 때문이다.

그 당시는 어린 나이에 즉위한 헌종 이환을 대신해 대왕대비(순조 이공의 비) 순원왕후를 비롯한 안동 김씨 무리들이 나라를 다스렸다. 그들은 자신들이 왕권을 행사하고 나라를 다스리는 것이 정당하지 못하다는 것을 알았다. 더욱이 왕권이 흔들리거나 약해지는 것을 두려워하던 때다.

정조 이래 천주교를 박해하는 등 조정에서 서양인들의 접근을 철저하게 막은 데는 그런 이유도 큰 몫을 차지하고 있었다.

김정호는 이런 사실을 듣고 임금의 허락이 떨어지기까지 시간이 좀 걸리겠다는 생각을 했다.

어느덧 딸아이 수도 아홉 살이 되었다. 아직은 어리지만 생각하는 것이 깊어 어떤 때는 제법 어른스러워 보이기도 했다. 뛰놀며 지낼 나이인데도 수는 어머니를 도와 집안일을 돕고 틈틈이 책을 읽었다.

수는 서당에 다니지도 않았지만 아버지에게 배운 것만 가지고도 아주 어렵지 않은 책은 척척 읽어냈다.

김정호는 한여름의 더위를 식히려고 강가에 나갔다 들어왔다. 수는 아버지를 보자 기다렸다는 듯이 물었다.

"아버지, 무엇 좀 여쭤봐도 돼요?"

"그러렴. 왜, 우리 수가 책을 읽다가 어디 막힌 모양이지?"

김정호는 수를 번쩍 들어서 마루에 앉히고 자신도 그 옆에 앉으며 말했다.

"어제 아버지가 갖고 계신 책을 읽다 보니까 우리가 사는 땅이 공처럼 둥글게 생겼다고 적혀 있던데, 아무리 둘러보아도 제 눈에는 모두 평평하게 보이거든요."

"오호라, 그게 그렇게 이상해서 엊저녁부터 뭔가 골똘히 생각하고 있었구나."

"예."

"세상에는 우리나라만 있는 게 아니야. 나라가 아주 많이 있단다. 어떤 나라는 중국을 지나서 가야 되는 곳도 있고, 또 어떤 나라는 배를 타고 바다를 지나가야 닿을 수 있단다. 그러니 우리가 살고 있는 이 땅은 얼마나 넓을까? 아마 수가 생각할 수 없을 거야. 그런 모든 나라들이 있는 이 땅을 공처럼 둥글게 생긴 땅이라고 해서 지구라고 한단다."

수는 아버지가 설명해주는 것을 머릿속에 그림으로 그려보았다.

김정호는 두 손을 오므려 붙여 공처럼 둥근 모양을 만들었다.

"이렇게 둥글단다. 수도 한번 지구를 만들어보자."

수는 작은 손을 오므려 지구를 만들었다.

"수가 만든 지구는 아버지가 만든 것보다 작네."

"아버지 손은 크고 제 손은 작으니까요."

김정호는 하나를 가르쳐주면 둘을 아는 딸이 몹시 대견하고 사랑스러웠다.

"자, 그런데 왜 이렇게 둥근 땅이 평평해 보이느냐고 물었지? 그건 우리가 살고 있는 지구에 비해 사람이 너무 작고, 그래서 지구 전체 모양을 한눈에 볼 수 없기 때문이지. 우리가 아주아주 높은 곳까지 날아 올라가 지구를 한눈에 볼 수 있다면, 지구가 이 손처럼 둥글다는 걸 쉽게 알 수 있을 거야."

"그럼 지구가 둥글다는 걸 어떻게 알아냈지요? 그 사람은 날개를 달고 아주 높은 하늘까지 올라갔나요?"

"그 사람은 바다에 떠 있는 배를 보면서 생각했단다. 하늘과 바다가 맞닿은 것처럼 보이는 곳을 오랫동안 쳐다보다 재밌는 사실을 발견했지. 맞닿은 저 너머로부터 배가 올 때에는 항상 돛의 맨 꼭대기부터 보이기 시작하더란다. 땅도 바다도 모두 평평하다면 분명히 배 전체가 아주 작게 보이다가 가까이 다가올수록 점점 크고 자세하게 보여야 할 텐데 말이야. 그래서 '왜 그렇게 보이는 걸까' 생각을 되풀이하고 여러 가지 실험과 연구를 한 끝에 비로소 지구가 둥글다는 걸 알아내었지. 우리 수가 조금 더 크면 자세하게 설명해주마."

수는 고개를 갸웃거렸다.

"나도 바다에 나가 직접 봤으면 좋겠어요. 아버지처럼 지도를 만들고 싶어요. 그러면 바다가 어떻게 생겼는지 가볼 수 있을 테니까요. 그리고 우리가 사는 이 마을 말고 다른 곳은 어떻게 생겼는지, 어떤 사람들이 살고 있는지도 보고 싶거든요."

"허허허, 그래. 수가 좀 더 크면 생각해보자."

김정호는 어떻게 대답해주어야 좋을지 몰라 일단 그렇게 얼버무렸다.

아내는 남편과 딸이 이야기하는 걸 지켜보며 근심에 찬 얼굴로 물었다.

"비변사에서는 별다른 소식이 없지요?"

"흐음, 그렇다오. 그게 어디 쉽게 결정을 내릴 수 있는 일이겠소. 요즘 여러 가지 일로 조정이 어수선한 데다가 몇 년째 흉년이 들어 나라 살림도 넉넉지 못할 테니 이리저리 재보고서 결정을 하겠지요. 단지 시간이 좀 늦어질 뿐 임금의 윤허가 떨어지는 데는 별 문제가 없을 것이라고 하니 잠자코 기다려보는 수밖에……."

대답은 그렇게 하면서도 김정호는 왠지 자신의 목소리에서 힘이 빠져나가는 걸 느꼈다. 아내도 그렇다고 느끼는지 더 어두운 표정이 되었다.

"염려하지 맙시다. 그러나 저러나 당신이 걱정이오. 지난봄 이후로 당신 건강이 점점 더 좋지 않은 것 같소. 언제 의원을 불러 진맥을 해보는 것이 좋을 것 같은데……."

김정호는 정말로 아내가 걱정되었다. 아내는 날이 갈수록 자꾸만 야위어가는 데다가 조금만 일해도 쉬 지치는 것 같았다.

어느 날이었다. 김정호가 밖에 나갔다 들어오자 아내는 부스스한 모습으로 비틀거리며 황급히 방을 나갔다. 아내가 낮에 팔자 좋게 누워 있는 모습은 지금까지 한 번도 본 적이 없었다.

"정 맥을 짚어보기 싫다면 나 혼자 가서 약을 지어오리니 어디가 어떻게 아픈지 말을 해보시오."

"괜찮아요. 전 아무 데도 아프지 않아요. 그저 날씨가 너무 덥다 보니 지쳐서 그렇지, 아무렇지 않아요. 다른 일만으로도 머리가 무거우실 텐데 괜한 걱정하지 마세요. 참, 내 정신 좀 봐. 벌써 점심때가 다 되었는데 이러고 있으니……. 점심 준비할 테니 들어가 쉬세요. 더운데 다녀오시느라 지쳤을 텐데."

아내는 서둘러 말을 바꾸며 부엌으로 들어갔다. 딸 수도 어머니를 따라 부엌으로 들어갔다.

'가엾은 사람, 미련한 사람. 저러다가 병이 깊어지면 어쩌려고…… 내일은 무슨 일이 있어도 의원을 불러 맥을 짚어보도록 해야겠어. 나간 길에 혜강에게 들러 무슨 소식이 없었는지도 알아보고…….'

다음 날, 김정호는 집으로 의원을 데리고 와 아내의 맥을 짚어보게 했다. 아내는 끝까지 괜찮다며 고집을 부리다가 김정호가 화를 내자 어쩔 수 없이 근심에 찬 얼굴로 손목을 내밀었다.

밖으로 나온 의원이 김정호를 나무랐다.

"아니, 사람이 저 지경이 되도록 내버려두었소. 심상치 않으니 잘 먹여야겠소."

김정호는 깜짝 놀랐다.

의원을 배웅하고 방으로 들어온 김정호에게 아내가 웃으며 핀잔을 주었다.

"그것 보세요. 아무렇지 않다지요?"

"괜찮기는, 이 사람아……. 자꾸 그렇게 고집을 부리다가 변이라도 당하면 어쩌려고 그러오. 의원 얘기가 그 몸을 해가지고도 누워 있지 않고 움직이며 일하다니, 예삿일이 아니라고 합디다. 오늘내일 중으로 약을 지어놓으라 했으니 그리 알고 정성껏 들도록 하오. 수야, 이제부터는 네가 엄마를 좀 도와드려야겠다."

"걱정 마세요. 저도 다 컸는걸요."

"그래, 고맙구나. 엄마와 할 이야기가 있으니 좀 나가 있으련?"

딸이 방을 나가자 막상 무슨 말을 해야 할지 몰라 머뭇거리고 있는 김정호에게 아내가 고개를 떨구고 말했다.

"죄송해요. 당신 일만으로도 힘이 들 때가 많을 텐데 나까지 이렇게 성치 못해 걱정을 끼쳐드리니⋯⋯."

"당신이 건강을 해친 게 어디 당신 때문이오? 다 못난 남편을 바라보고 사느라 그렇게 된 게지⋯⋯. 내가 입이 열 개가 있다고 한들 어찌 당신에게 뭐라 하겠소. 병이 더 깊어지기 전에 알게 된 걸 천행으로 여기고 약을 꾸준히 들도록 하오. 당신이 건강해야 나도 일을 제대로 할 수 있는 것이지. 지금껏 내 일이 어디 나 혼자 힘으로 했소? 지도를 만드는 일도 그렇고 책을 쓰는 일도 그렇고⋯⋯, 당신이 이렇게 저렇게 도와주었으니 할 수 있었던 게요. 당신이 없으면 난 아무 일도 못했을 거요."

김정호의 말에 아내는 금세 눈시울을 붉혔다.

"너무 걱정 말아요. 더 나빠지기 전에 고칠 수 있게 되었으니 다행한 일 아니오? 그러니 웃어야지. 그만 진정합시다."

김정호는 아내의 눈물을 닦아주었다.

마루 끝에 앉아 먼 하늘을 올려다보던 수도 눈물을 글썽거렸다.

아직도 세상은 나를 알아주지 않는구나

늦가을 저녁 산 아래에서 불어오는 강바람은 제법 매웠다. 김정호는 강바람을 피하지 않고 아까부터 언덕배기에 꼼짝 않고 서 있었다.

'아직도 세상은 나를 알아주지 않는구나! 이런 일을 당해야 하다니……, 그러고도 뭐라 큰 소리를 내어 항변할 수조차 없다니…….'

김정호는 슬픔에 젖은 채 혼잣말을 되풀이했다. 두 주먹이 부르르 떨렸다.

생각할수록 분한 마음이 앞선다. 화가 치밀어 미칠 것만 같다.

비변사에서 임금께 상주문을 올린 지 반년이 훨씬 지나도록 김정호는 이렇다 할 소식을 듣지 못했다. 비변사에서는 구렁이 담 넘어가듯이 이 핑계 저 핑계로 시간을 끌었다.

가을이 될 때까지만 해도 묵묵히 기다렸다. 늦가을 가을걷이가 끝나도 소식이 들리지 않았다. 그때부터 김정호는 조바심과 초조함으로 안절부절못했다. 누구 하나 아는 사람이 없었다. 최한기한테 물어봐도 그렇고 최성환도 신헌도 다 묵묵부답이다.

김정호는 마침내 결심을 했다.

'내가 직접 찾아가자.'

김정호는 아침밥을 먹는 둥 마는 둥 하고는 창덕궁 앞 비변사로 찾아갔다.

"차림을 보아하니 양반은 아닌 듯한데, 이렇게 이른 아침부터 어떤 일로 여기엘 오셨소? 이곳은 아무나 들어갈 수 없는 덴 줄은 알기는 아시오?"

관복을 입은 문지기가 김정호를 막아섰다. 비변사 입구로는 눈을 부릅뜬 군사들이 늘어서 있다.

"나는 〈청구도〉를 그린 김정호라고 하오. 비변사 당상들을 만나뵙고 여쭤볼 말씀이 있어 왔소."

"아하, 〈청구도〉를 만들었다는 그 김 생원이십니까?"

그제야 공손하게 말했다. 생원이란 양반이 아닌 사람들이 벼슬을 하지 않고 학문에 전념하는 학자들을 높여 부르던 말이다.

"그렇습니다. 중요한 일로 왔으니 좀 들어가게 해주시지요."

김정호가 안으로 들어서려 하자 문지기가 다시 한 번 그를 막아서며 난처한 표정을 지었다.

"죄송스럽습니다만, 요 며칠 전부터 여기서 일하시는 어르신

264

들 말고는 다른 사람들의 출입을 철저하게 막으라는 엄명이 있어서……. 더구나 여간 높은 분들이 아니라서 말단인 제 마음대로 할 수가 없습니다."

김정호는 어쩔 수 없구나 하고 돌아섰다. 그러자 문지기가 혼자 중얼거렸다.

"참 안됐어. 듣던 것보다 훨씬 더 믿음이 가는 인상인데 일이 그렇게 되다니……."

김정호는 문지기가 하는 말에 가슴이 철렁 내려앉았다. 돌아서다 말고 다시 문지기한테 갔다.

"일이 그렇게 되다니요? 안됐다는 말은 또 무슨 뜻이고요. 저를 두고 하신 말씀이십니까? 뭘 알고 계십니까?"

"그, 그럼 아직 아무것도 모르고 계셨단 말씀입니까?"

김정호가 되돌아와 느닷없이 묻자 문지기가 당황하여 더듬거리며 되물었다.

"혹시 임금님께 올린 상주문 건을 알고 계십니까? 그러시다면 제게도 알려주시지요."

"출입 사무나 보는 저 같은 사람이 무얼 알겠습니까마는, 그 상주문이 받아들여지지 않았다는 얘기는 들었습니다."

"상주문이 묵살되었다고요? 왜, 왜 그렇게 됐다던가요?"

"그거야 제 위치에서 어찌 알겠습니까. 더 이상 자꾸 물으시면 제가 곤란해지니 어서 가시지요. 누가 볼까 걱정스럽습니다."

"그렇게 하지요. 하지만 한 가지만 더 묻겠소. 알고 계신대로만 이야기해주십시오. 그게 언제 일이지요?"

"한 달포쯤 전에 흘려들었습니다."

김정호는 전혀 생각지도 못한 사람으로부터 상주문이 거절됐다는 소식을 듣고 믿어지지 않는 표정으로 돌아섰다. 곧바로 최한기의 집으로 터덜터덜 걸었다.

최한기의 집에 도착했을 때는 김정호의 흥분된 마음이 어느 정도 가라앉았다.

"혜강 있는가?"

최한기의 집은 언제나처럼 대문이 열려 있었다. 김정호는 최한기가 서재로 쓰고 있는 방 앞에 이르러 한숨을 돌린 뒤 그를 불렀다. 마침 책을 읽고 있던 최한기가 갑자기 나타난 김정호를 보자 놀란 표정으로 문을 열었다.

"아니, 아침 일찍부터 어쩐 일인가. 어서 들어오게."

"지금 비변사에 다녀오는 길이네."

김정호가 무슨 얘기를 어떻게 들었는지 최한기로서는 알 수 없는 일이지만, 숨이 찬 거로 보아 여기까지 헐레벌떡 뛰어온 게 틀림없다고 생각했다.

"나도 일이 어긋났다고 들었네."

잠시 침묵이 흐른 뒤 최한기가 입을 열었다.

"혜강, 자네는 하답이 없는 이유를 알고 있겠지?"

김정호는 임금의 비답이 내려오지 않은 이유를 물었다.

"이보게, 고산자. 이제 와서 그 까닭을 캐어 무엇에 쓰겠나. 자네한테 어떻게 말을 해야 할지 몰라 하루하루 미루다가 이렇게 되었네. 미안하이."

"아니라네. 나는 이유를 알고 싶네. 대체 내가 무엇을 잘못 생각했는지 알아야겠네. 그러니 혜강, 자네가 알고 있는 대로 사실을 말해주게나."

"그런 이유가 아니라네. 고산자, 자네가 세운 계획안에는 문제가 없었네. 그 상주문을 본 조정대신들도 감탄했다고 들었네."

"그럼 무슨 이유로 일이 어긋났단 말인가."

김정호가 의아해하며 다시 묻자 최한기는 차마 말할 수 없다는 듯이 고개를 가로저었다.

"혜강, 나는 자네와 친형제나 다름없네. 자네가 분개하는 일이라면 의당 나도 알아야겠네."

김정호의 완강한 태도에 최한기는 어렵게 이야기를 시작했다.

전국 지도 제작 상주문을 본 비변사 관리들은 참으로 대단한 계획이라며 감탄했다. 그리고 그때까지 지도를 별로 중요하지 않게 여기던 문무관들도 지도의 중요성과 쓰임에 대해서 바르게 이해를 했다.

그러나 조정에서는 워낙 그 일의 규모가 크고, 비용이 많기 들기 때문에 무턱대고 결정할 수는 없었다. 아무리 좋은 생각과 계획이라 해도 그 일을 해나가는 데 필요한 비용이 충분히 뒷받침되어야 하기 때문이었다. 몇 년 동안 흉년이 들어 나라 살림도 넉넉하지 못한 때라 더욱 그랬다.

그렇지만 신하들은 대부분 반드시 해야 할 군무 관련 일인 만큼 다른 일을 제쳐두고라도 이 일부터 시작하자는 쪽으로 기울었다. 그래서 신하들은 임금께 간청했다.

그런데 문제가 생기고 말았다. 상주에 나선 신하들이 하필 대부분 실학자들이었기 때문이다.

실학자들은 아무것도 하는 일 없이 그저 양반이라는 것만을 내세워 행세하려는 무리들을 미워했다. 그런데 이런 실학자들을 몹시 못마땅해하던 무리들이 있었다. 그들은 어린 임금 대신 수렴청정을 하던 대왕대비 순원왕후와 그 측근들이었다. 그들은 실학자들을 잠재적인 적으로 규정하고, 이 상주문을 헐뜯기 시작했다.

"대왕대비마마, 이 상주는 절대로 받아들일 수 없는 일이옵니다. 김정호라는 작자는 원래 양반이 아닌 천한 신분인데 어쩌다가 운좋게 〈청구도〉를 만들게 되었습니다. 그런데 요행히 많은 학자들과 관리들로부터 한두 마디 칭찬을 받게 되었습니다. 그러자 분수도 모르고 큰일을 도모하려고 합니다. 게다가 우두머리로 행세하려 한다고 하옵니다. 마땅히 막으셔야 하옵니다."

"그러면 그 상주문은 나라를 위한 것이라기보다는 아주 천한 개인이 허영을 채우려 올린 것이란 말이오?"

순원왕후는 눈을 아래로 내리깔고 말했다.

"그러하옵니다, 마마. 그리고 또 있사옵니다."

"또 뭔가?"

"그렇지 않아도 해안가에는 양이들이 출몰하는데, 잘못하여 지도가 적의 수중에 들어가면 우리나라를 침략하는 데 악용될 수 있사옵니다. 그러니 아주 자세하고 누구나 알아보기 쉬운 지도를 만든다는 것은 대단히 위험한 일입니다."

순원왕후는 고개를 끄덕이며 신하들의 주장을 들었다. 어린 헌종 이환은 아무것도 모르고, 수렴청정을 하는 순원왕후가 정사를 도맡아 처리하는 중이다.

"그래, 그럴 수 있지. 그리고 반란군이 이용할 수도 있지."

순원왕후는 큰일을 저지를 뻔했다는 듯 한숨을 크게 내쉬었다.

상황이 이렇게 되자 일은 삽시간에 뒤바뀌고 말았다. 처음에는 꼭 해야 하는 일이라고 주장하던 신하들도 순원왕후가 삐딱한 신호를 보내자 김정호의 신분을 물어뜯기 시작했다.

그래도 실학자들은 지도의 필요성을 강력하게 주장했지만 김씨 세도가들을 누르기에는 힘이 부족했다. 최성환과 신헌도 있는 힘을 다했지만 어떻게 해볼 도리가 없었다. 엉뚱하게도 이 상주문은 보류 정도가 아니고 아예 없던 일로 하라는 명령이 내려졌다.

김정호는 최한기로부터 자세한 소식을 듣고 나자 온몸의 기운이 한꺼번에 빠져나가는 걸 느꼈다. 그러면서 머리 쪽으로는 뜨거운 불기운이 치솟았다.

"신분 때문에 그동안 쌓아온 학문이 천대를 받고, 개인의 영달을 꿈꾸는 사람으로 뒤바뀌다니……."

김정호는 도저히 참을 수가 없었다. 지금까지 살아온 세월이 한꺼번에 무시당한 느낌이었다.

"고산자, 무슨 말을 해야 할지 모르겠네만 언젠가는 자네의 진실이 받아들여지는 날이 올 걸세. 그러니 진정하게."

"나 그만 가봐야겠네. 그동안 애썼는데 미안하기도 하고……. 여하튼 고맙네."

김정호는 최한기의 손을 뿌리치고 나와 한강으로 발길을 옮겼다. 강둑 아무데나 걸터앉아 호호탕탕 흐르는 물길을 바라보았다.

"한강물은 어제도 오늘도 똑같이 흐르는데 사람의 마음이란 그렇지가 않구나. 한강물아, 너는 내 맘 알겠니?"

김정호는 묵묵히 흐르는 강물을 향해 하소연을 늘어놓았다.

노량진에서 건너온 나룻배가 사람들을 마포나루에 내려놓았다. 사람들은 뿔뿔이 흩어졌다. 어떤 사람은 집으로, 어떤 사람은 볼 일을 보러, 어떤 사람은 새우젓을 사러…….

그런데 김정호는 갈 데가 없다. 부끄러워 아내에게 가지도 못하겠고, 장인에게 얼굴을 들 수도 없고…….

270

한쪽에서는 아이들이 씩씩하게 뛰어다니며 놀았다.

시간이 얼마나 지났을까!

사방이 어둑어둑해졌다. 사람들 소리도 들리지 않았다. 참새가
제 집을 찾아들듯 다들 보금자리로 돌아간 게 분명했다.

그제야 김정호는 자신이 혼자 어두운 강둑에 앉아 있었다는 것을
알아챘다.

'이제는 무슨 희망으로 살아가야 한단 말인가?'

그때였다.

"여보게, 고산자. 거기 고산자 아닌가?"

"아버지……."

김정호를 부르는 소리가 어둠 속에서 들려왔다. 문득 정신을 차
리고 돌아보니 최한기와 정낙원, 그리고 딸 수가 어둠을 뚫고 김정
호 쪽으로 오고 있었다.

다시 길을 떠나다

해가 바뀌어 3월이 되었다. 지도 제작 상주가 무산된 지도 어느 새 반년이나 지났다.

김정호는 늦가을부터 지금까지 시름에 잠긴 채 나날을 보냈다. 악몽 같은 시간이었다.

마음에 병이 드니 자연 몸도 약해져 아예 누워서 지냈다. 최한기 와 최성환, 신헌 등 가깝게 지내는 친구들이 여러 차례 찾아와 그를 위로하고 힘을 북돋워주었다. 하지만 위로는 위로일 뿐이었다.

그해 겨울은 김정호와 그의 식구들에게 유난히 춥고 매서웠다.

김정호는 방에 누워 잠을 자고 있었다. 누가 깨우지 않으면 언제 까지나 그렇게 잠을 잘 것만 같았다.

딸 수가 사립문을 열고 나풀나풀 뛰어와 마루에 걸터앉았다.

"아이, 따뜻해."

수는 바구니에서 뭔가 꺼내 다듬기 시작했다.

김정호는 창호지를 비집고 들어오는 봄 햇살에 방문을 열었다. 가만히 보니 수가 나물을 다듬는 것 같았다. 이제 열 살을 넘긴 수가 제법 엄마 일을 거드는 것을 보니 대견스러웠다.

"우리 수야, 뭐 하니?"

김정호는 툇마루로 나와 수의 옆에 앉았다.

"아버지……."

"봄나물을 캐왔구나. 그래 땅이 풀렸더냐?"

"그럼요. 냉이도 조금 있으면 꽃이 펴서 못 먹을 거예요. 아버지, 새싹도 나고 꽃도 피고 강남 갔던 제비도 돌아오지요. 아버지의 마음속에도 봄이 왔으면 좋겠어요."

수는 공손하고 간절하게 말했다.

"그럼, 그래야지."

그 일이 있은 지 얼마 뒤에 김정호는 다시 공부를 하기 시작했다. 그의 마음속에도 따뜻한 봄기운이 피어나기 시작했다. 다시 강가로 산책을 나가기도 했다. 시간이 나는 대로 딸과 함께 책을 읽으며 때때로 웃기도 했다.

'이제 웃음을 되찾으셨구나!'

김정호의 아내는 남편이 딸과 더불어 자주 웃는 것을 보고 비로소 안심했다.

김정호는 그동안 산 사람이 아니라 차라리 죽은 사람이었다. 아내는 때마다 끊임없이 김정호에게 용기를 주었다.

"언젠가는 당신이 인정받을 날이 올 거예요. 아무리 당신을 밉게 보려는 사람도 당신이 출세하자고 한 일이 아니라는 걸 알게 될걸요."

아내가 무슨 말을 해도 김정호는 묵묵부답이었다. 아내가 아니었으면 김정호는 끝내 일어나지 못했을 것이다.

"수야, 엄마 좀 오시라고 해라."

김정호는 무슨 결심을 했는지 입술을 꼭 문 채 아내를 찾았다.

아내는 곧 수의 손에 이끌려 방으로 들어왔다. 눈치가 빠른 수도 무슨 일인지 궁금해 툇마루에 앉아 귀를 기울였다.

"내 오늘 당신께 긴히 할 얘기가 있소."

아내는 잔뜩 긴장하며 그의 앞에 다가 앉았다.

"무슨 말씀이신지요."

"지도를 새로 만들기 위해 먼 길을 떠나려 하오."

아내는 김정호가 이제 겨우 몸을 추슬러 얼마나 다행인지 모르겠다고 입버릇처럼 말했다. 그런데 며칠 지나지도 않아 뚱딴지같은 말을 하는 게 아닌가.

"이유 곡절이 어찌 되었든 난 반드시 그 일을 해야만 하겠소. 그러니 그렇게 알고 짐을 좀 챙겨주시오."

아내는 고개를 떨군 채 말없이 앉아 있기만 했다.

김정호는 아내의 반응을 살필 것도 없이 자리에서 일어섰다.

"잠시 밖에 좀 다녀오리다."

김정호는 집에서 좀 멀어지자 흘낏 집 쪽으로 고개를 돌렸다. 힘없이 기둥을 잡고 서 있는 아내가 눈에 들어왔다. 가슴이 미어지는 것만 같다. 그러나 길을 떠나기로 마음먹었으니 후회해서는 안 된다고 생각했다.

김정호는 부지런히 만리재를 넘었다.

"혜강 있나?"

"그래, 식구들은 모두 평안하신가? 안 그래도 한번 자네 집에 들르려고 했는데. 여하튼 올라가세."

최한기는 김정호의 두 손을 잡고 놀 줄을 몰랐다. 두 사람은 손을 잡은 채 방으로 들어갔다.

"자네가 염려해주는 덕택에 잘 지내고 있다네. 자네도 그동안 아무 일 없었지?"

"나야 별일이 있을 게 뭐가 있겠나. 그건 그렇고……, 자네가 아무 일 없이 이렇게 불쑥 찾아왔을 리는 없고……. 그래, 깜짝 놀랄 일을 갖고 온 건 아닌지."

"지난번 그 일 말인데……."

김정호는 웃는 얼굴로 이야기를 시작했다. 지난 일을 떠올리기는 괴롭지만 이제 마음의 정리를 하고 나니 오히려 담담했다.

"새 지도 작업을 시작하려고 하네."

김정호의 입에서 새 지도 이야기가 나오자, 그때까지 환하게 웃고 있던 최한기는 금세 미소를 거두었다.

"새 지도를 만든다니, 어떻게……."

"어떻게는 무슨……, 다른 방도가 없지 않은가. 사정이야 어떻든지 해야만 하는 일 아닌가!"

"여보게 고산자, 아무리 그렇다고 해도 그 일을 꼭 자네가 해야만 한다는 법은 없지 않은가. 지도 만드는 일에 자네를 따를 만한 사람이 없다는 건 분명한 사실이네. 하지만 아무리 그렇다 해도 왕실이 나서기도 벅찰 만큼 비용과 노력이 많이 드는 일을 자네 혼자 어떻게 해내려고 그러나. 아무리 생각해도 어려운 일일세."

"그러면 누가 한단 말이지? 누군가는 해야 할 일이 아닌가. 제 나라 지도조차 올바른 걸 갖고 있지 못하다는 게 말이 되는가! 난 부끄러워 그럴 수 없네."

김정호는 거의 울부짖다시피 소리쳤다.

"혼자 힘으로 〈청구도〉를 만들었으니 이제는 지리학과 지도 만드는 법을 책으로 쓰는 게 어떤가. 〈청구도〉를 판각해서 책을 찍어 팔아보게. 그러면 비용을 구할 수 있을지도 모르지."

"필사본으로 벌써 다 돌았다네. 굳이 판각본을 누가 사겠나."

"고산자, 때를 더 기다려보는 게 어떤가."

"한 해 한 해가 다른데 어떻게 더 미룬단 말인가? 지금은 몸이나

마 건강하니 얼마나 다행인가. 더 기다리면 내 몸이 말을 듣지 않을 거야."

"참 고집도. 그래, 기간은 얼마나 잡았는가?"

"어림잡아도 5년 이상은 걸리지 않을까 싶네."

"그때면 자네 나이가 몇인가?"

"나이가 뭐 그리 중요한가. 일이 중요하지. 지금 난 다른 생각 없네. 내가 지도에만 매달려 살아온 인생이 헛되지 않았다는 걸 나 스스로 증명하고 싶네."

"고집하고는……."

최한기는 말은 그렇게 했지만 의지에 찬 김정호를 보고는 어쩔 수 없다는 사실을 알았다.

"그만 가보겠네, 혜강. 떠나기 전에 다시 들르겠네."

김정호는 웃으면서 일어섰다.

"왜 벌써 가려고?"

"집사람이 눈이 빠지게 기다릴 텐데, 더 늦기 전에 어서 가봐야겠네. 떠나기 전에 조금이라도 더 붙어 있어야지."

김정호는 최한기의 집을 나서자 바쁘게 걷기 시작했다. 오랫동안 집을 떠나 있을 생각을 하니 마음이 바빴다.

김정호가 집으로 들어서자 장인 정낙원의 목소리가 들려왔다. 아차 싶었다.

'장인어른은 어떻게 설득한담?'

김정호의 발자국 소리를 들었는지 아내가 부엌에서 밥을 짓다 말고 나왔다.

"아버님 오셨어요."

아내는 힘없이 말했다. 아버지와 남편이 주고받을 이야기가 심상치 않을 것임을 알기 때문이다.

김정호가 방문을 열자 정낙원이 밖을 내다보며 말했다.

"어떻게들 지내는지 궁금해서 들렀네. 자네 몸이 많이 좋아졌다는 소문도 들리고 해서."

"아버님, 잘 오셨습니다. 저녁 진지는 드셨습니까?"

"어미한테서 들은 말도 있어 자네하고 이야기 좀 나누려고 기다리고 있었네."

아내가 곧 저녁상을 들여왔다.

긴 여행을 결심한 때문인지 날마다 대하는 밥상인데도 김정호는 새삼스러운 생각이 들었다.

밥을 다 먹도록 두 사람은 아무 말도 주고받지 않았다. 어색한 분위기 속에서 한두 잔의 반주를 주고받을 뿐 식사도 하는 둥 마는 둥 했다.

반주로 들여온 술병이 거의 비었을 때, 정낙원이 어색한 몸짓으로 물러나 앉으며 입을 열었다.

"여보게, 자네 기어이 지도를 만들어야만 하겠나?"

한숨이 배어 있는 목소리다. 정낙원이 핵심만 찍어 묻자 김정호는 얼른 대답을 하지 못하고 머뭇거렸다.

"내가 자네를 잘 아니 왜 떠나야 하는지는 묻지 않겠네. 하지만 자네야 좋아서 하는 일이니 고생을 하더라도 괜찮다고 하세. 하지만 남아 고생할 식구들 생각도 해야 하질 않겠나. 이미 어머니와 아들을 잃는 고통을 한번 겪질 않았나. 가족들에게 그 같은 고생을 또 시킬 참인가? 내가 이렇게 말한다고 너무 섭섭하다 여기지 말게나. 단지 어미가 내 딸이라는 이유만으로 이런 얘길 하는 건 아니네."

"아버님 말씀은 잘 압니다. 하지만……."

김정호가 뭐라고 변명을 하려고 하자 정낙원은 말을 가로막았다.

"다른 건 다 제쳐두고 자네 하나만 생각을 해봐도 그렇지. 자네 나이도 벌써 사십 줄에 들어섰네. 〈청구도〉를 만들 때는 젊기라도 했지. 나이로 치자면 손주를 볼 나이야. 좀 안된 이야기네만, 그렇게 다니다가 어디서 무슨 변고라도 당하면 어쩔 셈인가. 또 그런 일이 생길까 봐 자나 깨나 걱정하는 우리들 마음도 좀 헤아려보게나. 그래도 기어이 떠나야겠는가?"

장인 정낙원은 이제 애원을 했다.

김정호는 더욱 할 말을 잃었다. 이처럼 애원하는 장인을 무슨 말로 설득해야 할지 아득했다.

"이 사람, 이젠 좀 눌러앉아 있을 줄도 알아야지. 그만큼 식구 고생을 시켰으면 이젠 마음이라도 좀 편하게 살도록 해줄 때도 되었건만……. 그만 가겠네. 내가 할 말은 다 했으니 더 이상은 모르겠네. 이 늙은이가 다시 한 번 부탁하네만 좀 더 깊이 생각해보게나."

"아버님, 어찌 저 혼자 좋아 이러겠습니까? 누군가 반드시 해야 하는 일 아닙니까? 할 줄 아는 사람이 해야지 그만큼 시간과 돈이 덜 들지요."

"그래, 자네 아주 잘났네. 나라에서는 이런 사람한테 왜 상을 내리지 않는지 모르겠네. 에잇, 참."

정낙원은 벌떡 일어나 밖으로 나갔다.

"죄송합니다."

김정호가 따라 일어섰다.

"원, 사람하고는……."

정낙원은 화가 나서 중얼거리더니 씩씩거리며 사립문을 나섰다.

김정호와 그의 아내 그리고 수가 그 뒤를 따라나섰다.

"나올 것 없어. 어여 들어가."

정낙원은 손을 저어 들어가라고 손짓하더니 뒤도 돌아보지 않고 걸음을 재촉했다. 그 뒤를 세 사람이 아무 말 없이 따라가 마을 어귀까지 배웅했다.

마을 어귀에 있는 참나무에도 새순이 돋고 있었다. 나뭇잎은 기름이라도 발라놓은 듯 반짝였다. 세 사람은 어두운 마음으로 발걸음을 세며 집으로 돌아왔다.

'언제 또 이렇게 같이 걸어볼 수 있으랴!'

김정호는 문득 그런 생각이 들었다.

"들어가도 될까요?"

김정호는 밤이 늦도록 잠을 이루지 못한 채 이것저것 정리하며 생각을 하고 있는데 그의 아내가 건너왔다.

"아직 안 잤소?"

아내가 들어와 그의 앞에 다소곳이 앉았다.

"미안하오."

김정호는 마주 앉은 아내에게 말했다.

"어떤 말로도 당신 마음을 위로할 수 없다는 걸 잘 아오. 미안하오. 어찌 되었든지 이번 일을 최대한 빨리 끝내겠소. 그러니 고생스럽더라도 조금만 더 견뎌주오."

아내는 여전히 고개를 숙인 채 아무 말 없이 김정호의 말을 듣기만 했다. 말린다고 말릴 수 없다는 걸 잘 안다.

김정호는 더 이상 아내에게 무슨 말을 해야 할지 몰라 잠시 말을 멈추었다. 아내의 주름과 기미가 보인다. 아내의 처녀 때 얼굴을 떠올리면 가슴이 미어진다.

그때 아내가 조용히 말문을 열었다.

"저……, 우리도 당신과 함께 가면 안 되겠어요?"

"우리? 우리라니, 누구?"

김정호는 우리라는 말에 어안이 벙벙해서 되물었다.

"저하고 수 말이에요. 당신 곁에 있고 싶어요. 이것저것 챙겨드릴 것도 많고, 당신 지도 만드는 일도 도와드리고요. 또 당신이 하는 일을 배우고 싶어 하는 수는 수대로 늘 당신을 따라다니며 배울 수 있을 테니……."

"가당치 않은 소릴 하고 있구려, 당신. 얼마나 고생스러운데?"

김정호는 아내의 이야기를 듣고는 펄쩍 뛰며 말을 막았다.

"무슨 고생인들 당신하고 함께한다면 무슨 상관이겠어요. 저는 그저 당신 곁에 있는 것만으로도 얼마든지 기쁘게 살 수 있는걸요. 무슨 고생인들 당신 소식 한마디도 듣지 못하고 답답하게 사는 것보다는 낫지요. 끼니는 제대로 들고나 다니는지, 혹시 다치거나 위급한 일을 당하지나 않았는지, 혹시 병이라도 얻은 건 아닌지……, 날마다 밤마다 그런 생각으로 지내야 한다는 게 얼마나 고통스러운지 헤아려보셨나요? 어디에 계신지 안다면 당장이라도 달려가고 싶다는 생각이 하루에도 열두 번씩 든답니다."

아내는 하소연하듯 긴 사설을 늘어놓았다. 그러더니 마침내 흐느끼기 시작했다. 끝내는 말을 잇지 못하고 엎드려 울음을 터뜨리고 말았다.

"여보, 왜 이러오. 이런다고 내가 안 간다 할 수 없고, 당신을 그 고생길에 데려간다 할 수 있겠소?"

시간이 얼마나 지났을까.

"그만 우시오. 당신답지 않게 왜 이러시오. 그만……."

마침내 아내를 달래는 김정호의 목소리도 떨렸다.

"생각해보구려. 내가 집에 있다고 해서 무슨 우리 집에 얼마나 큰

보탬이 되겠소. 이대로 가축을 기르면 두 식구 사는 건 문제가 없잖소. 나는 집에 있어봐야 쌀이나 축낼 뿐이오. 〈청구도〉를 필사해 팔아봤지만 큰돈이 되지 않았잖소. 새 지도 만들고 나서 필사본을 팔 수 있으면 팔고, 안 되면 나도 가축 기르며 살겠소."

"내가 당신하고 같이 살자고 시집왔지 닭치고 돼지 치러 시집왔겠어?"

그동안 아내는 김정호가 하는 일을 두고 한마디 불평도 하지 않았다. 하지만 나이가 들 만큼 든 이번에는 사뭇 다르다. 적극적으로 말리고, 안 되면 따라붙을 기세다.

"여보, 조금만 더 참읍시다. 반드시 근사한 우리나라 지도를 당신 품에 안겨주리다."

아내는 일단 조용히 물러나갔다.

다음 날.

"당신과 수도 같이 들어오시오. 한 상에서 같이 먹도록 합시다."

아침상을 들여놓고 일어서는 아내에게 김정호가 말했다. 이제까지 어느 집에서든 듣지도 보지도 못한 말을 들은 아내가 어찌할 바를 몰라 잠시 망설였다.

남편과 겸상을 하다니, 감히 생각이나 해볼 수 있는 일인가. 그렇다고 그야말로 천한 신분이라 그런 거 저런 거 따지지 않는 집안도 아니다.

아내는 어떻게 해야 할지 몰라 머뭇거렸다.

김정호는 다시 한 번 재촉했다. 마침 수가 건너왔다.

"자, 어서 듭시다. 수도 많이 먹고."

처음으로 식구가 같은 상에 모여 앉았지만 김정호만 열심히 밥을 먹었다. 아내와 딸은 몇 숟가락 뜨지도 않고 숟가락을 내려놓았다. 겸상이 무슨 뜻인지 잘 알기 때문이다.

이제 이 상을 물리고 나면 곧 얼마나 될지 모르는 세월 동안 서로 떨어져 살아야 한다는 생각에 목이 메어 도저히 밥을 넘길 수가 없었다.

무슨 말인지 꺼내려던 아내는 갑자기 일어나 밖으로 나갔다. 아침밥을 먹고 있는 남편 앞에서 차마 눈물을 보일 수가 없었다. 그걸 모를 김정호가 아니다.

수는 숟가락을 내려놓은 채 눈물이 번져오는 두 눈을 들어 아버지를 바라보았다. 김정호도 코끝이 찡했다.

"수야, 엄마한테 좀 가보련? 아무래도 네가 달래드려야 할 것 같구나."

딸을 내보낸 김정호도 더 이상 밥을 먹을 수가 없었다. 복받치는 울음을 참느라 어금니를 꽉 깨물었다.

'약한 모습을 보여서는 안 된다. 내가 눈물을 보이며 떠나면 남은 식구들은 더 고생할 것이다.'

"수야, 엄마 모시고 들어오너라."

마음을 가까스로 진정시킨 김정호가 아내와 딸을 불렀다.

"앉으시오. 수도 거기 앉거라."

아내와 수의 눈두덩이 잔뜩 부어올랐다. 하지만 눈빛은 맑고 투명했다.

"당신이 함께 가고 싶어 하는 마음은 잘 알아요. 그러니 늘 당신이 내 곁에 있다고 생각하리다. 언제나 당신이 나를 지켜보고 있다고 믿고 걱정할 일이 생기지 않도록 늘 조심할 것이오. 내가 없는 동안 당신 몸이나 잘 돌보도록 하시오. 당신이나 수가 걱정하지 않을 만큼, 가끔씩 편지를 전할 방도도 찾아보리다."

이번에는 딸에게 당부했다.

"수야, 너는 엄마가 행여 다시 전처럼 몸이 상하는 일이 없도록 잘 돌봐드려야 한다. 혹시 집안에 문제가 생기면 외할아버님이나 최한기 아저씨에게 즉시 알려서 도움을 청하도록 하고……. 아버지가 집에 없는 동안에는 그저 한양 밖 친구 따라 외출을 했거니 여기고, 조금도 기죽어 지내서는 안 될 것이야. 알겠느냐?"

"네, 너무 걱정하지 마세요. 저는 어머니와 함께 있으니 홀로 먼 길을 다니셔야 하는 아버지만큼 힘들고 외롭기야 하겠어요? 어머니와 제 걱정은 마시고……."

딸 수가 제법 어른스럽게 대답했다. 그런 딸이 대견스럽다. 한편으론 '너무 일찍부터 어른처럼 일하다 보니 저렇게 커버린 건 아닐까' 싶기도 하다.

"암 그래야지. 외롭다거나 힘들다는 생각을 너무 자주 하다 보면 안 그럴 일도 그렇게 되는 법이야. 미리 당부하는데, 내가 집을 나설 때 절대로 따라 나오지 마라. 그래야 나를 도와주는 것이다. 반드시 그렇게 해야 하느니라. 아무도 따라 나오지 마라. 알겠느냐?"

"아버지……."

김정호가 말을 채 맺기도 전에 수가 무릎걸음으로 다가와 그의 가슴에 와락 안기며 울음을 터뜨렸다. 아무 대답도 못하고 고개를 숙인 채 앉아 있던 아내의 입에서도 울음이 터져 나왔다. 김정호가 두 팔을 벌려 딸과 아내를 함께 끌어안았다. 애써 참아온 눈물이 김정호의 양 볼을 타고 끝내 흘러내리고 말았다.

"미안하오, 여보. 하지만 내가 가장 잘할 수 있는 일이 지도 만드는 건데, 이런 재주를 썩힌다는 게 참을 수 없어 길을 나서는 것이오. 나라가 안 도와줘도 어쩔 수 없소. 정말 하고 싶은 일이오. 못하고 죽으면 한이 될 것 같아서 어쩔 수 없소. 제발 용서해주오."

얼마나 시간이 흘렀을까.

밖에서 두런거리는 소리가 들려왔다. 김정호는 얼른 옷매무새를 고치고 밖을 내다보았다. 최한기를 비롯하여 평소 그와 가깝게 지내던 사람들이 마당에 모여 있었다.

김정호가 방에서 나가자 최한기가 다가왔다.

"집 안이 너무 조용해서 자네가 벌써 떠난 건 아닐까 걱정하고 있었다네."

"그렇지 않아도 막 떠나려던 참이었네. 그런데 이른 아침부터 어인 일인가? 아직도 내 결심을 어찌해볼 생각으로 모였다면 아예 단념하는 편이 나을 걸세."

김정호는 일부러 밝은 목소리를 내며 농담을 섞어 이야기했지만 아무도 웃어주는 사람이 없었다.

"더 이상 자네에게 무슨 말을 하겠나. 기왕 그렇게 마음먹고 하는 일이니 모쪼록 자네 뜻이 훌륭하게 이뤄지길 바랄 뿐이네. 아무튼 늘 조심해주게. 아이와 아주머니는 우리가 시간 나는 대로 찾아와 돌볼 테니 남은 식구들 걱정은 웬만큼 해두고 자네 일이나 신경 쓰게. 기왕지사 최고의 지도를 만들어주게나."

장인 정낙원이 사위 김정호의 손을 잡으며 지친 목소리로 말했다. 장인의 따뜻한 위로를 받으니 고맙기도 하고 미안하기도 하여 무슨 말을 해야 할지 몰랐다.

"칠성아, 뭐하고 있어? 어서 인사드리고 짐을 챙겨야지."

신헌이 그의 뒤에 서 있던 낯선 청년에게 말하자, 그는 김정호에게 다가와 허리를 깊이 숙였다. 머리에 상투를 틀지 않은 것으로 보아 아직 혼인을 하지 않은 총각이다.

김정호보다 몸집이 두 배는 커 보이고, 어느 한 군데도 빈틈없이 단단해 보였다. 김정호 앞으로 걸어나오는 몸놀림이 보기와는 다르게 재빠르다는 느낌을 주었다.

신헌이 그를 소개했다.

"고산자 선생을 도와드릴 칠성이라고 합니다. 배운 것이 없어서 지도 만드시는 일을 직접 거들지는 못하겠지만 허드렛일은 어려움 없이 해낼 수 있을 겁니다."

"웬 청년이오, 신 주부?"

함께 길을 떠날 사람이라는 말을 들은 김정호가 놀라며 신헌에게 물었다.

"선생을 혼자 보내는 것이 아무래도 죄스럽고 또 걱정이 되어서 최 당상과 의논한 끝에 선생을 도와드릴 일손을 한 사람 구했습니다. 제 고향이 어딘지도 모르는 천애고아로 특별히 한양 땅에 머물러 있어야 할 이유도 없어서 선생을 따라다니며 도와드리기에 적합한 청년이지요. 힘이 장사인 데다가 마음 씀씀이가 착하고 충실해서 함께 다니면 든든하실 겁니다."

"고맙소. 하지만 나 혼자 해도 될 일을 괜한 사람까지 고생시키는 것 같아 마음이 편치 않구먼. 여보게 젊은이. 칠성이라고 했나? 자네한테 미안하이."

"원, 생원님도 별 말씀을 다 하십니다. 앞으로 생원님께서 이르시는 대로 정성껏 모시겠사오니 무슨 일이든지 제가 할 일을 말씀해 주십시오."

"듬직한 청년이 곁에 있으니 마음이 든든하구먼. 벌써 우리나라 땅의 반은 돌아본 기분일세. 자, 이제 그만 길을 나서야겠으니 칠성이 자네가 여기 이 짐 좀 들어주게나."

김정호는 방에서 나오지 못하고 있는 아내와 딸, 그리고 마당에 서 있는 사람들에게 잘 들리도록 일부러 큰 소리로 말했다.

마루 한쪽에 쌓아놓은 짐 보따리가 꽤 많다. 식량과 옷, 지도를 그리고 적을 지필묵, 답사 중에 늘 들여다보아야 할 책들, 그리고 그동안 김정호가 여러 가지 연구와 궁리 끝에 만들어낸 측량 도구들이다.

거기에다 험한 길을 신고 다녀도 쉽게 닳지 않도록 짐승 가죽을 바닥에 대어 만든 짚신 등 종류별로 싸놓은 보따리들이 여남은 개 되었다.

처음에는 그토록 말리던 아내지만 남편의 결심을 돌릴 수 없다는 걸 알고는 딸과 함께 눈물을 흘리며 챙겨놓은 짐들이다.

김정호가 어깨에 멜 수 있도록 끈을 달아놓은 짐과 측량 도구를 챙기고, 칠성이가 나머지 짐을 지게에 얹어 어깨에 둘러멨다.

그러는 사이에 방에 있던 아내와 딸이 저고리 고름으로 눈물을 닦아내며 나왔다.

김정호가 짐을 챙겨 들고 마당으로 내려서자 사람들이 저마다 그의 손을 잡으며 인사를 했다.

"부디 조심하게나. 어려운 일이 생기거든 지체 없이 돌아오게나. 다시 준비해 떠나면 되니."

"어찌 되었든 기왕 시작하는 일이니 반드시 뜻을 이루게나."

"선생님, 부디 몸 성히 다녀오십시오. 다시 뵐 날을 손꼽아 기다리겠습니다."

"다녀오겠습니다, 장인어른. 건강하십시오."

김정호는 사람들과 일일이 인사를 마치고 장인 정낙원 앞에 이르러서는 등짐을 내리고 큰절을 올렸다.

정낙원은 걱정스런 눈빛으로 그의 절을 받았다.

다시 등짐을 멘 김정호는 사립문 밖으로 나섰다. 그러더니 조금 기다리다 말고 돌아서서 그의 뒤를 따르던 아내와 딸을 향해 입을 열었다.

"무엇보다도 건강에 신경을 쓰시오. 내 걱정 하지 말고……. 그리고 수야, 네 엄마 건강이 아직도 온전치 못하다. 그러니 네가 더욱 신경 써서 어머니를 모셔야 한다. 물론 내가 이야기하지 않아도 알아서 잘할 테지만 내 다시 한 번 부탁하마. 그리고…… 다시 한 번 당부하는데, 절대 따라 나오지 마라. 알겠느냐?"

"네, 그렇게 하겠습니다."

수가 고개를 들지 못한 채 들릴 듯 말 듯 작은 소리로 대답했다.

김정호는 말을 마치자마자 돌아서서 칠성이를 앞세우고 대문을 나섰다.

다른 사람들도 말을 잊은 채 그의 뒤를 따라나섰다. 아내와 딸은 문기둥에 기대어 선 채 떠나가는 김정호를 물끄러미 바라보았다.

대문을 나선 김정호는 마을 어귀를 돌아 나갈 때까지 한 번도 뒤

돌아보지 않았다.

　그의 가슴에는 남은 식구들에 대한 미안함과 마음을 써주는 벗들
에 대한 고마움이 함께 있었다.

19

인연

김정호와 칠성이는 집을 떠나 곧바로 인천으로 내려갔다.

인천을 시작으로 해주, 옹진, 몽금포, 용강, 정주 등 서해안을 따라 압록강 하구인 용암포까지 해안선을 그려나갔다. 압록강을 거슬러 백두산 천지에 다시 오르기도 했다. 그러고는 다시 동쪽으로 두만강을 따라 내려와 나진, 청진, 흥남, 원산, 속초, 강릉을 거치는 동해안을 따라 울진까지 내려왔다.

우선 해안을 한 바퀴 돌며 전체적인 뭍의 모양을 바로잡은 뒤 내륙의 지리를 조사할 참이었다.

그렇게 돈 것이 잠깐이라고 생각했는데 막상 세월을 짚어보니 2년이나 지났다. 아무리 험한 곳이라도 우리나라의 맨 가장자리 부분은 샅샅이 둘러보고 그 모양을 그리고 적어야 했다. 그렇기 때문에 그만한 시간과 노력이 들 수밖에 없었다.

두 번의 겨울을 모두 북쪽에서 나야 했기 때문에 더욱 고생스러웠다.

발과 손이 동상에 걸려 답사를 중단한 채 꼼짝 못하고 누워 있기도 했다. 먹을거리가 떨어지고도 민가를 만나지 못해 끼니를 걸러야 하는 때도 많았다.

그뿐인가. 입은 옷과 담요 한 장으로 춥다 못해 살이 찢어질 것 같은 한겨울의 바닷바람을 막고 밤을 지새우기도 했다. 얼어 죽지 않은 게 다행일 정도였다.

두 사람은 거의 뜬 눈으로 밤을 보내고 나서, 서로 뺨을 때리면서 살아 있는지 확인하기도 했다. 물론 서둘러 주막을 찾거나 마을로 들어가면 잠이야 어떻게든 못 잤으랴만, 김정호는 한번 지형을 조사하기 시작하면 일을 끝내야만 그 자리를 떴다. 이 생애에는 다시 올 수 없다고 생각했기 때문이다.

칠성이 고생은 그보다 더했다. 똑같은 어려움이라도 이미 겪은 김정호만큼 처신할 능력이 부족하기 때문이었다. 그러나 타고난 성품이 착한 데다가 참을성 또한 남달라서 아무리 힘들고 어려운 일을 겪어도 불평 한마디 하는 법이 없었다.

칠성이는 오로지 김정호를 돕고 그의 건강에만 신경을 쓸 뿐, 결코 자신의 편안함을 먼저 생각하는 일이 없었다.

그런 칠성이가 너무도 고맙고, 한편으론 미안하기 짝이 없었다.

'저 나이면 장가도 가고 자식도 낳아 가정을 이루고, 한곳에 머물며 편안하게 살아야 하는데, 나 때문에 괜한 고생을 하고 있구나.'

그래서 칠성이한테 한양으로 돌아가라고 몇 번이나 말했지만 소용없었다.

두 사람은 울진에 도착했다. 지친 다리도 쉴 겸해서 주막을 찾아 늦은 점심을 먹었다.

"아이고, 시장들 했구만요. 밥 한 그릇 더 드리리까?"

주모는 싹싹하게 굴었다. 김정호와 칠성이가 김치쪼가리 하나 남기지 않고 싹싹 긁어 먹었더니 기분이 좋은 모양이었다.

"누구든지 밥 한 톨 남기지 않고 먹어주는 사람이 좋더라. 밥 먹으러 와서 왜 밥을 남겨. 그럴 거면 아예 오지 말든지."

주모는 상을 치우며 누구보고 들으라는 이야기인지 혼잣말인지 고시랑거렸다.

지친 상태에서 반주로 막걸리를 한 잔 마셨더니 정신없이 졸음이 몰려왔다.

문득 김정호는 오늘은 이쯤에서 쉬어 가는 것이 좋겠다는 생각이 들었다.

"여보게 칠성이, 오늘은 여기서 하루 쉬어 가기로 하세."

"왜요? 해가 질 때까지 부지런히 걸으면 아직 이삼십 리 길은 더 갈 수 있을 텐데요."

"물론 그렇기는 하네만 오늘은 요 며칠 내려온 길을 정리도 해두고……, 아직 가야 할 길이 온 길의 몇 십 배는 남아 있으니 잠시 쉬며 기운을 차리는 것도 좋을 것 같아서 그러네."

"그렇게 하지요. 그러면 아예 이 주막에 오늘 밤 쉴 자리를 보아 두라고 할까요?"

"그럴 건 없네. 오늘 밤 잘 곳은 따로 마음에 두고 있네."

"아는 집이 있나요?"

칠성이는 그동안 함께 답사를 하면서 사람들이 김정호를 알아보고 음식과 쉴 곳을 내어주는 걸 여러 차례 보았기 때문에 그렇게 말했다.

"그런 건 아니야. 비록 사람이 사는 집은 아니지만 편히 쉴 수 있는 곳이 한 군데 있다네. 지난번 답사 때도 그곳에서 하룻밤을 묵은 적이 있지."

그러더니 그는 칠성이한테 횃불을 만들라고 일렀다.

횃불이 준비되자 김정호는 자리에서 일어나 짐을 챙겨 들었다. 칠성이도 따라 일어섰다.

마을을 벗어나 왕피천이라는 작은 강을 거슬러 올라가다 보니 강과 맞닿는 절벽 아래 허리를 숙여야 겨우 들어갈 수 있을 만한 굴이 보였다.

"자, 다 왔네. 여기가 내가 말한 곳이라네."

"네? 이렇게 좁은 굴에서 하룻밤을 쉰다고요?"

칠성이는 굴 입구에 서서 이해할 수 없다는 듯 고개를 갸우뚱했다. 그러자 김정호가 굴에 대해서 자세하게 설명을 해주었다.

"밖에서 보니 그렇지, 안으로 들어가보면 생각이 달라질 걸세. 이곳은 성류굴이라네. 굴속 넓이가 웬만한 마을의 두세 배는 족히 될 걸세. 임진왜란 때는 이 근처에 있는 여러 마을 사람들이 이곳으로 몸을 피해 난리를 무사히 넘기기도 했다지. 또한 이곳에 숨어 병사들을 훈련시켰다는 이야기도 있지."

두 사람은 횃불을 밝혀 들고 허리를 숙여 굴속으로 들어갔다.

통로처럼 생긴 좁은 길을 따라 조금 들어가니까 금방 널찍한 곳이 나타났다. 정말 병사들을 훈련시킬 수도 있었겠구나 싶은 공간이었다.

곳곳에 있는 돌기둥이 오랜 세월을 말해주고 있었다. 칠성이는 신기해하며 돌기둥을 만져보았다. 얼음처럼 단단했다. 조금 더 들어가니까, 이번에는 정말 넓은 마당이 있었다.

"햐, 굉장한데요. 어떻게 이런 곳이 다 있지요? 사람이 일부러 만든 건 아닌데……."

"정말 대단하지? 하지만 조금 더 가면 여기의 두 배는 됨직한 넓은 마당이 또 있다네. 자, 계속해서 들어가볼까?"

정말 신기하고 놀라운 곳이었다. 얼마를 더 앞으로 나아가니 갈림길이 나왔다. 어디서부터 연결되었는지 알 수 없는 길이 합쳐지기도 했다.

얼마나 더 들어갔을까.

갑자기 칠성이가 소리를 쳤다.

"생원님, 이리 좀 와보세요."

김정호는 무슨 변이라도 당했나 싶어 부지런히 뛰어 들어갔다.

그랬더니 웬걸, 칠성이는 놀란 얼굴로 연못을 바라보고 있었다.

"생원님, 마치 연못 같지요."

정말로 동굴 바닥이 푹 꺼져 들어간 곳에 물이 괴어 있었다.

"난 또 무슨 일이라도 생긴 줄 알고 얼마나 놀랐게. 이제 그만 돌아나가세. 더 깊이 들어갔다간 길을 잃을지도 모르겠네. 적당한 곳에 쉴 자리를 잡자구."

두 사람은 온 길을 되짚어 처음 닿았던 넓은 터에 쉴 자리를 마련했다.

바닥이 넓고 평평한 데다가 벽에는 작은 샘이 있어 밥을 짓고 목을 축일 수 있었다.

초봄이라 해가 지고 난 뒤에는 아직도 쌀쌀한 기운이 남아 있을 테지만 굴속은 따뜻했다. 낡은 옷과 모포만으로도 따뜻하게 잠을 잘 수 있을 것 같았다.

"생원님, 혹시 짐승이 나타나진 않을까요?"

김정호는 걱정하는 눈치가 아니었다.

"글쎄, 이곳은 이상하게도 아무 짐승도 살지 않는다고 하네. 지난번 답사 때 나도 그게 걱정스러워 마을 사람들에게 물어보았지. 늑대며 뱀이며 호랑이 같은 짐승이 얼마든지 살 법한데, 이제까지 짐승을 만났다거나 보았다는 사람이 없더군."

칠성이는 이유야 어떠하든 짐승의 습격을 받을 염려는 없다 하니 안심했다.

김정호는 대강 자리가 잡히자 붓을 꺼내어 며칠 동안 지나온 고을 지도를 그리기 시작했다. 그사이에 칠성이는 저녁밥을 지었다.

칠성이는 굴 밖으로 나가 마른나무까지 구해왔다. 그러고는 바닷가에서 어부들에게 얻은 생선을 구웠다. 김정호는 생선 냄새 때문에 하던 일을 멈추고 돌아다보았다.

"고것 참, 냄새 한번 푸지다."

"굴이라 그런지 냄새가 많이 나지요?"

칠성이는 생선을 뒤집으며 말했다.

2년 정도 같이 다니다 보니 칠성이도 이제는 밖에서 밥을 짓거나 잠자는 일에 요령이 생겨 일러주지 않아도 알아서 척척 해냈다.

"생선 냄새 지겹지 않으세요?"

몇 달 동안 바닷가를 따라 내려온 터라 이젠 생선에 싫증이 날 때도 되었지만, 김정호는 군침을 흘리고 있었다.

"칠성이, 자네 고생이 말이 아니구먼. 나야 내 일이니까 괜찮지만 아무리 생각해도 자네는 괜한 고생을 하고 있는 게 아닌가 싶네. 자네가 이 일을 그만두고 싶다면 내일이라도 당장 그렇게 해줄 것이니 언제라도 이야기하게나. 자네도 이제 나이가 찼으니 더 늦기 전에 장가도 들어야 할 게 아닌가. 자네 나이면 자식이 둘은 될 텐데……."

칠성이가 준비한 저녁밥을 먹으며 김정호는 이미 몇 번이나 했던 이야기를 또 꺼냈다.

"그야 그렇지만, 어디 근본도 모르는 저 같은 사람에게 시집오려는 처녀가 있겠습니까?"

김정호는 잠시 말을 끊었다.

"자네가 남 같지 않아서 그러네."

"남 같지 않다니요. 무슨 말씀이십니까?"

"내게도 아들이 하나 있었다네. 산이라고……. 지난번 〈청구도〉를 만들 때 답사를 마치고 집으로 돌아가보니 그 아이가 그만 몹쓸 돌림병에 걸려 죽고 말았다네. 그 애가 그렇게 되지 않고 컸다면 지금쯤 아마 자네 또래가 되었을 게야."

아들 산이 이야기를 하자 잠시 표정이 굳어졌다. 언제고 먼저 간 아들 산이를 생각하면 그리움이 아득히 밀려온다.

"그런 일이 있으셨군요."

칠성이도 덩달아 침울하게 앉아 생선을 구웠다.

한동안 두 사람은 별 말이 없이 저녁밥을 먹었다. 그러더니 언제 챙겨놨는지 칠성이는 짐을 뒤져 막걸리를 내놓았다.

"아무튼 자네, 알아줘야 한다니까."

"아까 주막에서 좀 구했지요. 아무래도 술 생각이 날 것 같아서요."

"자, 생각 그만하고 한 잔 받게. 아니, 굴속에 이렇게 있자니 조금 답답한 것도 같은데 우리 밖으로 나가 잠시 강바람이라도 쐬고 올까? 술맛 날 거야."

김정호가 다른 이야기를 꺼내며 분위기를 바꾸려 했지만 칠성이는 여전히 어두운 표정으로 앉아 아무 말도 하지 않았다.

그러더니 칠성이는 어렵게 입을 열었다.

"부모님이 살아 계시지 않으니 고아이긴 하지만 제가 사실은 아주 근본을 모르는 놈은 아닙니다. 제 고향이 어디이며 아버지가 누구이고 또 어머니는 누구였는지 똑똑히 기억하고 있습니다. 그리고 두 분이 마지막 길을 가시던 모습도 생생히 기억하고요. 그리고 제 이름은 원래 김규학이라고 합니다."

김정호는 눈을 휘둥그렇게 떴다. 순간 술기운이 싹 가셨다.

"애초부터 부모를 모르는 고아가 아니라고? 부모가 누구인지 알고 있다고? 그렇다면……."

김정호가 매우 놀라자 칠성이가 움찔했다.

"부모가 뉘신지도 알고 있으면서 아무것도 모르는 고아 행세를 하고 지내야만 한다면 그럴 만한 사연이 있다는 건데, 그 이야기를 해줄 수 있겠나?"

칠성이는 조금 머뭇거리더니 천천히 이야기를 시작했다.

원래 칠성이의 고향은 대구다. 비록 양반이 아닌 중인이긴 했지만 웬만한 양반들 못지않은 학식과 덕망이 있는 집안이었다. 땅도 꽤 많았다.

그는 이렇다 할 어려움이 없이 잘 자랐고 다섯 살 나던 해 글공부를 시작했다.

그해 11월이었다.

여느 해보다 그해 겨울은 일찍 찾아왔다. 칠성이는 잠을 자다 오줌이 마려워 일어나 앉았다. 더듬더듬 요강을 찾는데 요강이 손에 잡히질 않았다. 더 참을 수가 없었다. 칠성이는 급한 나머지 무섭다는 생각도 잊은 채 밖으로 나섰다.

마침 반달이 떠올라 있고, 함박눈이 내리고 있었다. 칠성이는 졸린 눈을 비비며 안마당 끝으로 가서 오줌을 누었다. 그런데 어디선가 사람들이 두런거리는 소리가 들렸다. 귀를 기울이니 사랑채에서 나는 것 같았다.

칠성이는 호기심이 생겨서 살금살금 발소리를 죽이며 사랑채로 다가갔다. 손가락에 침을 묻혀 창호지에 구멍을 뚫고 방 안을 들여다보았다.

사랑방에는 사람들이 여럿 모여 있었다. 대부분은 눈에 익은 이웃 사람들이었는데, 몇 명은 처음 보는 얼굴이었다. 그들은 눈을 감고 손을 앞으로 모아 깍지를 낀 채 고개를 숙이고 무언가를 열심히 외우고 있는 듯했다.

칠성이로서는 생전 처음 보는 광경이었다. 느낌이 이상했다. 괜히 가슴이 울렁거리고 다리가 떨렸다. 어쩐지 죄를 짓는 기분이 들어 문에서 눈을 떼고 막 돌아서려던 참이었다.

그때 아주 이상하게 생긴 얼굴이 눈에 들어왔다. 방에 모인 사람들이 각자 외우던 것을 멈추고 고개를 드는데, 맨 안쪽에 있는 사람은 영 이상하게 생겼다.

머리는 금빛이 나고 얼굴은 하얗고 눈은 파란빛이 돌았다.

너무 놀라 하마터면 '악' 하고 소리를 지를 뻔했다. 무슨 괴물 같았다.

칠성이는 다리가 후들거려 더 이상 서 있을 수가 없었다. 간신히 방으로 돌아왔다. 온몸이 땀에 젖었고, 잠이 싹 달아났다. 이불을 머리끝까지 뒤집어쓴 채 숨을 죽이고 가만히 있었다.

얼마나 시간이 지났을까.

사랑채 문이 열리는 소리가 나더니 이어서 발자국 소리가 들렸다. 그리고 잠시 뒤에 칠성이의 어머니와 아버지가 방으로 들어가는 소리가 들렸다.

칠성이는 뭔가 큰일이 일어나기라도 할까 봐 걱정했는데 별일이 일어나지 않았다. 칠성이는 휴우 하고 한숨을 내쉬고는 이내 깊은 잠에 빠져들었다.

칠성이는 아침에 일어나자마자 지난밤의 일이 혹시 무서운 꿈을 꾼 건 아니었을까 하는 의심을 했다. 그래서 바깥으로 살금살금 나가보았다. 사랑채 앞에 내린 눈에는 사람들 발자국이 어지럽게 나 있었다. 결코 꿈이 아니라는 뜻이었다.

그날, 칠성이는 서당에서 돌아오는 길에 지난밤에 본 것을 친구에게 이야기했다. 친구는 거짓말이라고 했다.

"세상에 그런 사람이 어디 있니? 짐승이라면 몰라도."

그런 일이 있은 지 며칠이 지났다.

갑자기 포졸들이 칠성이네 집에 들이닥쳤다. 무슨 일인지 모르는 칠성이는 울며불며 어머니와 아버지 바짓가랑이를 잡고 매달렸다. 하지만 포졸들은 가차 없이 칠성이를 떼어 밀치고는 그의 부모를 어디론가 끌고 갔다.

친구의 아버지는 고을 동헌의 형방으로 일하고 있었는데, 아마도 칠성이 말을 듣고 포졸들을 움직인 듯했다.

그날 이후로 칠성이는 어머니 아버지를 볼 수 없었다. 부모가 끌려간 그날 밤, 칠성이는 몰래 찾아온 동네 아저씨를 따라 한양으로 도망쳐 올라왔다. 아저씨는 그에게 '고향이 어디며 부모가 누구인지 아무에게도 말하지 말라'는 말을 몇 번씩 당부하고는 다시 고향으로 내려갔다. 그때 그의 손에는 엽전 몇 냥만이 쥐어져 있었다.

이야기를 마친 칠성이의 눈에는 눈물이 흥건히 고여 있었다.

"결국 어머니와 아버지는 저 때문에 돌아가신 것이나 다를 게 없습니다. 제가 그날 밤에 본 사실을 친구한테 이야기하지 않았던들……. 흑흑흑……."

칠성이 사연을 들으니 마음이 저렸다. 그리고 그런 이야기를 듣자니 자신의 집안에 대한 기억도 새삼 떠올랐다.

김정호 역시 그의 할아버지인 김형문이 신유교난 때 순교한 천주교 신자이고, 그의 아버지가 고향인 한양을 등지고 황해도 해주로 옮겨간 것 역시 천주교 신자들의 집안에 미칠 화를 피하기 위한 것이었다. 어머니를 통해 나중에야 알게 된 내력이다.

　"여보게 칠성이. 아니, 규학이라고 했던가? 이미 지난 일을 자꾸 돌이켜 생각한들 무엇이 달라지겠나. 이제 그 일은 그만 잊고 앞으로 어떻게 살아갈 것인지를 생각해보기로 하세. 지하에 계신 자네 부모님도 자네가 그렇게 살길 바라고 계실 걸세."

　김정호는 칠성이가 더욱 남 같지 않게 느껴졌다. 다만 신분을 감추기 위해 김규학이라는 본명은 계속 숨기기로 했다.

20

첩자로 몰려 옥에 갇히다

초여름 햇볕이 따사롭게 내리쬐었다.

김정호와 칠성이는 강나루에서 배를 기다리며 서 있었다. 검게 그은 두 사람의 이마에 땀방울이 송골송골 맺혔다.

울진을 출발해 남쪽으로 내려와 포항, 부산, 충무, 여수를 거쳐 해남에 닿았다. 집을 떠난 지 4년이 지났다.

인천에서 시작하여 울진까지 내려온 거리보다는 훨씬 못 미치는 길이다. 하지만 남해안은 해안선이 워낙 복잡하고, 그런 굽이굽이 해안선을 따라 크고 작은 섬이 많았다. 그러다 보니 노력과 시간이 더 많이 들었다.

섬을 조사하는 데는 무엇보다도 날씨가 가장 큰 문제였다. 바람이 세게 불거나 파도가 높으면 배가 뜰 수 없기 때문이었다.

어떤 섬에서는 발이 묶여 열흘이 넘도록 뭍으로 나오지 못한 적도 있었다. 사람이 사는 섬에서는 그런 일이 있어도 그런 대로 지낼 수 있지만, 아무도 살지 않는 섬을 조사하러 갔다가 풍랑을 만나면 굶어 죽기 십상이었다.

이런저런 고생을 같이 겪으면서 칠성이와 김정호는 거의 부자지간 같은 정을 느꼈다. 서로의 처지를 너무도 잘 이해할 수 있는 데다 여러 차례 죽을 고비와 숱한 어려움을 함께 겪으면서 서로를 위하는 마음이 깊어졌다.

보길도로 가는 뱃길은 유난히 물이 맑았다. 파란색인가 하면 푸른색이고 다시 흰색이 되었다.

"생원님, 바닷물이 참 이상하네요. 바닷물은 짙은 푸른색인 줄만 알았는데 조금씩 달라지네요. 자, 보세요."

"사람들이 사는 뭍에서 가까운 곳은 아무래도 바닷물이 깨끗하지 못하지. 그리고 바다에 사는 바닷말이나 물고기 때문에 색이 다르게 보일 수도 있지."

"아, 그렇군요."

"한 가지 더 얘기한다면 햇빛에 따라서도 달라지지. 햇빛의 양에 따라 더 진하게 보일 수도 있고 옅게 보일 수도 있다는 얘기지."

보길도 옆에는 작은 섬이 서너 개 더 있었다.

보길도는 생각보다 큰 섬이었다. 그리고 산과 바다가 아름답게 펼쳐져 있어 휴양하기에 정말 좋은 곳이라는 생각이 들었다. 길을 가다 보니 윤선도가 주로 시를 짓고 책을 보고 활을 쏘고 사람들과 어울려 놀이를 했다는 세연정이 있었다. 김정호와 칠성이는 보길도에서 사흘쯤 머물다 씁쓸하게 나왔다.

고산 윤선도가 귀양살이를 했다는 보길도는 그의 왕국 같았다. 보길도에 존재하는 모든 것은 윤선도가 있었다는 세연정을 위해서 있는 것만 같았다.

"이 섬을 빠져나가는 게 며칠 만이지? 나흘쯤 되었나?"

"네, 그렇게 되었네요. 조금만 날씨가 사나워도 이렇게 발이 묶이곤 하니 참······."

"생각보다 훨씬 힘들지? 처음 집을 떠나오던 때와 비교해보니 자네 얼굴이 영 말이 아니네."

"원, 생원님도······. 별 말씀을 다 하십니다. 진짜 고생이야 생원님이 다 하시는 거지, 저야 뭐 고생이랄 게 있나요."

"이제 뭍으로 들어가면 한 며칠 가까운 산에 가서 좀 쉬었다가 나머지 섬을 돌아보기로 하세. 그래야 칠성이 자네도 좀 쉬고 나는 또 나대로 자료를 정리할 수 있을 테니 말일세."

보길도를 떠난 두 사람이 배에서 내린 곳은 땅끝마을이라 불리는 고을이었다. 이 고을은 우리나라에서 섬을 빼놓고는 가장 남쪽에 있는, 그야말로 땅으로는 나라에서 제일 남쪽 끄트머리에 있는 고을이다.

배에서 내린 두 사람은 우선 시장기를 면하기 위해 주막을 찾았다. 주막에는 벌써 여러 사람이 둘러앉아 허기를 채우고 있었다. 인심 좋게 생긴 주모가 한 상 푸짐하게 차려오며 말을 건넸다.

"멀리서 오신 분들인 모양이지요? 차림을 보니 집 떠난 지 여러 날 된 것 같구려."

"열 손가락으로 꼽자면 며칠 동안 꼽아야 할 거요."

"그렇게 오래되었수?"

"한 4년이 넘었구만요."

칠성이는 어린아이처럼 손가락 네 개를 펴 보이며 말했다.

"아니, 장사하시유? 보따리를 보아하니 장사꾼은 아닌 것 같은데. 그래, 뭐 때문에 떠돌아다니시는가요?"

주모는 궁금해 죽겠다는 듯이 밥상 옆에 앉으며 재촉했다.

"알려주면 막걸리라도 한 사발 주시겠소?"

"그러고말고요. 그런 인심 하나 없을까. 여기가 어딘가. 전라도 땅 아니오. 전라도 하면 맛깔스런 음식 인심 아니겠소."

칠성이는 입이 간지러워 더 이상 참을 수가 없었다.

"나야 따라다니는 사람이지만, 이분은 우리나라 땅의 생김새를 일일이 조사해서 지도를 그리시는 아주 훌륭한 분이시오."

"지도가 뭔데요?"

칠성이는 잠시 머뭇거렸다. 그러더니 얼른 보따리 하나를 풀어서 〈청구도〉를 꺼냈다.

"이런 걸 보고 지도라고 합니다. 우리나라 땅덩어리가 어떻게 생겼는지 한눈에 알아볼 수 있는 물건이지요. 이 땅끝마을이 어디 붙었는지 알고 싶을 때, 지도를 보면 우리나라 남쪽 맨 끄트머리라는 걸 단박에 알아볼 수 있지요."

"아따, 그럼 우리 친정집이 어디 붙었는지도 한눈에 볼 수 있겠
네."

"친정이 어딘데요?"

"여수지라."

"자, 봅시다. 여기가 여수지요."

"아, 그래요."

"여수에서 혼인하시지 않고 왜 멀리까지 시집오셨어요?"

"그래, 내 고생 아니우."

아주머니는 칠성이가 짚어주는 대로 눈으로 쫓다가 말머리를 돌
렸다.

"그럼, 집을 떠난 지 4년이나 되었다는 거요? 하이고, 그럼 그동
안 고생도 숱하게 하셨겠네. 집 떠나면 고생인 게 당연한데, 벌써 4
년이나 되었다니 오죽했을까. 그래 밥이나 제대로 먹고 다니우?"

주모는 혀를 끌끌 차며 안됐다는 표정이었다. 그러더니 짚신을
질질 끌고는 부엌으로 들어가 막걸리를 한 주전자 퍼가지고 나왔
다. 주모는 두 사람이 안돼 보이기도 하고 재미있어 보이기도 한 것
같았다.

그런가 하면 두 사람은 주모가 하는 행동이 재미있어 한참 쳐다
보았다.

"우리나라 땅의 생김새를 조사한다고 하셨소?"

막걸리까지 비우고 난 다음이라, 두 사람은 막 자리에서 일어서려고 했다. 조용하기에 다들 갔구나 생각했는데 느닷없이 뒤쪽에서 한 사내가 다가왔다.

"예, 그렇소이다. 우리나라 땅의 생김새와 백성들이 사는 모습을 조사해 지도를 만들고 지리책을 만드는 일을 하지요."

"우리나라 지도를 만든다? 그럼 나라의 명을 받고 나온 사람들이시우?"

사내는 당연히 나라에서 내려보낸 사람들일 것으로 생각하는 모양이었다. 갑자기 그런 질문을 받으니까 김정호는 뭐라고 대답해야 할지 망설였다.

지도를 왜 만들어야 하는지부터 시작해 어떻게 해서 두 사람이 지도를 만들기 위해 길고도 먼 여행길에 올라야 했는지 이야기해주어야 할 것 같았다.

"그렇지는 않습니다만……."

김정호가 이야기를 하려다 말꼬리를 흐렸다.

그가 뒷말을 흐리자 사내는 잔뜩 의심스러운 눈초리를 했다. 그걸 알아차린 김정호가 웃음을 지으며 말했다.

"그렇지 않다고 해서 의심할 일은 못 됩니다. 말을 하자면 워낙 긴 얘기가 되다 보니 지금 그걸 다 말씀드리기가 무엇해서지요. 정히 알고 싶으시다면 저녁때 다시 이곳으로 찾아오시지요. 요 며칠 잠을 못 잤더니 우선 좀 자야겠소. 이 주막에서 쉬고 있을 테니 저녁에 다시 만나 이야기합시다."

사내는 김정호가 이 주막에서 머물 것인지를 확인하고는 주막을 나섰다.

사실, 답사를 다니면서 사람들로부터 괜한 오해와 의심을 받은 적이 한두 번이 아니다.

그때마다 김정호는 사람들에게 지도를 왜 만들려고 하는지, 지도라는 것이 왜 필요한지 자세하게 설명해주었다. 사람들은 김정호의 설명을 듣고는 대부분 그의 생각에 감탄하며 먼 길을 다니는 데필요한 물건이나 노자를 보태주기도 했다.

사내를 보내고 나서 김정호와 칠성이는 방으로 들어가 누웠다. 자리에 눕자마자 두 사람은 곤한 잠에 빠져들었다.

아직 해가 하늘 한가운데 떠 있는 대낮이었다.

"생원님, 생원님."

얼마나 잤을까. 누군가 김정호를 흔들어 깨웠다.

김정호는 떠지지 않는 눈을 억지로 떴다. 칠성이었다.

"아니, 왜 그러느냐? 좀 더 자지 않고."

"생원님, 어서 일어나보세요. 큰일 났습니다."

큰일이 났다는 소리에 김정호는 벌떡 일어나 본능적으로 짐을 챙기기 시작했다. 답사하면서 조사하고 구한 자료들이 잘못되었는지싶어서였다.

그러나 그 물건들은 김정호가 둔 자리에 그대로 있었다. 그걸 확인하고는 칠성이에게 꾸짖듯이 말했다.

"무슨 큰일이 났다는 게냐? 자료들이 그대로 다 있는데."

"그게 아니고요, 지금 밖에 웬 사람들이 우리를 데리러왔나 봅니다. 저 소리 좀 잘 들어보세요."

김정호는 가만히 밖에서 나는 소리에 귀를 기울였다. 주모와 어떤 사람이 이야기하는 소리가 또렷하게 들렸다. 주모가 존댓말을 쓰며 당황하는 걸로 보아 예사 사람은 아닌 듯했다.

"그래, 분명 이 안에 있으렷다?"

"예, 그렇습니다. 지금 곤히 자고 있을 겁니다만, 무슨 일인지요?"

"자네는 몰라도 되네. 그래, 그자들이 자기 입으로 지도를 만든다고 했다는 게 틀림없으렷다?"

"예, 그러합니다. 제가 이 두 귀로 똑똑히 들었는걸요."

뒤의 목소리는 아까 우리나라를 조사하는 게 사실이냐고 확인하던 사내가 분명하다. 김정호는 그들이 나누는 이야기를 듣고 있다가 자리에서 일어났다. 칠성이가 그의 팔을 잡았다.

"아니, 어쩌시려구요? 생원님."

"어쩌긴, 문을 열어야지."

"문을 열어서요? 우리를 잡으러 왔다는 소릴 못 들으셨습니까?"

"이 사람, 자네 갑자기 왜 그렇게 겁이 많아졌는가. 우리가 나쁜 짓이라도 했는가. 무슨 이유로 우릴 잡아가겠나. 무얼 잘못 알고 온 것 같으니 잘 설명해 돌려보내야 할 게 아닌가."

김정호가 방문을 활짝 열어젖혔다. 그러자 밖에서 이야기를 나누던 사람들이 깜짝 놀라며 발걸음을 멈췄다. 주모를 뺀 나머지 사람들은 모두 예닐곱 명쯤 되었다. 맨 앞에는 아까 낮에 보았던 그 사내가 서 있고, 나머지는 포졸들이다.

"바로 저자이옵니다."

맨 앞에 서 있던 사내가 뒤로 물러나며 포교인 듯한 사람에게 외쳤다. 그러자 뒤에 섰던 포졸들이 김정호를 향해 우르르 몰려들었다. 그러고는 김정호와 칠성이를 오랏줄로 묶었다. 아얏소리 한번 낼 만한 시간도 없었다.

"가자. 그자들이 가지고 있던 짐도 하나도 빼놓지 말고 수거해 나오너라."

포교가 포졸들에게 명령했다.

"아니, 무슨 일이시오. 이렇게 막무가내로 사람을 묶는 법이 어디 있소?"

김정호는 오랏줄에 묶인 채 큰 소리로 항의했다.

"막무가내로 사람을 묶었다고? 네가 네 죄를 잘 알고 있을 텐데? 무엇들 하는 게냐. 어서 이 죄인들을 끌고 가지 않고."

"어허, 왜들 이러시오. 잡혀갈 때 잡혀가더라도 무엇 때문에 이러는지 알기나 해야 할 것 아니오. 이거 원 초상집에 가더라도 누가 죽었는지 알아야 곡을 할 거 아니오. 도대체 무슨 오해가 있어 이러는 것이오?"

"시끄럽다, 이놈들. 죄인 주제에 웬 잔말이 그리도 많은가. 자, 어서들 가자."

김정호와 칠성이는 그 길로 옥에 갇혔다. 지도의 초안을 적은 종이 뭉치도 다 빼앗겼다.

포졸들은 두 사람을 옥에 가두고는 이렇다 말 한마디 없이 사라졌다.

감옥을 지키고 서 있는 옥졸을 통해서 무엇 때문에 갇히게 되었는지 그제야 이유를 알 수 있었다.

"이런 낭패가 있나. 우리가 왜놈의 첩자라니 말도 되지 않는 소리요. 우리나라 지도를 만드는 것은 나라를 위해서 하는 일이라오. 무언가 오해를 해도 단단히 한 것 같소."

"오해인지 아닌지는 두고 봐야 할 일이지. 내일 아침에 모진 문초를 당하고도 네 입에서 그런 소리가 나올지 어디 두고 보자. 네놈들의 죄가 워낙 큰지라 절도사 어르신께서 오셔서 직접 심문하실 것이니 죽지 않으려거든 꿈이나 잘 꾸어야 할걸?"

절도사란 한 지역에 있는 군대를 통솔하는 우두머리 벼슬이다. 전라도는 병마절도사 병영이 강진에 있다. 다만 해남은 수군 관할이니 전라우도수군절도사의 심문을 받을 것이다.

김정호와 칠성이는 억울함을 이야기했지만 그 말을 곧이들으려 하지 않았다. 오히려 비아냥거리고 험한 소리를 하여 잔뜩 겁을 주

314

려고 할 뿐이었다.

김정호는 어떻게 해야 이 곤경에서 벗어날 수 있을지 도무지 생각이 나질 않았다. 한양에 있는 친구들에게 연락이 된다면 모를까, 그러기 전에는 어림도 없을 것 같았다. 그러자니 시간이 많이 걸릴지도 모르고, 그저 답답한 시간만 흘렀다.

김정호는 무엇보다도 새 지도를 만드는 일이 중단될지도 모른다는 걱정이 앞섰다. 〈청구도〉를 만든 이후 거의 10년이나 애쓴 일인데 여기서 좌절될지도 모른다는 생각에 무엇보다도 불안했다.

칠성이에 대한 미안함도 컸다.

어쩌다가 나를 만나 안 해도 될 곤경을 겪고, 그것도 모자라 첩자라는 누명을 쓰고 목숨까지 위태로운 지경에 이르게 되었나 생각하니 불쌍하고 미안하기만 했다.

그러나 칠성이는 오히려 담담했다. 김정호만큼 초조해하는 것 같지도 않고 두려운 낯빛도 보이지 않았다.

"칠성이, 자네에게 또 미안하다는 말을 하게 되었네. 우리 둘 다 억울한 처지에 놓이긴 했지만 나보다 더 기가 막히는 건 자네일 걸세. 앞으로 무슨 일이 생기더라도 자네만큼은 큰 화를 면할 수 있도록 해보겠네."

"원, 생원님도 무슨 마음 약한 말씀을 다 하십니까? 생원님이 하시는 일이 소중한 일이고 무엇보다도 나라를 위해 하는 일인데, 아무리 앞뒤가 꽉 막힌 사람들이라고 한들 끝까지 그걸 알아주지 못하기야 하겠습니까? 그보다도 저들에게 빼앗긴 생원님의 짐이 모두 온전하게 있는지 걱정입니다. 그리고 행여 저들이 생원님을 다치게 할까 봐 걱정이고요."

김정호는 칠성이의 말을 듣자 가슴이 찡했다. 착한 마음씨를 가진 젊은이와 함께 있다는 것이 더없이 기뻤다.

"고맙네, 칠성이. 내 다시 한 번 자네의 착하고 어진 마음에 탄복했네. 자네와 함께 있으니 무슨 일이 닥쳐온다 해도 겁나지 않네."

"저야말로 생원님을 모시고 있다는 게 얼마나 행복하고 자랑스러운지 모릅니다. 아무리 험한 일이 생긴다 해도 생원님과 함께 일하면 하나도 어렵거나 두렵지 않습니다."

두 사람은 감옥에서 더 정을 키웠다.

전라우수영

두 사람은 잠깐 눈을 붙인 것 같은데 옥졸이 방망이를 두드려 잠을 깨웠다. 아직 해도 뜨지 않은 새벽이다. 옥졸은 감옥 문을 열더니 김정호와 칠성이의 목에 칼을 채웠다.

칼이란 기다란 나무판자의 한쪽 끝에 둥그런 구멍을 뚫고 반을 쪼갠 것으로 죄인의 목을 이 구멍에 넣고 반으로 나눈 판자를 맞춰 잠금으로써 죄인이 함부로 움직이지 못하도록 만든 도구다.

옥졸은 두 사람을 밖으로 끌어내어 달구지에 밀어올렸다. 전라우수사가 주둔하고 있는 수영까지 압송되는 모양이다. 달구지는 포졸들의 감시를 받으며 끝없이 굴러갔다. 바퀴가 덜컹거릴 때마다 목에 찬 칼 때문에 여간 신경이 쓰이는 게 아니었다.

죄인은 끌려가는 동안 어느 누구와도 이야기를 해서는 안 된다. 그런 줄 알면서도 김정호는 도저히 답답해서 견딜 수가 없었다. 이 사람 저 사람 눈치를 살피다가 마침 옆에 있는 포졸을 눈여겨보았

다. 나이가 제일 어려 보이고 인상도 좋아 보였다

"여보게, 지금 우리가 어디로 끌려가는 것인가?"

김정호가 바로 옆에 있는 포졸에게 나직한 목소리로 물었다.

포졸은 깜짝 놀라 쳐다보았다. 하지만 누군가 눈치를 챌까 봐 얼른 고개를 돌려 앞을 보았다. 그 포졸도 눈치를 보는 모양이었다.

어느 마을 앞을 지나가게 되었다. 이른 아침부터 농부들이 소를 끌고 다니며 밭을 갈았다. 달구지를 끌던 소가 배고픈지 목이 마른지 큰 소리로 울어댔다. 포졸은 이때다 싶어 말했다.

"우수영으로 가오."

포졸 역시 아주 작은 소리로 대답했다.

'우수영이라면 이곳이 전라도이니 전라우수영을 말하는 것이겠군. 그렇다면 어제 옥졸이 말한 절도사는 전라우도수군절도사를 말하는 것일 테고……'

김정호는 속으로 이런 생각을 하며 그곳까지의 거리를 가늠해보았다. 어림짐작으로도 그곳까지 이런 속도로 가자면 하루 종일 걸릴 것 같았다.

옆을 돌아보니 칠성이가 고개를 숙인 채 눈을 꼭 감고 있었다. 자는 것 같지는 않았다. 무슨 소리인지 중얼거리고 있었다. 김정호가 조용히 그를 불렀다.

"여보게 칠성이. 자네 지금 무슨 생각을 하고 있나?"

칠성이가 김정호에게 고개를 돌리며 슬그머니 웃었다. 묻는 말에

는 대답을 하지 않고 그저 살짝 웃는 게 아무래도 그답지 않은 모습
이었다.

이때 포졸 한 명이 말을 하지 말라고 했다. 하지만 칠성이는 들은
척도 하지 않고 말했다.

"기도라는 것을 하고 있었답니다. 난생 처음으로 잘 알지도 못하
는 천주님께 제 마음속에 있는 바람을 말씀드렸어요."

"기도를 해? 허허허⋯⋯."

칠성이가 기도를 했다는 이야기를 듣고 김정호가 웃었다. 포졸들
이 모두 김정호를 쳐다보았다. 그는 그만 웃음을 딱 그쳤다.

"아니, 이 사람들이 실성을 했나? 말을 하지 말라는데 웃고 난리
야. 왜 그러시오? 어디 불편하오?"

"불편하다면 어떻게 해주겠소?"

칠성이는 따지듯이 물었다.

"목이 불편한데 이 칼 좀 치울 수 없소? 그리고 뭐 때문에 말을
하지 말라는 거요? 분명히 말하지만 우리는 죄인이 아니니 말을 해
야겠소."

김정호도 한마디 거들었다.

그러자 지켜보던 포교가 말을 받았다.

"죄인은 말을 하지 말라고 국법으로 정해져 있소."

김정호도 말을 받았다.

"난 그런 법 본 일도 없고, 더군다나 우린 죄인이 아니니 더더욱

그럴 수 없소. 그리고 죄인이라고 해서 말을 하지 말라니, 죄인은 사람도 아니오? 그런 법이 있다면 당장에 뜯어고치시오. 사람을 위해 법이 있는 것이지 법을 위해 사람이 있소? 가당치도 않은 소리 하지 마시오."

김정호는 서슬이 퍼레서 크게 소리쳤다. 막상 어느 누구도 대꾸를 하지 못했다.

얼마 동안 달구지가 덜거덕거리는 소리만 들렸다.

산길로 접어들자 맑은 산새 울음소리가 들렸다. 가끔씩 아직 새싹이 돋지 않은 마른풀이 바람에 스치는 소리를 내기도 했다.

칠성이가 말했다.

"우습지요? 사실은 저도 왜 그런 생각이 들었는지 모르겠습니다."

"나도 어젯밤에 자네와 비슷한 생각을 했거든."

"저와 비슷한 생각이라니요? 어떤 생각을 하셨는데요?"

"지난밤, 아무것도 생각하지 않으려고 그저 옥사 천장만 바라보자니까 갑자기 얼굴도 모르는 할아버님 모습이 떠오르지 뭔가."

칠성이가 고개를 끄덕였다. 그리고 자신도 지난밤에 부모님 생각을 했다는 이야기를 했다. 두 사람은 서로 바라보며 소리 없이 미소지었다.

김정호가 어림짐작한 대로 명량 가까이 있는 우수영에 닿았을 때는 이미 어둠이 깔려 있었다.

수영의 넓은 뜰에는 군졸들이 횃불을 들고 담장 안쪽으로 뺑 둘러서서 뜰을 밝히고 있었다. 횃불을 들지 않은 군졸들도 있었다.

불을 환하게 밝혀놓은 나무 기둥 아래에 곤장을 칠 때 팔과 다리를 묶는 형틀과 주리를 트는 데 쓰는 의자가 있었다.

김정호와 칠성이는 그곳으로 끌려갔다.

"꿇어앉아."

포졸이 반말로 명령했다. 두 사람은 그냥 서 있었다. 그러자 억지로 꿇어앉혔다.

"죄인 대령이오."

군졸 한 명이 큰 소리로 외치자 앞쪽에서 문소리가 났다. 이어서 사람들의 발소리가 들렸다. 절도사가 심문을 하러 나오는 모양이었다.

"죄인들은 듣거라. 지금부터 내가 묻는 말에 조금이라도 거짓으로 말을 했다가는 이 자리에서 살아남지 못할 것이다. 알겠느냐?"

기가 막히고 답답하기 짝이 없는 노릇이었다. 이미 왜에서 건너온 첩자라고 잘못 알고 있으니 보나마나 말도 안 되는 것들을 물어볼 게 뻔했다.

무조건 아니라고만 했다가는 당장 무슨 변을 당할지도 모를 일이다. 그렇다고 잘못 알고 묻는 말에 그렇다고 대답을 했다가는 역시 죽음을 당하기는 시간문제일 것 같았다.

김정호는 무슨 말을 어떻게 해야 여기에서 벗어날 수 있을까 하는 생각밖에는 아무것도 떠오르는 게 없었다.

그저 암담할 뿐이었다.

"너희들이 바닷가와 섬 이곳저곳의 지리를 살피고 다녔다는 것이 사실이렷다?"

절도사는 우렁찬 목소리로 심문을 했다. 웬만한 사람 같으면 그 목소리만 듣고도 지레 혼이 빠질 정도였다.

"예, 그러합니다."

"무슨 이유로 그런 일을 하고 다녔느냐?"

"지도를 그리기 위해서 그랬습니다."

"흐음, 그렇다면 들은 대로 첩자가 틀림없겠구나. 무엇 때문에 지도를 그리려 했는지 사실대로 말하렷다."

"저희들이 지리 조사를 하고 다닌 것은 사실이나 첩자라는 것은 말도 안 되는 말씀입니다. 저희는……."

김정호는 변명 한마디 못한 채 첩자로 몰리고 있다고 생각하니 마음이 조급해졌다.

지금 사실대로 말하지 못하면 어쩔 수 없는 지경에 이를 것이라는 생각이 스쳤다. 그런데 끌려올 때와는 다르게 무슨 말을 어떻게 해야 할지 생각이 떠오르지 않았다.

"왜 대답을 못하느냐. 안되겠다, 아무래도 혼이 나야 대답이 나올 것 같구나. 여봐라, 이자들을 묶고 주리를 틀 준비를 하라."

절도사의 명령이 떨어지자 군졸들이 우르르 몰려와 꿇어앉아 있는 김정호와 칠성이를 형틀에 묶어 앉히려고 일으켜 세웠다.

몸을 뻗대고 발버둥을 쳐보아도 소용이 없었다. 힘센 군졸 여럿이 한꺼번에 달라붙어 꿇어앉히고 오랏줄로 휘감으니 버텨낼 재간이 없었다. 김정호보다 훨씬 기운이 좋은 칠성이도 마찬가지다.

군졸들이 방망이를 휘둘렀다. 칠성이가 맞았는지 이마에서 피가 흘렀다.

칠성이는 흐르는 피를 닦을 수 없자 눈을 감았다.

두 사람을 형틀에 묶는 일이 순식간에 집행되었다.

"죄인들은 고개를 들라."

절도사의 우렁찬 목소리가 다시 들렸다. 옆에 있던 군졸들이 김정호와 칠성이의 머리를 뒤로 젖혔다.

그때였다.

칠성이는 두 눈을 크게 떴다. 희미하기는 하지만 앞에 있는 사람이 신헌 같았다. 잘 보려고 눈을 감았다가 다시 떴다. 풍채로 보아 신헌이 분명했다.

칠성이는 형틀 의자에 묶여 있는 채로 있는 힘을 다해 일어서며 절도사를 향해 소리를 질렀다.

"아니, 신 주부님. 신 주부 어르신 아니십니까?"

칠성이가 소리를 지르자 김정호도 앞을 바라보았다. 턱 밑에 난 수염이 예전보다 훨씬 길게 자란 것을 빼고는 영락없이 한눈에 알아볼 수 있는 얼굴이다.

곤장을 치려고 준비하던 군졸들은 어안이 벙벙해서 말릴 생각도 하지 못했다. 절도사는 자기를 알아보는 자가 미친놈일 거라고 생각했다.

칠성이는 더욱 크게 소리를 질렀다.

"나더러 신 주부라 하다니, 너는 대체 웬 놈이냐?"

"저입니다. 저, 칠성입니다. 칠성이가 누군지 아시잖아요? 여기 있는 이놈이 바로 칠성이입니다. 옆에 계신 어른은 바로 김 생원님이시구요."

칠성이의 목소리가 떨렸다. 너무 반갑고 기쁜 나머지 울음이 터져나왔다.

"무엇이? 네가 칠성이라고? 네가 왜 여기 있어?"

멀리 떨어져 높은 자리에 앉아 있던 절도사가 두 사람 앞으로 급히 다가왔다. 절도사가 가까이 다가오자 김정호의 눈앞에 훈련원 주부로 있던 신헌의 모습이 점점 또렷해졌다.

"아니, 정말 고산자 선생 아니십니까? 자네는 칠성이고……."

신헌도 더 이상 말을 잇지 못했다. 그저 놀랍고 반가운 생각에 잠시 두 사람을 바라보며 그 자리에 서 있을 뿐이었다.

"여보게, 우석. 그러고 서 있기만 할 텐가? 어서 이 오랏줄 좀 풀어주라고 이르게. 너무 꽉 묶어서 숨이 막힐 지경이라네."

"아하, 내 정신 좀 보게. 여봐라, 뭣들 하고 있는 게냐. 어서 풀어드리지 않고."

신헌이 직접 김정호의 몸을 묶은 오랏줄을 풀며 군졸들에게 소리쳤다.

군졸들은 영문도 모르고 전라우수사 신헌이 시키는 대로 했다.

"고산자 선생, 제가 정말 큰 실수를 할 뻔했습니다. 그래, 어디 다치신 데는 없으십니까? 왜군 첩자라고 잡아온 사람들이 선생과 칠성이일 줄이야 누가 알았겠습니까?"

"신 주부 아니었으면 꼼짝없이 첩자로 몰릴 뻔했습니다. 하늘이 도왔지 뭡니까."

신헌은 그 말을 듣자 더욱 미안해서 어쩔 줄 몰라 했다.

"자, 어서 안으로 드시지요. 몸도 닦고 술 한 잔 해야지요."

신헌은 자신이 머물고 있는 수영으로 두 사람을 안내했다.

"하하하, 우석이 이곳 수군절도사일 줄이야 꿈에도 몰랐지. 난 괜찮네. 다친 건 칠성이지. 칠성이 괜찮은가?"

"예, 괜찮습니다. 이까짓 상처쯤이야 아무렇지도 않습니다."

그사이 칠성이는 찢어진 이마를 흰 천으로 친친 동여매고는 웃으며 말했다.

"그래, 우석은 언제 이리로 오게 되었소? 보아 하니 군사들을 꽤나 엄하게 다스리는 모양이구려."

"아, 예. 이곳에 다른 나라 배들이 자주 나타나 행여 경계를 늦출까 봐 그렇게 하고 있지요. 이곳으로 온 지는 한 반년쯤 되었답니다. 그래, 선생께서는 그동안 어디어디를 다니고 이리로 오시는 길입니까?"

김정호와 칠성이는 그간 다닌 곳과 지나오면서 겪은 여러 가지 어려움을 이제는 남의 이야기하듯 말했다.

"사람은 참 이상하지요. 어려움을 겪는 그 당시에는 그 순간이 빨리 지나가기를 얼마나 바랍니까? 이게 꿈이었으면, 차라리 죽어버렸으면 하는 생각까지 하지 않습니까. 그런데 말입니다, 그 고통의 순간이 지나가면 이상하게도 어려웠다는 기억보다는 아름다운 추억만 남아 있거든요."

"배가 고파서 힘이 하나도 없을 때 살아야겠다는 생각이 더 강해지기도 하지요."

"그렇게 생각하면 그냥 공짜로 사는 일은 없는 것 같습니다. 어려우면 어려운 대로 힘들면 힘든 대로 반드시 얻는 게 있거든요."

신헌도 한마디 거들었다.

김정호는 이쯤에서 신헌에게 한양 소식을 물었다.

"그래, 한양에 계신 분들은 모두 안녕하시오? 우석을 만나니 다른 사람들의 소식 또한 무척 궁금해지는구려."

"예, 혜강도 정낙원 선생도 또 최 당상도 모두들 별일 없이 잘 지내고 계십니다. 아, 맞아요……."

신헌이 뒷말을 흐리며 약간 근심 어린 얼굴을 했다. 그러더니 김정호에게 물었다.

"그런데 선생께서는 앞으로 얼마나 더 다녀야 하지요? 지금까지

다닌 시간보다 더 많이 다녀야 할 테지요? 이쯤에서 한양에 올라가 잠시 머무시다가 다시 답사를 시작하시는 건 어떻겠습니까?"

"지금 한양으로 올라가라구요? 왜요, 무슨 일이 있는 게요?"

김정호는 뭔가 이상하다는 눈치를 챘다.

"네, 사실은 어제 혜강 선생으로부터 연락받을 일이 있었는데 편지 끄트머리에 만리재 아주머니 건강을 걱정하는 글귀가 있었어요. 그런데 이렇게 선생을 만나게 될 줄이야……. 얼마나 다행인지 모르겠습니다. 어서 한양에 다녀오는 게 좋을 것 같습니다."

신헌이 꽤나 조심스럽게 말을 하는 것으로 봐서 김정호는 아내의 건강이 심상치 않다는 것을 느낄 수 있었다.

집을 떠나온 이후 처음으로 듣는 집 소식이다. 집을 떠나올 때, 기둥을 잡고 망연히 서 있던 아내와 수의 모습이 떠올랐다.

'가엾은 사람. 건강에 신경 쓰라고 그만큼 당부했건만…….'

집을 떠나오면서 아내에게 중간중간 사람을 붙여 소식을 전하겠노라고 말하긴 했지만 이제껏 소식 한 자 전하지 못했다.

마음속으로는 늘 두고 온 식구들을 생각하면서도 그저 잘 있기만을 바랄 뿐이었다.

물론 사람을 붙여 소식을 전하고 받는 것도 어려움이 있기는 했다. 소식을 전할 사람이 그의 집까지 다녀올 때까지 먼 거리를 움직일 수가 없다. 그러면 그 시간 동안 일이 뒤로 밀리기 때문이다.

아내의 소식을 듣자 김정호는 더 이상 아무것도 귀에 들어오지 않았다. 일을 빨리 일단락 짓고 한양에 다녀와야겠다는 생각으로 꽉 찼다.

신헌은 그런 김정호의 마음을 눈치챘는지 저녁 인사를 하고는 물러갔다.

"그럼, 뜻하지 않은 일로 하루 종일 시달리느라 피곤하실 테니 그만 쉬십시오. 이만 건너가겠습니다."

"생원님, 만사 제쳐두고 내일 당장이라도 한양엘 올라가시지요."

칠성이는 이미 김정호의 마음을 읽은 것처럼 집에 다녀오기를 권했다.

김정호의 마음속에 아내와 딸 수에 대한 그리움이 걷잡을 수 없이 밀려들었다.

아내의 죽음

그다음 날, 김정호는 한양을 향해 부지런히 걸었다. 하지만 마음만큼 걸음이 빨리 떨어지지 않았다. 칠성이도 말없이 김정호의 뒤를 따라 걸었다.

드디어 만리재가 눈앞에 보였다. 김정호는 가슴이 콩닥콩닥 뛰었다. 집에 다 왔다는 안도감과 무슨 일이라도 있으면 어쩌나 하는 두려움이 엇갈렸다.

김정호가 사립문을 들어서도록 아무도 반기는 사람이 없었다. 방문을 열었다. 방에는 정낙원과 딸 수가 고개를 떨군 채 말없이 앉아있었다. 김정호가 들어서자 두 사람은 이미 늦었다는 표정으로 쳐다보았다.

"이 사람, 어멈이 자네를 얼마나 기다렸는지 아는가? 마주보는건 그만두더라도 잘 있다는 소식 한 자 오기를 빌고 또 빌었다네. 아무리 일이 중요하고 시간이 귀하다 한들 어찌 그렇게 소식 한 토막 없을 수가 있나. 남은 식구들이 어떻게 지내고 있는지 궁금하지도 않던가? 원, 무심한 사람 같으니라고……. 그래, 이 꼴을 만들자고 그렇게 고집을 부리고 떠났다는 말인가?"

정낙원은 김정호가 제대로 앉기도 전에 호통을 쳤다. 수는 한쪽에서 훌쩍이고 있었다.

아랫목에는 거의 사람이라고는 할 수 없을 정도로 마르고 병색이 짙은 아내가 누워 있었다. 입술은 바짝 말랐다. 간간이 뒤척이느라 안간힘을 쓰는 아내를 보며 김정호는 뜨거운 눈물을 흘렸다.

아내는 남편이 온 걸 알고는 웃어 보이려 애썼다. 남편의 손을 잡아보고 싶은지 손을 뻗었다. 김정호는 아내의 손목을 부여잡았다. 뼈만 앙상하게 남아 마치 마른 장작을 잡은 것 같다.

김정호는 아내 곁을 떠나지 않고 지켰다. 사흘째 되던 날, 아내는 수를 부르더니 속옷을 깨끗하게 갈아입었다.

아내는 간간이 식은땀을 흘리다가 푹 가라앉았다. 김정호는 앉아서 깜빡 졸다가 놀라서 눈을 떴다. 아내가 유난히 편하게 잠을 자고 있는 것 같았다. 처음에는 참 편하게도 잠을 잔다고 생각했는데 갑자기 이상한 생각이 들어 얼른 가슴에 귀를 갖다 댔다. 아내가 숨을 쉬지 않았다.

김정호가 집으로 돌아온 지 사흘 만에 아내는 숨을 거두었다. 그가 집을 떠난 뒤 걱정과 외로움에 젖어 지내던 아내는 예전부터 앓고 있던 폐병이 도져 다시는 돌이킬 수 없을 만큼 깊어진 것이었다.

"여보, 당신과 이렇게 함께 있으니 이제 죽는다 해도 한이 없어요. 부디 하시는 일을 잘 끝내고 당신 마음에 꼭 드는 훌륭한 지도를 만드세요. 당신한테 바랄 것은 그것뿐이에요."

아내가 겨우 힘을 내서 그의 귀에 대고 하던 말이 쟁쟁하게 들리는 듯했다.

'가엾은 사람. 한평생을 나 때문에 그렇게 고생하며 지내더니 마음고생을 조금도 덜지 못한 채 떠났구려.'

김정호는 하염없이 눈물을 흘렸다.

'이까짓 지도가 뭐기에…….' 하는 허망함이 마음속으로 파고들었다. '아내를 잃어가면서까지 지도를 만드는 일에 매달려야 하는 걸까?' 하는 물음을 되풀이했다. 당장은 일에 대해서 아무런 생각도 하고 싶지 않았다.

아내가 세상을 떠난 뒤로 김정호는 말을 잃어버린 듯했다. 예전처럼 책을 읽지도 않았고, 지도를 만들기 위해 다시 떠날 생각은 아예 접어버린 것처럼 보였다.

김정호는 뭔가 생각하다가도 갑자기 아내의 무덤을 찾았다. 술에 취해 돌아오는 날이 많아졌다. 그런 아버지를 딸 수가 안쓰러운 눈으로 지켜보았다.

김정호가 집으로 돌아온 지 1년 남짓 지난 어느 날이었다. 그날도 김정호는 아내의 무덤을 찾았다가 집으로 돌아오는 길이었다.

그런데 딸 수와 칠성이가 마을 어귀까지 나와 김정호를 기다리고 있었다.

그동안 칠성이는 마포나루 근처에서 이곳을 드나드는 고깃배들의 짐을 부려주고 품삯을 받으며 생활하고 있었다. 하는 일 없이 김정호가 떠날 날만을 기다리고 있기가 무엇해서 시작한 일이 그때까지 있게 된 것이었다.

그는 김정호의 집이 있는 공덕리가 아닌 마포나루 근처의 강가 마을에 살면서도 거의 거르는 날 없이 김정호의 집을 다녀갔다.

시름에 잠겨 아무것도 하지 않는 김정호를 대신해서 집을 손보기도 하고 뒤뜰 닭장에서 나오는 달걀을 모아서 내다 팔기도 했다.

"음, 칠성이 왔나?"

"예. 오늘은 생원님께 드릴 말씀이 있어서 기다리고 있었습니다."

"내게 할 말이 있다고? 어디, 무슨 이야기인지 말해보게나."

"여기서 이럴 것이 아니라…… 방으로 들어가시지요."

김정호와 수, 칠성이 세 사람이 방에 둘러앉았다. 요즘 들어 늘 그랬던 것처럼 김정호는 아무런 표정 없다. 칠성이는 잠시 호흡을 가다듬더니 입을 열었다.

"생원님, 언제 지도 만드는 일을 다시 시작하실 겁니까? 오늘은 그걸 확실하게 일러주십시오."

칠성이는 '지도 만드는 일'이라는 말에 힘을 주어 물었다. 그러나 김정호의 얼굴 표정은 달라지지 않았다. 오히려 더 맥이 빠진 얼굴로 한숨을 섞어가며 대답했다.

"이제 지도 만드는 일은 그만두기로 했네. 이젠 내가 할 일이 아니야."

김정호가 무슨 말인가 덧붙이려고 했다. 그러자 그때까지 아무 말 없이 앉아 있던 수가 안타까운 표정으로 말했다.

"아버님, 그러시면 안 됩니다. 아버님답지 않은 생각이십니다."

"나답지 않다고? 그럼 나다운 것은 어떤 것이냐? 내가 지도를 만든다고 돌아다니느라 집안이 이 지경이 되었는데 또 떠나라고? 어머니 잃고, 아들 잃고, 아내 잃고 어찌 내가 다시 지도 만드는 일에 나설 수가 있겠느냐. 이제 그 일은 잊어버리는 것이 좋을 듯싶다."

"그렇지 않습니다, 아버님. 아버님께서 예전에 말씀하셨듯이 아버님은 반드시 지도를 만드셔야 합니다. 어머님도 돌아가시기 전에 그런 당부를 하지 않았습니까. 돌아가신 어머님을 위해서라도 아버님은 지도 만드는 일을 다시 시작하셔야 합니다."

죽은 어머니의 이야기를 하는 수의 목소리가 가늘게 떨렸다.

김정호의 마음속에도 '……꼭 훌륭한 지도를 만드세요. 그게 제가 바라는 당신의 모습이랍니다.' 하던 아내의 얼굴과 목소리가 떠올랐다.

하지만 아무리 아내가 마지막으로 남긴 말이 그렇다 해도 김정호는 그 일을 다시 시작할 수는 없을 것 같았다.

"수야, 아무리 네 엄마 뜻이 그렇다 해도 나는 다시 그 일을 해서는 안 될 것 같구나. 그렇지 않아도 네 엄마가 없어서 빈 집처럼 느껴지는 이곳에 너 혼자만 남겨두고 다시 길을 떠날 수는 없구나."

칠성이는 어느 정도 짐작은 했지만, 김정호가 생각 밖으로 강하게 나오자 수를 거들어 한마디 했다.

"생원님이 잘못 생각하고 하시는 말씀 같습니다. 수 아가씨도 이젠 어린애가 아니지 않습니까? 물론 여자 혼자 집을 지키며 살림을 꾸려나간다는 게 쉬운 일은 아니겠지만 수 아가씨라면 충분히 해낼 것입니다."

칠성이의 이야기를 들으며 김정호는 가만히 수를 쳐다보았다. 벌써 열여섯. 이젠 정말 어린애가 아니다. 혼기를 맞은 처녀로 자랐다. 그렇지만 아무리 몸집이 커지고 나이가 들었다고 해도 그에게는 마냥 어린아이일 뿐이었다.

"생원님, 지금 당장 결심을 하실 수는 없을 테니 시간을 두고 잘 생각해보십시오. 그렇게 생각을 하시고도 지도 만드는 일을 그만두어야겠다고 하신다면 저는 이 한양 땅을 떠나겠습니다. 생원님과 함께 그 일을 다시 시작하지 않을 거라면 제가 더 이상 여기에 머물 필요가 없지 않습니까?"

그날 밤, 김정호는 늦도록 지도 만드는 일에 대해서 깊게 생각해보았다.

과연 다시 시작해 끝을 내는 것이 옳은 일인지, 그리고 이 일을 계속한다면 딸 수와 이 집은 어떻게 해야 할지 생각해보았다. 그렇게 며칠을 고민했다.

그날도 김정호는 거의 뜬눈으로 밤을 새우고 일어나 안뜰을 서성거렸다. 그런데 칠성이가 아침밥도 먹지 않은 이른 시간에 찾아왔다. 그는 등에 짐을 지고 있었다.

"아니, 지금 이 시간에 웬일인가? 등에 진 짐은 무엇이고?"

"오늘은 생원님 결심을 들으려고 찾아왔습니다. 생원님께서 일을 그만두겠다고 하신다면 지금 이 길로 떠날 작정입니다. 그러니 어서 말씀해주시지요."

"이 사람…… 급하긴, 원. 아직 아침 전일 테니 들어와 밥이라도 같이 들게. 이야기는 그다음에 하기로 하고."

"싫습니다. 생원님의 대답을 듣기 전에는 여기에 이대로 서 있겠습니다."

"아, 이 사람. 쓸데없는 고집은. 자네가 그리 꼼짝 않고 서 있다고 해서 안 될 일이 되고 될 일이 안 되기라도 한단 말인가? 그러지 말고 어서 들어오게. 수야, 아침상 어서 들이련?"

수는 칠성이의 등을 떠밀었다. 칠성이는 하는 수 없이 짐을 내려놓고 방으로 들어가 아침을 뚝딱 먹어치웠다.

"자, 이제 아침상을 물렸으니 어서 말씀해주십시오. 제가 혼자서 한양을 떠날까요, 아니면 저를 데리고 지도 만드는 일을 시작하시렵니까?"

식사가 끝나고 수가 상을 들고 나가자마자, 칠성이는 잔뜩 볼멘 소리로 김정호에게 대답을 재촉했다.

칠성이가 나이에 맞지 않게 어리광을 부리는 것처럼 느껴져 김정호는 한바탕 웃었다. 그가 그렇게 큰 소리로 웃은 건 집으로 돌아온 이후 처음 있는 일이었다.

"여보게, 칠성이. 그런데 자네는 왜 그렇게 지도 만드는 일을 하고 싶어 하나?"

"글쎄, 그, 그건…… 저…… 저, 생원님 일이니까요."

김정호가 느닷없이 질문을 하자 칠성이는 당황하여 말을 못하고 우물쭈물하더니 엉뚱한 대답을 했다. 그 대답이 우스워 김정호는 또다시 호탕하게 웃었다. 부엌에 있던 수가 놀라 방문 앞을 서성거렸다.

"아니, 생원님은 왜 그렇게 자꾸 웃습니까요? 저는 진정으로 하는 이야기인데……."

"진정이라? 무엇이 진정이라는 말이지?"

"생원님의 일이기 때문에 제가 꼭 하고 싶다는 게 제 진정이라는 말입니다. 저는 정말로 생원님의 일이 남의 일처럼 생각되지 않습니다."

말을 해놓고도 멋쩍었는지 칠성이는 머리를 긁적거렸다. 김정호도 더 이상 웃음으로 대신해서는 안 되겠다고 생각을 했다.

"자, 어서 말씀해주십시오. 정 대답을 안 주시면 지금 그냥 떠나겠습니다."

칠성이가 다시 대답을 재촉하며 엉거주춤하게 앉아 있었다. 김정호는 칠성이를 빤히 쳐다보더니 입을 떼었다.

"좋아, 다시 일을 시작하세."

칠성이는 좋아서 어쩔 줄 몰랐다.

"방금 다시 시작한다고 하셨지요? 그렇지요?"

칠성이는 크게 웃어 보이며 김정호의 결심을 되물었다. 칠성이의 천진한 모습을 바라보며 김정호가 말을 이었다.

"그래, 지도 만드는 일을 다시 계속하겠다고 했네. 하지만 이번에는 나 혼자 떠나기로 결심했네."

"네? 혼자 가신다고요? 그게 무슨 말씀이십니까? 그럼 저는 어떻게 하고요?"

떨 듯이 기뻐하던 칠성이는 금세 토끼눈을 동그랗게 떴다.

"그렇게 놀랄 것은 없네. 자네는 자네대로 할 일이 있다네. 나와 함께 답사를 다니는 것보다 훨씬 중요한 일이지."

"제가 할 일이 따로 있다고요? 대체 어떤 일을 말씀하시는 겁니까?"

칠성이는 도저히 알 수 없다는 표정이었다.

김정호는 딸 수를 불렀다.

수가 방으로 들어와 앉자 김정호는 함빡 웃었다.

"자네는 이곳에 남아 내 딸 수를 돌봐주어야겠네."

"수 아가씨를 돌보라고요? 계속 뜻 모를 말씀만 하시는군요, 생원님."

칠성이는 아무 말 없이 고개를 숙이고 있는 수와 김정호를 번갈아 쳐다보며 알다가도 모르겠다는 듯이 고개를 갸우뚱거렸다.

"원, 사람, 무디기는. 내 딸 수를 자네에게 시집보내겠다는 말이네. 왜, 싫은가?"

갑자기 혼인 이야기를 듣자 칠성이는 귓불까지 빨개지며 당황했다. 고개를 떨구고 있는 수도 뒷목까지 빨개졌다.

"이건 꼭 내 뜻만은 아니네. 먼저 이 아이의 뜻을 듣고 결정한 거라네. 비록 나이 차이가 좀 나기는 해도, 내가 보기에 서로 잘 감싸주고 살아갈 거라는 생각이 드네. 규학이 자네가 내 딸과 함께 있다면 내가 언제나 든든한 기분으로 일을 할 수 있을 것이네. 어떤가, 그렇게 해줄 텐가?"

칠성이는 달아오르는 얼굴을 아래로 떨군 채 기뻐서 어쩔 줄 몰랐다. 이제부터는 칠성이가 아니고 김정호의 사위 김규학이다.

괴짜 김삿갓

아이들이 글 읽는 소리가 꿈결처럼 아련하게 들려왔다. 눈을 떴지만 모든 게 흐릿하게 보였다.

'여기가 어디지?'

김정호는 애써 정신을 차리려 했지만 여전히 뿌옇게 보였다. 그런 중에도 문득 짐을 챙겨야 한다는 생각이 들어 몸을 일으키려다가 그만 '윽' 하는 신음소리를 내며 다시 눈을 감았다.

온몸이 쑤시지 않는 곳이 없다. 입암산에 올랐다가 호랑이를 만나 쫓기던 기억이 희미하게 떠올랐다. 산속을 이리저리 뛰어다니다가 발을 헛디뎌 구르던 기억도 되살아났다. 그렇게 뛰고 구르며 산을 내려와 사람이 사는 집을 발견한 것까지는 기억이 나는데 그다음은 영 생각이 나지 않는다. 그 기억을 되살려보려고 애쓰다가 김정호는 다시 깊은 잠에 빠져들었다.

"이제 정신이 드시오?"

김정호가 다시 눈을 떴을 때에는 아이들이 글 읽는 소리도 들리지 않고, 사방이 고요하기만 했다. 밤인 것 같았다.

한 사내의 얼굴이 눈에 들어왔다. 낯설지 않은 얼굴이다. 어디선가 한 번쯤 본 듯했다. 하지만 어디서 만났었는지 통 기억이 나지 않는다. 김정호가 몸을 일으키려다가 다시 한 번 신음소리를 냈다. 움직일 수가 없다.

"일어나지 마십시오. 당분간은 그렇게 누워 계시는 것이 좋을 것 같습니다."

김정호는 오른쪽 무릎 아래에서부터 발끝까지 나무판자를 대고 꽁꽁 묶여 있다는 느낌이 들었다.

"여기가 어디지요? 그리고 제 다리는 어찌 된 것입니까?"

"걱정하지 마십시오. 다리를 많이 다치기는 했지만 다행히 부러지지는 않은 것 같습니다. 웬만큼 쉬고 나면 다시 걸을 수 있을 겁니다."

사내는 얼굴에 잔잔한 웃음을 띠고 있었다.

김정호는 좀 더 자세히 그를 쳐다보았다. 분명 어디선가 본 적이 있는 듯했다.

'언제 어디서 보았을까?'

김정호는 아무 말 없이 사내의 얼굴을 쳐다보며 생각에 잠겼다. 사내는 마치 김정호의 생각을 다 알고 있는 듯했다.

"〈청구도〉를 만드신 고산자 선생이시지요? 지금 제가 누구인지 기억해내시려 애쓰시는 것 같습니다만…….”

　사내의 입에서 고산자라는 말이 나오자 대체 그가 누구인지 더욱 궁금했다.

　“우리가 전에 한번 만난 적이 있는 게 분명하군요. 그런데 죄송하게도 언제 어디서 만났었는지 통 생각이 나지 않는군요. 뉘시지요?”

　“핫핫핫, 그러실 겝니다. 워낙 오래전의 일인 데다가 그저 잠깐 스치듯이 만났을 뿐이니 제대로 기억이 떠오르지 않는 게 당연하지요. 그러니 애써 기억하려고 하지 않으셔도 됩니다. 굳이 기억에 남을 만한 인물도 못 되니까요. 하하하…….”

　“제 목숨을 구해주신 생명의 은인을 이름조차 몰라서야 되겠습니까? 제가 미처 기억하지 못해 섭섭하시더라도 용서하시고 제 둔한 머리를 깨우쳐주시는 셈 치고 말씀해주시지요.”

　김정호가 정말로 미안해하며 부탁했지만, 사내는 무엇이 그리 재미있는지 크게 소리 내어 웃고만 있었다.

　그러다가 그 웃음을 보며 난감해하는 김정호를 보자 장난스럽게 말했다.

　“굳이 기억해내려고 애쓰실 필요가 없다니까요. 농담으로 하는 말이 아닙니다. 화가 나서 드리는 말씀은 더욱 아니구요. 남들은 나를 그저 김삿갓이라고 부르지요. 그러니 고산자 선생도 나를 그저 그렇게만 불러주시면 됩니다.”

'김삿갓……, 김삿갓이라……, 그렇다면……?'

김삿갓이란 말에 김정호는 문득 떠오르는 기억이 하나 있었다.

언제이던가!

최한기의 집에 이규경, 김정희 등 여러 사람이 모였을 때 한쪽 구석에 앉아 연거푸 술잔을 비우며 이런저런 시구를 읊조리던 사내가 떠올랐다. 최한기는 그를 난고 김병연이라 소개했지만, 그는 큰소리로 웃으며 자신의 이름을 이제부터 김삿갓으로 바꾸었다고 말했었다.

그러니까 〈청구도〉를 만들고 난 이후의 일인 것 같다. 세월이 많이 흘러서 얼굴을 확실하게 기억해낼 수는 없다. 하지만 앞에 앉아 있는 사내가 바로 그때 그 사람이 틀림없다고 생각했다. 거기까지 기억을 되살리고 난 김정호는 빙그레 웃었다.

"난고 김병연 맞지요? 언젠가 혜강의 집에서 보았던 바로 그……."

"핫핫핫, 난고 김병연이라……. 거 참으로 오래간만에 들어보는 이름이군요. 옳게 기억하셨습니다."

그는 마치 남의 이야기를 하듯 말을 받으며 여전히 웃었다. 그러나 그 웃음에는 어딘지 모르게 쓸쓸함이 배어 있는 것 같았다.

김정호가 김삿갓을 최한기의 집에서 만났을 때, 그는 떠돌이 생활을 시작한 지 얼마 지나지 않은 때였다. 그러나 그때까지만 해도 그에 관한 이야기는 꽤 널리 알려졌으므로 김정호는 최한기에게서

342

그의 내력을 자세하게 들을 수 있었다.

고려 시대부터 조선 시대에 이르기까지 김병연의 집안은 이름이
나 있었다. 특히 순조 때부터는 천하를 주름잡던 안동 김씨 가문 사
람으로 별스런 일만 없었다면 고관대작으로 행세하며 살다가 세상
을 마쳤을 것이다.

그러나 그에게는 평생을 두고 가슴에서 지울 수 없는 아픈 상처
가 있다. 그가 다섯 살 되던 해의 일이다.

순조 11년인 1811년에 평안도 용강에서 홍경래의 난이 일어났
다. 김정호의 아버지가 죽음을 맞은 바로 그 사건이다. 서북 사람으
로 불리던 평안도 사람들이 차별 대우에 반발하여 일으킨 난이다.

이 난은 당시 어렵게 하루하루를 살아가던 백성들이 들불처럼 일
어나 짧은 시간에 가산, 박천, 곽산, 정주 등의 성을 휩쓸고 선천까
지 쉼 없이 돌진했다.

이때 이 난에 맞선 선천부사 겸 방어사가 김삿갓의 친할아버지인
김익순이다.

그는 함경도 함흥에서 중군 벼슬을 지내다가 불과 석 달 전인 9
월에 그곳으로 부임했다. 그러나 홍경래가 이끄는 군대가 들이닥
쳤을 때 술에 취해 자고 있다가 제대로 대항 한번 못해보고 붙들리
고 말았다.

조정에 반대하는 난리가 나서 그 기세가 불길처럼 번져나가는 판

국이었다. 그런데 선천부사 겸 방어사라는 중책을 맡은 사람이 그런 행동을 했다니.

난을 막을 대책을 세워도 그 불길을 잡기 어려운 상황이었다. 그런데 술에 취한 채 자고 있다가 적에게 잡히는 신세가 되었으니 큰 죄가 아닐 수 없다.

그의 잘못은 거기에서 그치지 않았다. 나중에 술에서 깨어나자 홍경래군에 순순히 항복하고 말았다. 끝까지 버티다가 홍경래군의 손에 죽었다면 웬만큼 동정 받을 여지는 있었을 것이다.

이듬해 2월, 홍경래의 난이 진압되었고, 김익순은 홍경래에게 항복한 죄로 처벌을 받았다. 볼 것 없이 참수형이었다.

그리고 적에게 항복한 벌은 김익순 한 사람만 받은 게 아니었다. 조정에서 그의 일가를 폐가 처분하기로 결정한 것이다. 폐가란 한 집안을 없는 것으로 만들어버리는 것으로, 양반으로서 누릴 수 있는 권리는 물론 중인 신분만 되어도 응시할 수 있는 과거조차 치를 수 없는 천민이 되는 벌이다.

다른 사람들 같으면 삼족을 멸할 죄목이지만 그나마 폐가 처분으로 그칠 수 있었던 것은 안동 김씨란 본관의 힘이 미쳤기 때문이다.

그러나 당시 조정 상황은 언제 어떻게 변할지 아무도 알 수 없었다. 어느 날 갑자기 역적 아무개의 후손을 모두 죽이라는 왕명이 내려지기라도 한다면 꼼짝없이 죽임을 당할 수밖에 없었다.

김익순의 가족들은 뿔뿔이 흩어져 숨어 살다가 세월이 지나면서 강원도 영월에 다시 모여 살았다. 그러는 사이 김병연의 아버지인 김안근은 화병으로 세상을 떴다.

그러나 김병연은 과거를 볼 작정으로 열심히 공부했다. 그런 그에게 어머니를 비롯하여 어느 누구도 그의 집이 폐가되어 과거를 볼 자격이 없다는 사실을 일러주지 않았다. 만약 진작 그러한 사실을 말해주었다면 그는 처음부터 공부를 하지 않았을 것이고, 시인 김삿갓도 나오지 않았을 것이다.

김병연은 스무 살이 되던 해에 향시에 응시했다.

공교롭게도 시제가 '논정가산충절사 탄김익순죄통우천'이었다. 이것은 '정가산의 죽음을 마다하지 않은 충성심을 논하고, 김익순의 죄가 하늘에 닿았음을 한탄한다'는 뜻으로, 정가산이란 홍경래난이 일어났을 때 홍경래군에 대항해 싸우다가 전사한 가산군수 정씨를 이르는 말이고, 김익순이란 다름 아닌 그의 할아버지다.

김병연은 할아버지가 저지른 엄청난 죄를 까마득히 모르고 있었으므로 할아버지 김익순이 저지른 죄를 매우 신랄하게 비판하는 글을 지어 장원급제했다.

그러나 향시를 치른 지 얼마 지나지 않아 김병연이 김익순의 손자라는 사실이 밝혀졌고, 장원급제는 무효가 되었다.

일이 그렇게 되고서야 김병연의 어머니는 그에게 집안의 내력을 알려주었다. 김병연은 큰 충격과 씻을 수 없는 마음의 상처를 받았다. 자신의 조상을 욕되게 했으니 감히 하늘을 올려다볼 수 없는 죄인이라는 생각을 했다. 그래서 하늘을 가리는 삿갓을 쓴 채 전국을 떠돌면서 시를 지었으며, 가끔은 한곳에 오래도록 머물며 훈장을 하기도 했다.

두 사람은 거의 밤이 새도록 이야기를 나누었다. 두 사람 모두 나라 곳곳을 돌아다닌 까닭에 서로 통하는 이야기가 많았다. 김정호는 홍경래의 난과 관계가 있는 아버지의 죽음에 대해서도 다 이야기해주었다.

두 사람은 무엇인지 모를 공통점을 느끼며 서로 위로하고 서로 격려했다.

김삿갓은 술을 많이 마셨다. 두 사람이 이야기를 나누는 사이에도 김삿갓은 끊임없이 술잔을 비웠다. 김정호는 다리를 삐어서 술을 입에 댈 수조차 없는 처지였으나 김병연은 홀로 술을 따라 마셨다. 새벽 무렵에는 많이 취한 것 같았다.

"술이 좀 과한 것 같으니 그만 마시도록 하시지요."

김정호가 아무리 말려도 그는 술잔을 놓지 않았다.

그러더니 김삿갓은 슬픈 눈으로 잠시 생각에 잠겼다. 그는 벼루를 꺼내 먹을 갈더니 종이를 펼쳐 시를 적었다. 스스로 탄식한다는 '자탄'이라고 제목을 달았다.

슬프다

세상의 남들이야
누구인들 내 지나온 세월을 알까

물에 떠 있는 풀잎처럼
흐르고 떠돌아다닌 삼천리 이 땅에
내 발자국이 어지럽게 남아 있다

시를 읊는다
지나온 40년을 읊어보지만
모두가 헛된 넋두리가 되는구나

높푸른 꿈을 가졌지만
내 운명이 그렇지를 못해서
바람대로 되질 못했구나

머리가 하얗게 세는 것도
자연의 순리이니
슬퍼할 일이 아니다

고향으로 가는 길 꿈꾸다가
놀라 깨어나 앉으니

깊은 밤에 고향을 그리는 새 울음소리가 애처롭게 들리는구나

김병연은 단숨에 시를 적어 내려갔다.

김정호는 감탄해마지 않았다. 그의 시를 듣고 나니 문득 집 생각
이 떠올랐다. 딸 내외를 두고 온 공덕리의 집뿐만 아니라, 지금은
누가 살고 있는지 알 수도 없는 해주의 고향집도 생각났다.

해주라면 지금 김정호가 와 있는 곡산과 같은 황해도 안에 있는
고을이다. 그렇지 않아도 이곳을 떠나면 해주로 방향을 잡아 답사
할 예정이다.

고향 해주에 대한 그리움이 가슴에 일자, 다른 지방 조사를 멈추
고 우선 그곳부터 들렀다가 만리재 집에 다녀오고 싶다는 생각이
들었다.

김정호는 김삿갓을 만난 곡산을 비롯하여 황해도 곳곳을 조사한
뒤 멸악산맥과 마식령산맥의 줄기를 따라 동쪽으로 갔다. 동쪽에
있는 함경도 원산에 닿은 것은 찌는 듯한 더위가 기승을 부리던 한
여름이었다.

곡산 이후부터 김정호는 외롭지 않은 여행길에 올랐다. 산에서
산으로 이어지는 멀고 험한 길이 이전처럼 힘들고 고되지만은 않
았다. 그것은 함께 가는 사람이 있기 때문이었다. 김삿갓이었다.

김삿갓은 곡산의 서당에서 김정호를 만나 두 달 동안 함께 지내

더니 그곳 생활을 정리하고 김정호를 따라나섰다.

황해도 곳곳을 돌아보고 첩첩이 쌓인 많은 산을 넘어야만 이를 수 있는 원산까지 쉽게 여행을 했다. 그 지방을 잘 아는 김병연은 아주 꼼꼼하게 길을 안내해주었다. 그래서 그런지 훨씬 힘이 덜 들었다.

김병연은 습관처럼 물 맑고 산 좋은 곳에 이르면 반드시 시를 읊었다.

동해안의 몇 안 되는 평야 가운데 그 범위가 가장 넓은 곳이 영흥평야다. 바로 그 아래에 있는 원산은 예로부터 휴양지로 널리 알려진 곳이다.

깨끗하고 넓게 펼쳐진 백사장과 곱게 핀 해당화가 맑고 투명한 초록 바다와 어우러졌다. 몸과 마음을 모두 편히 쉴 수 있는 아름다운 땅이다.

바닷가 마을은 대체로 살림이 넉넉한 편은 아니다. 하지만 원산 지역은 어느 정도 농작물을 거둬들일 수 있는 영흥평야를 옆에 두고 있었다. 그래서 고기잡이를 해서만 먹고사는 동해안의 다른 바닷가 마을들보다는 살림 형편이 조금 나은 편이었다.

그동안 한 굽이 넘으면 또 산, 두 굽이 넘어도 또 산, 이렇게 끝없이 이어지는 산길을 걸어온 두 사람은 눈앞에 펼쳐진 푸른 바다와 시원한 바닷바람을 벗 삼아 한낮을 보냈다.

더위가 조금 수그러들기 시작하는 저녁나절, 옹기종기 집들이 모여 있는 마을로 들어섰다. 두 사람은 이미 지칠 대로 지쳤다. 배도 고파서 빨리 묵을 곳을 구해 뭐라도 먹고 어서 잠을 자고 싶었다.

마을로 들어서자 사람 사는 냄새가 났다. 갯내와 어우러진 사람 냄새가 정겨웠다.

그런데 어찌 된 일인지 대낮인데도 남정네들의 얼굴에는 술기운이 올라 있었다.

"동네에 무슨 일이 있었던 모양이지요?"

김정호가 남정네들을 보며 김삿갓에게 물었다. 김삿갓은 빙그레 웃었다.

"이렇게 대낮부터 사람들이 술 냄새를 풍기며 돌아다니는 데 다른 이유가 있겠습니까?"

"그러면 왜 그러는지 안단 말씀입니까?"

"뻔하지요. 동네에 잔치가 있는 게지요. 혼사가 있거나 아니면 환갑잔치라도 있는 것이 틀림없습니다. 마침 출출하기도 하고 그동안 제대로 먹질 못해 음식 욕심이 생기던 참인데 잘됐습니다. 어서 그 잔칫집을 찾아보도록 합시다."

아니나 다를까.

김삿갓의 짐작대로 그 마을에는 환갑잔치가 있었다. 그리고 마침 그 집은 큰 부잣집이었다.

두 사람은 이게 웬 떡이냐 싶어 그 집을 찾아가기로 했다. 머리에는 벌써 상다리가 휘어질 정도로 차린 잔칫상이 그려졌다.

집을 찾기는 어렵지 않았다. 사람들이 북적대고 마당에는 차일이 쳐져 있어서 금방 찾을 수 있었다. 사람들은 오랜만에 맛난 음식을 배불리 먹었다는 듯 배를 쑥 내밀고 잔칫집을 나섰다. 그런가 하면 멍석에 앉아 이야기꽃을 피우고 있는 사람도 있었다.

두 사람이 잔칫집으로 들어서자 누구 하나 반기는 사람이 없었다. 노복들조차도 힐끗 한 번 쳐다보고는 고개를 돌려버렸다. '어디서 웬 거지들이 밥이나 한 술 얻어먹자는 속셈으로 찾아온 것이겠거니' 하는 눈치다. 그도 그럴 것이 차림새는 거지 중에서도 상거지요, 보따리는 왜 그리도 크고 많은지.

두 사람은 집 안으로 들어서지도 못하고 마당 한구석에 마련된 평상에 자리를 잡고 앉았다. 그러나 한참이 지나도록 음식을 가져다주는 사람이 없었다. 여기저기서 음식 냄새는 솔솔 나고 술잔을 부딪치는 소리가 끊임없이 났다. 하지만 찬물 한 대접 권하는 사람이 없었다.

잔칫집이 있을 거라는 생각을 했을 때는 이게 웬 횡재냐며 좋아했는데 지금은 꼴이 말이 아니다. 아낙들은 머리에 흰 수건을 쓰고 앞치마를 두르고는 열심히 한쪽에서 음식을 차렸다. 두 사람은 침만 넘기며 참고 있었다. 마침내 김삿갓은 더 이상 참을 수가 없었는지 큰 소리로 사람을 불렀다.

"여보시오, 우리가 여기 앉은 지 벌써 한참 됐는데 어찌 찬물 한 대접이 없소?"

김삿갓의 말을 들은 아낙은 무슨 말인지 혼잣소리로 투덜거리며 부엌으로 들어가더니 금방 상을 차려 나왔다. 상에 올린 음식은 반찬 몇 가지와 국밥 두 그릇이 전부였다. 초라하기 이를 데 없는 상차림이다.

갑자기 김삿갓이 소리를 질렀다.

"아니, 이 집 잔치 음식으로 준비한 것이 겨우 이것뿐이란 말이오? 나 원 참······. 어서 들어가 다시 차려오시오. 술도 한 병 내오도록 하고."

아낙은 기가 막힌다는 표정을 지었다. 그러고는 김삿갓의 목소리에 뒤질세라 크고 카랑카랑한 목소리로 쌀쌀맞게 대꾸했다.

"아니, 이 사람들이 바쁜 사람 붙잡아놓고 장난을 치려는 겐가······. 내쫓지 않고 밥 한 술 내주는 거나 고맙게 생각할 일이지 어디다 큰 소리야, 큰 소리가. 일 없으니 어서 먹고 일어들 나시오. 손님들이 한바탕 몰려들 테니 곧바로 자리 좀 비우시오."

김정호는 창피한 마음으로 얼굴을 붉힌 채 자리를 박차고 일어서려고 했다. 그러자 김삿갓이 슬며시 웃으며 그의 옷소매를 끌어다 앉혔다. 그러고는 그 집 안에 있는 사람들이 다 들으라는 듯 큰 소리로 외쳤다.

"어찌 이리도 인심이 고약할꼬. 이 마을 전체가 그런 건가, 아니면 이 집만 유독 그런 건가. 천수 만수를 기원하는 기쁜 잔치를 축하해주러 온 손님을 이렇듯 개돼지 취급을 하는 경우가 여기 말고 삼천리강산 어디에 또 있을꼬. 어허, 참으로 기가 막힐 일인지고."

몇 년째 흉년이 계속되어 먹고살기가 매우 어려운 때였다. 그래서 많은 사람들이 집과 고향을 버리고 구걸을 하며 떠돌아다니는 걸인이 되었다. 김정호와 김삿갓 두 사람이 바로 그런 사람 취급을 받은 것이다.

김삿갓의 목소리가 워낙 컸기 때문인지 안채에서 사내가 화가 잔뜩 난 얼굴로 뛰어나왔다. 키도 크고 풍채가 아주 좋았다.

그는 김정호와 김삿갓이 앉아 있는 곳으로 성큼성큼 다가왔다.

"방금 당신이 큰 소리로 떠들었소? 어디서 무엇을 하며 떠돌아다니다 찾아온 개뼈다귀인지는 모르겠지만, 우리 집하고 무슨 원수진 일이라도 있는 게요? 도대체 무슨 이유로 남의 잔치를 망치려 하시오?"

사내는 무척 화가 나 있는 것 같았다. 지금 당장이라도 두 사람을 집 밖으로 집어던질 기세였다.

김정호는 가슴이 쿵쾅거리기 시작했다. '이크, 이거 잘못하다가는 큰 봉변을 당하겠구나.' 하는 걱정이 밀려왔다. 하지만 사내의 기세에도 아랑곳하지 않는 김삿갓의 태도는 여전했다. 겁을 내기는커녕 오히려 그 사내보다 더욱 화를 내며 말을 받았다.

"내가 틀린 말을 했는지 어디 눈이 있으면 이 상차림을 한번 보시오. 이게 잔칫집 손님상이라고 내어온 것이라는 말이오? 만약 당신이 다른 집 잔치에 갔다가 이런 대접을 받았다고 생각해보시오. 그렇다면 당신은 어찌하겠소? 모르기는 해도 아마 나처럼 이렇게 가만히 앉아서 말이나 하고 있지는 않았을 것이외다. 상을 뒤집어 엎고 난리를 쳤을 것이오. 안 그렇소?"

김삿갓의 말이 틀리지 않을뿐더러 두 사람의 앞에 놓여 있는 상은 너무 초라했다.

아무리 두 사람의 차림새가 초라하다고 해도 조금은 너무했다는 생각이 들었는지 사내는 뛰어나올 때보다는 한결 누그러졌다.

"거 말끝마다 손님손님 하는데, 나는 당신이 누구인지도 모르고 또 청한 일도 없소. 그러니 당신들이 무턱대고 찾아와 손님이라고 운운하는 것은 억지 아니오?"

"하나만 생각하고 둘은 생각하지 않으셨군요. 잔치란 으레 기쁜 일을 함께 나누자는 뜻으로 마련되는 자리이거늘 어찌 초청을 받은 사람들만 찾아온다고 생각하시오. 이제껏 아무 연관이 없이 지내온 사람이라 해도 내가 지나는 곳에 좋은 일이 있으면 나에게도 즐겁고 기쁜 일이 되는 것이오. 그러니 당연히 그 자리에 참석해 축하해주고 또 즐기는 것이 사람의 도리라 생각하오. 안 그렇소, 젊은 이? 게다가 나는 당신 생각처럼 그저 잔치 음식이나 얻어먹으려고 온 사람이 아니오. 당신 아버지의 환갑을 축하하고 오래오래 사시라고 기원하는 선물을 주고 싶어 들어왔소."

"선물이라니……, 내가 보기에는 아무것도 가진 것이 없는 것 같은데 무엇을 선물하겠다는 것이오?"

"허허허…… 이 사람, 어찌 눈에 보이는 것만이 선물이 될 수 있다고 생각하시오?"

김삿갓과 사내가 서로 옥신각신하고 있으려니까 사람들은 그들이 주고받는 말에 귀를 기울이며 재미있어 했다. 사람들은 김삿갓이 하는 이야기가 어딘지 억지스러우면서도 이치에 맞는 것 같다며 수군거렸다.

이야기가 길어질 듯하자 대청마루에 잔칫상을 차려놓고 앉아 있던 노인이 김삿갓을 향해 안으로 들어오라고 손짓했다. 노인의 차림새로 보아 환갑을 맞은 주인공 같았다. 김삿갓은 아주 여유 있게 자리를 털고 일어나 안으로 들어갔다.

김삿갓과 김정호는 대청에 마련되어 있는 잔칫상 앞에 자리를 잡고 앉았다. 노인의 자식들이 모두 모여 앉아 있었다. 두 사람이 자리를 잡고 앉자 노인이 김삿갓에게 물었다.

"듣자하니 공부를 꽤 많이 하신 양반인 듯한데, 대체 뉘신가요? 내 손님으로 찾아오셨다 하니 함자라도 알고 있어야 할 것 아니겠소?"

"함자, 함자라……. 내 이름을 물으시는 것입니까? 그게 뭐 그리 중요하겠습니까. 사람들은 저를 김삿갓이라고 부르지요. 이렇게 삿갓을 쓰고 다니다 보니 어느새 이름마저 그렇게 바뀌고 말았습니다. 그러니 그렇게 부르시면 됩니다."

김삿갓의 이야기를 듣고 사람들은 '별 이상한 사람도 다 보겠다' 는 얼굴이었다. 맏아들인 듯한 사내가 입을 열었다.

"자, 우리 아버님의 환갑을 축하하는 선물을 바치겠다고 하셨으 니 어디 한번 봅시다."

모든 사람들의 눈길이 김삿갓에게 향했다. 김삿갓이 과연 무엇을 선물로 내놓을 것인지 궁금해서였다.

김삿갓은 사방을 둘러보고 웃으며 노인을 바라보았다. 그러더니 마침내 입을 열어 시의 첫 행을 읊었다.

"저기 앉은 저 노인 사람을 닮지 않았구나."

사람들은 김삿갓의 입에서 흘러나온 말을 듣고는 매우 놀랐다. 옆에 앉은 김정호도 놀라기는 마찬가지였다. 잔뜩 긴장을 하고 다 음에 나올 구절을 기다렸다.

사람을 닮지 않았다니!

사람에게 그 이상 더 심한 욕이 또 있을까?

아까 김삿갓과 입씨름을 벌였던 사내가 자리에서 벌떡 일어나며 김삿갓에게 달려들 듯한 기세를 보였다. 화가 머리끝까지 난 모양 이다. 이 잔치의 주인공인 노인의 얼굴도 붉으락푸르락해졌다.

그때 김삿갓은 다음 행을 읊었다.

"하늘에서 내려온 신선이 아닐는지."

그제야 사람들은 잔뜩 긴장했던 얼굴을 폈다. 어떤 이는 그러면 그렇지 하는 생각이라도 했는지 한숨을 내쉬기도 했다. 김정호 역

356

시 비록 짧은 시간이기는 했어도 숨이 멎을 것 같았다.

김삿갓의 입에서 그다음 행이 이어졌다.

"일곱 자식 모두가 도둑이 되었구나."

사람들의 표정이 다시 굳어졌다. 김정호 역시 마찬가지였다. 김
정호는 '김삿갓 이 사람이 사내와 입씨름을 벌이더니 아직 그 화가
덜 풀어진 게로구나.' 하는 생각마저 들었다.

노인 앞에 앉아 있는 자식들은 마른 하늘에 웬 날벼락이냐는 듯
낯을 붉히며 사나운 눈빛으로 김삿갓을 바라보았다. 그러나 김삿
갓은 여전히 아무렇지 않다는 표정이었다.

김삿갓은 그의 앞에 놓여 있는 술잔을 들어 목을 축인 뒤 마지막
행을 읊었다.

"천도를 훔쳐 와서 축수 잔치를 벌이고 있으니."

천도란 신선들이 먹는다는 하늘 복숭아로 먹기만 하면 영원히 죽
지 않고 건강하게 살 수 있다는 전설의 과일이다. 축수 잔치란 환갑
잔치를 이르는 말이다.

마지막 행까지 들은 사람들은 저마다 놀라는 표정이었다. 노인과
그 노인의 자식들도 기뻐했다. 김정호도 휴우 하고 놀란 가슴을 쓸
어내렸다.

노인과 그 자식들은 이만큼 환갑을 축하하는 훌륭한 시를 이제껏
들어본 적이 없다며 고마워했다.

"아이고, 보통 사람은 아니구먼."

"뭐하는 사람일까?"

"그러기에 사람은 차림새 보고 업신여겨서는 안 돼."

여기저기서 감탄하는 말이 들렸다.

환갑노인은 김삿갓에게 술과 정성스레 마련한 맛있는 음식을 권했다. 두 사람은 그날 밤 사랑채까지 얻어 잠을 잘 수 있었다.

그날 김정호와 김삿갓은 오래간만에 맛있는 음식들을 실컷 먹고 깨끗하고 넓은 잠자리에서 편안한 밤을 보냈다.

다음 날 아침, 두 사람은 아침밥을 먹자마자 그 집을 나섰다. 생각 같아서는 며칠 묵으면서 지칠 대로 지친 몸과 마음을 추스르고 싶기도 하지만 일정을 늦출 수는 없었다.

두 사람이 떠날 때는 노인의 자식들이 마련해준 노자도 두둑하게 받아들었다. 대문을 나서다 말고 김삿갓은 갑자기 생각났다는 듯 둘둘 만 종이를 전해주었다.

거기에는 환갑잔치를 진심으로 축하하는 내용의 시구가 또박또박한 필체로 적혀 있었다.

강 포구를 바라보니 참으로 예쁘기 짝이 없구나

잇따라 고운 모래펄

사람마다 낱낱이 모래를 주워서는 다함께 헤아리세, 부모님의 천수를

그렇게 원산을 떠난 김정호와 김삿갓은 그 이후로 1년 가까이 함

께하며 함경도, 평안도 등 북쪽 지방 곳곳을 돌아다닌 뒤 백두산 답사를 마지막으로 헤어졌다. 김정호는 다시 혼자 돌아다니며 지도를 만들기 위한 답사를 계속했고, 김삿갓은 당분간 그곳에 머물 것이라며 금강산으로 향했다.

24

마침내 대동여지도를 완성하다

세월이 흐르는 물과 같다는 걸 알기 위해서는 적당히 늙어야만 한다. 그것도 예순은 돼야 실감이 난다. 새 지도를 만들겠다고 집을 떠난 김정호는 예순 살이 다 되어서야 집으로 돌아왔다. 그제야 세월이 쏜살같이 빠르다고 말하던 어른들의 낙담이 사실이라는 걸 알 수 있었다.

그새 그의 머리 절반이 흰머리로 덮였듯 딸도 이미 나이가 들어 있을 거라는 생각이 들었다. 사위 규학이도 이제는 든든한 가장으로 자리매김을 하고 있을 걸 생각하니 가슴이 벅차올랐다.

멀리 한강물이 넘실거리는 게 보였다. 한강이 보이면 그 한강을 내려다보는 그의 집도 보이는 것만 같다.

마포나루에 내려 공덕리로 올라서자 고향에 온 것처럼 마음이 포근했다. 마을 어귀에 서 있는 성황목도 그가 없던 동안의 세월을 느끼게 했다. 나무 둘레가 훨씬 더 커진 듯했다.

집에 다다르니 마당에 널려 있는 빨래가 보인다. 반갑다. 우리 모두 잘 있었어요, 그렇게 말하는 것 같다. 바람이 살포시 불 때마다 옷가지가 그네를 타듯 흔들거렸다. 얼마나 정겨운 그림인가! 언덕 위 나무들은 제 세상을 만난 듯 맘껏 초록빛 잎을 뽐내고 있다.

김정호는 어제까지만 해도 이 나라의 강물 한 줄기, 산 한 자락도 빠뜨리거나 놓치지 않기 위해 우리나라 땅 구석구석을 샅샅이 돌아보았다.

〈청구도〉를 만들 때 이미 다녀온 적이 있는 곳이라 해도, 의심이 가거나 조사가 부족하다는 생각이 드는 곳은 다시 찾아가 살펴보았다. 백두산도 더 올랐다. 그때 뱃길 사정으로는 여간해선 한 번 다녀오기조차 힘든 제주도도 두 번이나 더 다녀왔다.

목숨이 위험했던 적도 한두 번이 아니다.

어느 때는 산짐승을 만나 죽을 뻔했고, 깊은 산에서 길을 잃어 며칠 동안 헤매다가 지쳐 쓰러져, 지나가는 나무꾼 덕분에 겨우 목숨을 건진 적도 여러 번 있다. 그간 높은 산을 오르내리면서 호랑이를 만나지 않은 건 그야말로 천행이다.

땅끝마을에서 그랬듯이 왜의 첩자로 몰려 하마터면 큰 변을 당할 뻔하기도 했다. 그런 일은 다른 곳에서 몇 차례 더 있었다. 그때마다 간신히 풀려났다.

산적 떼를 만나 죽을 고생을 한 적도 있다. 어떤 도적들은 아무리 뒤져도 값나가는 물건이 없자 옷을 벗겨 가기도 했다. 그때도 그는 강과 촌락 따위를 그린 초안과 실측 자료를 빼앗기지 않으려 갖은 수를 썼다. 하루 종일 한 끼도 먹지 못하고 굶은 적도 많다.

잠을 잘 데가 없어 남의 집 헛간에서 새우잠을 자거나 동굴에서 겨우 바람만 피한 채 밤을 새운 건 열흘 중 이틀 꼴은 된다.

겨울철이면 동상에 걸려 발이 묶이기 일쑤였다. 산중에서 병이 나거나 사고를 당하면 사람을 만나기 전까지는 꼼짝없이 누워 있어야 했다.

그렇다고 늘 어렵고 고생스러운 일만 있었던 것은 아니다. 인연이 있던 사람을 다시 만날 때는 극진한 대접에다가 노자까지 얻었다. 그때마다 사람 사는 맛을 진하게 느꼈다.

우연히 같은 곳을 향해 가는 길손을 만나 함께 여행을 할 때는 재미있는 말동무가 되고, 헤어질 때는 아쉬워 눈물을 흘릴 만큼 만남 하나하나가 애잔했다.

김정호가 땅과 강, 산 따위를 그리고 거리를 조사할 때 뭐라도 돕겠다고 따라나서는 사람도 있었다. 그걸 말리느라 며칠씩 묵으며 타이르다가 나중에는 한밤에 몰래 도망쳐 나온 일도 있다.

"어미야, 어미야."

먼저 생각나는 딸부터 불렀다. 마당에는 낯선 아이 둘이 뛰놀고 있었다. 남매다. 대여섯 살 된 사내아이와 서너 살 된 계집아이이다.

손주인 듯하다. 하지만 딸부터 보고 싶었다. 이 세상에 단 하나, 목숨을 내놓아도 아깝지 않을 딸 수, 하지만 대답이 없다. 아이들은 뛰기만 한다. 혹시 몰라 밖에서 한참을 기다리니 웬 아낙이 물동이를 이고 들어왔다.

"누구세요?"

물동이를 인 여자가 물동이를 내려놓으며 그에게 물었다. 마당에서 뛰어놀던 남매가 여자에게 달라붙는다.

"저, 혹시 이 집에 살던 김정호라는 사람을 아시는지요?"

그 여자는 눈을 크게 뜨며 말했다.

"우리…… 아버지신데요?"

기가 막힌다. 딸이 아버지를 알아보지 못하다니!

김정호는 딸의 손을 잡으려 했다. 그러자 아낙은 화들짝 놀라 손을 뿌리쳤다.

"나다, 네 아비다!"

"예? 우리 아버지라구요? 우리 아버지가 이렇게 늙었을 리가 없어요!"

아낙은 김정호의 얼굴을 자세히 뜯어보더니 그제야 울음을 터뜨리면서 그의 손을 덥석 잡았다.

"아이고, 우리 아버지! 왜 이렇게 늙었어요? 이게 웬일이래요?"

그건 김정호도 마찬가지다. 딸 또한 알아보지 못할 만큼 늙었다. 딸의 손은 나뭇등걸처럼 뻣뻣하고, 얼굴에는 주름이 가로세로 돌아다닌다. 부녀는 서로 부둥켜안고 울었다. 영문 모르는 아이들도 괜스레 눈물짓는다.

딸 수는 달라붙은 아이들을 앞으로 밀어내고 억지로 머리를 눌러 인사시켰다.

"너희 할아버지시다. 얼른 인사드려."

아이들은 영문 모르고 머리를 숙였다. 사랑스러운 아이들이다.

"그런데 네 남편 규학이가 안 보이는구나."

"그 사람, 고생이 많지요. 넉넉하지 않은 살림 살피느라 많이 축 났어요."

규학이는 마침 돼지우리를 치우느라 축사에 있다가 소식을 듣고 달려왔다.

"아버님, 돌아오셨습니까? 아픈 데는 없습니까?"

"그럼그럼. 그래, 자네 고생이 많았지?"

사위 규학도 늙기는 마찬가지다. 세월이 원망스럽다.

"우리야 집에 잘 있었는데 고생은 무슨 고생이겠어요? 아버님이야말로 얼마나 고생이 심하셨기에……."

사위는 김정호의 손을 부여잡고 놓을 줄을 몰랐다.

"자네 역시 흰머리가 생기고 몰라보게 나이가 들었구나. 나 늙은 건 안 보이고 내 딸과 사위 늙은 것만 보이는구나. 세월 참 원망스럽구나."

"그래도 건강합니다, 아버님. 어서 방으로 드세요."

수는 재빨리 방으로 들어가더니 걸레질부터 했다.

"아버님, 이쪽으로 앉으세요. 바빠서 제대로 치우지도 못하고 살아요."

"집에 오니 좋구나."

김정호는 참으로 오랜만에 포근하고 따뜻한 방에서 잠을 잤다.

김정호는 며칠 지나지 않아 그간 모은 자료를 다 꺼내놓고 곧바로 새 지도를 그리기 시작했다. 〈청구도〉를 바탕으로 10년에 걸친 긴 답사를 하며 실측한 자료를 비교하고 고치고 더했다.

곳곳을 직접 돌아다니며 본 것을 이제는 모든 사람들이 다 알아볼 수 있도록 범례를 자세하고 정확하게 만들어 꼼꼼하게 그려나갔다. 지도는 정확하기도 해야 하지만 알아보기가 쉬워야 한다.

잘못 그렸거나 알아보기 복잡한 건 몇 번이나 다시 그렸다. 말이 그렇지, 실제 지도를 그리고 여러 가지 기호를 표시하는 작업은 실측 조사만큼이나 시간이 걸리고 까다로운 일이었다.

새 지도를 만드는 데는 〈청구도〉와 김정호가 조사한 자료들만 바탕이 된 것은 아니다.

김정호가 답사를 다니는 사이 신헌은 훈련원주부에서 전라우도 수군절도사, 봉산군수, 전라도병마절도사 등 무관 요직을 거쳤다. 김정호가 한양에 돌아오던 해에는 한양을 지키는 금위영의 으뜸 벼슬인 금위대장에 올라 있었다.

그는 그런 자리를 거치면서 김정호의 지도 제작에 쓸 만한 자료를 모았다. 가는 곳마다 호구조사를 따로 했고, 거기서 얻은 자료와 나라가 이미 갖고 있는 여러 가지 지리 자료, 지방 지도 따위를 모아 김정호에게 보내주었다.

최한기는 중국에서 들어오는 서양 과학에 기초를 둔 여러 가지 지도학 서적을 참고 자료로 구해주었다.

최성환은 지도를 그리는 데 필요한 지필묵을 넉넉하게 대주었다. 그뿐 아니라 저마다 크고 작은 돈을 내어 보내오기도 했다.

이런 노력 끝에 새 지도를 완성하는 데만 2년이 걸렸다.

"혜강, 자네에게 부탁할 일이 있네."

"무슨 일인가. 내가 도울 수 있는 일이라면 무슨 일이든지 하겠네."

지도가 거의 완성되어가던 어느 날, 김정호는 최한기를 찾았다.

"다름이 아니라 지난번 〈청구도〉를 만들 때처럼 이번 지도에도 혜강이 머리말을 써주었으면 하네."

김정호가 지도책 맨 앞에 들어갈 머리말을 부탁하자, 최한기는 두 손을 내저으며 거절했다.

"아니아니, 그런 부탁이라면 거절하겠네. 나는 그렇게 큰 업적에 머리말을 쓸 만한 재목이 못 되네. 그동안 자네가 지도 만드는 모습을 쭉 지켜보았다고는 하나, 그 지도에 대한 자네의 생각과 애정의 절반도 이해하지 못할 것이네. 그러니 머리말은 고산자 자네가 직접 쓰는 것이 그 지도의 참된 뜻을 전달할 수 있을 걸세."

최한기는 끝까지 머리말을 쓰지 않겠다고 사양했다. 그 대신 김정호가 그렇게 원한다면 그가 쓴 머리말을 봐주기는 하겠노라고 했다. 김정호도 더 이상 부탁을 할 수가 없었다.

"그래 그 새 지도의 이름은 지었는가?"

최한기가 지도 제목을 물었다. 이제 곧 지도를 완성할 것이니 지금쯤은 그 이름을 지었을 거라는 생각에서였다.

"지난번에는 우리나라를 청구라고 했지만 이번에는 대동이라고 하고 싶네. '여'는 수레 혹은 지구, 대지 등의 뜻을 가졌으니 〈대동여지도〉가 좋을 듯한데. 혜강 자네 생각은 어떠한가?"

"〈대동여지도〉라, 그것 참 멋진 이름이네. 누가 생각해도 그 이상 더 좋은 이름은 생각해내지 못할 것 같네. 천년은 갈 제목이네. 내가 몇 년 전에《지구전요(地球典要)》란 책을 썼는데 좋은 짝이 될 것 같군."

"하하하, 혜강은 하늘을 쓰고 난 땅을 쓰니 우리는 음양 찰떡 친구로세."

"아무렴. 세상도 이제 바뀌고 있다네. 그 징글맞은 150년 김씨 세도가 끝났다네. 김조순 딸 순원왕후가 죽었으니 좋은 세상이 오지 않을까 싶네."

"그랬으면 좋겠네. 내가 만든 〈대동여지도〉는 나라가 어지러울

때는 적을 무찌르고 난신적자를 쳐부수는 데 도움이 될 것이며, 태
평할 때는 나랏일을 다스리고 경계를 바로잡는 데 유익하게 쓰일
수 있을 것이네."

"우리 두 사람이 조선의 하늘과 땅을 바로잡는 셈이군. 하하하."

"왜 안 그런가. 그런 자부심을 갖자구."

김정호는 최한기와 의논하고 나서 곧바로 머리말을 적었다.

"혜강, 서문이라고 내 말을 장황하게 늘어놓지 않고 오직 지도와
지리서 이치만 밝혔네. 실학 정신으로 사실만 밝혔다네."

제목은 '지도유설(地圖類設)'로 정했다.

최한기는 '지도유설'을 찬찬히 읽어보았다.

어떤 사람은 말하기를 "황제(黃帝) 때의 재상 풍후(風后)가 처음 지도를
받아서 중국 9주를 비로소 포진했으니 이것이 지도의 시초가 되고, 산
과 바다에 대한 책이 있어《한서》〈예문지〉 13편이 되니 이것이 지리
서의 시초가 되었다. (실제는《산해경》의 18편 지리지가 더 오래된 것이다.)《주
례(周禮)》(주나라 관제를 모은 책)에 대사도(大司徒 : 교육 담당) 이하 직방(職
方 : 지도와 공물 담당)과 사서(司書 : 회계 담당)와 사험(司險 : 국경 담당)의 관
리들이 모두 지도를 가지고 험하고 막힌 것을 두루 알고 각 지방의 이
름난 물건들을 분류하여 바로 한다고 했으며, 전국시대의 소진(蘇秦 : 전
국시대 6국 합종책 주창자) · 감무(甘茂 : 전국시대 최강국 진秦의 재상) 등은 모두

지도에 의거해서 천하의 험하고 평탄한 것을 알았다고 한다.

소하(蕭何 : 유방의 한나라 창업공신)가 함곡관에 들어가서 먼저 진나라의 지도와 지리서를 거두었으며, 등우(鄧禹 : 후한 재창업 공신)와 마원(馬援 : 후한 재창업 공신)은 또한 이로써 광무제(光武帝 : 후한 초대 황제)를 모시고 후한을 창업하여 공명을 이루었다.

또한 정현(鄭玄 : 후한 학자)·공안국(孔安國 : 후한 학자)에서부터 그 아래로 모두 지도와 서적을 얻어 보아서 주나라와 한나라의 산천을 징험했으니, 대개 지도로써 그 형상을 살피고 지리서로써 그 수(數)를 밝혔으며, 왼편에 지도를 두고 오른편에 지리서를 두었으니 참다운 학자의 일이다." 라고 했다.

진(晉)나라 배수(裵秀 :《우공지역도禹貢地域圖》18편을 지은 지도 제작자)의 지도 이론인《제지도론(制地圖論)》을 간추리면 대략 이러하다.

"지도와 지리서를 만드는 것은 그 유래가 오래되었다. 옛날에 하늘이 형상을 드러내고 제도를 세운 때부터 그 활용을 힘입고, 삼대(하·은·주 시절)에는 그 관직을 두어 사(史 : 기록 담당 관리)가 그 직책을 관장했다."

또 "지도를 만드는 바탕이 여섯 가지가 있다. 첫째는 분율(分率 : 오늘날의 축척)이니, 그것으로 광륜(廣輪)(《주례》에 동서를 광廣이라 하고 남북을 륜輪이라 한다)의 척도를 밝히는 것이다. 둘째는 준망(準望 : 가로세로 눈금)이니, 그것으로 여기와 저기의 체제를 바르게 하는 것이다. 셋째는 도리(道里)이니, 그것으로 사람이 다니는 곳의 거리를 정하는 것이다. 넷째는 고하(高下 : 높고 낮음)이고, 다섯째는 방사(方邪 : 직각과 예각)요, 여섯째는 우직

(迂直 : 곡선과 직선)이다. 이 여섯 가지로 각각 지형을 살펴 형태를 만드는 것은 그것으로 평탄 험저를 헤아리는 것이기 때문이다. 지도 모양만 있고 분율이 없으면 멀고 가까운 차이를 살필 도리가 없고, 분율은 있으되 준망이 없으면 한 모퉁이에서는 잘되더라도 다른 곳에서는 반드시 실패하게 된다.

또 비록 준망이 있어도 도리가 없으면 산과 바다로 끊어지고 막힌 지역에서는 서로 통할 수가 없고, 도리가 있으나 고하·방사·우직과 대조하지 않으면 길의 거리가 반드시 원근의 실제와 서로 어긋나게 되고 준망의 눈금을 잃게 된다. 그러므로 반드시 이 여섯 가지를 참작하여 고찰한 연후에 원근의 실제가 분율에 의해 정해지고, 이곳저곳의 실제가 도리에 의해서 정해지고, 도수의 실제가 고하·방사·우직의 계산에 의해서 정해지는 것이다. 그런 까닭에 아무리 높은 산과 큰 바다로 막혀있고, 단절된 지역이나 다른 지방이 멀리 있으며, 오르고 내리고 어긋나고 굽은 것이 제각기 생겼다 하더라도 모두 가히 들어서 바로 할 수 있는 것은, 준망법이 이미 정해져 있고 곡직·원근과 더불어 그 형태를 숨긴 것이 없기 때문이다."

송나라 여조겸(呂祖謙)이 쓴《한여지도(漢輿地圖)》의 서문에 이르기를 "여지(輿地)의 그림이 나온 것은 옛날부터다. 주나라가 생길 때부터 대사도가 천하 토지의 지도를 관장하여 그로써 광륜의 수를 두루 알고, 직방씨(職方氏)의 지도는 후에 더욱 상세해졌다. 한나라가 진나라를 멸망시키기에 이르러서 소하가 먼저 그 지도와 지리서를 거두어서 비로소

370

천하의 험하고 막힌 것과 호구의 많고 적음의 차이를 모두 알았으니 그런즉 오래된 것"이라고 했다.

《방여기요(方輿紀要)》(청나라 고조우顧祖禹가 지은 지리서)에 이르기를 "방위를 바로 하고 이도(里道)를 밝히는 것의 두 가지는 방여(方輿)의 요체인데 더러는 그것을 소홀히 한다. 일찍이 이르되 '동쪽'이라고 하면 동남쪽이나 동북쪽이나 모두 동쪽이라고 말할 수 있는데, 자세하게 구한다면 방위는 똑같으나 이도가 들쑥날쑥한 것이고, 이수(里數)가 같아도 산천이 구불구불할 것이다. 그러면 지도에 그려놓은 것을 꼭 의지할 수 없고, 적어놓은 것을 꼭 믿을 수가 없다. 오직 그 지형을 환히 아는 사람만이 비로소 그 뜻을 이해할 수 있다. 만약 방위와 이도를 모두 버린다면 담벼락에 얼굴을 대고 있는 것과 무엇이 다르겠는가."했다.

이름난 산과 갈려 나온 산은 큰 근본이다. 그 사이에 우뚝하게 솟은 것도 있고 나란히 솟은 것도 있고 연이어 솟아 있거나 중첩하여 솟아 있는 것도 있다.

큰 내와 갈려 나온 흐름은 물의 큰 근원이다. 그 사이에 돌아 흐르는 것도 있고 나뉘어 흐르는 것도 있고 합쳐서 흐르거나 끊어져 흐르는 것이 있다.

《방여기요》에 이르기를 손자(孫子 : 춘추시대 병법가)가 이렇게 말했다고 한다.

"산과 숲의 험하고 막힌 것, 늪과 못의 형세를 알지 못하는 군대는 행군을 할 수가 없으며, 향도(鄕導 : 길잡이)를 쓰지 않는 사람은 지세의 이로움을 얻을 수 없다. 그러나 내 글을 얻지 못하면 또한 가히 향도를 쓸 수가 없으니 향도를 믿을 수 있겠는가. 어째서인가, 향도는 임시로 쓰는 것이고 지세의 이로움은 평소에 알아두는 것이다. 평소에 일찍이 전국의 형세와 사방의 험하고 평탄한 것에 대해서 하나하나 그 큰 벼리를 판별하고 그 곁가지를 알아두지 아니하고서 임시 향도에게서 믿음을 취하고자 하면 어떻게 적이 우습게 여기지 않겠는가.

그러므로 요새가 되는 곳을 분변하고, 느리고 급한 기미를 살피면 기습 공격하는 것과 정면 공격하는 것이 저절로 결정되고, 죽고 사는 것이 손바닥 위에서 변하게 되니, 지세의 이로움이 있는 곳을 찾아 임기응변해야 한다. 또한 행군하는 부대만이 아니라 천자가 안으로 만국을 위무하고 밖으로 사방의 오랑캐를 다스리는 데 있어서 가지와 줄기, 강한 것과 약한 것의 구분과, 가장자리와 중심자리, 중요한 것과 가벼운 것의 형세를 몰라서는 아니 된다.

재상이 천자를 도와서 나라를 다스리는데 무릇 변방 요새의 유리하고 불리한 곳과, 전쟁 때 쓸 기본지리를 모두 몰라서는 안 되는 것이다.

모든 관원과 여러 부서에서 천자를 위하여 백성과 사물을 모아 다스리는 데 있어서는 재물과 세금이 나오는 곳과 전쟁과 나랏일의 바탕을 모두 알아야 한다. 감사와 수령들은 천자로부터 백성과 사직을 위임받았으면 그 지역에 뒤섞여 있는 것과 산과 못의 우거지고 숨겨진 것, 그리고 농사짓고 누에치고 샘물을 쓰는 데 유리한 것, 백성들의 실정과 풍속이 어떠한가를 모두 알아야 한다.

사민(四民 : 사농공상에 종사하는 백성)이 여행하고 왕래하는데 무릇 수로나 육로의 험하고 평탄하고에 따라 나아가고 피하는 내용들을 모두 몰라서는 아니 된다. 세상이 어지러우면 이를 말미암아 쳐들어오는 적을 막는 일을 돕고 강포한 무리들을 제거하며, 시절이 평화로우면 이로써 나라를 경영하고 백성을 다스리니 모두 내 글을 따라서 취하는 것이 있을 따름이다."

《문헌비고(文獻備考)》(영조 때 편찬된 조선의 문물제도를 수록한 책)에 이렇게 이른다.

"세 바다의 연변(沿邊 : 굽은 곳은 연沿, 나간 곳은 변邊)과 두 강의 연변이 모두 1만 930리다. 세 바다의 연변이 무릇 128에 총 8043리다. 두 강의 연변이 총 2887리다.

동북쪽으로는 경흥에서 시작하여 남쪽으로 기장에 이르기까지 3615리다.

동쪽으로는 기장에서부터 서쪽으로 해남에 이르기까지 1080리다.

남쪽으로는 해남에서부터 북쪽으로 통진에 이르기까지 1660리다.

서북쪽으로는 의주에서부터 남쪽으로 통진에 이르기까지 1686리다.

압록강 연변은 2034리다.

두만강 연변은 844리다."

〈지도유설〉을 꼼꼼히 읽은 최한기는 빙그레 웃으면 김정호의 손을 잡았다.

"평생 실질만 숭상해온 자네답게 오직 필요한 말만 모아 잘 정리했군. 세계 지도와 지리서의 역사를 한눈에 알아볼 수 있게 되어 있네. 본 대로 그리고 사실대로 적는다는 고산자 자네의 원칙이 이 서문에 아주 잘 나타나 있네. 인간 김정호는 티끌만큼 드러내지 않으면서 사실은 지도와 지리서의 근간이 〈대동여지도〉에 있음을 분명히 한 멋진 서문이네. 장하네."

"부끄러워 그랬다네."

"아니야. 이 서문에는 지도와 지리서를 만드는 것이 나라를 위한 일이고, 자네가 평생을 두고 지도 외길을 걸어온 이유가 잘 나타나 있네. 자넨 이제 죽어도 여한이 없는 업적을 세웠군. 나도 하늘 지도와 하늘의 이치를 담은 책을 〈대동여지도〉처럼 써야 마음 편하게 이승을 뜰 텐데, 언제나 될지 모르겠네. 그래, 〈대동여지도〉를 다 썼으니 이제는 어떻게 할 작정인가?"

"이번에는 필사하지 않고 처음부터 목판을 만들어 찍어낼 생각이네. 그래야 오래도록 쓸 수 있잖은가."

"그거 잘 생각했네. 자네의 자신감이 느껴지는군. 하긴, 그래야 인쇄 비용을 마련하기도 쉽지. 〈대동여지도〉를 사겠다는 줄이 저 마포나루까지 늘어설 걸세."

"그러기야 하겠나. 그저 보람으로 알고 어서 목판본을 만드는 대로 나라에 바쳐야지."

〈대동여지도〉를 완성한 김정호는 곧 이 지도를 인쇄할 수 있는 목판을 새기기로 했다.

목재를 똑같은 크기로 깎고 그림과 글자를 새겨야 한다. 종이에 붓으로 그리는 일과는 비교도 되지 않을 만큼 어렵고 고된 일이다. 붓으로 그리기 힘든 가는 물줄기와 길, 산과 글자를 철판처럼 단단한 대추나무 판에 조각칼로 일일이 새겨 넣어야 한다. 그것도 나라에서 하는 것이 아니라 개인이 해야만 한다.

그러던 어느 날이었다.

"아버님, 저희 들어가도 되겠습니까?"

저녁을 먹고 얼마 지나지 않아 사위가 임시 공방으로 찾아왔다.

"어서 오게. 웬일인가? 좀 쉬지 않고. 닭이 늘어서 모이 한번 주기도 벅차지?"

김정호는 오랜만에 사위 얼굴을 보았다. 집으로 돌아온 이후 마음이 급해 가족과 더불어 제대로 이야기 한번 하지 못한 채 일만 하고 지냈다.

"저희도 아버님 일을 도울까 하고요. 근력이 약하실 연세인데 판각하기가 여간 어렵습니까. 젊은 사람도 벅찬 일을 혼자 하시다가는 몸이 축나겠어요."

사위는 진심으로 걱정하는 눈빛으로 말했다.

"아버지, 이 사람하고 의논했어요. 저희가 도와드리면 일도 빨리 끝낼 수 있을 것이고……."

"가축 치기도 번거로울 텐데? 그냥 둬라. 내가 내 건강 잘 아니 쉬엄쉬엄 하지 뭐."

김정호는 두 사람이 지도 판각에 달라붙으면 먹고사는 일이 버거울 거라고 생각하여 짐짓 손사래를 쳤다.

"저희들이 조금만 더 부지런하면 얼마든지 도와드릴 수 있습니다. 아침에 일찍 일어나서 닭 모이 주고 청소하고 나면 시간이 납니다. 그리고 지금 하던 일을 좀 줄이면 됩니다. 당분간 온가족이 판각에 힘을 쏟으면 더 빨리 끝낼 수 있을 겁니다. 아버님, 저희 뜻을 받아주십시오."

사위 규학은 결심을 굳힌 듯 짐짓 힘주어 말했다.

김정호도 더 이상 말릴 생각이 없었다. 사위는 같이 답사를 다니기도 하지 않았던가. 다른 사람이면 몰라도 사위 규학이라면 판각 일을 꼭 해보고 싶을 거라고 여겼다.

그렇게 해서 온가족이 〈대동여지도〉 판각에 매달리기 시작했다.

사위 규학은 힘이 많이 드는 대추나무 판을 짰고, 딸 수는 아버지를 거들어 판각을 했다. 한 번도 해보지 않은 일인데 사위도 딸도 잘해냈다. 손자들은 공방 근처에서 알아서 놀아주었다.

김정호 일가가 〈대동여지도〉 판각에 전념하는 사이 헌종 이환이 후사 없이 갑자기 죽고, 그 뒤를 이어 촌수가 멀고 먼 철종 이원범이 강화도에서 불려와 덜컥 왕위에 올랐다. 또다시 안동 김씨 세도 정치가 이어졌다. 안동 김씨들이 일부러 외딴 섬에서 농사나 짓던

별 볼일 없는 왕손 이원범을 불러 허수아비로 앉힌 것이다.

이 때문에 가까스로 친정에 나선 헌종 이환의 신임을 받고 있던 신헌이 철종 즉위와 함께 안동 김씨 일파의 미움을 사 녹도로 귀양을 가는 일이 벌어졌다.

거기다가 평생을 학문에만 전념하면서 관직에 나아가지 않은 최한기도 그때쯤에는 형편이 많이 기울었다.

따라서 이들로부터 재정 지원을 받으며 지도 판각에 전념하던 김정호의 살림살이도 어려워질 수밖에 없었다. 마침내 판각에 쓸 대추나무 목재가 다 떨어졌다.

김정호는 사위와 딸을 불렀다.

"아무래도 판각을 잠시 중단해야겠다. 그런 줄 알아라."

사정을 다 아는 딸 내외는 사실 할 말이 없다. 판각 비용까지 가족이 알아서 해결하기에는 힘이 모자란다. 가슴이 아프지만 아버지 뜻에 따를 수밖에 없다.

이때부터 김정호는 한편으로 비용을 벌고, 그렇게 목판 재료가 생기면 또 조금씩 일을 하는 식으로 버텨나갔다. 그러니 시간은 한없이 흘러만 갔다.

"이제 제주도만 손을 보면 끝이구나."

드디어 김정호는 조각칼을 내려놓았다. 그리고 깨끗한 물수건으로 목판을 닦았다.

"휴, 겨우 해냈구나."

철종 이원범이 헌종 이환의 뒤를 이어 왕위에 오른 지 12년 되던 해, 〈대동여지도〉의 마지막 첩본인 '제주도' 편이 완성되었다. 이로 써 20년이 넘는 세월에 걸쳐 만든 〈대동여지도〉가 비로소 완성되 었다.

세월을 말해주듯 가족들의 얼굴도 많이 변했다. 김정호는 환갑이 벌써 지난 백발의 노인이 되었다. 사위도 흰머리가 희끗희끗했으 며, 딸 수도 이젠 마흔을 바라보는 중년의 여인이 되었다.

"아버님, 축하드립니다. 그동안 정말 고생이 많으셨어요."

"너희들이 고생 많았다. 내 자식들이 이렇게 도와주지 않았던들 어찌 나 혼자 힘으로 이 같은 일을 이만한 시간 안에 해낼 수가 있 었겠느냐? 정말 우리 자식들이 자랑스럽고 고맙다. 이제야 네 어머 니에게도 비로소 떳떳한 인사를 할 수 있을 것 같구나. 자, 여기 이 목판을 챙겨 네 어머니에게 다녀오자꾸나. 〈대동여지도〉 판각이 완 성되기까지 누구보다 네 어머니의 공이 가장 크니라."

김정호는 목판본 앞부분과 뒷부분 몇 개를 보자기에 곱게 쌌다. 그러고는 딸과 사위와 함께 아내의 무덤을 찾았다.

김정호는 무덤 앞에 목판을 내려놓고는 한동안 말을 잊은 채 흐 느껴 울었다. 그런 아버지를 보고 있던 딸 내외도 소리 없이 눈물을 흘렸다.

"여보, 이제야 당신에게 찾아왔소. 당신 목숨하고 바꾼 〈대동여지도〉가 완성되었소. 여기 이 판각은 당신과 나의 한평생을 고스란히 담은 물건이오. 오늘 당신이 내 곁에 있었더라면 두 손을 잡고 춤이라도 추었을 텐데, 참으로 인생이 속절없소. 저 세상에서나마 이 목판을 보고 당신을 먼저 보낸 나 좀 용서해주구려."

김정호는 죽은 아내와 이런저런 이야기를 나누었다. 봉분에 오른 잡풀을 손으로 뜯으면서 중얼거리기도 했다. 딸 내외도 함께 잡풀을 뽑았다.

"아버지, 어머니도 기뻐하실 거예요. 이제는 마음 편히 눈을 감으실 거예요. 어머니는 돌아가시는 날까지 아버지가 지도를 완성하시길 응원하셨잖아요."

"암, 나야 말로 이제는 죽어도 여한이 없다. 네 엄마한테 빚을 다 갚은 기분이다."

김정호는 마음을 가라앉히고 목판을 다시 정성스럽게 싸안고 공방으로 돌아갔다.

다음 날 아침.

소식을 들은 최한기가 새벽 댓바람을 휘저으며 김정호의 공방으로 달려왔다.

"고산자, 날세. 판각이 완성됐다구?"

"어서 오게, 혜강. 다 자네 덕분이야."

"고생 많았네, 고산자. 자네의 그 징그러운 끈기에 나도 무릎을 꿇고 싶네."

"자네하고 신헌 등의 후원이 없었다면 난 벌써 나가떨어졌을 거네. 힘들 때마다, 지칠 때마다 자네들이 마음을 써주어 용렬한 재주나마 이렇게 끝을 낼 수 있었다네."

"그건 그렇고, 어디 좀 보세."

〈대동여지도〉의 초안을 만들고, 그것을 다시 인쇄할 수 있도록 목판에 새기는 일을 모두 마친 것은 〈청구도〉를 만든 지 27년이 지난 철종 12년인 1861년의 일이다.

"그래, 〈청구도〉하고는 많이 다르지."

"〈청구도〉는 처음 만든 지도라서 내 맘에 차지 않은 부분이 많았지. 〈청구도〉는 각 층을 폭이 70리가 되도록 구분하여 지도책의 한 판, 또는 한 면으로 하였잖은가. 〈대동여지도〉는 각 층이 이어져 있어 순서대로 맞추면 우리나라 전체의 지도가 완성되네."

김정호는 실제로 순서대로 맞추어 보였다.

"축척은 어떻게 했는가?"

"16만 분의 1로 했네. 그리고 나라 전체 땅의 모양을 북쪽 맨 끝에서부터 남쪽 끝까지 모두 22개로 구분하여 각 층을 책의 크기로 접어서 가지고 다니거나 보관하기 편리하도록 했네."

"아주 좋은 생각이네."

"이렇게 접는 책으로 된 〈대동여지도〉를 모두 펼쳐 우리나라 지도를 만들면 가로 19판(약 3미터), 세로 22층(약 7미터)이 되네. 그리고 각 층을 책의 크기로 만든 나무판은 그 크기가 동서로 80리 (32킬로미터), 남북으로 120리(48킬로미터)가 되지. 하지만 책으로 접으면 이렇게 작지."

최한기는 고개를 끄덕이며 김정호의 설명을 들었다.

"내 가만히 비교해보니 〈청구도〉는 지도 안에 너무 글이 많아 복잡하고 어지러운 느낌이 있었는데 〈대동여지도〉에는 첫머리에 지도표가 있군. 그리고 이건 읍, 성곽, 역, 봉화대, 목장, 진지, 창고 등을 나타내는 것이지? 어디 보자. 모두 22가지인가? 기호를 만들어 간단하게 표기해서 누구든지 알아보기 쉽겠는걸? 〈대동여지도〉는 복잡하지 않으면서 아주 세밀하군."

"자네도 알아보기 쉬운가?"

김정호는 정말로 그런지 확인하고 싶어 다시 물었다.

〈청구도〉에는 산을 이어서 표시하는 식으로 산맥을 나타내고 있으나 〈대동여지도〉에서는 산맥을 선과 면으로 실감 있게 표시해 알아보기 쉬울 뿐만 아니라, 선의 굵기와 모양으로 산의 크기와 높이를 짐작할 수 있도록 했다. 그리고 물길이 나뉘는 분수령과 하천 유역을 뚜렷이 알아볼 수 있었다.

"이건 뭔가?"

최한기는 손으로 짚어가며 물었다.

"아, 이거. 배가 다닐 수 있는 강줄기는 두 줄이고 아닌 건 한 줄로 표시했네."

"뱃길을 이용하는 사람들이 보면 아주 편리하겠구먼. 지도에는 축척을 따로 표시하지 않았지만 10리마다 눈금을 표시하여 축척을 알 수 있군. 그런데 10리 거리가 일정하지 않은걸?"

"아, 그 이유는 똑같은 10리라고 해도 평지 거리가 산이나 언덕에서는 다르기 때문이지. 직선과 곡선은 차이가 나니까."

"음, 〈대동여지도〉는 대단히 과학적이고도 합리적이군."

최한기는 고개를 끄덕이며 감탄했다.

"그래, 이제 좀 쉬어야지. 나는 별을 보고 자네는 땅을 보며 한평생을 살아왔군. 알고 보면 우리 인연도 보통이 아니야, 그렇지."

"그렇고말고. 이제 〈대동여지도〉가 완성되었으니 이 자료를 바탕으로 지리지를 여러 권 쓸 작정이네."

"아무튼, 고산자 자네는 대단해. 그 열정이 어디서 나오는지 부럽군. 하기야 하늘 이야기보다는 땅 이야기가 재미있고 사연이 많고도 많지. 아, 조선 최고의 지도 제작자가 내 친구라니."

최한기는 진실한 마음으로 축하해주고 용기를 주었다.

"고맙네, 혜강. 난 아마 죽어서도 나 좀 도와달라고 자네를 졸졸 쫓아다닐 걸세."

"저승에선들 자네같이 독하다면 무슨 일인들 못하겠는가."

김정호는 〈대동여지도〉 목판을 완성하고 나서 일단 여러 부를 찍어냈다. 도와준 친구들에게 선물하고, 몇 부는 팔기도 했다.

그는 얼마 지나지 않아 다시 지도와 지리지 작업을 시작해서 〈해

좌전도(海佐全圖)〉(한 장짜리 전도. 독도를 우리 영토에 넣은 귀중한 지도다)를 만들었다. 이 지도는 수요가 많아 수없이 찍어냈다.

몇 년 뒤에는 〈대동여지도〉를 바탕으로 일부 지역을 더 자세하게 표시하고 여러 가지 색을 넣은 〈동여도〉를 그리기도 했다.

한편 〈청구도〉와 〈대동여지도〉를 만들기 위해 전국 방방곡곡을 돌아다니면서 자신이 직접 보고 조사한 자료들을 바탕으로 《동국여지승람》을 비롯한 여러 지리책들을 보완하여 전문 지리지인 《대동지지》를 펴냈다.

《대동지지》는 우리나라 각 지방의 자연 환경과 풍속, 인물, 생산품과 농사, 역사 등을 자세하게 적은 책으로 모두 32권 15책이나 되는 방대한 규모다. 〈대동여지도〉를 완성한 2년 뒤인 1863년 철종 14년에 완성했다.

대동여지도, 불에 탔는가

　고산자 김정호가 살던 시대는 순조 이공, 헌종 이환, 철종 이원범으로 왕위가 이어지면서 거의 모든 시대를 안동 김씨 일파가 왕권을 휘둘렀다. 안동 김씨들은 자기 가문의 여자를 왕비로 앉히고 그 왕비의 친족이 나라를 다스리는 세도정치를 일삼아 국정을 제멋대로 농단했다. 조선 역사 중에서도 가장 지리멸렬하고 난잡한 시대였다.

　순조 이공의 아들이며 헌종 이환의 아버지인 익종 이영은 실제로 왕 노릇을 하지는 못했지만, 순조를 대신하여 대리청정을 하다가 불행하게도 병이 들어 곧 죽고 말았다.

　이때 익종의 비 신정왕후(훗날 조 대비)는 안동 김씨가 아닌 풍양 조씨였다. 그래서 익종 이영이 순조 대신 대리청정을 하던 짧은 기간 동안 안동 김씨와 풍양 조씨 사이에 서로 정권을 잡기 위한 다툼이 있었다.

그러나 익종 이영이 갑작스럽게 병으로 죽고 그 뒤를 이어 어린 헌종이 임금 자리에 오르자, 안동 김씨 일파가 다시 모든 권력을 쥐고 마음대로 나라를 다스렸다.

김정호가 《대동지지》를 완성한 해인 1863년 12월, 철종 이원범이 왕위를 이을 후사 없이 세상을 떠났다. 그때 왕실에서 가장 높은 자리에 있던 어른은, 안동 김씨 세도에 밀려 뒷전에 물러나 있던 조대비였다.

그녀는 안동 김씨들이 멋대로 패당을 지어 권세를 휘두르는 걸 항상 못마땅하게 여겼다. 철종 이원범의 대를 이을 다음 임금으로 안동 김씨의 배척을 받고 있던 홍선군 이하응의 둘째아들 이명복을 후사로 결정한 것도 그 때문이었다.

홍선군은 비록 왕실의 후예이기는 했지만 항상 안동 김씨의 세력에 눌려 천대를 받던 인물이었다. 잔칫집이나 초상집을 찾아다니며 술과 음식을 얻어먹기 일쑤였고, 그러자니 세도가들의 놀림감이 되었다. 심지어 안동 김씨 세력은 홍선군을 일컬어 '초상집의 개'라고까지 부르며 업신여겼다.

그러나 홍선군이 이같이 바보짓을 하고 다닌 것은 그가 정말 모자란 사람이기 때문이 아니었다. 걸핏하면 반대파를 역적으로 몰아 죽이는 안동 김씨 세도가들을 피해 일부러 그런 것이다.

그 당시 안동 김씨 일파는 왕실의 후손 중 쓸 만한 인재라고 생각되면 세력이 더 커지기 전에 역적으로 몰아 없애곤 했다. 오죽하면

글도 모르는 강화도령 이원범을 데려다 허수아비 왕으로 세울 정도였다.

당시 눈치 없는 왕실 종친 가운데 이하전이라는 인물이 있었다. 덕흥대원군 13세손인데, 안동김씨 세도정치기에 이리저리 왕손이 다 죽어 나가는 바람에 종종 왕위 계승자로 거론된 인물이다. 그는 안동 김씨 세력에 맞서 그들의 잘못을 공공연하게 꾸짖고 대들었다. 언젠가는 철종에게 대놓고 "이 나라가 이씨의 나라입니까, 김씨의 나라입니까?" 하고 물었는데, 결국 안동 김씨들 손에 죽고 말았다. 이런 사실을 흥선군 이하응은 절대 잊지 않았다.

흥선군 이하응은 그렇게 미친 사람처럼 행동하면서 안동 김씨들의 경계심을 덜어 자기 일신과 가족의 목숨을 지켰다. 그런가 하면 조 대비와 비밀리에 만나며 때가 오기를 기다리고 있었다.

그러던 중 철종이 후사 없이 급사하자 조 대비는 흥선군의 둘째 아들 명복을 냅다 왕위에 앉혀버렸던 것이다. 그제야 흥선군은 때를 만났다.

동네 아이들과 장난치며 놀던 열두 살 명복이가 갑자기 왕위에 오르자 조정이 들썩거렸다. 아들이 왕위에 오르자 흥선군은 '왕의 아버지'라는 뜻의 흥선대원군이 되었다. 흥선대원군은 어린 왕을 도와 대신 나라를 다스리기 시작했다. 조 대비가 하던 수렴청정을 다시 대리하는 형식이었다.

흥선대원군은 그때까지 왕실의 후손이면서도 그 대접을 받아본 적이 없다. 거의 일반 백성들과 다름없는 생활을 하면서 안동 김씨와 거기 빌붙은 세도가들에 눌려 지냈다.

홍선대원군은 나라를 다스리는 위치에 오르자 나쁜 습관과 제도를 하나하나 뜯어고치기 시작했다. 그에게는 은근히 실학을 숭상하는 풍모가 있었던 것이다.

홍선대원군은 어릴 때 김정희 밑에서 글을 배우며 실학자들과 만날 기회가 많았다. 그래서 대원군도 실학사상을 좋게 여겼기 때문에 체면만 내세우는 겉멋만 든 양반들을 누르고 왕실의 힘을 키워 나갔다.

한편 서양 여러 나라들과 일본을 비롯한 외국 세력이 우리나라에 발을 들여놓지 못하도록 하는 이른바 쇄국정치를 폈다.

홍선대원군은 쇄국정치의 하나로 천주교를 더욱 박해했다.

고종 3년인 1866년, 그는 전국에 있는 천주교도들을 모조리 잡아 없애라는 명령을 내렸다. 이때 아홉 명의 프랑스 신부를 포함하여 8000여 명의 천주교도들이 처형되었다. 이 사건을 1866년 병인년에 일어난 사건이라 하여 병인사옥이라 부른다.

이때 리델 신부란 이가 병인사옥 때 잡히지 않고 용케 중국으로 탈출하여 톈진에 있는 프랑스 극동함대의 로즈 제독에게 이 사실을 알렸다.

로즈 제독은 당장 군함 세 척을 끌고 양화진으로 쳐들어왔다. 그러고는 강화도에 있는 절과 무기 창고 등을 습격하여 사람들을 해치고 왕실 보물까지 빼앗아 달아났다.

우리나라에서는 이를 보고만 있을 수는 없었다. 이용희, 한성근 등의 장군이 이끄는 수군이 출동하여 마침내 그들을 물리쳤다. 이 사건은 1866년 9월에 있었는데 병인년에 서양 사람을 물리쳤다고 하여 병인양요라고 부른다.

병인사옥과 병인양요를 겪으면서 흥선대원군은 더욱더 쇄국정치를 해야겠다고 마음을 굳혔다.

어느덧 김정호는 일흔을 바라보는 나이가 되었다. 하지만 여전히 지리책을 집필하며 가족들과 함께 즐거운 나날을 보냈다. 그가 만든 〈대동여지도〉 등 지도와 지리지는 이미 여러 번 인쇄되어 전국에 널리 퍼졌다. 돈도 제법 벌었다.

사람들은 〈대동여지도〉를 보고 칭송을 아끼지 않았다. 그리고 그 소문이 꼬리를 물고 이어져 결국 〈대동여지도〉는 흥선대원군의 손에 들어갔다.

대원군은 실학을 공부한 사람답게 김정호의 애국심과 뛰어난 학식을 높이 샀다.

"그래, 이 지도를 만든 사람이 〈청구도〉를 만든 그 고산자 김정호라고? 실로 대단한 사람이로다! 어찌 나라에서 녹 하나 받지 않고 평생 혼자의 힘만으로 이렇게 지도를 만들 수 있단 말이냐. 그에게 선물을 내릴 터이니 빠른 시간 안에 준비하라. 우선 먹고살기 그리

388

넉넉하지 못할 것이니 녹봉을 줄 수 있도록 하라."

김정호는 이 사실을 전해 듣고 뛸 듯이 기뻤다. 평생을 바쳐 해온 일을 나라에서 알아주다니.

지리와 관계되는 책들을 쓰는 데 이 같은 흥선대원군의 보살핌은 여간 힘이 되는 게 아니었다. 처음으로 나라에서 주는 녹봉도 받아보고, 국왕이 하사하는 형식의 왕실 물품도 받게 되었다. 나날이 꿈만 같았다.

그러나 문제가 생기고 말았다. 김정호가 흥선대원군의 신임을 얻자, 안동 김씨 일파를 포함한 흥선대원군의 반대 입장에 서 있던 세력들이 김정호를 그리 달갑지 않은 눈길로 노려보았다.

더구나 김정호가 양반이 아니라는 사실이 알려지자 그들은 김정호를 '천지 모르고 날뛰는 상것'이라는 욕설을 퍼붓기까지 했다.

이러던 차에 병인양요와 같은 외침이 일어나자 그들은 기다렸다는 듯이 아우성을 쳤다.

"보십시오. 〈대동여지도〉같이 자세하고 알아보기 쉬운 지도를 만든 화가 미친 것입니다. 그런데도 흥선대원군은 김정호를 싸고돌며 도와주고 있습니다. 이는 옳지 못한 처사입니다."

안동 김씨 일파는 모이기만 하면 예전 버릇 그대로 김정호를 역적으로 몰아댈 궁리를 했다. 더군다나 이참에 흥선대원군의 힘을 빼낼 음모를 꾸몄다. 결국 안동 김씨들의 증오심이 쌓이고 쌓여 김정호에게 화가 미쳤다.

"죄인 김정호는 어서 나와 포박을 받으라."

병인양요가 끝나고 얼마 지나지 않은 초겨울 어느 날이었다. 만리재 넘어 공덕리로 한성을 지키는 금위영 군사들이 들이닥쳤다. 김정호가 의아한 표정으로 물었다.

"어인 일들이시오? 누구를 찾아오셨는지요?"

"네놈이 지도를 그린다는 김정호가 맞느냐?"

"그렇습니다만……."

김정호의 대답이 채 끝을 맺기도 전에 군사들은 신발을 신은 채 마루까지 뛰어올라 김정호를 마당으로 끌어내려 오랏줄로 묶어버렸다.

"대체 왜들 이러시오? 뭔가 오해가 있는 모양인데 그 이유나 말해주시오."

김정호는 왜 그러냐고 물어보았지만 대답 대신 몽둥이질만 떨어졌다. 딸 수와 사위 김규학이 군사들을 따라가며 따졌지만 방망이만 돌아올 뿐이었다.

"갈 길 바쁜데 왜들 따라붙어! 저리 꺼져!"

군사들은 두 사람을 밀쳐내며 김정호를 압송했다.

김정호가 끌려간 곳은 금위영을 거쳐, 당시 왕옥이라 불리던 종로 거리의 의금부 옥이었다. 이곳은 일반 죄인들은 들어갈 수 없는, 반역죄 등 나라에 큰 죄를 지은 사람들만 잡아 가두는 곳이다. 전에 이순신 제독도 이곳으로 잡혀와 고문을 당한 적이 있다.

이곳에 한번 잡혀 갔다가는 몸이 성해 돌아오는 것은 그만두더라도 목숨을 잃는 경우가 대부분이었다.

김정호가 정신없이 잡혀와 지친 몸으로 눈을 붙였다 뜨니 아침이었다.

그새 하루가 지난 것이다. 아침부터 의금부 옥졸이 그를 끌어냈다. 곧 모진 고문이 이어졌다.

김정호를 심문한 도사 이경하는 당시 염라대왕이라고 알려져 있을 만큼 무자비한 자였다. 김정호가 거짓 자백을 한사코 거부하자 더욱 심하게 고문을 했다. 이미 나이가 많이 들어 기력이 쇠할 대로 쇠한 김정호는 고통을 이겨내지 못하고 여러 번 정신을 잃었다.

"어허, 지독한 놈이로고. 내 이렇게까지 독한 놈은 이제까지 본 적이 없다. 네 이놈, 몇 번을 더 까무러쳐야 바른 말을 하겠느냐? 네 놈이 서양 오랑캐에게 우리나라 지도를 넘겨주었다는 자백을 하면 고문은 그만두겠느니라. 어서 말하지 못할까?"

김정호는 고문을 당하면서 그제야 자신이 왜 끌려왔는지 깨달았다. 김정호가 천주교도들과 내통하며 리델 신부에게 〈대동여지도〉를 주고, 톈진에 있던 프랑스 극동함대가 그 지도를 보고 강화도까지 쳐들어올 수 있었다는 혐의였다.

"여보시오, 아무리 그렇다고 한들 내가 하지 않은 일을 어찌 했다고 말하겠소? 내가 평생을 두고 지도를 만든 것은 오직 이 나라를 위한 일일진대 내 어찌 그같이 나라에 해가 되는 일을 한다는 말이오. 아무래도 뭔가 큰 오해가 있음이 분명하오. 그러니 다시 한 번 자세하게 알아보도록 하시오."

"이런 고얀 놈. 애들아, 저놈의 주리를 틀도록 하라."

김정호는 정신을 잃었다. 벌써 사흘째 고문을 당했다. 그는 이제 거의 살아 있는 사람이 아니었다.

도사 이경하는 그를 다시 옥에 가두도록 했다.

김정호가 의금부에 끌려갔다는 소식을 들은 최한기와 신헌은 그를 구하기 위해 온힘을 썼다.

반역죄 혐의가 있는 죄인을 구하려다 자칫하면 목숨까지 잃을 수도 있었다. 하지만 김정호의 애국심과 결백함을 잘 아는 그들은 조금도 망설이지 않았다.

한편 철종 재위 중에 안동 김씨 일파에 의해 관직에서 쫓겨나 녹도로 귀양을 갔던 신헌은 이때는 복직되어 삼도수군통제사로 제수되었다. 그러다가 고종 이재황이 왕위에 오르면서 형조판서가 되었다.

신헌은 김정호를 구하기 위해 흥선대원군이 거처하는 운현궁을 찾았다. 흥선대원군은 당시 창덕궁 밖에 있는 운현궁에 머물며 정사를 보았는데 그런 이유로 그때 사람들은 그를 운현 대감이라 부르기도 했다.

"김정호는 결코 그런 사람이 아닙니다. 평생을 바쳐 오직 애국심만으로 자기 손으로 지도를 만든 사람입니다. 양이와 내통할 작정이었다면 그 죽을 고생을 하며 지도를 만들지 않았을 것입니다. 부디 김정호의 결백을 받아들여 하루빨리 풀어주소서."

홍선대원군은 고개를 끄덕였다.

"나도 고산자가 그런 사람이라고는 생각하지 않네. 하지만 안동 김씨 사주를 받는 놈들이 하도 떠들어대니 화가 어디로 미칠지 몰라 짐짓 한 발 물러선 것이네."

형조판서 신헌으로부터 김정호의 결백을 증명하는 여러 가지 설명을 들은 홍선대원군은 끝내 마음을 돌렸다. 그는 의금부에 갇혀 있는 김정호를 즉시 석방하라는 긴급명령을 내렸다.

홍선대원군의 명을 받은 신하가 의금부에 이르렀을 때 김정호는 정신을 잃고 쓰러져 있었다. 신헌과 최한기, 딸 수와 사위 김규학이 김정희를 조심스럽게 집으로 데려갔다.

의금부 옥사에서 풀려나 집으로 겨우 돌아온 김정호는 딸 내외의 극진한 간호를 받고 사흘 만에야 겨우 눈을 뜰 수 있었다.

"아버님, 이제 정신이 드십니까? 아버님은 누명을 벗었습니다. 여긴 우리 집이에요."

딸 수가 정신이 돌아온 김정호를 붙들고 울며 말했다. 그러나 김정호는 아무 말이 없었다. 두 눈에서 눈물만 흘릴 뿐 고개를 돌리지도 들지도 못했다.

김정호는 정신을 차리고도 한 달이나 더 지나서야 겨우 말을 하고 손발을 움직일 수 있었다. 그러나 모진 고문에 시달려서 그의 몸은 예전으로 돌아갈 수가 없었다. 옆에서 부축을 해주어야만 간신히 걸음을 뗄 수 있었다. 말도 더듬거리며 힘들게 한두 마디 할 뿐이었다.

세월은 그렇게 또 흘렀다. 그러던 어느 날이었다.

김정호는 자리에 누워 있다 무언가 생각났다는 듯 딸을 불렀다. 딸 내외가 걱정스런 눈빛으로 김정호의 곁에 앉았다.

"얘, 수야. 내 지금 다시 한 번 확인할 것이 있어서 그러니 〈대동여지도〉 목판을 좀 가져다주겠니?"

웬일인지 딸 내외는 서로 얼굴만 쳐다보며 머뭇거렸다.

"목판을 가져오라는데 왜들 그러고 있는 거냐?"

김정호가 뭔가 불안한 낌새를 챘는지 자리에서 일어나려고 하자 딸이 황급히 달려들어 그를 도로 눕혔다. 그러고는 떨리는 목소리로 입을 열었다.

"아버지, 그 목판은……."

"목판이 뭐? 목판이 어떻게 되었다는 말이냐?"

딸 수가 큰 소리로 울었다. 그러다가 아버지 김정호를 마주 바라보지도 못하고 고개를 돌려 힘없이 말했다.

"그 목판은…… 의, 의금부에서 가져다가…… 불태워버렸다고 합니다."

"무엇이? 내 목판을 뺏어갔다고? 왜?"

김정호는 자리에서 벌떡 일어났다.

"우우욱!"

눈에는 파란 불꽃이 이글거렸다. 그는 온몸을 부들부들 떨었다. 딸 내외도 아무 말을 못한 채 김정호의 어깨를 감싸 잡았다.

"〈대동여지도〉 목판을 모두 뺏어가다니! 평생을 바쳐 이룬 나의 인생을, 나의 꿈을 뺏어갔다고!"

같은 말을 몇 번 되뇌던 김정호는 마치 세워놓은 목판이 쓰러지 듯 풀썩 쓰러졌다. 지난 수십 년간 그의 눈에서 이글거리며 타오르던 파란 불꽃이 서서히 식어갔다.

〈대동여지도〉가 불탄 지 몇 년 뒤 조선 왕실도 그렇게 무너져 내렸다.

의금부가 들이닥쳐 〈대동여지도〉 목판과 원본인 필사본을 압수해간 뒤 이를 모두 불살랐다는 소문이 돌았지만 누구도 확인할 수가 없었다. 김정호는 그런 줄만 알고 세상을 떠나고, 〈대동여지도〉는 사람들의 기억에서 그렇게 잊혀져갔다.

때마침 외국 무역선이 해안에 나타나 끊임없이 통상을 요구하자 대원군은 포구마다 척화비를 때려 박으며 이를 거부했는데, 이 때문에 정밀한 〈대동여지도〉가 외국에 새나가는 것을 매우 꺼렸던 것이다. 소문과는 달리 대원군은 〈대동여지도〉를 비밀리에 인쇄하고, 필사본을 베껴서 오직 왕실과 비변사에서만 사용하도록 했다.

이후 〈대동여지도〉 필사본 또는 인쇄본이 미국·일본·중국으로 흘러나가 도서관이나 박물관에 소장되고, 조선에서는 왕실 수장고에 잘 보존되어 있었다. 정작 조선 백성들의 생활을 편리하게 만들거나 나라를 지키는 데는 크게 이용되지 못했지만 목판과 인쇄본이 오늘날까지 온전히 남아 조선 후기에 일어난 실학 운동의 정수를 잘 보여주고 있다.

또한 〈청구도〉와 〈대동여지도〉 필사본에 그려진 독도는 매우 귀중한 사료로서 그 가치를 인정받고 있다.

고산자 김정호, 그는 비록 살아서는 큰 영광과 보람을 얻지 못했지만 정조 이산 때 일어나 줄기차게 뻗어 내려온 북학파의 실사구시(實事求是 : 오직 사실만으로 탐구한다) 정신을 이었으며, 지리 분야에서 실학을 크게 꽃피워냈다. 조선에도 사람이 산다, 조선에도 산과 강이 있다고 외친 그의 목소리는 오늘까지 우렁차게 들려온다.